X

# TENDRES
# PASSIONS

# LARRY McMURTRY

# TENDRES
# PASSIONS

*roman*

FRANCE LOISIRS
123, boulevard de Grenelle, Paris

Le titre original de cet ouvrage est :

*TERMS OF ENDEARMENT*

(éditeur Simon and Schuster)

*traduit de l'américain par*
*Marie-Alyx Révellat et Claude Mallerin.*

Édition du Club France Loisirs, Paris,
avec l'autorisation des Presses de la Cité

*PREMIERE PARTIE*

# AURORE

# CHAPITRE PREMIER

## 1

— Le succès d'un mariage dépend invariablement de la femme, déclara Mrs Greenway.

— C'est faux, répliqua Emma sans lever la tête.

Assise par terre au milieu du living-room, elle triait un gros tas de linge.

— C'est absolument vrai, dit Mrs Greenway d'un air sévère.

Elle pinça les lèvres et fronça les sourcils. Emma recommençait à se laisser aller et Aurore s'était toujours efforcée de manifester sa réprobation contre le laisser-aller en arborant un air sévère.

Elle savait que la sévérité ne lui seyait pas. Or, Aurore Greenway n'était pas femme à négliger son aspect physique — sauf si son devoir l'exigeait. Pourtant, aussi bizarre qu'il y paraisse — pour toutes les deux —, Emma était sa fille et toute mère a le devoir de corriger les défauts de ses enfants.

Aurore avait le visage plutôt plein et, malgré quarante-neuf ans d'une vie qui lui semblait constituée de déceptions, elle s'arrangeait presque toujours pour avoir l'air contente d'elle-même. Les muscles faciaux qui servent à exprimer la sévérité étaient si rarement sollicités qu'ils semblaient peu enclins à l'effort mais si la nécessité s'en présentait, elle pouvait paraître extrêmement sévère pendant quelques instants. Elle avait le front haut, les pommettes saillantes et ses yeux bleus — généralement rêveurs ou, comme le pensait Emma, perdus dans le vague — pouvaient lancer des éclairs.

En l'occurrence, elle se dit qu'un léger froncement de sourcils s'imposait.

— Il n'y a pas un vêtement convenable dans toute cette

7

pile de linge, dit-elle avec le léger dédain qui lui était habituel.

— Tu as raison, c'est un fatras de guenilles. Pourtant elles couvrent notre nudité.

— Fais-moi le plaisir de ne pas me parler de nudité, dit Aurore.

Fatigué d'être crispé, son visage se détendit. Elle avait conscience d'avoir accompli son devoir de mère. Malheureusement, sa fille n'avait rien remarqué. Il est vrai qu'elle ne lui prêtait jamais toute l'attention souhaitable.

— Pourquoi ne veux-tu pas que je parle de nudité ? demanda Emma en levant les yeux.

Sa mère trempa deux doigts dans le contenu d'un verre de thé glacé, en extirpa un reste de glaçon et le suça tout en regardant sa fille travailler. Elle n'avait jamais bien su lui inculquer la notion de culpabilité mais c'était la seule tâche maternelle qui lui restait et Aurore prenait un malin plaisir à la critiquer.

— Tu as un bon vocabulaire, grâce à moi, dit-elle. Tu peux t'en servir pour des sujets plus intéressants que la nudité. D'ailleurs, je suis veuve depuis quatre ans et je ne tiens pas à m'appesantir sur certaines choses.

— Ridicule ! grommela Emma.

Calmement, sa mère prit un autre glaçon. A demi couchée sur le sofa bleu d'Emma, elle était vêtue d'une élégante robe rose qu'elle avait rapportée d'un récent voyage en Italie. Comme d'habitude, elle semblait légèrement absente et béatement heureuse — plus heureuse qu'aucun être humain n'a le droit de l'être, pensa Emma.

— Emma, tu devrais suivre un régime, reprit Aurore. Tu ne prends aucun soin de ta personne. Pourquoi ne veux-tu pas te mettre au régime ?

— Manger me réconforte. Et toi, pourquoi ne cesses-tu pas d'acheter des vêtements ? Je ne connais personne qui en ait autant.

— Toutes les femmes de la famille ont toujours été fières de leur élégance. Toutes, sauf toi, bien sûr, soupira Aurore. Je ne sais pas coudre et je ne peux faire mes robes moi-même.

— Je le sais bien.

Emma portait un jean et un tee-shirt de son mari.

— Tu es fagotée comme l'as de pique, remarqua Aurore. Je ne te reconnais pas pour ma fille. Bien sûr que je m'achète des vêtements. Le choix d'une garde-robe est un devoir, pas un passe-temps.

Aurore leva le menton d'un air de défi.

— Le choix de trente-six garde-robes de bon goût est un

passe-temps, riposta Emma. D'ailleurs, je réserve mon jugement en ce qui concerne ton bon goût. Quoi qu'il en soit, où en es-tu de ton problème féminin ?

— Tais-toi ! protesta Aurore.

Dans son indignation, elle s'était non seulement redressée mais elle eut un mouvement brusque qui fit craquer le vieux sofa.

— Pas la peine d'abîmer mon sofa pour si peu, maugréa Emma. Bon Dieu, tu m'avais dit que tu allais voir ton médecin. Je m'informais, c'est tout.

— Tu n'aurais pas dû m'en reparler, dit Aurore, sincèrement contrariée.

Sa lèvre inférieure tremblait. Elle n'était pas anormalement prude mais, depuis quelque temps, toute allusion à la sexualité la gênait. Elle avait le sentiment que toute sa vie était ratée et elle voulait chasser ce sentiment.

— Tu es complètement ridicule, dit Emma. Pourquoi es-tu si susceptible ?

— Je ne suis pas malade, si c'est ce que tu veux savoir. Pas le moins du monde. Donne-moi encore un peu de thé glacé.

Emma se leva, prit le verre que lui tendait sa mère et sortit. Aurore s'appuya sur le dossier du sofa, un peu déprimée. Elle avait ses bons et ses mauvais jours et elle sentait qu'un mauvais jour commençait à poindre. Emma n'avait pas cherché à devancer ses désirs — pourquoi les enfants étaient-ils si incapables de s'intéresser à leurs parents ? Elle était dans un état d'esprit voisin de l'abattement mais, décidée à la contrarier sur tous les plans, sa fille reparut avec un verre de thé glacé orné d'un brin de menthe et, peut-être dans un geste de remords, elle apportait une assiette de bonbons au sassafras — l'une des friandises préférées de sa mère.

— Oh ! c'est gentil ! s'exclama Aurore en se servant.

Emma sourit. Elle savait que sa mère avait été à deux doigts de piquer une crise — une crise de veuve esseulée et de mère mal aimée. Un trait de génie, ces bonbons. La semaine précédente, elle en avait acheté un assortiment pour deux dollars. Elle s'était hâtée de les cacher et en avait déjà mangé la moitié. Flap, son mari, n'aurait pas apprécié un tel gaspillage. Il professait des idées très strictes sur les caries dentaires mais il aurait certainement dépensé l'argent pour satisfaire ses propres vices — la bière et les livres de poche. Emma se souciait bien peu de ses dents. Elle aimait avoir des sucreries à sa portée pour conjurer les crises — celles de sa mère ou les siennes.

Une fois sa mauvaise humeur passée, Aurore était retombée

dans sa béate indolence. Elle jeta un regard circulaire sur la pièce dans l'espoir de trouver un nouvel objet de critique. Emma reprit sa place, assise en tailleur sur le sol.

— Si je t'ai parlé du médecin, c'est que je suis allée le consulter hier, dit-elle. J'ai peut-être une bonne nouvelle.

— J'espère qu'il t'a convaincue de te mettre au régime. Personne n'est assez têtu pour rejeter les conseils d'un médecin. Le docteur Ratchford a des années d'expérience et, sauf en ce qui me concerne, ses conseils sont toujours excellents. Plus tôt tu te mettras au régime, plus vite tu te sentiras bien dans ta peau.

— Pourquoi te considères-tu toujours comme une exception ?

— Parce que je me connais mieux que personne. Je n'accepterais sûrement pas qu'un médecin me connaisse aussi bien.

— Tu te fais peut-être des illusions, insinua Emma.

La vue de tout ce linge était réellement déprimante. Toutes les chemises de Flap étaient usées jusqu'à la corde.

— Sûrement pas, riposta Aurore. Je ne me berce jamais d'illusions. Ainsi, je ne me suis jamais leurrée sur ton mariage.

— Oh, arrête ! s'écria Emma. Je n'ai pas à me plaindre de mon mari. En tout cas, tu viens de dire que le succès d'un mariage dépend invariablement de la femme. Je cite tes propres termes. J'assurerai peut-être la réussite du mien.

— Allons, voilà que tu me fais perdre le fil de ma pensée.

— Parce que tu développais une pensée ? ricana Emma.

Aurore reprit un bonbon. Elle adopta un air distant. La sévérité posait des problèmes mais le détachement était son élément. La vie l'exigeait souvent. Au cours de réunions, chaque fois que sa sensibilité était offensée, elle trouvait bon de hausser les sourcils et de jeter un froid. La justice était une chose rarissime. Elle avait parfois l'impression que si elle laissait un souvenir, ce serait pour son art de jeter des froids.

— On m'a souvent complimentée pour la clarté de mes exposés, dit-elle.

— Tu ne m'as pas laissée t'annoncer ma bonne nouvelle, reprit Emma.

— Oui, tu as décidé de te soumettre à un régime, comme je l'espérais. Voilà une bonne nouvelle.

— Oh zut ! Je ne suis pas allée chez le docteur Ratchford pour parler de régime. Je ne veux pas de régime. Je l'ai consulté pour savoir si j'étais enceinte et il croit que je le suis. C'est ce que j'essaie de te dire depuis une heure.

— Quoi ! s'exclama Aurore, qui faillit s'étrangler en avalant sa gorgée de thé.

Elle fixa sur sa fille un regard horrifié. Emma souriait ; elle avait prononcé le mot « enceinte ». La vie la frappait de nouveau, juste au moment où elle commençait à se sentir presque heureuse. Elle sursauta comme sous l'effet d'un coup d'épingle mais elle retomba lourdement, lâchant son verre de thé vide qui tournoya sur le parquet comme une toupie.

— Ce n'est pas vrai ! cria-t-elle.

— Je crois bien que si, répondit Emma. Mais qu'est-ce qui ne va pas ?

— Oh ! mon Dieu ! gémit Aurore en se prenant le ventre à deux mains.

— Que se passe-t-il, maman ? s'inquiéta Emma car sa mère semblait sérieusement souffrir.

— J'ai renversé un peu de thé en retombant, dit Aurore. Je ne sais pas.

Le sang lui montait à la tête et elle commençait à suffoquer.

— Oui... C'est merveilleux... pour toi... ma chérie, haleta-t-elle.

Quel choc ! Ce n'était pas juste. Quelque chose s'était détraqué. Elle se sentait en proie à une sorte d'angoisse. Elle avait toujours lutté contre l'angoisse, pourtant l'angoisse semblait la guetter de toutes parts.

— Mon Dieu ! répéta-t-elle en se redressant.

Ses cheveux plus ou moins ramenés en chignon se détachèrent complètement et elle ouvrit le col de sa robe pour se donner un peu plus d'air.

— Arrête, maman, je suis tout simplement enceinte ! hurla Emma, furieuse de voir sa mère dans un état pareil alors qu'elle s'était si généreusement privée pour elle de ses bonbons au sassafras.

— Tout simplement enceinte ! s'écria Aurore dont l'angoisse se transforma brusquement en colère. Quelle... négligence... !

Elle ne trouvait plus ses mots et, au profond agacement d'Emma, elle commença à se frapper le front du revers de la main. Aurore appartenait à une génération passionnée de théâtre et elle avait un bon répertoire d'attitudes tragiques. Elle continua à se frapper vigoureusement le front comme elle avait l'habitude de le faire chaque fois qu'elle était perturbée, tressaillant, frémissant sous l'effet de la douleur qui s'irradiait dans sa main.

— Arrête ! cria Emma en se levant. Cesse donc de te frapper le front, Maman. Tu sais que je déteste ça.

— Et moi, je te déteste, fulmina Aurore, abandonnant tout

11

bon sens. Tu n'es pas une bonne fille, tu n'as jamais été une fille prévenante. Tu ne le seras jamais.

— Qu'ai-je donc fait ? demanda Emma, prête à pleurer. Pourquoi ne serais-je pas enceinte ? Je suis mariée.

Aurore se mit debout et fit face à sa fille dans l'intention de l'écraser de son mépris.

— Tu appelles ça un mariage, gronda-t-elle. Moi pas. J'appelle ça la misère.

— Nous ne pouvons rien y changer, soupira Emma. Nous n'en avons pas les moyens.

Aurore sentit sa lèvre trembler. Elle avait exprimé son mépris en pure perte — tout était en pure perte.

— Emma, la question n'est pas là... Tu n'aurais pas dû... la question n'est pas là du tout, dit-elle, soudain au bord des larmes.

— Où est-elle alors ? demanda Emma. Dis-le-moi. Je ne comprends pas.

— Mmmoi, s'écria Aurore en mettant dans ce mot toute l'intensité de sa rage. Tu ne te rends donc pas compte ? Ma vie n'est pas organisée. Mmoi !

Emma frémit, comme toujours quand sa mère criait « mmoi » au monde entier. Le son était aussi primitif qu'un coup de poing. Mais en voyant le menton de sa mère trembler et sa fureur se changer en crise de larmes, elle comprit et allongea le bras.

— Qui va vouloir de moi... maintenant, sanglota Aurore. Quel homme voudra d'une grand-mère... Si tu avais pu... attendre... j'aurais pu trouver... quelqu'un.

— Je t'en prie, Maman !

Elle se mit à pleurer aussi, de peur d'être prise d'un fou rire. Seule sa mère produisait cet effet sur elle, et toujours aux moments les plus inopportuns. Pourtant c'était elle qui aurait dû se sentir offensée — elle le serait peut-être quand elle repenserait à cette scène. Mais sa mère ne se donnait jamais la peine de penser ; elle réagissait immédiatement et avec une ingénuité absolument désarmante.

Emma abandonna la partie. Elle était vaincue une fois de plus. Elle se sécha les yeux au moment où sa mère fondait en larmes. Toute cette histoire était ridicule mais peu importait. L'expression de sa mère — reflet d'un complet désarroi — était trop réelle. Cette expression ne demeurerait sans doute pas cinq minutes mais elle était là, sur un visage qui semblait l'image même de la désolation. Personne n'avait jamais pu supporter de voir sa mère ainsi éperdue de tristesse sans accourir aussitôt pour lui prodiguer des témoignages d'affection, et Emma

12

moins que tout autre. Seul l'amour pouvait provoquer un changement. Elle commença à murmurer des petits mots affectueux et, comme d'habitude, sa mère essaya de l'écarter.

— Va-t'en, hoqueta Aurore. Des fœtus, pouah !

Elle se mit à marcher de long en large en agitant les mains comme pour chasser de minuscules embryons de chauves-souris. Elle ne savait pas ce qui allait mal mais c'était un coup dur porté contre sa vie. Elle en était convaincue.

— Tu te rends compte que je vais perdre tous mes soupirants ! hurla-t-elle en se retournant dans un dernier geste de défi.

— Voyons, Maman, voyons... Ce n'est pas si grave, répétait Emma en la suivant pas à pas.

Quand elle réussit à la coincer dans la chambre à coucher, Aurore prit la seule voie qui s'offrait à elle : elle se jeta sur le lit et sa robe en léger tissu rose ondula comme une voile qui s'affaisse. Elle sanglota cinq minutes sans pouvoir se maîtriser. Il lui en fallut encore cinq pour se calmer pendant que sa fille lui massait doucement le dos en lui répétant sans cesse qu'elle était adorable et merveilleuse.

— Et maintenant, tu n'as pas un peu honte de toi ? demanda Emma quand sa mère eut enfin séché ses larmes.

— Pas le moins du monde, répondit Mrs Greenway. Donne-moi un miroir.

## 2

Emma obéit et Aurore s'assit. D'un œil froid, elle examina son visage pour observer les ravages qu'il avait subis. Elle se leva sans mot dire et disparut dans la salle de bains ; Emma entendit l'eau couler un long moment. Quand sa mère sortit, une serviette sur les épaules, elle achevait de plier son linge.

Aurore reprit sa place sur le canapé, le miroir à la main. Malgré cette douloureuse épreuve, son visage avait repris l'apparence qui lui convenait. Elle se contempla quelques secondes avant de tourner son regard vers sa fille. En réalité, elle avait honte de son éclat. Toute sa vie elle avait été sujette aux éclats, une habitude qui allait à l'encontre de l'image qu'elle aimait à donner d'elle-même. D'ailleurs, compte tenu de sa cause ou tout au moins de son point de départ, cet éclat était particulièrement indigne d'elle. Pourtant, elle n'avait pas l'intention d'exprimer des excuses avant d'avoir examiné soigneusement la question — non que sa fille eût espéré des excuses. Emma était calmement assise à côté de son tas de linge bien plié.

— Ecoute, ma chérie, laisse-moi te dire que tu as agi assez inconsidérément. Il est vrai qu'à une pareille époque, j'aurais dû m'y attendre.

— L'époque n'a rien à voir dans cette affaire, Maman. Tu as bien été enceinte, n'est-ce pas ?

— Pas consciemment, pas avec une hâte inconvenante non plus. Tu n'as que vingt-deux ans.

— Oh ! tais-toi ! Tu ne perdras pas tes soupirants, sois tranquille.

Aurore reprit son air absent.

— Je ne vois pas pourquoi je devrais me tracasser, dit-elle. Ils sont tous tellement inférieurs à moi. Je ne sais pas si c'est pour cela que j'ai pleuré. Peut-être est-ce par jalousie. J'ai toujours eu envie d'avoir d'autres enfants. Thomas doit-il rentrer bientôt ?

— Appelle-le Flap, s'il te plaît. Il n'aime pas qu'on l'appelle Thomas.

— Désolée, moi je n'aime pas les surnoms même s'ils sont charmants, et celui de mon gendre n'a rien de charmant.

— Il devrait arriver d'une minute à l'autre.

— Thomas n'est jamais pressé. Il était souvent en retard quand vous étiez fiancés ; je pars, ajouta Aurore en se levant. Je doute que tu tiennes à ce que je reste. Où sont mes chaussures ?

— Tu n'en portais pas. Tu es arrivée nu-pieds.

— Ça alors ! On a dû me les ôter des pieds. Je ne suis tout de même pas femme à sortir de chez moi sans chaussures.

Emma sourit.

— Tu le fais toujours. C'est parce que tes trente-six paires te font toutes mal aux pieds.

Aurore ne daigna pas répondre. Ses sorties comme ses humeurs n'étaient jamais préméditées et toujours soudaines. Emma l'accompagna jusqu'au bout de l'allée. Il avait plu ; la pelouse et les fleurs étaient encore humides.

— Très bien Emma, si tu recommences à me contredire, il vaut mieux que je m'en aille. Nous pourrions encore nous disputer. Je suis sûre que tu retrouveras mes chaussures dès que je serai partie.

— Pourquoi ne les as-tu pas cherchées toi-même si tu es tellement sûre qu'elles sont ici ?

Aurore feignit de ne pas entendre. Sa Cadillac noire était rangée comme d'habitude à quelques mètres du trottoir. Elle avait toujours eu horreur d'érafler ses pneus. Elle trouvait sa

14

Cadillac assez vieille pour figurer dans un musée d'antiquités classiques et, avant de monter à l'intérieur, elle s'arrêtait toujours un moment pour admirer ses lignes. Emma fit le tour de la voiture et regarda sa mère, dont la ligne lui paraissait tout aussi classique. La rue principale de Houston n'était jamais très animée et la circulation ne vint pas gêner leur contemplation silencieuse.

Aurore s'installa au volant, ajusta son siège qui semblait ne jamais rester à la même distance des pédales et engagea sa clé de contact, manœuvre qu'elle était seule à pouvoir réussir. Quelques années auparavant, elle avait dû utiliser cette clé pour ouvrir une portière et, depuis, elle était légèrement tordue. Peut-être que la serrure était tordue aussi. Quoi qu'il en soit, Aurore était fermement convaincue que, sans la déformation de la clé, sa voiture aurait été maintes fois volée.

Debout sur le trottoir, Emma semblait attendre quelque chose. Aurore se sentait encline à se montrer impitoyable. Son gendre était un jeune homme sans avenir et, depuis deux ans qu'elle le connaissait, ses manières ne s'étaient pas améliorées et sa conduite à l'égard de sa fille non plus. Emma était trop pauvre et trop grosse. Elle avait l'air misérable dans les chemises de son mari. S'il avait eu le moindre respect pour elle, il ne lui aurait pas permis de les porter. Sa chevelure n'avait jamais été un ornement, mais ce jour-là elle avait l'air d'une tête-de-loup. Aurore prit le temps de chausser ses lunettes de soleil.

— Qu'attends-tu, Emma ? dit-elle. Tu n'espères tout de même pas que je vais te féliciter. Tu ne m'as pas consultée. Comme on fait son lit on se couche. Tu n'as plus aucune issue. Et puis, tu es beaucoup trop têtue pour être une bonne mère. C'est ce que je t'aurais dit si tu avais daigné me faire confiance un peu plus tôt. Mais non, tu ne m'as jamais demandé mon avis. Tu n'as même pas un logement convenable. Tu habites sur un toit de garage. Les enfants ont assez de problèmes respiratoires sans qu'on les oblige à vivre au-dessus des fumées des voitures. D'ailleurs, cette situation n'est pas faite pour arranger ta silhouette. Les enfants ne pensent jamais à ce genre de détail. Je suis toujours ta mère, tu sais.

— Je sais, Maman, dit Emma en s'approchant de la voiture.

A la grande surprise d'Aurore, elle ne se rebiffait pas. Elle se contentait de rester près de la portière dans son affreuse chemise d'homme. Pour la première fois de sa vie, Emma était douce et docile ; elle regardait sa mère comme devait le faire une fille soumise et Aurore remarqua ce qui faisait la véritable beauté d'Emma, de superbes yeux verts pailletés d'or, les yeux de sa propre mère, Amélie Starrett, originaire de Boston.

Soudain, Aurore eut l'impression que sa vie lui échappait. Un coup violent la frappa au cœur et elle se sentit terriblement seule. Elle n'avait plus envie d'être impitoyable. Elle n'était plus sûre de rien. Elle avait vieilli. Qu'allait-il se passer ? Comment tout cela allait-il finir ? Dans son effroi, elle ouvrit les bras et étreignit sa fille. A ce moment-là une seule chose comptait, la joue qu'elle pressait contre ses lèvres, la tête qu'elle serrait contre sa poitrine. Brusquement, son cœur reprit son rythme normal et elle s'aperçut qu'elle avait attiré Emma à mi-corps par la vitre de la portière.

— Oh, oh, oh ! gémit sa fille.

— Qu'est-ce qui ne va pas ? demanda Aurore.

— Rien, je me suis cogné la tête contre la voiture.

— Ce que tu peux être maladroite, Emma !

Jamais elle n'avait perdu à ce point sa dignité et elle ne savait comment la retrouver. Normalement, elle aurait dû démarrer et s'éloigner sans tarder, mais était-ce le choc qu'elle venait de subir, elle ne se sentait pas tout à fait en état d'actionner les pédales. Il était vrai que, même au meilleur de sa forme, elle oubliait parfois de débrayer et gênait les voitures qui se trouvaient sur son chemin, ce qui lui attirait souvent les insultes des conducteurs.

D'ailleurs, ce n'était pas le moment de quitter la place. Dans son désarroi, elle avait permis à sa fille de prendre l'avantage et elle n'était pas disposée à lui laisser le beau rôle. Elle tourna le rétroviseur pour observer son visage et elle attendit patiemment que ses traits aient repris leur sérénité. Décidément, elle n'était pas dans une de ses journées fastes.

Emma se frictionnait la tête. Elle avait obtenu gain de cause mais elle s'aperçut aussitôt que sa mère n'avait pas l'intention d'en rester là.

— Tu n'as pas besoin d'en parler à tes petits amis, tu sais, dit-elle. D'ailleurs tu ne me donnes pas souvent l'occasion de les rencontrer. Le gosse sera probablement sorti de la maternelle avant qu'ils aient eu le temps de connaître son existence.

— Hum ! fit Aurore en se recoiffant. D'abord, l'enfant sera sûrement une fille. C'est l'habitude dans la famille. Ensuite, ce ne sont pas mes petits amis, ce sont mes chevaliers servants. Tiens-le-toi pour dit.

— Comme tu voudras.

Aurore avait des cheveux magnifiques qui faisaient l'envie de sa fille. Elle prenait tant de plaisir à les peigner qu'elle se calmait progressivement. Malgré tout, elle restait agréable à regarder. C'était une grande consolation. Elle frappa le volant avec le dos de son peigne.

— Tu vois, je t'avais bien dit que Thomas serait en retard. Je ne peux pas attendre davantage. Je ne veux pas rater le début de mon émission.

Elle leva le menton et reprit avec un sourire mi-figue mi-raisin :

— Quant à toi...

— Quant à moi, quoi ?

— Oh, rien, rien ! Tu m'as infligé cette épreuve. N'en parlons plus. Je survivrai.

— Tu veux à tout prix que j'aie des remords. N'y compte pas. J'ai mes droits et tu n'as rien d'une martyre.

Aurore ignora la remarque.

— Oui, je survivrai, répéta-t-elle sur un ton plein de sous-entendus.

Elle avait retrouvé une certaine assurance mais elle tenait à marquer que, s'il lui arrivait quoi que ce soit pendant le temps qui lui restait à vivre, les autres en porteraient la responsabilité.

Pour prévenir toute objection, elle mit le moteur en marche.

— En tout cas, tu vas être obligée de te mettre au régime, reprit-elle. Et puis, fais-moi le plaisir de soigner tes cheveux. Peut-être qu'avec une teinture... Franchement, Emma, je crois que tu aurais intérêt à être chauve.

— Fiche-moi la paix. Il y a longtemps que je ne me tracasse plus pour mes cheveux.

— Oui, c'est bien ce que je te reproche. Tu te résignes beaucoup trop facilement à tout. Ce vêtement que tu portes frise le pathétique. Tu ferais bien de le jeter. Je ne me suis jamais résignée à la médiocrité et la vie que tu mènes est pire que médiocre. Tu devrais changer certaines choses.

— Je crois que les changements se font pour moi.

— Dis à Thomas qu'il ferait bien d'être plus ponctuel. Au revoir. Mon émission ne m'attendra pas. J'espère ne pas rencontrer d'agents de police.

— Pourquoi ?

— Ils me regardent de travers. Je ne sais pas pourquoi. Je ne leur ai jamais fait de mal.

Elle jeta un regard satisfait sur son reflet et remit le rétroviseur plus ou moins en place.

— Je suppose que c'est à cause de cet air distant que tu t'appliques à prendre.

— Allons ! Je file. Tu m'as mise en retard.

Elle agita la main et scruta la rue du regard pour repérer

les obstacles qui pouvaient se trouver sur son chemin. Une petite auto verte de marque étrangère venait de la doubler mais ce n'était pas gênant. Si elle klaxonnait assez fort, le tacot se rangerait sur le bas-côté. Ce genre de véhicule devrait rouler sur le trottoir — la chaussée était tout juste assez large pour les voitures américaines.

— Au revoir, Maman. Reviens nous voir ! cria Emma pour la forme.

Aurore ne l'entendit pas. Elle empoigna le volant et embraya.

— Petite Aurore, murmura-t-elle tendrement en démarrant.


## 3


Emma l'entendit et sourit. « Petite Aurore »... Sa mère employait cette expression quand elle se croyait seule face au monde — seule et parfaitement à la hauteur des circonstances.

Soudain, elle sursauta. A peine avait-elle démarré que sa mère s'était mise à klaxonner à l'intention de la Volkswagen. Or, la Cadillac avait un klaxon assourdissant. Quand il se déclenchait inopinément, il créait un commencement de panique. Contre des sommations aussi impérieuses, la petite voiture verte n'avait aucune chance. Croyant qu'une catastrophe venait de se produire, le chauffeur se rangea sur le côté sans même klaxonner à son tour.

Emma tira sur son tee-shirt pour l'allonger le plus possible. Les arbres dégouttaient encore de pluie et les gouttes tombaient sur sa poitrine. Son tee-shirt soulignait ses imperfections. Sa mère n'avait pas tout à fait tort.

Comme toujours après les visites d'Aurore, Emma se sentait agressive, pas seulement vis-à-vis de sa mère mais vis-à-vis de son mari et d'elle-même. Flap aurait dû être là pour se défendre ou plutôt pour les défendre. Sa mère ne l'avait pas attaquée de front ; passée maître dans l'art subtil de donner à chacun un vague complexe de culpabilité — à l'exclusion d'elle-même naturellement —, elle s'était contentée de l'exercer une fois de plus. Sa présence créait toujours un climat de tension qui s'accentuait encore après son départ. Ses remarques les plus absurdes semblaient continuer à flotter dans l'air. Elles étaient toujours injustifiées et offensantes mais jamais absolument anodines, du moins pour Emma... Cheveux, régime, tee-shirt, Flap et elle-même. Elle avait eu beau riposter du tac au tac, elle gardait toujours le sentiment de rester sur une défaite. En réalité, Flap ne lui était pas d'un grand secours, même quand il lui arrivait d'être présent. Il avait tellement peur de perdre le minimum de considération que Mrs Greenway lui accordait qu'il se gardait bien de la contrarier.

Deux minutes plus tard, alors qu'elle réfléchissait encore aux brillantes reparties qu'elle aurait pu lancer à sa mère, Flap et son père débouchèrent au coin de la rue. En la voyant, Cecil Horton manœuvra sa Plymouth bleue de façon à se ranger assez près d'elle pour l'attraper par le bras sans ouvrir la portière.

— Salut, ma belle, fit-il avec un large sourire.

Cecil était un homme des années quarante. « Ma belle » était son terme d'amitié. Emma détestait ce genre d'expression et elle attendait avec impatience le jour où Cecil s'oublierait et l'emploierait avec Aurore. Son sourire l'exaspérait aussi parce qu'il était commercial et totalement impersonnel. Cecil aurait souri ainsi à une bouche d'incendie pour peu qu'il ait eu l'occasion d'en rencontrer une sur son chemin.

— Avez-vous acheté le bateau ? demanda-t-elle.

Cecil n'entendit pas la question. Il continuait à lui sourire. Ses cheveux gris étaient soigneusement coiffés. Il n'avait que soixante ans mais était un peu dur d'oreille. En fait, il n'espérait pas entendre tout ce qu'on lui disait. Quand quelqu'un qu'il était censé aimer lui adressait la parole, il maintenait plus longtemps son sourire ou lui tapotait l'épaule en témoignage de son affection.

Emma ne croyait guère à cette affection qui n'était accompagnée d'aucune marque d'attention. Elle était sûre que s'il l'avait trouvée dans l'allée, amputée des deux bras et baignant dans son sang, Cecil lui aurait encore crié « Salut ma belle » en lui tapotant l'épaule avec le même sourire commercial. Sa mère ne pouvait le supporter et s'éloignait à la seule mention de son nom.

— Quand on parle du loup, il ne tarde pas à montrer sa queue, disait-elle en gagnant la porte.

Flap descendit de voiture et Cecil s'éloigna. Quelques minutes plus tard, Emma se sentit assez irritée pour aborder le sujet qui la préoccupait.

— Depuis deux ans que je le connais, il ne m'a jamais accordé la moindre attention, commença-t-elle.

— Bah ! Papa ne fait jamais attention à personne.

— Mais si, il fait attention à toi. Moi, j'entre dans le champ de sa conscience lorsqu'il croit que j'ai failli à mes devoirs d'épouse, s'il remarque que ta chemise n'est pas nette, par exemple.

— Fiche-moi donc la paix, grommela Flap. Je suis fatigué.

Manifestement, il l'était. Il avait un long nez, une longue mâchoire et une bouche qui s'affaissait quand il était déprimé, ce qui lui arrivait souvent.

C'était justement son air déprimé qui avait tout d'abord séduit Emma ainsi que sa mâchoire allongée. L'ensemble lui avait paru émouvant et quelque peu romantique. Deux jours après leur première rencontre, elle avait acquis la conviction qu'elle était la femme qu'il lui fallait. Deux ans s'étaient écoulés et elle en était toujours convaincue mais elle ne pouvait se dissimuler que Flap n'avait pas vraiment répondu à son attente. Certes, il avait besoin d'elle mais il continuait à être déprimé neuf jours sur dix. A la longue, elle fut forcée d'admettre que cet état dépressif n'avait pas tendance à disparaître et elle commençait à se demander pourquoi. Elle lui avait posé la question. Elle n'était pas pour rien la fille d'Aurore Greenway.

— Tu ne devrais pas être fatigué, dit-elle. Tu n'as fait qu'aider ton père à inspecter un bateau. Moi, j'ai fait la lessive, je me suis disputée avec ma mère et je ne suis pas fatiguée pour autant.

— Pourquoi est-elle venue ?

— Drôle de question. Pourquoi la poses-tu ?

— Comme ça. Tu n'as pas été très aimable avec Papa. J'ai envie d'une bière.

Il entra dans la chambre à coucher. Emma se contint et alla chercher une boîte de bière. La susceptibilité de Flap en ce qui concernait son père ne la contrariait pas vraiment — les deux hommes avaient toujours été très unis et elle était une intruse dans leur intimité. Flap n'avait pas su manœuvrer adroitement, voilà tout. A certains moments, il semblait heureux auprès d'elle et elle supposait qu'à d'autres il était heureux auprès de son père, mais jamais ils n'avaient été vraiment heureux tous les trois ensemble.

Pourtant avec Cecil, elle était dix fois moins mal à l'aise que Flap ne l'était en présence de sa mère.

Allongé sur le lit, il était plongé dans la lecture d'un recueil de poésies classiques quand elle lui apporta la bière.

— Que dois-je faire pour que tu cesses de lire et que tu me parles ? demanda-t-elle.

— Ce n'est que Wordsworth. Je déteste Wordsworth. Je l'abandonnerai au moindre prétexte... Une bonne odeur de cuisine par exemple.

— Tu es vraiment difficile à vivre.

20

— Non. Tout simplement égoïste.

Il ferma son livre et la regarda avec une lueur de tendresse. Il avait des yeux bruns et un regard qui pouvait exprimer la détresse et la douceur à la fois. Emma fondit aussitôt. Le moindre signe d'affection suffisait à l'amadouer. Elle s'assit sur le lit et lui prit la main.

— Tu lui as dit que tu étais enceinte ? demanda-t-il.

— Oui. Elle a piqué une crise.

Elle décrivit la scène en détail.

— Quelle femme absurde ! commenta Flap.

Il se redressa brusquement, dégageant une odeur de bière et d'eau salée et il la saisit à bras-le-corps. Ses assauts étaient toujours très soudains. Au bout de dix seconde, Emma était excitée et essoufflée, ce qui semblait être exactement l'effet qu'il recherchait.

— Tu es tout de même bizarre, murmura-t-elle en essayant d'ôter une partie de ses vêtements. Tu ne me laisses jamais le temps d'y penser. Je ne t'aurais pas épousé si je n'avais pas voulu y penser.

— L'un de nous deux pourrait se lasser, expliqua-t-il.

C'était la seule chose qu'il faisait vite — tout le reste lui prenait des heures. Emma se demandait parfois s'il ne serait pas possible d'intervertir les priorités, d'obtenir qu'il fasse l'amour sans se presser et qu'il se dépêche pour les autres actes de la vie courante mais, au moment de tâter le terrain, elle reculait toujours. Au moins quand il s'installait après pour ôter ses chaussures, il avait l'air heureux. Son visage continuait à refléter une ardeur qui était éteinte ailleurs.

— Tu vois, quand on fait l'amour à ma façon, l'intérêt ne se relâche pas.

— Avec toi, on a surtout la sensation d'être renversée par un bolide. Tu parles d'un intérêt !

Comme d'habitude, elle acheva de se déshabiller une fois l'acte accompli et se coucha. La tête calée sur deux oreillers, elle examina ses pieds. Dans combien de temps son ventre l'empêcherait-il de les voir ? Malgré la chaleur, la fin de l'après-midi était son moment favori. Sa propre sueur la rafraîchit quelques minutes et un long rayon de soleil oblique vint se poser sur la partie de son corps qu'elle venait de dépouiller de son slip. Flap revint et se coucha sur le ventre pour reprendre sa lecture. Elle se sentit un peu délaissée et glissa ses jambes sur les reins de son mari.

— J'aimerais que tu me consacres ton attention un peu plus longtemps, dit-elle. Pourquoi lis-tu Wordsworth si tu ne l'aimes pas ?

— Je l'apprécie davantage quand j'ai fait l'amour.

— Maman n'est pas vraiment absurde, tu sais, dit Emma.

Son corps avait brusquement été projeté loin de son esprit mais c'était fini. Son esprit entendait regagner sa place et reprendre la conversation entamée au moment où Flap s'était jeté sur elle.

— Qu'est-ce qu'elle est alors ?

— Une parfaite égoïste. En fait, elle est encore plus égoïste que toi, ce qui n'est pas peu dire. Elle est peut-être même plus égoïste que Patsy.

— Personne n'est plus égoïste que Patsy.

— Je me demande ce qui se serait passé si tu l'avais épousée.

— Patsy ?

— Mais non, Maman.

Cette idée était tellement aberrante que Flap lâcha son livre et écarquilla les yeux. Emma avait l'habitude de dire tout ce qui lui passait par la tête, c'était ce qui lui plaisait chez elle, mais il n'aurait jamais imaginé qu'une pensée pareille lui traverserait la cervelle.

— Si elle t'entendait, elle te ferait interner, dit-il enfin. Je devrais te faire interner. Nous manquons peut-être de bon sens, ta mère et moi, mais nous en avons tout de même suffisamment pour ne pas commettre une folie pareille. Quelle absurdité !

— Oui, mais tu as l'esprit classique, tu crois que les gens ne font que des choses raisonnablement normales ou raisonnablement anormales. Je suis plus perspicace que toi, je sais qu'ils sont capables de tout et de n'importe quoi.

— Surtout ta mère. Pour ta gouverne, je n'ai pas l'esprit classique, mais romantique et tu n'es pas plus perspicace que moi.

Emma s'assit sur le lit et se rapprocha de lui pour lui masser le dos. Le soleil avait tourné et elle commençait à sentir la moiteur de l'air du soir qui s'infiltrait par la fenêtre ouverte. Le mois d'avril était à peine entamé mais il faisait déjà si lourd par moments que les nappes d'air chaud étaient presque visibles.

Elle essaya de composer dans sa tête un menu aussi rafraîchissant que possible pour le repas du soir. Peut-être des sandwiches au concombre, mais Flap n'en mangerait sûrement pas. D'ailleurs, elle n'avait pas de concombre. Si elle ne préparait pas un plat succulent, il continuerait à lire pendant des heures sans dire un mot. Après l'amour, il lisait toujours des heures durant sans mot dire.

— Que se serait-il passé si l'un de nous deux avait épousé quelqu'un qui n'aime pas lire ? dit-elle. Il doit y avoir des millions de gens intéressants qui n'aiment pas lire.

Flap ne répondit pas. Tout en réfléchissant au problème du dîner, Emma regardait par la fenêtre l'ombre qui s'épaississait.

— La seule chose qui ne me plaît pas dans l'acte sexuel, c'est qu'il met toujours fin à une conversation, reprit-elle. Il est vrai que c'est ce qui maintient notre union.

— Quoi ? demanda Flap.

— L'acte sexuel. Nous ne parlons pas assez pour que nos vagues échanges ressemblent à une vraie conversation.

Flap n'entendait pas réellement ce qu'elle disait. Il avait simplement répondu au son de sa voix par politesse. Emma se leva, rassembla ses vêtements et ceux de Flap. La réflexion qu'elle venait de faire la déconcertait. Pas une fois, en deux ans de mariage, elle n'avait dit quoi que ce fût de pareil, jamais elle n'avait manifesté le sentiment que leurs liens conjugaux se réduisaient aux exigences de la loi naturelle. Elle avait oublié d'imaginer ce que serait sa vie sans Flap. D'ailleurs, elle était enceinte et il était hors de question qu'ils remettent en cause la base de leur union.

Emma le regarda. Il lisait toujours, parfaitement satisfait, parfaitement solide et complètement oublieux de sa présence. Cette vue la replongea dans la réalité. Elle passa dans la salle de bains et se doucha. Quand elle revint dans la chambre, Flap fouillait dans les tiroirs de la commode en quête d'un tee-shirt.

— Ils sont sur le canapé, dit-elle. Je les ai même pliés.

L'idée lui vint de faire une omelette espagnole mais, comme c'était souvent le cas, elle n'alla pas jusqu'au bout de son inspiration. Assis à table, Flap lisait en tapant du pied en cadence, ce qui signifiait qu'il avait faim. Quand elle posa le plat devant lui, il le lorgna d'un œil critique. Il se flattait d'être gourmet. Seul le manque d'argent l'empêchait de se prendre aussi pour un connaisseur en vins.

— Ce n'est pas une omelette espagnole, remarqua-t-il. Ce sont de vulgaires œufs brouillés.

— Tu sais que ma mère était trop grande dame pour m'apprendre à faire la cuisine. Mange toujours.

— Bonne journée aujourd'hui, dit-il avec son regard le plus charmeur. Papa a acheté un nouveau bateau, j'ai eu la chance de manquer ta mère et maintenant je mange des œufs brouillés.

— Oui et tu as aussi fait l'amour, dit Emma en se servant. Ça s'est passé si vite que tu ne t'en souviens peut-être pas, mais tu l'as fait.

— Cesse donc de te croire négligée. Tu ne l'es pas et tu auras beau essayer, tu n'auras jamais l'air amer.

— Je ne sais pas. Je peux apprendre.

— Tu dis toujours : « Je ne sais pas. »

— Oui. Et c'est vrai. Je ne sais pas et je crois que je ne saurai jamais. Quand je serai vieille, je resterai assise dans un fauteuil en répétant « je ne sais pas, je ne sais pas, je ne sais pas ». Seulement, à ce moment-là peut-être que je radoterai.

Flap la dévisagea bouche bée. Elle avait de ces idées ! Il ne sut que répondre. Bien qu'elle eût un aspect peu orthodoxe, l'omelette était délicieuse et il se sentait parfaitement satisfait. Emma contemplait la nuit. Son regard vif — presque toujours tourné vers lui, pour guetter ses pensées ou ses désirs — était fixé sur un autre objet. Il avait failli la féliciter mais il s'était ravisé. A certains moments, Emma l'intimidait, il n'aurait su dire pourquoi. Un peu déconcerté, il joua quelques instants avec sa fourchette puis ils écoutèrent en silence le bruit des gouttes d'eau qui tombaient des arbres.

# CHAPITRE II

## 1

— Tu seras heureuse d'apprendre que je ne t'en veux plus, dit Aurore le lendemain matin. Peut-être n'est-ce pas tellement catastrophique après tout.

— De quoi parles-tu ? demanda Emma.

Il n'était que sept heures et demie et elle était à peine réveillée. De plus, elle s'était cogné un orteil en courant à la cuisine où se trouvait le téléphone.

— Emma, tu n'as pas l'air en forme. Tu as pris un somnifère ?

— Maman, je t'en prie. Je dormais. Que veux-tu ?

Même dans un état second, elle eut conscience de l'absurdité de sa question. Sa mère l'appelait tous les matins pour ne rien dire. Grâce au ciel, le téléphone était dans la cuisine... S'il avait retenti tous les matins à sept heures dans la chambre à coucher, Flap n'aurait pas attendu deux mois pour divorcer.

— J'espère que je n'ai plus besoin de te mettre en garde contre les somnifères, reprit Aurore.

— Je n'en prends pas, je te dis. Je ne prends rien. Je n'ai même pas eu le temps de prendre mon café. Que disais-tu pour commencer ?

— Que ce n'est peut-être pas une catastrophe.

— De quoi veux-tu parler ?

— De ton état.

— Je vais très bien, répondit Emma en étouffant un bâillement. J'ai encore sommeil, voilà tout.

Aurore se sentait légèrement exaspérée. Emma ne semblait pas apprécier son admirable grandeur d'âme. Heureusement qu'elle avait un beignet à sa portée sur le plateau du petit déjeu-

25

ner ; elle le mangea avant de reprendre la parole. Sa fille continuait à somnoler, le récepteur à l'oreille.

— Je faisais allusion à l'enfant que tu attends, dit Aurore, relançant la conversation.

— A ma grossesse, tu veux dire.

— Oui, si tu tiens à employer des mots crus. A propos de mots, ton ami Danny Deck, l'écrivain, a publié un livre.

— Je le sais bien. Je t'en ai parlé il y a des mois.

— Bah ! je croyais qu'il vivait en Californie.

— C'est bien là qu'il vit. Les deux faits ne sont pas incompatibles.

— Je t'en prie, ne cherche pas à philosopher, Emma. Tu ne m'impressionnes pas. D'après le journal, il devrait arriver ici ce soir pour signer son livre. C'est lui que tu aurais dû épouser, tu sais.

Emma reçut la nouvelle comme un coup de poing danc l'estomac. Elle rougit à la fois de colère et d'embarras. Elle regarda par la fenêtre leur petit carré de jardin et se représenta Danny allongé sur la pelouse. Il avait l'habitude de passer par la cour et de la surprendre en robe de chambre. La nouvelle de son arrivée la troublait. En même temps, elle en voulait à sa mère de l'avoir apprise la première. Danny était à elle, et sa mère n'avait pas le droit d'être au courant de ses faits et gestes avant elle.

— De quoi te mêles-tu ! gronda-t-elle. J'ai épousé qui j'ai voulu. D'ailleurs, qu'est-ce qui te prend ? Tu as toujours détesté Danny. Tu aimais encore mieux Flap.

— J'avoue que je n'ai jamais apprécié son accoutrement, dit Aurore sans se soucier de la colère de sa fille. Il s'habillait encore plus mal que Thomas, ce qui n'est pas peu dire. Quand même, les faits sont là. Il a réussi ; ce qui n'est pas le cas de Thomas. Tu as peut-être fait le mauvais choix.

— Tais-toi ! fulmina Emma. Tu ne sais rien de ce qui s'est passé. Au moins j'ai choisi ! Je n'ai pas laissé une dizaine d'hommes me tourner autour pendant des années comme tu le fais. Pourquoi me critiques-tu, toi qui n'es pas capable de prendre la moindre décision ?

Aurore se hâta de raccrocher. Il était inutile de poursuivre la conversation avant qu'Emma n'ait eu le temps de se calmer. André Previn venait d'apparaître sur l'écran de télévision pour l'émission *Aujourd'hui* et André Previn était l'un des rares hommes au monde auxquels elle accordait une attention sans partage. Autrement dit, elle était folle de lui. Pour l'émission *Aujourd'hui*, il portait une chemise à pois et une cravate lavallière. Il étincelait sans pour autant perdre une once de sa

26

dignité. Aurore dégusta son café et grignota un autre beignet tout en buvant les paroles de Previn. Les beignets étaient expédiés toutes les semaines par avion dans une caisse blanche en provenance de Southampton, don de Mr Edouard Johnson, l'un de ses chevaliers servants et vice-président de sa banque. Aux yeux d'Aurore, cette expédition hebdomadaire constituait certainement l'acte le plus intelligent qu'il ait jamais accompli dans son existence.

André Previn avait une autre classe. Il était si séduisant que, par moments, Aurore se surprenait à envier sa femme. Un homme qui possédait à la fois charme et dignité était un oiseau rare — une combinaison qu'elle semblait destinée à chercher en vain. Son mari, Rudyard, n'avait ni l'un ni l'autre. Ce n'était pas sa faute non plus si son absurde mère l'avait affublé de ce prénom à cause du culte qu'elle avait voué à Rudyard Kipling. En pensant à ses vingt-quatre ans de mariage — ce qui lui arrivait rarement il est vrai —, Aurore ne se rappelait pas un seul acte dont il avait été responsable, sauf peut-être la naissance d'Emma et encore... C'était contestable. Rudyard n'avait jamais été capable d'insistance. Il n'avait même pas insisté pour l'épouser. Un végétal n'aurait pas été moins excitant. En réalité, son bain quotidien suffisait à son bonheur. Elle le lui avait dit souvent et il ne l'avait pas contredite. Heureusement qu'il était grand, beau, extrêmement bien élevé et détenteur d'un brevet de découverte d'un produit chimique pour lequel l'industrie du pétrole lui versait de substantielles sommes d'argent. Aurore était persuadée que, sans ce produit chimique, ils seraient certainement morts de faim tous les deux. Rudyard était beaucoup trop poli pour occuper un emploi. Il avait toujours été enclin à éviter les commentaires et, s'il cultivait un art, c'était celui des minimums. Même de son vivant, elle oubliait parfois son existence. Enfin, un jour, il s'était assis dans son fauteuil et avait rendu l'âme sans mot dire. Après sa mort, sa photographie elle-même ne réussissait pas à évoquer son image. Vingt-quatre ans de minimums ne lui avaient laissé qu'un éparpillement de souvenirs inconsistants. Quoi qu'il en soit, au fond de son cœur elle avait depuis longtemps tourné ses pensées vers d'autres — des chanteurs généralement. Si jamais elle était forcée de s'accommoder d'un autre homme, elle veillerait à ce qu'il soit au moins capable de faire un peu de bruit.

André Previn la séduisait à la fois par son talent de musicien et son sourire plein de fossettes. Aurore elle-même était membre de l'association Bach. Elle l'observa attentivement, décidée à se procurer les dernières revues de cinéma pour essayer de savoir s'il était heureux en ménage. D'ailleurs, elle ne se privait jamais d'en acheter. Elles semblaient s'accumuler dans son sac à provisions. Emma lui reprochait si souvent de s'intéresser à de telles futilités qu'elle était obligée de les cacher dans son panier à linge et de s'enfermer pour les lire. A peine l'émission fut-elle terminée qu'elle rappela sa fille.

— Devine qui j'ai vu dans *Aujourd'hui* ?

— Je m'en fiche, même si c'est Jésus en personne. Tu n'as pas fini de me harceler ? D'abord tu me réveilles en sursaut, puis tu m'insultes et tu raccroches. Pourquoi me donnerais-je la peine de te parler ?

— Emma, sois polie. Tu es trop jeune pour être aussi susceptible. Et puis tu vas être mère.

— Je n'ai même plus envie de l'être. Je pourrais devenir comme toi. Qui as-tu vu dans *Aujourd'hui* ?

— André.

— Eh bien, c'est parfait, dit Emma sans enthousiasme.

Elle s'était habillée mais n'avait pas encore eu le temps de se calmer. Flap dormait toujours, aussi attendait-elle pour préparer le petit déjeuner. Si seulement Danny venait la surprendre, elle lui ferait des crêpes et il lui raconterait ses dernières aventures. Elle mourait d'envie de le voir, de savoir ce qu'il devenait mais, en même temps, l'idée qu'il pourrait surgir derrière la porte vitrée la remplissait de crainte.

— Pourquoi es-tu si nerveuse ? s'enquit sa mère, flairant immédiatement son trouble.

— Je ne suis pas nerveuse. Occupe-toi de tes affaires. D'ailleurs tu devrais raccrocher. A cette heure-ci tes prétendants vont t'appeler.

Aurore constata qu'elle avait raison. Aucun de ses soupirants ne se serait permis de lui téléphoner avant huit heures quinze et ils n'auraient pas manqué de prendre de ses nouvelles à partir de huit heures trente. En ce moment même dans divers coins de Houston, des hommes s'énervaient parce que sa ligne était occupée et chacun se reprochait de n'avoir pas osé l'appeler une minute plus tôt. Aurore sourit, satisfaite. Pourtant, ce n'était pas parce que ses chevaliers servants se morfondaient qu'elle allait renoncer à son enquête. Sa fille devenait décidément trop secrète.

— Emma, quelque chose me chiffonne dans le ton de ta voix. Aurais-tu des velléités d'adultère ?

Emma raccrocha. Deux secondes plus tard, la sonnerie retentit de nouveau.

— Nous sommes à égalité, dit Aurore.

— J'ai des velléités de meurtre, gronda Emma.

— Tu sais qu'il n'y a jamais eu de divorce dans la famille

28

mais, s'il faut commencer, une rupture avec Thomas est un bon point de départ.

— Au revoir, Maman, à demain.

— Attends.

Emma attendit en silence.

— Tu es si brusque, ma fille. Je suis en train de déjeuner, ce n'est pas bon pour ma digestion. Tu me maltraites. La vie est tellement plus belle quand on se dit des choses agréables.

— Tu es merveilleuse, tu es adorable, tu as des cheveux magnifiques, dit Emma, sur un ton de litanie.

Elle reposa l'appareil. Un jour elle avait essayé d'écrire une nouvelle sur elle et sa mère. Elle avait défini le monde comme une énorme mamelle dont sa mère cherchait sans cesse à traire des compliments. Elle n'avait pas su aller jusqu'au bout de l'image, mais le principe de base était assez évident. Il lui avait fallu des années pour atteindre le stade où elle pouvait raccrocher quand elle n'avait pas envie d'être traite.

Elle sortit et s'assit sur les marches en plein soleil. Elle attendait Danny. C'était son heure. Il aimait partager son petit déjeuner. Il irait s'asseoir dans la cuisine et la reluquerait pendant qu'elle vaquerait à ses préparatifs culinaires. Il se prétendait toujours épuisé par ses innombrables aventures mais sa fatigue ne l'empêchait jamais de reluquer les femmes. Depuis trois ans, ils étaient les meilleurs amis du monde et leur conversation s'élevait à des hauteurs qu'elle atteignait rarement avec d'autres. Leur amitié était nuancée de touches romantiques et le mariage de Danny ne semblait pas avoir affecté leurs relations. D'ailleurs il ne fallait pas avoir le moindre grain de bon sens pour imaginer que ce mariage pouvait durer ou même qu'il comptait particulièrement. Il s'était marié sur un coup de tête typiquement stupide et il était possible qu'il ait déjà rompu.

La publication de son roman lui paraissait encore plus surprenante que son mariage, et elle remuait cette pensée dans sa tête pendant que ses jambes se chauffaient au soleil. Tous ceux qu'elle fréquentait avaient plus ou moins rêvé de devenir écrivains. C'était l'unique ambition de Flap quand ils s'étaient rencontrés. Elle-même avait écrit une vingtaine de nouvelles assez puériles mais elle s'était bien gardée de les montrer. La plupart de ses camarades de classe composaient des poèmes. Danny connaissait même un portier, auteur de scénarios. Mais Danny était un véritable écrivain, ce qui le distinguait des autres. Tout le monde le croyait différent, pas tout à fait normal. C'était sans doute vrai, et Danny devait le savoir. Emma était seule à le traiter comme un être normal. C'est pourquoi ils s'entendaient si bien. Cependant, elle s'aperçut bientôt qu'il était difficile d'être la femme de Flap et de traiter Danny comme s'il ressemblait à tout le monde. Le domaine de l'amitié et le domaine du mariage sont faits de toutes sortes de nuances.

La chaleur du soleil commençait à devenir trop intense. Elle remonta pour se mettre à l'ombre sous la véranda. Pendant qu'elle attendait Danny, Flap apparut. Elle n'en fut pas surprise. Elle savait qu'il était capable de la sentir penser. Il entrebâilla la porte vitrée et lui lança sans aménité :

— Et le petit déjeuner ? Nous sommes mariés, oui ou non ?

Emma ne bougea pas.

— Tu n'as rien à me reprocher, rétorqua-t-elle. Personne n'était réveillé, je ne vois pas pour qui j'aurais préparé le déjeuner.

— C'est bon, mais je dois partir avec Papa. Tu ne voudrais tout de même pas que je m'en aille le ventre vide ?

— J'ignorais que tu partais. Pourquoi ne me l'as-tu pas dit hier soir ? Où vas-tu ?

— Il faut bien que nous allions essayer le bateau que nous avons acheté hier.

Emma s'était sentie très heureuse pendant quelques minutes seule avec elle-même et les vagues pensées que lui inspirait Danny. Peut-être que cette petite véranda et son ombre fraîche formaient la meilleure partie de sa vie. Il avait suffi que Flap ouvre la porte pour que tout se détraque.

— J'ignorais que j'avais épousé des frères siamois, ricana-t-elle. Vous ne pouvez donc pas faire un pas l'un sans l'autre ?

— Ne commence pas, je te prie.

— Non, tu as raison, dit Emma en se levant. Je n'ai pas encore le journal. Que veux-tu pour ton petit déjeuner ?

— N'importe quoi, répondit Flap soulagé. Je vais aller chercher le journal.

Pas très fier de lui, il ne cessa de bavarder pendant tout le repas dans l'espoir de se racheter à l'avance. Emma essayait de lire les annonces locales et les tentatives de conciliation de Flap l'irritaient plus encore que la pensée d'être délaissée pour une partie de pêche.

— Tais-toi et mange, dit-elle. Je ne peux pas lire et t'écouter et toi tu ne peux pas goûter ce que tu manges en jacassant comme tu le fais. Je ne vais pas divorcer parce que tu préfères la compagnie de ton père à la mienne, mais je pourrais très bien le faire si tu ne me laisses pas lire.

— Je ne comprends pas pourquoi tu lis les annonces.

— Elles sont toujours différentes.

— Je le sais bien, mais à quoi bon ? Tu ne t'en sers jamais.

Il était toujours agacé de la voir parcourir avec un soin particulier les colonnes d'annonces. Il était difficile de ne pas se sentir intellectuellement supérieur à quelqu'un qui passait la moitié de sa matinée à lire ce genre de futilités.

— On te propose des choses que tu n'achèteras jamais, reprit-il, et des emplois que tu n'obtiendras jamais.

— Pourquoi pas, si j'en ai vraiment envie ?

Elle ne lui permettait pas de la priver de son plaisir. D'ailleurs, elle avait déjà acheté une magnifique lampe bleu pâle à une vente aux enchères signalée dans les annonces. Elle ne l'avait payée que sept dollars et c'était l'un de ses plus chers trésors.

Cecil arriva pendant que Flap se rasait. Emma rangea son journal et lui apporta du café avec des toasts et de la confiture. Il n'en laissa pas une miette. Elle le regardait, fascinée. Cecil laissait toujours ses assiettes aussi propres que si elles sortaient de la machine à laver la vaisselle. Sa mère avait remarqué un jour qu'il était le seul homme capable de nettoyer une assiette avec un morceau de pain, et c'était vrai. Pareil à un fermier japonais cultivant son lopin de terre, Cecil se concentrait sur un carré de terrain dont chaque millimètre devait être utilisé. Au début de son mariage, son aptitude à faire disparaître la moindre parcelle de nourriture l'avait déconcertée. A l'époque, elle était trop timide pour le regarder manger, et quand elle voyait son assiette étincelante de propreté à la fin du repas, elle se demandait si elle n'avait pas oublié de le servir.

Flap entra au moment où son père terminait sa tasse de café. Il semblait si malheureux qu'Emma eut pitié de lui. Ce n'était sûrement pas amusant d'être déchiré entre une épouse et un père. Pourquoi était-il déchiré ? Elle se le demandait encore — elle n'aurait certainement pas été déchirée entre sa mère et lui mais, manifestement, il l'était et elle ne voulait pas ajouter à son embarras. Elle l'attira dans la chambre pour l'embrasser, mais sans succès. Il était trop malheureux pour réagir. D'ailleurs, il n'avait pas envie d'être embrassé. Déconcertée, Emma lui frotta le ventre pour lui montrer qu'elle ne lui en voulait pas.

— Je t'en prie, ne prends pas cet air lamentable, dit-elle. Je ne veux pas me sentir coupable de t'avoir donné des remords. Si tu dois me laisser tomber, apprends au moins à afficher une superbe insouciance. Au moins je pourrais te détester au lieu de me détester moi-même.

Flap regarda par la fenêtre. Il ne supportait pas qu'Emma se livre à des analyses. En fait, il se sentait obligé de lui proposer de les accompagner, c'était l'unique raison de sa contrariété.

— Tu peux venir si tu veux, dit-il du bout des lèvres. Je ne pense pas que tu tiennes beaucoup à naviguer pendant tout le week-end en discutant d'Eisenhower et de Kennedy.

A force de chercher, Emma et Cecil avaient trouvé *leur* sujet de conversation. Cecil soutenait que Ike avait été le seul président valable depuis Abraham Lincoln. Il admirait tout ce qui le concernait, particulièrement le fait qu'il était parti de rien pour accéder aux plus hautes fonctions. Il fallait être extrêmement économe pour s'élever ainsi à partir de rien. Ces Kennedy le choquaient à tous égards. Il leur reprochait de dilapider d'énormes sommes d'argent, peu importait qu'une partie de cet argent leur appartînt. Il doutait que ces Kennedy aient été capable de nettoyer leur assiette.

Emma au contraire adorait les Kennedy. Sa mère, qui ne s'intéressait pas aux chefs d'Etat, était tellement agacée de les entendre discuter d'Eisenhower et de Kennedy qu'elle leur avait interdit de prononcer le nom d'un président devant elle.

— Nous rapporterons peut-être un gros poisson, dit Flap sur un ton léger.

Emma s'écarta. Son refus avait suffi à le rasséréner. Il alla ouvrir la porte du placard pour en sortir son attirail de pêche, et se mit à siffler. Une de ses robes se trouvait toujours coincée dans ses articles de pêche mais c'était leur seul placard et ils n'avaient pas d'autre endroit pour les ranger. Quand il se pencha pour soulever son matériel, son tee-shirt, remonta, laissant apparaître le creux de son épine dorsale. C'était une région qu'elle aimait caresser mais, à cet instant, elle se sentait glacée. Si elle avait eu une chaîne à sa portée elle s'en serait servie pour le frapper juste au-dessus des reins. Si elle lui brisait les vertèbres, tant mieux. Il l'avait en quelque sorte forcée à renier son droit de l'accompagner et ensuite il se proposait de rapporter un poisson pour la récompenser d'avoir renoncé à ses droits. Elle n'avait rien fait de vraiment honnête depuis qu'elle était debout. Les yeux fixés sur le dos de Flap, elle se demandait comment elle pourrait agir honnêtement. Seule une chaîne lui aurait permis de le faire, mais elle n'en avait pas.

Elle allait rester seule avec sa mauvaise humeur et le secret de l'arrivée de Danny. Flap aurait éventé ce secret s'il s'était donné la peine de lire le journal, mais il avait regardé distraitement les titres et parcouru la page sportive. Sachant qu'il allait à la pêche, il ne s'était même pas intéressé aux nouveaux films de la semaine. Pendant le déjeuner, Emma avait failli annoncer la nouvelle, non par honnêteté, mais parce qu'elle était saisie d'une étrange appréhension qui s'était dissipée pour l'envahir de nouveau et refluer encore. Si Flap l'avait regardée une seule fois en face, elle lui aurait aussitôt parlé de Danny mais, à sa façon de siffler, elle comprenait qu'il ne penserait guère à elle pendant le week-end. Elle ne fit aucun effort pour se montrer aimable, mais il n'en avait cure.

— Tu sembles fâchée, dit-il comme s'il avait parlé du temps.

— Je le suis.

— Pourquoi ?

— C'est à toi de le deviner.

— Tu es vraiment impossible.

— Pas du tout. Je suis très possible si on me traite avec un minimum d'égards.

Flap était d'excellente humeur. Il n'avait aucune envie de discuter. Il ne réagit pas, monta en voiture et agita la main sans remarquer qu'elle ne répondait pas à son geste.

Cecil ne le remarqua pas non plus. Il était parfaitement heureux.

— C'est une bonne fille, commenta-t-il. Tu as eu raison de l'épouser. C'est la meilleure chose que tu aies faite de ta vie. J'espère que nous pourrons lui rapporter un beau poisson.


2


La « bonne fille » rentra et essaya de s'armer contre les sentiments de colère, de vide et d'appréhension qui envahissaient son cœur et gâchaient le plaisir que paraissait promettre cette radieuse matinée. Elle désirait avant tout que Flap la regarde en face ne serait-ce qu'une minute — avec une expression simplement amicale et pas amicalement coupable. Il savait qu'il fallait si peu de chose pour lui faire plaisir. Deux petites minutes de compréhension auraient suffi. Il lui semblait scandaleux qu'un mari ne se soucie pas assez de sa femme pour lui consacrer les deux minutes qui l'auraient réconfortée.

Elle dégagea la table et s'assit près de la fenêtre. En fait d'armes, elle avait du café, des cigarettes, les petites annonces, les mots croisés et même son vieil exemplaire des *Hauts de Hurlevent*, l'infaillible réconfort de sa vie mais, pour une fois, il déçut son attente. L'histoire lui rappelait trop qu'elle ne connaîtrait jamais rien d'aussi exaltant. Personne ne pourrait croire que sa situation était aussi cruciale, une affaire de vie ou de mort.

La sonnerie du téléphone l'arracha à ses réflexions.

— Encore toi ! s'exclama-t-elle.

— Bien sûr. Tu ne m'as pas laissé le dernier mot. Quelle égoïste ! Tu sais bien que j'aime avoir le dernier mot.

— J'étais occupée. D'ailleurs, je pensais à tes bonshommes.

— Oh, ceux-là ! Emma, tu as une drôle de voix. Tu vas avoir un beau bébé et tu n'as même pas l'air heureuse. Pourtant, tu as toute la vie devant toi.

— Il y a dix ans que tu ressasses ça. Depuis le temps, j'en ai une bonne partie derrière moi. Tu me l'as dit quand j'ai eu mes premières règles et tu me l'as répété quand je me suis fiancée.

— Seulement pour te donner le sens des réalités. Malheureusement, j'ai échoué.

— Simplement parce que je suis résignée. As-tu jamais pensé à cela ?

— Bon, je te laisse. Tu n'es qu'une ingrate. Tu n'aimes pas que je sois gaie. J'ai pu commettre certaines erreurs dans ma vie, mais j'ai toujours gardé une attitude saine. Tu as des responsabilités maintenant. Aucun enfant n'apprécie une mère résignée. Tu ferais bien de suivre un régime.

— Fiche-moi la paix. J'en ai assez. De toute façon, tu pèses encore plus que moi.

Aurore raccrocha.

Emma fixa son attention sur les petites annonces. Elle avait cessé d'en vouloir à Flap mais si elle pouvait surmonter sa rancune, elle ne réussissait pas à surmonter sa déception. La vie n'offrait pas grand-chose de comparable à ce qu'elle était dans *les Hauts de Hurlevent*.

Elle se mit à peler une orange, tantôt méticuleusement tantôt distraitement, mais le fruit resta intact sur la table jusqu'au soir.

# CHAPITRE III

## 1

Vers dix heures, Aurore descendit dans son patio. Rosie, la femme de ménage qui la servait depuis vingt-deux ans, la trouva étendue dans une chaise longue.

— Qu'est-ce qui se passe ? demanda-t-elle. Tous les téléphones de la maison sont décrochés.

— Et alors ? Ce n'est pas votre maison, n'est-ce pas ? répliqua Aurore sur un ton de défi.

— Non, mais supposez que le monde s'écroule ; personne ne pourra nous avertir.

— Je vois très bien le monde d'ici. Il ne semble pas sur le point de crouler. Vous avez encore écouté vos prêcheurs, sans doute.

— Je ne vois toujours pas pourquoi nous avons quatre téléphones si vous les décrochez tous.

Âgée d'une cinquantaine d'années, Rosie était toute parsemée de taches de rousseur et ne pesait pas plus de quarante-deux kilos.

— J'ai beau être maigre comme un chat écorché, je suis vigoureuse et le travail ne me fait pas peur, croyez-moi, disait-elle souvent.

Aurore ne le savait que trop. Une fois que Rosie était lâchée dans une maison, rien n'était plus jamais comme avant. Les vieux objets familiers avaient disparu pour toujours et ceux qui étaient autorisés à rester se trouvaient consignés dans des coins si inattendus qu'il se passait parfois plusieurs mois avant qu'Aurore ne tombe dessus par hasard. Le fait d'avoir Rosie à son service constituait un terrible tribut à payer à la propreté et Aurore se demandait sans cesse pourquoi elle le payait. Elles ne s'étaient jamais entendues ; elles se chamaillaient avec bec et ongles depuis vingt-deux ans. Ni l'une ni l'autre n'avait prévu que leur association durerait plus de quelques jours. Pourtant, les années avaient passé et aucune occasion de rupture ne s'était présentée.

— Alors ? s'enquit Rosie, façon laconique de demander s'il était temps de raccrocher les téléphones.

Aurore acquiesça d'un signe de tête.

— C'était pour punir Emma, expliqua-t-elle. Elle m'a raccroché deux fois au nez sans le moindre mot d'excuse. C'est impardonnable.

— Pas d'accord. Mes gosses font la même chose. Les gosses sont toujours des gosses pour les parents. Ils ne connaissent pas les manières.

— La mienne les connaît. A la différence d'autres enfants, Emma n'a pas poussé dans le ruisseau, dit Aurore en haussant les sourcils.

— Vous occupez pas de mes gamins, répliqua Rosie en soutenant son regard. C'est pas parce que vous avez été trop paresseuse pour en faire plus d'un que les autres n'ont pas le droit d'avoir une famille normale.

— Heureusement que tous les Américains ne partagent pas vos idées sur la famille normale. Si c'était le cas, nous serions entassés les uns sur les autres.

— Sept enfants, c'est pas trop.

Rosie subtilisa plusieurs oreillers de la chaise longue et se mit à les bourrer de coups de poing. Aurore se déplaçait rarement sans une dizaine de coussins, et elle en laissait toujours tomber cinq ou six entre sa chambre à coucher et la pièce où elle décidait de s'installer.

— Laissez donc mes oreillers tranquilles, cria-t-elle. Vous n'avez aucun égard pour le confort d'autrui. Et puis ce que vous venez de dire m'inquiète. Vous avez cinquante ans et je n'ai aucune envie de vous voir encore enceinte.

La fécondité de Rosie était une source d'appréhension constante pour les deux femmes, mais surtout pour Aurore. Le plus jeune des enfants n'avait que quatre ans et rien ne permettait de supposer que la série allait s'arrêter là. Rosie elle-même était indécise. Elle accordait à peine une pensée à sa progéniture pendant plusieurs mois, mais quand elle y pensait elle trouvait difficile de renoncer à l'idée d'avoir un autre enfant. Elle tourna autour d'Aurore, tirant tous les oreillers qu'elle pouvait atteindre, les dépouillant aussitôt de leur taie.

— Peut-être qu'Emma se lavait la tête et ne voulait pas prolonger la conversation, suggéra-t-elle pour distraire l'attention

d'Aurore. En tout cas, elle porte une rude croix avec son crétin de mari.

— Pour une fois nous sommes d'accord. Redressez-vous
donc. Vous êtes beaucoup trop petite.

— Vous êtes invitée à déjeuner ?

— Oui. Si vous ne cessez pas de me tourner autour, je vous
assomme.

— Bon, si vous sortez, je vais dire à Royce de venir.

— D'accord. Faites des largesses avec mes provisions. Je
me demande pourquoi je ne vous fais pas don de ma maison.
Je serai sans doute plus à l'aise dans un appartement maintenant que je suis une veuve d'âge mûr. Au moins personne ne
m'arracherait mes oreillers.

— N'importe quoi ! grommela Rosie.

— Pas du tout. Il faudrait vraiment que je déménage. Je ne
sais ce qui me retient, à moins que je ne me remarie, ce qui est
fort peu probable.

Rosie ricana.

— Vous vous marierez peut-être mais vous ne déménagerez
jamais, à moins d'épouser un vieux fou avec un palais. Vous
avez beaucoup trop de choses. Y a pas un appartement à Houston qui pourra contenir tout ça.

— Cessez de me casser les oreilles. Maintenant que vous
m'avez gâché mon repos, je n'ai plus qu'à m'en aller.

— Faites ce que vous voulez, du moment que vous ne restez
pas dans mes jambes pendant que je travaille.

— Je n'ai pas le choix, marmonna Aurore en abandonnant
le terrain.

C'était l'une de ses expressions favorites. Elle entendait marquer par là que, si quelque chose allait de travers, elle n'en
serait pas responsable. D'ailleurs, elle n'avait jamais aimé
choisir, à part les bijoux et les robes.

Elle écarta plusieurs oreillers du bout du pied et quitta le
patio d'un air revêche pour aller inspecter les fleurs de son jardin.

2

Deux heures plus tard, Aurore sortit de sa chambre, habillée
— ou à peu près — pour sortir. Rosie déjeunait dans la cuisine avec son mari, Royce Dunlop. Aux yeux d'Aurore, Royce
était encore plus inintéressant que Rudyard. Elle se demandait
comment Rosie avait pu l'amener à lui faire sept enfants. Il

était chauffeur de camion pour une société qui vendait des sandwiches, des pieds de cochon, des frites et toute sorte d'autre nourriture infecte sous cellophane. Il s'arrangeait toujours pour avoir terminé ses livraisons de façon à se trouver dans les parages des Greenway à l'heure du déjeuner.

— Bonjour Royce. Vous voilà, comme d'habitude, dit Aurore.

Elle tenait ses chaussures dans une main et ses bas dans l'autre. Les bas étaient l'un des fléaux de son existence et elle ne les mettait qu'à la dernière minute — quand elle les mettait.

— Oui m'dame, balbutia Royce.

Aurore l'impressionnait et, bien qu'il eût pris presque tous ses repas de midi dans sa cuisine depuis vingt ans, elle continuait à l'impressionner. Si elle restait chez elle, elle était encore en robe de chambre à midi et elle en changeait souvent dans le courant de la matinée, plus ou moins en manière de prélude à des essais vestimentaires sérieux. Partant du principe qu'un homme quelconque est plus intéressant que pas d'homme du tout, elle descendait souvent à la cuisine pour essayer d'engager la conversation avec Royce. Ses tentatives étaient toujours infructueuses mais, du moins, elle pouvait consommer sa part des excellents plats que préparait Rosie.

— Vous avez maigri, Royce. J'espère que vous ne travaillez pas trop, dit-elle en souriant.

Royce secoua la tête.

— Non m'dame, répondit-il sans lever le nez de son assiette.

— Cette soupe de poissons a l'air drôlement bonne, dit Aurore. Je vais en boire une assiette. Comme ça, si je me perds sur le chemin du restaurant, je ne mourrai pas de faim.

— Je croyais que vous ne vous perdiez jamais, ricana Rosie.

— Non je ne me perds pas, mais il m'arrive de ne pas prendre la route la plus directe. Ah, et puis ne chipotez pas sur les mots ! Royce n'a sûrement pas envie d'assister à une discussion pendant qu'il mange.

— Ne vous inquiétez pas pour mon mari. Royce pourrait continuer à manger au milieu d'un tremblement de terre.

Aurore se tut pour savourer sa soupe de poissons.

— Je suis vraiment allergique aux bas, reprit-elle. Peut-être qu'ils gênent ma circulation. Au fait, comment va votre circulation, Royce ?

— Très bien, m'dame.

Poussé dans ses derniers retranchements, Royce réussissait à articuler « très bien » mais c'était l'extrême limite de ses possibilités.

Il en aurait peut-être dit davantage s'il avait osé mais, à la vérité, il n'osait pas. La vue d'Aurore déambulant pendant vingt ans dans des centaines de robes de chambre, toujours nu-pieds, le remplissait d'un désir sans espoir. Elle avait installé une pile de coussins dans le coin le plus ensoleillé de la cuisine et s'asseyait dessus quand elle avait fini de déjeuner.

Ce jour-là, après avoir bu sa soupe, elle posa l'assiette sale dans l'évier et déclara :

— Je vais me reposer deux minutes. Je n'aime pas sortir quand je ne me sens pas en train.

Rosie était outrée.

— Je n'ai jamais vu une femme aussi douillette, explosa-t-elle. D'ailleurs, vous êtes déjà en retard.

— Taisez-vous donc, riposta Aurore. Il faut bien que je me prépare à mettre mes bas.

Elle regarda ses bas et poussa un soupir, puis elle commença à en enfiler un, mais l'effort était au-dessus de ses forces. Elle roula la paire en boule et la fourra dans son sac. Elle se sentit soudain d'humeur mélancolique, comme d'habitude avant une invitation à déjeuner. Décidément, la vie manquait de romantisme. Elle fredonna quelques mesures d'un opéra de Puccini pour essayer de se ragaillardir.

— J'aurais dû faire quelque chose de ma voix, dit-elle.

— Allez le faire ailleurs que dans ma cuisine, bougonna Rosie. La musique italienne me porte sur les nerfs.

— C'est bon, vous me chassez.

Aurore ramassa ses chaussures. Ses vocalises l'avaient rassérénée. Elle s'arrêta devant la table pour gratifier Royce d'un large sourire.

— J'espère que toutes ces disputes n'ont pas troublé votre repas, reprit-elle. Vous connaissez ma voiture. Si vous voyez un jour que j'ai un pneu dégonflé, j'espère que vous vous arrêterez pour le réparer. Je ne crois pas que je pourrais aller loin avec un pneu à plat, n'est-ce pas ?

— Euh non, m'dame, euh oui m'dame, articula Royce sans très bien savoir à laquelle des deux questions il était censé répondre.

Il était tellement fasciné qu'il en perdait tous ses moyens. Aurore était exactement la femme qu'il aurait rêvé d'épouser. Rosie n'était guère plus appétissante qu'un morceau de bois. Royce avait toujours nourri l'espoir inavouable qu'un jour Rosie pourrait mourir d'un accident, mais sans souffrir, et qu'Aurore Greenway, attachée à lui par des années de déjeuners communs et de questions restées sans réponse, pourrait l'accepter comme mari malgré sa balourdise.

En attendant, comme il ne manquait pas de sens pratique, il se contentait de profiter, à l'insu de tous, des faveurs d'une entraîneuse nommée Shirley qui ressemblait vaguement à Aurore. Malheureusement, ni sa conversation ni son parfum n'étaient aussi agréables, et leurs ébats ne changeaient rien à la place qu'Aurore occupait dans ses phantasmes.

Quant à Rosie, elle n'était pas née de la dernière pluie. Elle ignorait l'existence de Shirley, mais elle savait parfaitement que son mari convoitait sa patronne depuis des années. Elle en voulait à Aurore et à chacun des grammes qu'elle pesait au-dessus de quarante-deux kilos, et il y en avait beaucoup. Elle n'avait nullement l'intention de mourir, certainement pas avant Royce, mais si cet événement se produisait elle comptait le laisser si encombré de dettes et d'enfants qu'il aurait peu de chances de jouir de la vie sans elle — en tout cas pas avec une femme qui passait la majeure partie de son temps à traînasser d'une pile de coussins à l'autre.

La religion de Rosie était plus orientée vers le châtiment que vers la récompense. Dans son esprit, l'indolence béate était le péché mortel par excellence, et Rosie considérait Aurore comme la femme la plus béatement indolente du monde. Rien n'excitait plus sa soif de représailles que la vue d'Aurore évoluant dans la cuisine sous le regard concupiscent de son mari. Elle avait maintes fois averti Royce de ce qu'elle comptait faire sur les plans financier, physique et moral si jamais elle le surprenait émergeant de l'une des innombrables robes de chambre d'Aurore. Aussitôt que la porte se fut fermée, elle s'approcha de la table et le menaça une fois de plus.

— Quoi ? s'exclama Royce, comme s'il tombait des nues.

Il parut offensé par les soupçons de sa femme. Il proposa de jurer sur la Bible qu'il n'avait jamais nourri l'unique pensée qui occupait son cerveau depuis deux décennies.

— Je ne veux pas que tu fasses un faux serment. Tu aurais à la fois Dieu et moi contre toi, et moi seule c'est déjà bien suffisant. Aurore n'en vaut pas la peine, même si elle t'avait à la bonne, ce qui n'est pas le cas.

— J'ai jamais cru qu'elle m'avait à la bonne, bredouilla Royce d'un air attristé.

Il en voulait à sa femme de briser si brutalement l'unique rêve qui lui restait.

— On a tout de même sept gosses, ajouta-t-il en manière de défense. De braves gosses.

— Je ne vois pas ce qui te fait dire ça. Tu sais très bien que ce sont des canailles. Encore heureux qu'ils soient pas tous en taule ou en maison de correction. Oh ! et puis ne reste pas là les mains dans les poches ! Si tu as du temps à perdre, aide-moi donc à écosser les petits pois.

— Sept gosses, ça veut tout de même dire quelque chose, insista Royce en obéissant.

— Oui, sept accidents. Ça veut dire que tu ne sais pas contenir les effets de l'alcool. Nous avons eu aussi sept accidents de voiture — peut-être plus. Et pour la même raison.

— Quelle raison ?

Il tourna son regard vers le grand jardin d'Aurore et pensa amèrement qu'il serait bien agréable de vivre dans sa maison avec elle au lieu d'habiter dans une cage à poules, près du port, avec Rosie et les deux mômes en bas âge.

— Pour la bonne raison que tu ne sais pas faire attention quand tu as quelques verres dans le nez.

— En somme, tu n'as pas voulu un seul de ces mômes. Tu vas bientôt dire que tout est ma faute.

— Pas du tout. Je ne suis pas contre un accident de temps en temps, surtout le soir. Bien sûr que je voulais des enfants. Tu sais bien que j'avais la frousse de rester vieille fille. Seulement c'est pas parce qu'on a sept gosses qu'on est toujours amoureux comme au début et que tu ne ferais pas du gringue à Aurore si elle était gentille avec toi.

Royce Dunlop aurait été le premier à admettre qu'il ne savait pas grand-chose, mais il savait en tout cas qu'il ne pouvait avoir le dernier mot avec sa femme.

— Personne n'a été gentil avec moi depuis des années, dit-il en regardant tristement le réfrigérateur d'Aurore.

— Cesse de te lamenter et fais un peu attention à moi. Je me suis fait une mise en plis ce matin et t'as rien remarqué.

Royce la regarda, mais il n'avait pas vu les cheveux de Rosie depuis si longtemps qu'il ne savait pas de quoi ils avaient l'air avant la mise en plis.

— Espérons que ça tiendra jusqu'au dîner, marmonna-t-il. Faut que j'aille travailler.

— Parfait. J'ai encore une chose à te dire : si tu vois une Cadillac avec un pneu à plat avec une grosse femme au volant, fais semblant d'avoir un moucheron dans l'œil et continue ton chemin.

— Rosie, je te le jure.

Il eut le tort de jeter un coup d'œil sur les yeux gris acier qui n'exprimaient aucune indulgence.

— Je m'en vais, ajouta-t-il, complètement subjugué.

— Au revoir, mon grand, dit-elle en envoyant un baiser du bout des doigts à son mari stupéfait. C'est gentil de venir déjeuner avec moi.

Pour cet après-midi au moins, elle était sûre qu'il se tiendrait tranquille.

# 3

Mr Edouard Johnson, vice-président de la plus charmante petite banque de River Oaks, faisait de louables efforts pour s'abstenir de consulter sa montre toutes les cinq secondes. Un banquier digne de ce nom ne pouvait se permettre de donner de tels signes d'impatience, surtout quand il était assis dans l'antichambre du restaurant français le plus sélect de Houston. C'était pourtant ce qu'il faisait depuis près de quarante minutes.

Ce matin-là, il avait appelé Aurore et elle s'était montrée presque affectueuse mais trois heures avaient passé depuis et Aurore s'était toujours réservé la possibilité de modifier ses projets d'un instant à l'autre. Peut-être avait-elle décidé dans l'intervalle d'épouser l'un ou l'autre de ses rivaux : par exemple le vieux général ou le riche yachtman ou encore l'un des magnats du pétrole ou même ce chanteur minable qui la poursuivait de ses assiduités. Il était possible que l'un de ces soupirants se soit retiré de la compétition sans qu'il l'ait su, mais il était tout aussi possible qu'il ait été déjà remplacé.

Il était difficile de ruminer de telles pensées dans l'antichambre d'un restaurant sélect sous le regard ennuyé d'un maître d'hôtel qui réservait une table depuis quarante minutes. Il décida de coincer son poignet entre ses jambes pour éviter de garder les yeux fixés sur son bracelet-montre. La situation était des plus inconfortables. Profitant d'un moment où le maître d'hôtel était occupé avec le sommelier, il se glissa dehors dans l'espoir d'apercevoir la voiture d'Aurore.

Grâce au ciel, son espoir ne fut pas déçu. A peine était-il sorti que la grosse Cadillac noire se rangeait dans la zone réservée aux autobus, à bonne distance du trottoir. Son cœur se dilata d'aise — pour une fois il avait calculé juste. Aurore adorait les petites attentions et, oubliant toute prudence, il se précipita pour lui ouvrir la portière.

Il s'apprêtait à lui tendre la main pour l'aider à descendre quand il s'aperçut — trop tard — qu'elle était en train de mettre ses bas. L'un était déjà en place et l'autre à moitié enfilé.

— Aurore, vous êtes éblouissante, commença-t-il avant de remarquer que sa robe était remontée à mi-cuisses.

Jamais il n'en avait tant vu. Le sang qui lui était monté à la tête reflua brusquement. Pour aggraver la situation, un énorme autobus surgit à grands renforts de klaxon. Voyant qu'il ne pouvait déloger la Cadillac installée dans sa zone, le chauffeur se rangea à quelques centimètres de l'intruse. Edouard Johnson crut un instant qu'il allait être réduit en bouillie ; il essaya désespérément de se plaquer contre la voiture sans tomber sur les genoux de sa bien-aimée. La portière du bus s'ouvrit subitement et deux Noires plantureuses se faufilèrent entre les deux véhicules pour monter dans le transport en commun. Le chauffeur, un grand garçon dégingandé, se tourna vers Edouard Johnson et lui dit avec flegme :

— Quand on a envie de baiser, on va dans un motel.

La portière se referma et le bus démarra, laissant dans son sillage une épaisse fumée brune.

Aurore se contenta de tirer sur sa robe mais ne bougea pas la tête. Elle regardait droit devant avec un sourire absent et laissa planer un petit silence. Elle avait l'art de distiller les silences. Dans son répertoire d'art dramatique, le silence était l'équivalent du supplice de la goutte d'eau — il tombait seconde après seconde sur les nerfs les plus sensibles de ceux qui étaient assez sots pour les occasionner.

Le responsable de celui-ci n'avait rien d'un stoïcien. Au bout de cinq secondes, il se sentit craquer.

— Qu'a-t-il dit ? demanda-t-il stupidement.

Le sourire d'Aurore s'accentua.

— Il a parlé assez distinctement, répondit-elle. Je n'ai aucune envie de répéter ses paroles. J'ai rendez-vous *à l'intérieur* d'un restaurant. Je n'ai jamais donné un rendez-vous sur le bord d'un trottoir. Comme je suis généralement en retard, mon cavalier risquerait de tomber d'inanition devant un autobus. Je préfère qu'il s'occupe de choisir une bonne table.

— Oui, oui, bien sûr, balbutia Edouard. Je vais m'assurer que la nôtre est bien prête.

Dix minutes plus tard, Aurore entra dans la salle de restaurant. Elle repéra Edouard et lui sourit comme si elle ne l'avait pas vu depuis des semaines.

— Tiens, vous voilà, Edouard ! s'exclama-t-elle.

Ses bas étaient en place mais le souffle d'un autre autobus avait ébouriffé ses cheveux. Elle s'arrêta pour se recoiffer.

Aurore ne se préoccupait pas le moins du monde de la réputation d'un restaurant — pas en Amérique en tout cas —, d'ailleurs elle n'imaginait pas qu'il pût exister un restaurant français digne de ce nom à Houston. Elle se dirigea vers la salle à manger suivie de son cavalier. Le maître d'hôtel s'avança à sa rencontre. Aurore l'avait toujours impressionné. Il la vit arranger quelques boucles rebelles et ne se rendit pas compte qu'elle se trouvait parfaitement présentable. Comme il avait lui-même un faible pour les miroirs, il lui proposa aussitôt de lui indiquer les toilettes.

— Merci, dit-elle sèchement. Mêlez-vous de ce qui vous regarde. J'espère que nous serons bien assis, Edouard. Vous savez que j'aime surveiller l'entrée. Je me suis dépêchée. Vous ne m'en voulez pas trop pour mon retard ?

— Non, Aurore, bien sûr que non. Etes-vous en bonne forme ?

— Certainement. J'espère qu'il y a du pompano. Vous savez que c'est mon poisson préféré. Si vous aviez eu un peu d'esprit d'initiative, vous en auriez commandé à l'avance. Vous êtes terriblement passif, vous savez, Edouard. Si vous aviez pris la peine de passer la commande à temps, nous serions déjà servis.

— Certainement, Aurore. Un pompano, dit-il au premier garçon qui passa.

— Voyons, Edouard, c'est un serveur. Les serveurs ne prennent pas les commandes. Les maîtres d'hôtel sont ceux qui portent le smoking. Il me semble qu'un homme de votre situation devrait se rappeler un peu mieux ces distinctions.

Edouard Johnson se mordit la langue. Il savait faire la différence entre un serveur et un maître d'hôtel depuis au moins trente ans. Il avait été lui-même garçon de restaurant à Southampton dans sa prime jeunesse. Mais, à peine était-il assis à côté d'Aurore que des remarques stupides lui sortaient de la bouche sans qu'il ait eu le temps de s'en rendre compte. C'était une sorte de cercle vicieux. Aurore n'était pas femme à laisser passer des remarques stupides, et plus elle les lui reprochait, plus il accumulait les bévues. Depuis trois ans qu'il la courtisait, elle n'avait jamais laissé passer la moindre sottise.

— Excusez-moi, murmura-t-il humblement.

— Taisez-vous. L'excès d'humilité est malsain.

Elle retira ses bagues et s'appliqua à les faire briller avec sa serviette. Les serviettes de table lui semblaient particulièrement destinées à cet effet. Elle appréciait le luxueux linge de table du restaurant. Autrement, elle ne voyait pas pourquoi elle aurait accepté de déjeuner avec Edouard. Un homme qui commandait du pompano à un serveur manquait de savoir-vivre. En général, les hommes qui étaient en extase devant elle étaient encore pires que les autres, et Edouard Johnson semblait plongé dans l'extase jusqu'au cou. Il gardait un silence embarrassé en mâchonnant nerveusement une branche de céleri.

— Vous feriez mieux de poser votre serviette sur vos genoux, conseilla-t-elle. Votre céleri est trempé. Vous allez vous salir. Vous me semblez assez distrait aujourd'hui. J'espère que vous n'avez pas d'ennuis à la banque.

— Oh, non ! Tout va très bien de ce côté.

Il espérait que le plat de résistance n'allait pas tarder à

arriver. Il aurait au moins un sujet de conversation qui l'empê-
cherait peut-être de dire des bêtises.

Aurore commençait à s'ennuyer sérieusement, comme toujours d'ailleurs lorsqu'elle déjeunait avec Edouard. Il avait
tellement peur de se rendre ridicule qu'il n'osait plus prono-
cer un mot. En fait de conversation, il mâchonnait son céleri
aussi bruyamment que possible. Pour se distraire, elle examina
minutieusement tous les clients du restaurant — examen qui
ne lui parut guère réconfortant. Un certain nombre d'hommes
élégants, apparemment des cadres supérieurs, déjeunaient avec
des femmes beaucoup trop jeunes pour eux. Dans l'ensemble,
elles avaient l'âge d'être leurs filles, mais Aurore doutait fort
que ce fût le cas.

— Hum ! fit-elle, choquée. Tout ne va pas pour le mieux dans
ce pays.

— Où ? demanda Edouard éberlué.

— Autour de nous, Edouard. Il suffit d'ouvrir les yeux. J'ai
horreur de voir des hommes d'âge mûr débaucher des jeunes
filles. Ce sont pour la plupart des secrétaires et je doute qu'elles
aient une grande expérience des choses de la vie. Je suppose
que vous ne vous gênez pas non plus pour inviter des jeunes
filles quand je ne peux pas déjeuner avec vous. N'est-ce pas ?

L'accusation le laissa pantois. En fait, Aurore ne se trompait pas. Il se demanda comment elle avait pu découvrir la
vérité. Depuis quatre ans que sa femme était morte, il avait
invité au moins une trentaine de secrétaires, les plus jeunes et
les plus inexpérimentées qu'il ait pu trouver, dans l'espoir que
quelques-unes seraient assez impressionnées par sa position ou
par ses manières pour accepter de coucher avec lui, mais ses
efforts avaient été vains. Même les moins délurées n'avaient
eu aucune peine à déjouer son manège. Après des douzaines de
repas délectables et force offensives de charme, aucune ne lui
avait accordé la moindre faveur. En réalité, il était profondément découragé et il espérait qu'un jour, par quelque caprice
du cœur, Aurore déciderait brusquement de l'épouser et lui
épargnerait ainsi une quête aussi éprouvante.

— Vous ne protestez même pas, Edouard, reprit Aurore en
le scrutant du regard.

En réalité, elle avait formulé une accusation en l'air. Elle
aimait plaider le faux pour savoir le vrai pour le simple plaisir
de voir les réactions des intéressés. Ceux qui étaient doués d'un
minimum de bon sens niaient immédiatement. La plupart du
temps le démenti tombait dans une oreille indifférente car,
avant même que l'accusé ait eu le temps de plaider non coupable, la pensée d'Aurore s'était portée sur un autre objet.

La tactique la plus stupide consistait à avouer. Ce fut celle qu'Edouard adopta. Il avait eu tout d'abord l'intention de lui mentir — il lui mentait presque toujours à tout propos — mais elle paraissait tellement sûre d'elle qu'il hésita. Elle continuait à inspecter la clientèle du restaurant tout en polissant ses bagues d'un air détaché, mais elle lui lança un regard en coin qui indiquait nettement qu'elle était au courant de ses petites aventures. L'aveu semblait la seule issue possible.

— Oh ! pas souvent, Aurore ! bredouilla-t-il. Peut-être une fois par mois, pas plus.

Aurore cessa de polir ses bagues et fixa sur lui un regard sévère.

— Qu'avez-vous dit, Edouard ? demanda-t-elle.

— Très rarement, Aurore, très rarement.

En voyant son expression, il eut conscience d'avoir commis une gaffe plus sérieuse que celle qui consistait à passer la commande au serveur. Elle le regardait droit dans les yeux sans l'ombre d'un sourire. Il se sentit soudain très lâche. Aurore lui produisait toujours cet effet. Edouard Johnson était vice-président de banque, un homme important qui contrôlait des millions de dollars ; il était honorablement connu ; une Aurore Greenway n'avait aucun de ces titres. Il ne savait même pas pourquoi il lui faisait la cour, pourquoi il désirait épouser quelqu'un dont le seul regard le faisait rentrer sous terre. Mais c'était ainsi. Pourquoi perdait-il son temps et son argent pour une femme qui le terrifiait ? C'était insensé mais il n'y pouvait rien. Elle était beaucoup plus dynamique que sa défunte épouse, pourtant elle lui faisait perdre tous ses moyens. Pourquoi n'était-il pas capable de se défendre ou même de l'attaquer à son tour ? Pourquoi éprouvait-il cette sensation de désarroi en sa présence ?

— Vous voulez dire, Edouard, que vous invitez des jeunes femmes ici dans ce restaurant où vous m'invitez *moi* ?

— C'est vraiment sans conséquence, des secrétaires insignifiantes pour me tenir compagnie.

Il se tut. Le pompano arriva. Aurore l'accueillit en silence. Le maître d'hôtel s'apprêtait à proposer un vin mais elle lui imposa silence d'un regard glacial. Elle examina le poisson mais ne toucha pas à sa fourchette.

— Qu'est-ce qu'un homme peut faire ? dit Edouard en pensant tout haut.

Aurore fixa un point dans l'espace. Comme elle ne faisait toujours pas mine de se servir, Edouard attendit son bon plaisir.

— Je crois bien que vous m'avez offert de m'épouser, n'est-ce pas Edouard ? dit-elle enfin sur un ton neutre.

46

— Certainement, certainement, bégaya-t-il.

— C'était sérieux ?

— Bien sûr, Aurore, répondit Edouard dont le cœur se mit à battre la chamade. Vous savez que... je meurs d'envie... de vous épouser. Je vous épouserais tout de suite... ici... dans ce restaurant.

Aurore fronça légèrement les sourcils.

— Les meilleurs mariages ne se célèbrent pas dans les petits restaurants. Que dis-je, un restaurant ! C'est un sérail, si je ne m'abuse. Et dire que je vous ai permis de m'emmener dans un endroit pareil.

— Je vous épouserais aujourd'hui même, répéta Edouard passionnément, déduisant de son étrange attitude qu'il avait peut-être une chance.

— Hum ! J'espère que ma mémoire ne me fait pas défaut, Edouard. Non, je suis un peu trop jeune pour avoir des défaillances de ce côté. Or, si je ne me trompe, vous m'avez maintes fois répété que j'étais la seule femme de votre vie.

— Mais c'est la vérité. N'en doutez pas. Déjà, avant la mort de Marianne, j'étais follement amoureux de vous.

Aurore le fustigea du regard.

— Que vous m'insultiez, passe encore, dit-elle dignement, mais au moins n'insultez pas la mémoire de votre femme. Je suis sûre que vous lui en avez fait voir de toutes les couleurs de son vivant.

— Oh, non ! Vous ne m'avez pas compris. Je n'ai jamais eu l'intention d'insulter personne. C'est la dernière chose que je ferais.

Aurore commença à plier sa serviette.

— Ce n'est certainement pas la dernière chose que vous ferez, Edouard, railla-t-elle. A moins que vous ne vous proposiez de vous faire hara-kiri avec ce couteau à beurre. Au fait, vous ne le tenez pas dans la bonne main... pour beurrer votre pain. Je ne suis pas très au courant de l'étiquette du hara-kiri.

Elle se tut. Edouard se sentit pris de panique.

— Parlez-moi, Aurore, je vous en prie, supplia-t-il. Ne prenez pas cet air-là. Ces jeunes secrétaires n'étaient que des adolescentes, des fillettes sans conséquence. Je les sors parce qu'elles sont jeunes.

— Ça je m'en doute, ricana Aurore. Peut-être certaines d'entre elles sont-elles assises là, sous mes yeux. Je suppose que vous faites des échanges avec vos collègues. Enfin, c'est votre affaire, pas la mienne. Une question pourtant : si vous me dites à moi que je suis la femme de votre vie, que leur dites-vous à elles ?

— Euh, rien. Je ne leur promets jamais rien.

Quelle idée il avait eue d'inviter une femme aussi terrible alors qu'il aurait pu déjeuner tranquillement à son club et faire une bonne partie de golf après ! Et, pourtant, il ne pouvait envisager la perspective de la perdre complètement. Il s'efforçait vainement de dominer la situation. Elle fixait sur lui un regard dénué de toute expression, comme s'il comptait moins que la branche de persil qui reposait intacte dans leur assiette.

A ce stade, le sommelier parut avec une bouteille de vin blanc. Il la montra à Edouard qui approuva d'un signe de tête.

— Je ne crois pas que nous ayons choisi un vin, remarqua Aurore.

— Je me suis permis de choisir pour vous, intervint le maître d'hôtel qui surgit à son côté.

La seule vue d'Aurore le remplissait d'embarras. Elle détacha son regard d'Edouard pour le reporter sur le maître d'hôtel.

— C'est la deuxième fois que vous prenez des initiatives malencontreuses, dit-elle. J'aimerais que vous ne vous teniez pas aussi près de moi.

Le sourire du maître d'hôtel se figea.

— Madame devrait manger son poisson, suggéra-t-il. Il est excellent et vous le laissez refroidir.

Sans une seconde d'hésitation, Aurore prit son assiette et la retourna.

— Voilà pour votre excellent poisson, dit-elle. Le Monsieur assis en face de moi vient de m'avouer qu'il s'est livré à des détournements de mineures dans votre restaurant, ce qui fait de vous un tenancier de maison close. Et j'insiste pour que vous vous absteniez de choisir mes vins.

— Je vous en prie, Aurore, supplia Edouard affolé. Personne n'aime les scènes.

— Pas vous, évidemment. Mais moi, j'ai appris à ne jamais éviter les scènes quand elles sont nécessaires. Il s'agit maintenant de savoir quelles limites j'entends donner à mes scènes.

Jugeant avec juste raison qu'il n'avait rien de mieux à faire, le maître d'hôtel s'éclipsa. Aurore prit ses clés dans son sac et ignora ostensiblement tous les regards braqués sur elle. Edouard restait pétrifié, sûr que le grand espoir de sa vie était sur le point de s'envoler.

— Aurore, je n'ai rien fait, bredouilla-t-il. Je n'ai rien fait, je vous le jure.

— Comment rien fait ? demanda-t-elle en levant les yeux de son miroir.

— Aucune n'a voulu, avoua-t-il naïvement. Je ne sais que dire quand je suis près de vous. Je suppose que vous produisez un effet paralysant sur mon cerveau.

— Eh bien, il est fort heureux que je vous produise cet effet, Edouard, autrement je n'aurais jamais su ce que vous êtes réellement. Ces jeunes personnes que vous avez débauchées ont l'âge de ma fille. Elles sont peut-être même plus jeunes encore. Je vous prie d'annuler les expéditions de beignets dès aujourd'hui.

Sur le moment, Edouard ne comprit pas de quels beignets elle voulait parler. Tout était arrivé si brutalement. Il s'était fait une joie de ce déjeuner en tête à tête et voilà que, brusquement, tout s'effondrait. Ses relations avec Aurore étaient rompues à la meilleure table du meilleur restaurant français de Houston. Il avait mis son plus élégant costume dans l'espoir qu'Aurore finirait par l'apprécier à sa juste valeur. Il essaya désespérément de redresser la situation.

— Je suis veuf, dit-il piteusement. Vous ne savez pas ce que c'est.

— Figurez-vous que vous parlez à une veuve, Edouard, répliqua Aurore en tournant les talons.

4

Quand Aurore rentra chez elle, absolument affamée, l'infatigable Rosie avait terminé le ménage et arrosait la pelouse. Il faisait chaud — l'herbe mouillée exhalait une odeur grisante. Aurore arrêta la Cadillac et resta assise au volant sans penser ni bouger.

Rosie poursuivit sa besogne sans s'occuper d'elle. Quand elle eut fini, elle s'approcha de la voiture.

— Qu'est-ce que vous faites là ? demanda-t-elle.

— Laissez-moi tranquille, répondit Aurore sèchement.

— On dirait que ça ne va pas, remarqua Rosie en s'installant sur le siège à côté de sa patronne.

— Non, ça ne va pas. Vous êtes décidément très intuitive.

— Il a enlevé une gamine de douze ans ou quelque chose comme ça ?

— Je devrais remercier le ciel. Je l'ai tellement terrifié qu'il n'osait plus me regarder en face.

— Qu'est-ce qui s'est passé ?

Rosie ne savait pas lire assez bien pour se délecter de la

littérature du *Courrier du Cœur* aussi devait-elle se contenter du récit des aventures d'Aurore.

— Pas grand-chose. J'ai retourné mon assiette remplie de poisson délicieux mais c'était pour embêter le maître d'hôtel. Edouard s'en est tiré à bon compte.

— Que vous dites.

Aurore soupira.

— Il était tellement plat qu'il me portait sur les nerfs. Je crois bien que je l'ai éliminé. Il ne m'en reste plus que trois.

— C'est bien assez. Moi, je n'en ai qu'un pour me tourner autour, et ça me suffit bien.

— Oui, mais le vôtre est vivant. Si Dieu vous enlevait Royce, vous ne seriez pas mieux lotie que moi.

Elles restèrent assises un moment sans mot dire. Aurore pensa qu'elle ne regrettait pas d'être débarrassée d'Edouard. D'ailleurs, les beignets étaient un aliment trop riche.

— Si vous voulez que je vous nettoie votre voiture, vous feriez mieux de descendre, dit Rosie. Je ne travaille plus après trois heures.

— C'est bon, c'est bon. Je ne vous ai rien demandé mais vous n'en faites jamais qu'à votre tête. Je vais voir lequel de mes bibelots vous avez décidé de cacher aujourd'hui.

— A force de rester à la même place, un objet finit par s'user, riposta Rosie sur la défensive. C'est la vérité vraie et vous pouvez m'en croire.

— Une vérité vraie qui m'a dépouillée de presque tout ce que je possédais au départ. J'espère que vous m'avez tout de même laissé un peu de soupe de poissons. Il n'a même pas su s'y prendre pour que je consente à déjeuner.

Elle ôta ses lunettes de soleil et regarda Rosie. La perte d'Edouard n'était pas une catastrophe mais elle se sentait un peu déprimée. Dans la voiture, elle s'était demandé quelle était sa raison de vivre, une faiblesse inhabituelle chez elle.

— Pauvre chou, dit Rosie.

Chaque fois qu'Aurore perdait un de ses soupirants, elle se sentait personnellement touchée. Elle pensait à tous les soupirants qu'elle aurait sans doute perdus elle-même si Royce n'avait pas envahi sa vie. Elle s'attristait à la seule idée de toutes les injustices dont elle aurait pu être victime. Aurore lui inspirait plus de sympathie quand elle était déprimée. Dès qu'elle reprenait goût à la vie, elle redevenait impossible. Or, l'expression que Rosie venait d'employer ne lui plaisait pas du tout. Elle réagit avec son agressivité habituelle.

— Ah non ! ne commencez pas à vous apitoyer sur mon sort, riposta-t-elle. C'est vous qui êtes à plaindre. Moi, je suis en

50

parfaite santé mentale et physique. Vous aurez de la chance si vous vivez encore cinq ans avec toutes les cigarettes que vous fumez. Je ne crois pas que votre mari soit tellement content de son sort. Il a l'air si lugubre. Est-ce qu'il lui arrive d'avoir l'air heureux ?

— Et pourquoi il aurait l'air heureux ? Royce a des factures à payer, une femme et des gosses à nourrir. Il doit s'accrocher au volant et n'a pas le temps de s'amuser. D'ailleurs, tout ce qu'il veut c'est coucher avec vous et vous savez ce que j'en pense.

Aurore sourit :

— Toujours jalouse ?

— Vous me connaissez. Je prends les choses au sérieux.

— Ça doit être affreux d'avoir un caractère pareil. En tout cas, vous avez certainement tort en ce qui me concerne. Je doute que Royce s'intéresse physiquement à une femme de mon âge.

— Vous êtes bien naïve si vous croyez ça.

Rosie ouvrit la boîte à gants et se mit à en vider le contenu. Aurore la surveillait avec curiosité. Elle oubliait souvent l'existence de sa boîte à gants et son contenu la surprenait toujours. Rosie sortit une paire de sandales et un collier d'ambre qu'Aurore cherchait depuis des mois.

— Ah, le voilà ! s'exclama-t-elle. Qu'est-ce qu'il peut bien faire là ?

— Oui, vous êtes bien naïve si vous croyez ça, répéta Rosie en continuant son exploration.

Elle découvrit une poignée de colifichets et une pile de procès-verbaux.

— Nous avons déjà abordé ce sujet, dit Aurore avec indifférence. Il n'est pas facile de savoir si les hommes s'intéressent à nous physiquement. Je suppose que je n'y fais plus attention. D'ailleurs, si ça vous ennuie tellement, vous n'avez qu'à lui interdire ma cuisine.

— Pour qu'il aille s'acoquiner avec une pute ? Sûrement pas. Les bars où il fait ses livraisons sont pleins de racoleuses. Alors, Dieu sait ce qui se passerait.

Aurore ouvrit sa portière.

— Vous avez peut-être raison. Allons, je vais rentrer.

— La soupe est sur la cuisinière. Je garde les timbres si j'en trouve ?

— Gardez tout ce que vous voulez.

Aurore ôta ses chaussures et ses bas avant de descendre de voiture. L'herbe était humide et tendre et elle traversa lentement la pelouse. Nu-pieds, elle se sentait à l'aise. Il lui paraissait tellement plus facile d'être de bonne humeur quand ses pieds étaient en contact avec autre chose que des chaussures. Il lui arrivait parfois de lutter contre une envie folle de jeter toutes ses chaussures à la poubelle et de se retirer du monde, une intention non suivie d'effet, naturellement. Pourtant, elle ne répugnait pas à mettre cinq ou six paires au feu quand elle pensait que Rosie ne s'en apercevrait pas. Toute sa vie elle avait cherché des chaussures à son goût mais, à vrai dire, il n'en existait pas. Il lui semblait que les concerts étaient leur seule raison d'être. Au concert, si la musique était vraiment merveilleuse, les chaussures cessaient d'avoir de l'importance. Pour les réceptions, c'était une autre affaire. Quelle que fût la nature de la réunion, elle aspirait à retrouver le contact de son plancher ou de son carrelage sous ses pieds nus.

Elle s'attarda sur sa pelouse et se sentit de plus en plus en forme. Arrivée sur le seuil de sa porte, elle se retourna. Armée d'une éponge et d'un seau d'eau, Rosie, cette force de la nature, avait déjà couvert la moitié de la voiture de mousse de savon. Elle entra dans la cuisine et se servit une grande assiettée de soupe qu'elle alla manger sur les marches du perron pendant que Rosie astiquait les chromes avec une peau de chamois.

— Vous allez avoir une attaque, si vous continuez à vous démener en plein soleil, cria-t-elle.

Rosie secoua la peau de chamois d'un air méprisant et poursuivit sa besogne. Elle finissait tout juste quand Royce Dunlop vint la chercher au volant de sa camionnette bleue.

# CHAPITRE IV

## 1

Depuis qu'elle habitait Houston, Emma avait pris conscience de l'utilité de la chaleur. La chaleur l'aidait à faire le vide et, par conséquent, à planer, et planer aidait à vivre... Quand elle ne savait pas exactement ce qu'elle devait faire de sa personne, elle décidait de ne rien faire du tout. Sa mère n'aurait certainement pas approuvé cette attitude, Flap non plus, mais ils n'étaient là ni l'un ni l'autre quand elle se sentait portée à la paresse, aussi peu importait ce qu'ils pouvaient penser. S'il faisait très chaud et qu'elle n'avait réellement envie de rien, elle se déshabillait et s'asseyait sur le lit, les yeux fixés sur le bureau qui se trouvait contre le mur, juste en face du lit. Elle faisait abstraction de toute pensée, de tout désir, de tout besoin. Cet état ne ressemblait pas à la vie, mais il n'était pas pénible. Ce n'était pas l'ennui ni le désespoir, ni rien de définissable. Elle n'essayait pas de s'y maintenir. N'importe quoi pouvait l'interrompre mais elle n'essayait pas non plus de l'éviter.

Après le départ de Flap et le coup de fil de sa mère, elle avait pelé la moitié d'une orange sans la manger. Elle avait pensé à tout ce qu'elle aurait pu faire. Elle était diplômée de biologie et elle pouvait toujours aller au laboratoire préparer des spécimens quand elle avait envie de compagnie. Mais elle préférait rester chez elle. Sans doute tenait-elle son tempérament casanier de sa mère, car Aurore avait cent possibilités de distractions elle aussi et elle en profitait rarement. Pour sa mère c'était compréhensible car sa maison était l'une des plus belles de Houston. Lorsqu'elle avait déménagé de New Haven pour s'installer à Houston, Aurore avait décidé que l'architecture coloniale espagnole était la seule possible et elle avait poussé son mari à acheter une ravissante maison de style espagnol dans une vieille rue de River Oaks. Elle était dégagée, aérée, avec des murs épais et des portes arrondies, un petit patio en haut et un autre plus spacieux en bas. Le jardin situé derrière la maison était bordé par un rideau d'arbres immenses. Aurore faisait repeindre sa maison tous les deux ou trois ans pour qu'elle reste blanche. Elle n'avait jamais fait installer l'air conditionné, sauf, après bien des discussions, dans le bureau de son mari et dans le pavillon du jardin où son père, Edouard Starrett, avait passé ses dernières années. Aurore aimait tellement sa maison qu'elle la quittait rarement, et Emma la comprenait. Son propre appartement, situé au-dessus du garage, était loin d'avoir le même charme, mais elle y était à l'aise pour planer et, en l'absence de Flap, c'était ce qu'elle faisait.

Elle commença par se laver la tête, puis elle s'installa sur le lit, le dos tourné vers la fenêtre ouverte pour les sécher à l'air chaud de midi.

C'est ce soir-là qu'Emma séduisit son vieil ami, l'écrivain Danny Deck. Le lendemain matin, après le départ de Danny, elle rejeta sur Flap la responsabilité de ce qui s'était passé. Il ne lui avait rien dit de vraiment honnête avant de partir en compagnie de son père. S'il l'avait fait, elle lui aurait été fidèle.

Emma lisait son journal quand Danny était enfin arrivé. Il était passé dans l'après-midi l'air complètement paumé — sa femme l'avait quitté quelques mois auparavant, et il la cherchait car elle était sur le point d'accoucher. Il devait aussi signer son livre et il avait fait le voyage de Californie sans s'arrêter en route, aussi était-il au bout de son rouleau. Comme Danny se faisait un point d'honneur d'aller au bout de son rouleau, Emma ne s'inquiéta pas. Périodiquement, Danny Deck réussissait à se convaincre qu'il était complètement fini, mais Emma savait parfaitement qu'il suffisait qu'une jolie femme s'intéressât à lui pour qu'il change d'avis. Elle ne se laissa donc pas troubler par ses jérémiades.

Comme elle avait plané la majeure partie de la journée, elle n'avait pas encore fini de lire son journal, mais elle était tout de même remontée des petites annonces à la page trois. Flap lui reprochait toujours de lire le journal à l'envers. Aussi profitait-elle de son absence pour n'en faire qu'à sa tête. Elle entamait la page deux lorsqu'elle entendit le bruit de la vieille voiture de Danny dans l'allée.

Un orage terrible avait fait des ravages ce soir-là. Le chemin et les marches en bois qui menaient à son appartement étaient encore trempés. Bien plus tard, au cours des années

54

qui suivirent, elle se souvint de l'odeur de bois humide et de certains autres détails. Ils refirent l'amour le lendemain matin à l'heure où sa mère avait l'habitude de l'appeler et l'attente du coup de téléphone quotidien l'empêcha de se concentrer, mais sa mère ne l'appela pas. Ils s'endormirent pendant que la pluie tombait autour d'eux, les enveloppant dans un rideau.

Quand elle se réveilla, Danny était assis sur le lit, le regard fixé sur le carré de jardin.

— Tu as toujours des oiseaux, remarqua-t-il. Je vois la mangeoire.

— Oui, je les nourris. Que tu es maigre !

— C'est que je suis au bout de mon rouleau, dit-il d'un air malicieux, sachant qu'elle ne le prenait pas au sérieux.

Emma soupira. Il était arrivé avec un air de chien battu. Son beau-père l'avait jeté dehors en lui interdisant de voir son bébé. Ses vêtements étaient maculés de boue comme s'il était tombé tout habillé dans un bourbier, et il avait une oreille écorchée. Elle s'était empressée de le soigner puis elle l'avait embrassé. Dans la nuit, elle s'était levée à plusieurs reprises pour voir si la voiture de Cecil ne débouchait pas dans l'allée. D'ailleurs, tout était la faute de Flap puisque c'était lui qui l'avait conditionnée à sentir qu'un baiser devait être immédiatement suivi d'un rapport sexuel.

— Maintenant, nous sommes tous les deux au bout de ton rouleau, dit-elle. J'ai dû perdre la tête. En réalité, j'avais simplement envie de t'embrasser.

— Je suppose que ta nature maternelle t'a trahie, répondit-il. Tu avais surtout envie de me débarrasser des vêtements qui me collaient au corps.

Il s'approcha d'elle et frotta sa joue contre la sienne. Il avait fait le même geste la veille. C'est ce qui avait commencé à la troubler. Puis il fixa des yeux le rideau de pluie et se mit à expliquer sa dernière théorie, à savoir que l'amour-sentiment était radical et l'amour physique conservateur. Emma se blottit contre lui, trop alanguie pour écouter mais contente qu'il ait perdu son air de chien battu pour s'exprimer comme un jeune auteur promis à un brillant avenir.

— Un acte radical s'accomplit avec le cœur, expliqua-t-il. Je serai peut-être capable de mieux écrire maintenant que j'ai plus de choses à oublier.

Ils prirent leur petit déjeuner assis côte à côte. En ce qui concernait sa femme et sa petite fille, Danny semblait se heurter à un mur impénétrable. Ses beaux-parents l'avaient menacé de le faire arrêter s'il essayait de les voir. Emma pensa avec une certaine tristesse à la façon dont chacun vivait sa vie —

elle commençait aussi à appréhender que la voiture de Cecil ne surgisse d'une seconde à l'autre.

— Je vais partir avant que tu n'exploses de nervosité, dit Danny. Tu te sens vraiment très coupable ?

— Pas très. Je n'ai pas un caractère à me culpabiliser.

Danny prit un exemplaire de son roman dans sa voiture et griffonna une dédicace sur la page de garde. Emma savait qu'elle ne rencontrerait sans doute jamais un homme qui s'accorderait aussi bien avec elle.

— C'est tout ce que j'ai trouvé comme dédicace, dit-il en lui tendant son livre.

— Je t'en prie, ne te remarie pas tout de suite, implora-t-elle.

A l'expression de son visage, elle comprit qu'il était prêt à épouser la première venue.

— Tu veux dire pas avant que j'aie une allure convenable ? demanda Danny en montrant ses cheveux trop longs.

Emma sentit sa gorge se serrer. Sa mère avait raison. Il aurait dû être à elle. Elle se détourna pour brusquer les adieux.

— Oh ! Danny, murmura-t-elle, qui se soucie de ce détail ?

2

Emma s'appliqua à effacer toutes les traces compromettantes — elle vida même les corbeilles à papier — puis, soulagée et détendue, elle s'assit sur les marches et s'assoupit. Le vent avait chassé les nuages et elle sentit la brûlure du soleil. Elle décida de dire que le livre de Danny était arrivé par la poste. Si Flap l'avait surprise en flagrant délit, elle aurait dû lui donner des explications mais, comme ce n'était pas le cas, elle ne lui devait rien du tout. Danny et elle avaient été pris, c'était vrai, mais pris l'un par l'autre. L'absence de ces sentiments que seul Danny était capable de lui inspirer serait la punition qui convenait à son péché.

A peine Danny fut-il parti qu'elle cessa d'attendre Flap. S'il n'avait pas eu l'instinct de venir la surprendre, il était peu probable qu'il rentre uniquement pour lui tenir compagnie. Le poisson devait être en train de mordre. Elle étala une crème sur ses joues brûlées et se disposait à reprendre la lecture du journal interrompue la veille quand le téléphone sonna.

— J'espère que tu es de meilleure humeur, dit Aurore.

— Je n'en sais rien. Ça dépend de la suite des événements. Et toi, comment te sens-tu ?

— Enervée. Je vous invite à dîner Thomas et toi, impérativement. Je n'ai pas appelé ce matin parce que le général est venu me chercher pour le petit déjeuner. Ça ne valait vraiment pas le dérangement. J'espère que tu n'en as pas profité pour paresser.

Emma pensa que l'attente de ce coup de téléphone l'avait empêchée de profiter pleinement de son aventure avec Danny.

— Je ne suis pas paresseuse parce que je me lève un peu plus tard, répliqua-t-elle.

— En tout cas, sois exacte ce soir. Je vous attends tous les deux à sept heures précises, n'est-ce pas ?

— Non.

— Comment non ? Ne me dis pas que tu vas être désagréable deux jours de suite.

— Tu tires tout de suite des conclusions hâtives. Je veux bien être chez toi à sept heures mais il se trouve que Flap est parti.

— Il t'a quittée ?

— Ne prends pas tes désirs pour des réalités. Il ne me quittera sûrement pas avant la naissance de l'enfant. Il est allé à la pêche avec son père. Ils essaient un nouveau bateau.

— Quelle sottise ! Il aurait mieux valu pour tout le monde que cet enfant soit un poisson. Je sens que je vais m'énerver.

— Qui as-tu invité ce soir ?

— Oh ! Alberto. Je lui dois bien un dîner. Il m'a emmenée à toute une série de concerts ces temps-ci.

— Tant mieux. J'adore Alberto.

— Ne commence pas à chanter ses louanges. Il les chante assez haut. Incidemment, je lui ai interdit de chanter ce soir ; alors, ne t'avise pas de le lui demander. Je lui ai aussi défendu de parler de Gênes ; alors, n'en parle pas non plus.

— Tu le tiens bien en laisse, je vois. Pourquoi ne doit-il pas parler de Gênes ?

— Parce qu'il est assommant quand il est lancé sur ce sujet. Comme il est né là-bas, il se croit obligé de décrire les moindres pavés de la ville. Or, j'ai déjà entendu cette description assez souvent et il est inutile qu'il recommence. Je suis allée à Gênes et rien ne la distingue de Baltimore. Au fait, j'ai une idée de génie. Ton jeune ami Daniel est en ville ; amène-le. Un brillant écrivain fera un quatrième honorable. D'ailleurs, je suis impatiente de voir s'il s'habille un peu mieux.

— Non. Flap ne serait pas content. Je le crois jaloux de Danny.

— Ecoute, ma chérie, c'est son problème. Ne t'en soucie pas. Il est parfaitement convenable qu'un ami t'accompagne chez ta mère en l'absence de ton mari.

— Tu trouves normal qu'une femme mariée se fasse accompagner par un ami ? C'est peut-être une source de problèmes.

— Naturellement. C'est peut-être même une source de scandale. Je ne comprends pas comment j'ai pu échapper moi-même au scandale étant donné le peu de goût que ton père avait pour les mondanités. Tu me fais perdre mon temps. Le scandale est chose courante mais les bons dîners sont rares. Je t'attends avec Danny à sept heures. J'espère que vous serez tous les deux étincelants d'esprit.

— Attends. Je ne sais pas où il est allé et je ne crois pas que je pourrai le trouver.

— Ne me raconte pas d'histoires. Je suis passée dans ta rue ce matin et j'ai vu une voiture assez minable devant ta maison. C'était sûrement celle de Daniel. Repêche-le dans le placard où tu l'as caché, arrange-toi pour qu'il soit aussi présentable que possible et amène-le. Ne me retarde pas avec des bêtises quand j'ai toute la cuisine à préparer.

Emma ne se sentait plus du tout détendue. Ainsi, elle n'était pas débarrassée de cette histoire. L'image avait changé — pire encore, elle était ambiguë. Elle essaya de refouler son irritation. Elle voulait voir clair dans le jeu de sa mère.

— Tu m'espionnes, protesta-t-elle vivement en dépit de ses résolutions. Si seulement je pouvais vivre dans une autre ville que toi ! Tu n'as pas à mettre ton nez dans mes affaires. D'ailleurs, je ne peux pas joindre Danny. Pour autant que je le sache, il a quitté la ville.

— Hum ! S'il doit te compromettre, il pourrait au moins te tenir au courant de ses faits et gestes. Je n'ai guère d'estime pour les hommes qui ne sont jamais là quand on a besoin d'eux. Ton père était toujours à ma disposition, même quand je n'avais pas besoin de lui. Allons, je raccroche. Il va bien falloir que je dise à Alberto d'amener son garnement de fils.

— Je n'aime pas du tout que tu viennes rôder autour de ma maison, grommela Emma avant de reposer l'appareil.

# CHAPITRE V

## 1

Aurore avait terminé ses préparatifs. Comme il ne lui restait plus qu'à mettre la dernière touche à sa toilette, elle se sentit prise d'une sorte de lassitude qui risquait d'altérer son humeur précisément à l'heure où elle devait recevoir ses invités. Elle contemplait le Renoir qui ornait un mur de sa chambre à coucher. C'était un petit Renoir, il est vrai, et datant des débuts du peintre, mais il était quand même superbe. Une peinture à l'huile représentant deux femmes souriantes, coiffées de chapeaux élégants, debout à côté d'un parterre de tulipes. Très clairvoyante, la mère d'Aurore, Amélie Starrett, avait acheté le tableau à Paris. A l'époque, elle était une toute jeune femme et Pierre Auguste Renoir un peintre totalement inconnu. Aurore était sûre que ce Renoir avait été la toile de sa vie comme elle l'était pour elle-même et comme elle le serait sans doute pour Emma. Elle avait toujours refusé de l'accrocher dans une pièce où n'importe qui pourrait la voir. Ceux qui en étaient dignes seraient conviés à l'admirer dans sa chambre à coucher. Les teintes du tableau formaient une symphonie de verts, de bleus, de jaunes et de roses. Chaque fois qu'elle le regardait, les larmes lui montaient aux yeux et elle les aurait laissé déborder ce soir-là si Emma n'était apparue sur le seuil de sa porte.

— Bonsoir, espionne, dit Emma.

Elle avait décidé que l'attaque était la meilleure tactique — en tout cas, c'était certainement la plus facile puisqu'elle se sentait encore en proie à une sourde colère. Sa mère portait l'une de ses innombrables robes longues. Celle-ci était vieux rose, serrée à la taille par une ceinture bleu turquoise qu'elle avait achetée quelque part au Mexique. Elle tenait dans une main un collier d'ambre et d'argent qu'elle avait rapporté d'Afrique.

— Tiens, tu as retrouvé ton collier, remarqua Emma. Il est magnifique. Tu devrais me le donner avant de le reperdre.

Aurore examina sa fille qui, pour une fois, était convenablement vêtue d'une jolie robe jaune.

— Je te le donnerai peut-être le jour où tu auras assez d'allure pour le porter. Je viens de me perdre dans la contemplation de mon Renoir.

— Il est superbe.

— Certes, j'aimerais beaucoup mieux rester en face de mon Renoir que supporter la conversation d'Alberto. J'ai été forcée d'inviter son fils à cause de toi. Il n'y aura pas moyen d'échapper à la description détaillée de Gênes.

— Pourquoi fréquentes-tu des gens qui ne te plaisent pas ? Je ne comprends pas.

— Heureusement pour toi, tu n'es pas assez vieille pour comprendre. Il faut bien que je fasse quelque chose de ma personne, faute de quoi la vieillesse fondra sur moi du jour au lendemain. D'ailleurs, je les aime bien. Ce sont des hommes charmants. Je n'ai encore rien trouvé de mieux que le charme.

— Je déteste le charme.

— Décidément, tu manques encore trop de maturité pour porter mon collier, dit Aurore en le passant autour de son cou. Aide-moi donc à l'attacher.

Aurore fixa des yeux la lune qui se levait au-dessus du cyprès qu'elle préférait à tous les arbres du monde. Son visage revêtit une expression lointaine. Emma avait souvent remarqué cette expression chez sa mère avant une réunion mondaine. On aurait dit qu'elle faisait le vide pour retrouver toute son énergie au moment opportun.

— D'ailleurs, reprit Aurore, je ne vois pas ce qu'il y a de désobligeant à dire que je préfère mon Renoir à un homme quelconque. C'est un très beau Renoir. Peu d'hommes ont autant de valeur.

— Je l'aime beaucoup, mais je préfère encore le Klee, dit Emma.

C'était une autre toile de valeur. Sa grand-mère l'avait achetée à la fin de sa vie. Aurore ne l'avait jamais aimée bien qu'elle eût consenti à l'accrocher dans le living-room. Apparemment, le Klee avait été l'un des nombreux sujets de controverse qui opposaient Amélie à sa fille car, à l'époque de l'acquisition, Klee n'était plus bon marché et Aurore ne voulait pas que sa mère dépensât une petite fortune pour une œuvre qui ne lui plaisait pas. Bien qu'elle eût pris dix fois plus de valeur par la suite,

Aurore s'obstinait à la dénigrer. C'était une composition étonnante : quelques lignes qui tournaient les unes autour des autres sans jamais se rencontrer. Quelques-unes étaient noires, d'autres grises, d'autres rouges. Aurore l'avait fixée sur un panneau du mur blanc à côté du piano et trop près des grandes baies, pensait Emma. A certains moments, en effet, le tableau était inondé de lumière et devenait quasiment invisible.

— Tu l'auras dès que tu seras convenablement logée, dit Aurore. Il ne me déplaît pas assez pour que je le relègue dans un garage, mais le jour où tu auras une vraie maison, tu pourras l'emporter. C'était l'une des deux erreurs graves de ta grand-mère, l'autre étant ton grand-père.

— Il ne manquait pourtant pas de charme.

— C'est vrai. Père était charmant. Je ne connais pas de Charlestonien qui manque de charme. Il n'a jamais élevé la voix avant l'âge de quatre-vingts ans. Après, il a rattrapé le temps perdu. Il n'a cessé de vitupérer pendant les dix dernières années de sa vie.

— Pourquoi ?

— Je n'en sais rien. Il faut croire que les Charlestoniens n'ont droit qu'à quatre-vingts ans de charme.

— J'entends sonner.

Aurore passa dans sa chambre et consulta sa pendule — une superbe pendule de navire en cuivre que lui avait léguée un oncle marin.

— Au diable, Alberto, grommela-t-elle. Encore en avance.

— De dix minutes seulement.

— Eh bien, va lui ouvrir puisque tu l'adores. J'ai l'intention de rester dans mon patio encore dix minutes. Dis-lui que je suis en train de téléphoner.

— Tu es terrible ! Tu es prête, alors ?

— Oui, mais j'ai envie de regarder la lune. Après, je ferai de mon mieux pour être aimable avec Alberto. D'ailleurs, il est Gênois de la tête aux pieds et si tu connaissais un peu l'histoire, tu saurais que les Gênois sont d'affreux calculateurs. Ils ont failli nous voler l'Amérique, tu sais. Alberto arrive toujours dix minutes en avance. Il espère que je vais prendre cette hâte pour de l'impétuosité. Descends et fais-lui déboucher les bouteilles de vin.

Quand Emma ouvrit la porte d'entrée, un magasin de fleurs ambulant se propulsa en avant, cachant deux Italiens de petite taille, un jeune et un vieux. Alberto, l'impétueux, entra le premier en vacillant sous le poids de son fardeau de roses rouges, d'iris bleus, d'anémones, et un petit oranger nain en pot. Alfredo portait une brassée de lis blancs, de roses jaunes et de bruyère.

— C'est lourd ! dit Alberto en serrant les dents pour ne pas laisser tomber l'oranger.

A peine fut-il débarrassé de son chargement qu'il se précipita vers Emma, les mains tendues et le sourire aux lèvres.

— Oh ! Emma, Emma, Emma, s'exclama-t-il, viens l'embrasser, Alfredo. Quelle jolie robe ! Quels beaux cheveux ! Quels yeux ! C'est pour quand ce bébé, ma chérie ? Je t'aime.

Il la prit dans ses bras et lui planta deux baisers sonores sur les joues puis, brusquement, il se calma comme si cinq secondes d'opérette italienne avaient pompé toute son énergie.

Alfredo, dix-neuf ans, joues rebondies, yeux saillants, voulut prendre sa part des embrassades mais son père l'écarta sèchement.

— Pour qui te prends-tu ? dit-il. Elle n'a aucune envie de t'embrasser. Je plaisantais, voyons. Va nous préparer des cocktails. Nous allons en avoir besoin.

— Vous n'êtes pas passée au magasin ces derniers temps, dit Alfredo en lorgnant Emma de ses yeux ronds.

Il débutait au plus bas échelon de l'affaire de famille, un magasin d'instruments de musique. Or, le plus bas échelon se trouvait être le rayon des harmonicas et Alfredo était intarissable sur le sujet.

— Pourquoi cette question ? demanda son père. Elle n'a pas besoin d'harmonicas.

— N'importe qui peut apprendre à en jouer, dit Alfredo qui chantait ce refrain cent fois par jour.

Emma glissa son bras autour de la taille d'Alberto et l'entraîna vers la cuisine. En passant devant l'escalier, il regarda les marches d'un air mélancolique. Bien des années s'étaient écoulées depuis qu'il ne les avait pas montées. Ses relations avec Aurore étaient bien différentes autrefois et Alberto ne les avait pas oubliées bien qu'il se fût marié deux fois depuis. Avec ses deux épouses, l'approche directe avait été efficace, mais avec Aurore il ne trouvait aucun moyen de tenter l'approche directe. Même dans ses phantasmes, il n'imaginait aucune voie d'accès au dernier étage de sa maison. Tout ce qu'il imaginait dans ses rêves les plus fous se passait dans le living-room.

— Emma, voudra-t-elle jamais de moi ? demanda-t-il. Suis-je assez élégant ? Je crois qu'elle aimera mes fleurs ; du moins, je peux garder l'espoir. Je n'aurais peut-être pas dû amener Alfredo. Je vais l'empêcher de parler harmonicas. Mais que faire ? Il est jeune. De quoi veux-tu qu'il parle autrement ?

— Bah ! Ne vous tracassez pas. Je vais m'occuper de vous, promit Emma.

A l'âge de quatorze ans, elle avait pris des leçons de chant avec Alberto. Ténor jadis célèbre, il avait chanté dans tous les opéras du monde. Malheureusement, une crise cardiaque avait prématurément mis fin à sa carrière et il s'était reconverti dans les instruments de musique. Il aimait Aurore d'un amour sans espoir mais il ne se décourageait pas. C'était en partie pour cette raison qu'Emma l'aimait. Personne ne la touchait autant qu'Alberto. Il avait déjà réussi à chiffonner ses vête-ments. Son seul costume foncé était flottant et trop épais pour une soirée aussi chaude. Sa cravate était nouée en dépit du bon sens et une de ses manchettes était maculée par la terre tombée de l'oranger. Pis encore, il portait des boutons de man-chette en plastique.

— Pourquoi êtes-vous aussi stupide, Alberto ? dit Emma. Vous savez bien que Maman torture ses soupirants. Cherchez-vous donc une femme plus gentille. Je ne peux pas vous pro-téger tout le temps.

— Ah, femme fantastique ! répondit Alberto en humant le vin. Meilleure femme de ma vie. Maintenant que je t'ai de mon côté, à nous deux nous réussirons peut-être à me la conqué-rir.

Soudain, du living-room, monta le son d'un harmonica — et un son des plus stridents. Alberto, bouche bée, laissa tomber le tire-bouchon dans l'évier.

— Idiot ! hurla-t-il. Traître ! C'est la fin de tout. Je suis perdu. J'en ai la chair de poule.

— Pourquoi l'avez-vous laissé apporter cet instrument ? dit Emma.

— Ecoute, écoute donc ce qu'il joue.

Ils écoutèrent un moment en silence.

— Mozart ! gémit Alberto. C'est affreux. Je vais l'assommer. Peut-être qu'il est devenu sourd.

Il se précipita hors de la cuisine, Emma sur les talons.

Le spectacle qui s'offrait à leurs yeux les médusa. Au lieu de surgir en haut des marches horrifiée, Aurore était tranquille-ment assise sur le sofa du living-room. Resplendissante dans sa robe rose, avec son collier d'ambre et ses cheveux brillants, elle tenait les roses jaunes dans ses mains et écoutait avec toutes les apparences du ravissement les notes qu'Alfredo tirait de l'harmonica et que seul un professionnel aurait pu reconnaître pour du Mozart. Alberto, qui s'avançait déjà les poings serrés, fut obligé de les desserrer avec autant de bonne grâce que possible.

Quand Alfredo eut terminé sa prestation, Aurore se leva avec un sourire.

— Merci, Alfredo, dit-elle. Tu m'as charmée. Tu n'as peut-être pas encore acquis la délicatesse qui convient à Mozart mais tu sais comme moi que la perfection n'est pas chose aisée. Tu dois continuer à travailler.

Elle lui tapota gentiment la main et s'avança vers le père abasourdi.

— Al-berto, vous voilà ! Quelle merveilleuse bruyère ! Il y a si longtemps que je n'ai pas eu de bruyère. Vous avez une fleuriste merveilleuse. Je ne mérite vraiment pas une telle profusion de fleurs.

Elle l'embrassa sur les deux joues et, au grand étonnement d'Emma, son visage rayonnait de joie.

A peine remis du choc produit par le numéro de son fils, Alberto continuait à le fusiller du regard. Aurore le remarqua aussitôt.

— Voyons, Alberto, ne prenez pas cet air sévère. Alfredo est un garçon adorable. De toute façon, j'ai usé de ruse avec lui. Il m'a montré son harmonica symphonique et je lui ai demandé de jouer pour moi. J'espère que vous lui ferez donner des leçons. J'espère aussi que vous avez débouché les bouteilles de vin. D'ailleurs, si vous ne l'avez pas fait, c'est la faute d'Emma. Je lui ai donné des instructions très précises à ce sujet.

— C'est ma faute, oui, admit Emma.

La soirée commençait à peine et Alberto avait encore le temps d'encaisser les coups.

— Je peux jouer de la musique rock aussi, dit Alfredo, ce qui fit saillir une veine sur la tempe de son père.

— Non, c'est assez pour ce soir, dit Aurore. Ton père n'est pas disposé à tolérer davantage mes petites faiblesses. D'ailleurs, j'ai préparé des amuse-gueule à grignoter pendant que nous prendrons l'apéritif. Vous me semblez bien nerveux, Alberto. Qu'allons-nous faire de vous ?

Elle passa son bras sous le sien et, après avoir indiqué du regard à sa fille qu'elle lui laissait la responsabilité de tout ce qui restait à faire, elle se dirigea vers son petit patio. Alfredo leur emboîta le pas.

Alberto était arrivé pareil à l'agneau sans défense et Emma s'attendait à le voir immolé et rôti. Or, contrairement à toutes ses prévisions, il devint pendant deux heures au moins le lion qu'il avait dû être jadis. Elle savait que sa mère ne manquait pas de charme, et elle la soupçonnait de ne pas manquer non plus de pitié, mais elle n'aurait jamais imaginé qu'elle exercerait ces qualités aussi généreusement en faveur d'Alberto.

Le repas était délicieux : potage au cresson, champignons farcis, veau aux endives, fromages variés, poires. Au café, Alfredo posa sa tête sur la table et s'endormit, laissant les autres convives boire leur cognac en paix sans la menace de l'harmonica.

Ils avaient dîné dans le patio et Aurore s'était même arrangée pour que les insectes ne viennent pas les tourmenter. Alberto était tellement remonté par cette charmante réception qu'il recouvra momentanément son entrain et fit appel à toutes les ressources du charme ialien. Toutes les deux minutes, il s'empressait de remplir les verres, frôlait la main d'Aurore chaque fois qu'il en avait l'occasion et s'arrêtait de manger toutes les trois bouchées pour s'extasier sur la qualité de la nourriture. Aurore accepta les compliments et les frôlements sans protester et ne lança pas la moindre pique, bien qu'elle consacrât une partie de son attention à la façon dont Alfredo se tenait à table. L'atmosphère était tellement agréable qu'Emma aurait pu briller elle aussi pour peu qu'elle ait trouvé moyen de placer un mot.

Puis, brusquement, pendant qu'ils savouraient béatement leur cognac, tout l'entrain d'Alberto tomba. Il poussa un profond soupir, secoua tristement la tête, et de grosses larmes coulèrent le long de ses joues.

— Si excellent, articula-t-il en désignant les restes du repas ; si belle, ajouta-t-il en se tournant vers Aurore. Je ne mérite pas... Non, je ne mérite pas.

Aurore ne parut pas surprise.

— Alberto il ne faut pas pleurer, dit-elle. Un homme comme vous... Je ne veux pas de ça.

— Vous m'offrez un repas si succulent, gémit Alberto. Vous êtes si bonne. Emma est si gentille... je suis un vieux fou... je ne chante plus. Qu'est-ce que je fais ? Je vends des guitares électriques, des harmonicas. C'est une vie ça ? Qu'est-ce que je peux offrir ?

— Allons, Alberto. Venez faire un tour dans le jardin, dit Aurore en se levant. Vous avez droit à un sermon. Je ne vous permets pas de vous déprécier ainsi.

Elle lui prit le bras, l'obligea à se lever et l'entraîna dans l'ombre. Emma resta seule. Alberto devait se sentir plus mal en point car elle l'entendit sangloter pendant que sa mère le sermonnait.

Quand les sanglots se furent calmés, voyant qu'ils ne remontaient pas, Emma se leva pour débarrasser la table. Sa mère avait pour principe de ne jamais laisser à Rosie la vaisselle de ses invités. Pendant qu'elle récurait les plats, Aurore ouvrit la porte de la cuisine.

— C'est très gentil à toi, ma chérie, mais la vaisselle peut attendre, dit-elle. Viens dire au revoir à nos invités. Alberto va mieux mais il est encore un peu abattu. Nous allons les accompagner à leur voiture.

Emma suivit sa mère. Debout, dans le living-room, Alberto semblait hébété et Alfredo, à peine réveillé, bâillait sur les marches du perron. Aurore avait placé la bruyère dans un grand vase vert près de la cheminée. Les iris et les anémones garnissaient les rebords des fenêtres.

— Emma, je suis désolé, mon petit, j'ai gâché la soirée, commença Alberto.

Mais Aurore s'approcha de lui, et glissa son bras sous le sien pour le guider vers la porte.

— Chut ! Alberto, dit-elle. Vous avez assez parlé pour ce soir. Je ne sais si je vais pouvoir dormir cette nuit tant vous m'avez bouleversée avec vos idées saugrenues. Comment un homme qui a autant de goût pour les fleurs peut-il se sous-estimer à ce point ? Voilà qui dépasse mon entendement.

Ils sortirent tous ensemble et restèrent un moment devant la pelouse. Une brise légère soufflait du Golfe et de petits nuages couraient dans le ciel.

— J'aime la nuit à cette époque de l'année, dit Aurore. L'air est plus agréable qu'à tout autre moment de la journée. Vous ne trouvez pas, Alberto ? Je pense que c'est à cause des arbres que notre air est si doux. Les arbres influent certainement sur la qualité de l'air.

Elle regarda Alberto avec douceur.

— Comment sont les nuits de Gênes, très cher ? Vous n'avez pas parlé de votre ville natale ce soir. Je crains que vous n'ayez pris trop au sérieux mes petites boutades à ce sujet. Vous ne devez pas vous laisser étouffer, Alberto. Ce n'est pas bon pour vous.

— Oui, à Gênes, j'étais un autre homme. Nous y sommes allés... Vous vous souvenez ?

Aurore inclina la tête et l'aida à monter en voiture. Alfredo les suivit, toujours somnolent. La voiture était une Lincoln encore plus antique que la Cadillac d'Aurore, une relique de la splendeur passée.

— Bonsoir, appelez-moi demain matin, dit Aurore. Si vous n'appelez pas, je vais me faire du souci. Je suis sûre que nous pourrons combiner une sortie agréable pour la semaine prochaine. Vous devriez aussi donner une promotion à Alfredo. C'est votre fils et il est resté trop longtemps au rayon des harmonicas. S'il est mécontent, il ne tardera pas à suivre les traces de ma fille et il aura des bébés avec quelqu'un qui ne vous plaira pas. A votre place, je n'aimerais pas qu'Alberto ait un bébé dès à présent.

— Il pourrait peut-être vendre des guitares, dit Alberto d'un air pensif. Tout était merveilleux, ajouta-t-il. La mère est merveilleuse, la fille est merveilleuse. Au revoir, mes chéries.

La voiture démarra, sortit de l'allée et évita de justesse le trottoir, non sans érafler les pneus au passage.

— Tu vois ce qui arrive, commenta Aurore en serrant les dents. J'espère que tu ne critiqueras plus ma façon de me ranger après cela. Il aura sûrement un pneu à plat demain.

Elle envoya promener ses sandales.

— Tu as été bien gentille avec Alberto aujourd'hui, observa Emma.

— C'est tout naturel, non ? Il était mon hôte, tout de même.

— Oui, mais tu ne lui épargnes pas tes sarcasmes quand il a le dos tourné.

— Eh bien, je suis comme ça. J'ai bien le droit d'être sarcastique, non ? Ton père n'a guère essayé de me corriger à cet égard. C'est un défaut de famille. Les hommes ne sont jamais capables de corriger les femmes quand il le faut. Il est peu probable que Thomas fasse le moindre effort pour te corriger.

— Mais moi je ne suis pas sarcastique.

— Non, mais tu es jeune.

Elles remontèrent dans la maison. Aurore s'arrêta un moment dans le living-room pour admirer ses fleurs.

— Il a vraiment du goût, constata-t-elle. Les Italiens ont généralement du goût. Ce que tu ne parais pas comprendre, c'est que les gens sont souvent mieux en réalité qu'ils ne semblent l'être dans l'abstrait, c'est-à-dire quand on pense à eux en leur absence. Tout le monde médit des gens en leur absence, ce qui ne veut pas dire qu'on ne les aime pas...

Elles attaquèrent la vaisselle et eurent vivement dépêché la besogne. Emma prit une grosse éponge et alla dans le patio pour nettoyer la table. Aurore la suivit et ramassa les miettes de pain pour les mettre dans la mangeoire aux oiseaux.

— Avec tes autres soupirants, es-tu aussi aimable qu'avec Alberto ? demanda Emma.

— Certainement pas.

— Pourquoi ?

— Parce qu'ils ne le méritent pas.

— L'épouserais-tu ?

— Non. C'est tout à fait hors de question. Alberto n'est plus que l'ombre de lui-même. Cette attaque aurait peut-être mieux fait de le tuer parce qu'elle l'a privé de son art. Je l'ai connu en pleine gloire et il était magnifique. Il se tient bien pour un homme qui a perdu ce qu'il avait de mieux — et ce n'est pas peu dire.

— Alors, pourquoi l'exclus-tu ?

— Je suis beaucoup trop difficile pour Alberto. J'ai connu ses deux épouses, des cervelles d'oiseau. Il n'a jamais su me manier et, maintenant, il n'en a plus la force. De toute façon, son éducation traditionnelle ne l'a préparé que pour vivre avec des femmes dociles. Je l'aime profondément mais je ne pourrais sûrement pas rester docile bien longtemps.

— Alors, tu ne crois pas que tu as tort de le faire marcher ?

Aurore sourit.

— Tu as de la chance de tomber sur un de mes bons jours, autrement je ne t'aurais pas laissé dire des choses pareilles. Nos points de vue ont vingt-cinq ans de différence. Alberto n'est pas un adolescent qui a toute la vie devant lui. C'est un homme vieillissant qui a été gravement malade et il peut mourir demain. Je lui ai dit et répété que je ne l'épouserais pas. Je ne le fais donc pas marcher. Il est possible qu'il nourrisse des espoirs impossibles mais, à son âge, un espoir impossible vaut mieux que pas d'espoir du tout.

— Il me fait de la peine. Je ne voudrais pas de quelqu'un que je ne pourrais pas avoir.

— Ce n'est pas le pire des sorts, quoique les jeunes puissent en penser. Au moins c'est stimulant. Cela vaut sûrement mieux que d'avoir quelqu'un que tu ne peux pas aimer quand tout est dit.

— Je me demande où je serai quand tout sera dit.

Aurore ne répondit pas. Elle écoutait les bruits de la nuit.

68

Pour le moment, elle n'avait envie de rien. Rien ne lui apportait autant de sérénité que la conscience d'avoir préparé un bon repas. Ses hôtes étaient satisfaits, sa vaisselle était propre, sa cuisine en ordre. Que pouvait-elle désirer de plus ? Dans cet état d'esprit, rien ne pouvait l'irriter. Elle regarda sa fille et s'aperçut qu'Emma l'observait.

— Alors quoi ? demanda-t-elle.

— Oh, rien ! répondit Emma.

Sa mère était si souvent extravagante qu'elle était **presque** gênée de penser à elle comme à un être aussi normal qu'elle l'était elle-même et, qui sait, peut-être plus encore. En la voyant avec Alberto, elle s'était rendu compte qu'Aurore avait une vie dont elle ne savait rien. Qu'avait-elle fait avec Alberto quand il était un chanteur célèbre ? Qu'avait-elle fait pendant ses vingt-quatre années de mariage ? Son père et sa mère avaient été simplement présents, comme les arbres du jardin — des objets de la nature, pas des objets de curiosité.

— Emma, tu es évasive, dit Aurore. Ce n'est pas bien.

— Pas du tout. Simplement, je ne sais pas quelle question poser.

— Je suis à ta disposition, si tu peux te décider avant que j'aille me coucher.

— Je serais curieuse de savoir ce que tu préférais chez Papa. Je m'aperçois brusquement que je ne sais pas grand-chose de vous deux.

Aurore sourit.

— Il était grand, répondit-elle. Ce n'était pas toujours utile, vu qu'il passait une invraisemblable partie de sa vie assis mais, quand je réussissais à obtenir qu'il se mette debout, c'était un atout.

— Cela n'explique tout de même pas vingt-quatre ans de vie commune. Si c'est le cas, je suis consternée.

Aurore haussa les épaules.

— J'ai été consternée de voir une voiture aussi minable dans ta rue ce matin. La prochaine fois que Daniel ira te surprendre à l'aube, il fera bien de se garer dans un parking.

— Tu sors du sujet.

— Pas du tout, si le sujet tourne autour du goût. Tu es beaucoup trop romantique, Emma, et si tu n'es pas prudente, tu vas t'attirer des ennuis et même gâcher ta vie.

— Je ne te suis pas.

— Tu n'essaies pas. Tu espères pouvoir conserver tes illusions mais tu n'y arriveras pas. Pour commencer, je crains que tu ne sous-estimes les apparences. L'apparence de ton père me plaisait et, comme il n'a jamais travaillé suffisamment pour qu'elle se détériore, elle a continué à me plaire pendant vingt-quatre ans — du moins quand il se mettait debout. A part ça, il était courtois, distingué et n'a jamais eu la moindre velléité de me battre. Il était beaucoup trop paresseux pour faire des entailles au contrat. Aussi nous entendions-nous bien dans l'ensemble.

— Tout cela est très superficiel. Aucun sentiment profond.

— Si j'ai bonne mémoire, nous parlions de longévité, pas de profondeur.

— Eh bien...

Emma commençait à ressentir cette impression qu'elle éprouvait chaque fois que sa mère se préparait à la sermonner. Elle avait la sensation de se rétrécir, de redevenir une petite fille. C'était une sensation assez désagréable et pourtant, elle ne la détestait pas. Sa mère était toujours là, quelqu'un qui pouvait l'aider à faire le point.

— Emma, tu as l'art de laisser tes phrases en suspens. Tu es assez vague en général mais tu devrais au moins finir tes phrases. Tu dis toujours des choses comme « Eh bien » et tu ne vas pas plus loin. On finira par croire que tu souffres de vide mental.

— Ça m'arrive. Pourquoi devrais-je dire des phrases complètes ?

— D'abord parce que les phrases complètes réclament l'attention. Les sons vagues n'éveillent aucun intérêt. Ensuite, parce que tu vas être mère. Les gens qui n'ont pas assez d'esprit de décision pour finir leurs phrases manquent forcément de l'esprit de décision nécessaire pour l'éducation des enfants. Heureusement, tu as plusieurs mois pour t'exercer.

— Que dois-je faire ? Me mettre devant un miroir et m'exercer à prononcer des phrases complètes ?

— Ça ne te ferait pas de mal.

— Je n'avais pas envie de parler de moi. J'essayais de te faire parler de toi et de Papa.

Aurore bougea la tête dans tous les sens pour faire travailler les muscles de son cou.

— J'étais très disposée à le faire, dit-elle. Je me sens un peu languide ce soir, tellement languide que je n'ai pas bien saisi le sens de ta question ou alors tu l'as formulée trop vaguement pour que je la comprenne.

— Je voulais simplement connaître tes sentiments réels.

— Ecoute, ma chérie, il y a en ce bas monde des édifices qui sont construits sur des fondations superficielles. Certains, qui sont même plus grands que ton père, peuvent s'effondrer pour peu que quelqu'un leur donne un coup de pied assez

70

vigoureux. Moi-même, je suis encore capable de donner un vigoureux coup de pied, je t'assure. Quant à ta question, je te répondrai que je ne serais pas fâchée de ne plus entendre parler de « sentiments réels ».

— C'est bon, n'en parlons plus.

— Non, je n'ai pas fini. Heureusement pour ton père et pour moi, aucun de mes admirateurs n'avait le coup de pied assez vigoureux. La différence entre les élus et les damnés réside dans l'efficacité de la tentation. J'espère que ton jeune ami sera assez efficace pour te retenir s'il s'est révélé assez efficace pour te tenter.

Emma rougit et se leva brusquement.

— Tais-toi ! gronda-t-elle. Je ne sais pas s'il reviendra jamais. J'avais simplement envie de le revoir une fois. C'est un vieil ami. Quel mal y a-t-il à cela ?

— Je n'ai jamais dit que c'était mal.

— Tu es odieuse. Je m'en vais. Merci pour le dîner.

— Merci pour ta présence, ma chérie. Ta robe est très jolie.

— Si tu ne veux pas m'aider, tant pis.

Emma regretta aussitôt sa phrase. Aurore la regarda calmement.

— Je ne crois pas que je te laisserais tomber si tu m'appelais au secours, dit-elle. La vérité c'est que tu es trop têtue pour m'appeler au moment opportun. J'aimerais que tu restes assise. En fait, j'aimerais que tu couches ici. Si tu rentres chez toi, tu vas sûrement passer la nuit à ruminer.

— Evidemment. Je suis bien libre de ruminer si j'en ai envie.

— Tais-toi. Ecoute.

Emma écouta mais n'entendit que des battements d'ailes.

— Ce sont mes martinets, dit Aurore. Tu as dû les troubler. Ils réagissent immédiatement à l'agitation, tu sais.

— Je m'en vais. Bonne nuit.

Emma partie, Aurore alla dans son jardin. Les martinets continuaient à battre des ailes dans leur bosquet. Elle s'arrêta un moment sous leur arbre et se mit à chantonner comme elle le faisait souvent la nuit. En pensant à Emma, elle se dit qu'elle n'avait aucune envie d'être plus jeune. Tout compte fait, la jeunesse ne savait pas apprécier la qualité de la vie. Elle chercha ce qui pourrait bien l'inciter à vouloir revenir au stade où en était sa fille. Décidément rien. Elle se rappela alors qu'elle avait encore deux revues à lire, une petite récompense pour avoir rempli son devoir vis-à-vis de son vieil ami Alberto — un si merveilleux chanteur autrefois. Il avait certainement plus de raisons qu'elle d'envier la jeunesse.

L'herbe commençait à s'imprégner de l'air humide de la nuit et la lune qui luisait si doucement au-dessus de ses arbres au début de la soirée se noyait dans la brume — cette brume que le Golfe envoyait sur Houston presque toutes les nuits pour aider la ville à s'endormir.

# CHAPITRE VI

## 1

— Téléphone ! cria Rosie.

Comme Aurore se trouvait à quelques centimètres de l'appareil en question, la nouvelle ne la surprit pas. Au milieu de la matinée, elle était installée dans un coin ensoleillé de sa chambre à coucher. Le soleil, la fenêtre ouverte et une pile de coussins suffisaient à peine à lui apporter le réconfort moral nécessaire pour la plus déprimante des corvées : le paiement de ses factures. Rien ne la plongeait autant dans l'indécision que la vue de ses factures, dont plus de cinquante gisaient à ses pieds. Aucune n'était ouverte et encore moins payée. Aurore regardait fixement son carnet de chèques, essayant de se faire une idée nette du solde de son compte avant de déchirer les enveloppes fatidiques.

— Téléphone ! répéta Rosie.

Aurore continua à considérer son chéquier.

— Je ne suis pas sourde, répondit-elle. C'est mon mental qui ne va pas. Mon ouïe se porte bien.

— C'est peut-être une bonne nouvelle.

— C'est peu probable dans mon état d'esprit actuel. C'est certainement un importun.

— Qui ça ?

— N'importe quel individu assez indélicat pour m'appeler quand je n'ai pas envie d'être appelée, dit-elle en faisant la grimace au téléphone. Répondez donc, Rosie. Non, je n'arrive pas à me concentrer sur tous ces chiffres.

— C'est sûrement le général. Y a vraiment que lui pour avoir le culot de laisser sonner vingt-cinq fois.

— Mettons-le à l'épreuve. Voyons s'il aura le culot de laisser sonner cinquante fois. Quelle outrecuidance ! Et s'il y a une chose que je ne peux pas supporter, c'est bien l'outrecuidance. Croyez-vous qu'il soit à son poste d'observation ?

La maison du général se trouvait au coin de la rue et la fenêtre de sa chambre donnait sur le garage d'Aurore. Il lui suffisait de prendre ses jumelles pour vérifier si la voiture était à sa place. Or, ses jumelles étaient rarement hors de portée de sa main. Depuis la mort de la générale, les jumelles jouaient un rôle important dans la vie d'Aurore. Même quand elle s'occupait de ses massifs, elle ne pouvait s'empêcher de penser que les yeux concupiscents du militaire étaient braqués sur elle.

Le téléphone continuait à sonner.

— L'entraînement militaire doit détruire les instincts les plus nobles, dit Aurore. Vous avez compté les sonneries ?

— Ce n'est pas mon amoureux.

— Répondez. Cette sonnerie me porte sur les nerfs.

Rosie prit le combiné et la voix rauque du général Hector Scott commença aussitôt à grincer aux oreilles des deux femmes.

— Salut, général, dit Rosie. Vous êtes bien matinal aujourd'hui.

Tout le monde savait qu'Hector Scott se levait à cinq heures du matin été comme hiver et couvrait cinq kilomètres au pas de gymnastique avant le petit déjeuner. Il était accompagné dans ses courses par ses deux dalmatiens, Pershing et Maréchal Ney, qui, contrairement au général, étaient dans la fleur de l'âge. Les chiens adoraient ces sorties, alors que le général ne courait que parce que sa règle de vie ne lui permettait pas de faire autrement. Le seul membre de la maison qui les détestait vraiment, c'était son domestique, F.V., qui était forcé de suivre les expéditions matinales dans la vieille Packard pour le cas où le général ou peut-être l'un des dalmatiens tomberait mort de fatigue en route.

F. V. s'appelait Arch de son nom de famille. Rosie était l'une des rares personnes à le savoir parce que F. V. était originaire de Boissier, en Louisiane, une localité voisine de Shreveport, sa propre ville natale. De temps en temps, quand son travail était à jour, Rosie allait passer un moment dans le garage du général Scott et elle aidait F. V. à bricoler la vieille Packard. L'antique véhicule était tellement poussif qu'il tombait généralement en panne quand il rentrait au bercail après avoir suivi la course matinale. F. V. appréciait la compagnie de Rosie, non seulement parce qu'il aimait évoquer ses souvenirs de Louisiane mais encore parce qu'elle s'y connaissait presque aussi bien que lui en moteurs de Packard. F. V. était un petit homme chétif avec une fine moustache et une bonne dose de mélancolie. Ses liens géographiques avec Rosie auraient pu se transformer en rapports plus intimes s'ils n'avaient été tous deux convaincus que Royce Dunlop viendrait les abattre à coups de revolver.

— Ils ont bien descendu Bonnie et Clyde, observait Rosie quand la conversation s'égarait dans ces détours.

Le général Scott savait parfaitement que Rosie savait qu'il était debout depuis cinq heures, et sa remarque frisait l'impertinence. Dans des circonstances ordinaires, il ne tolérait pas l'impertinence mais, malheureusement, rien de ce qui concernait Aurore Greenway et sa maison ne semblait s'aligner avec des circonstances ordinaires. Comme d'habitude, il fit un effort pour se dominer tout en se montrant ferme.

— Trêve de questions oiseuses, Rosie. Passez-moi Mrs Greenway tout de suite.

— C'est à voir, dit Rosie en jetant un coup d'œil sur sa patronne, qui souriait d'un air absent.

— Comment cela ?

— Faut que j'aille voir si elle a envie de parler. Attendez.

— Je ne veux pas attendre et je n'attendrai pas. C'est absurde. Dites-lui que je veux lui parler immédiatement. J'ai déjà attendu le temps de compter trente-cinq sonneries. Je suis un homme ponctuel. J'ai été marié quarante-trois ans avec une femme ponctuelle. Je n'admets pas qu'on me traite avec cette désinvolture.

Rosie écarta le combiné de son oreille et se tourna vers Aurore :

— Il dit qu'il ne veut pas attendre, que sa femme a toujours été ponctuelle pendant quarante-trois ans.

— Sinistre ! prononça Aurore. Je n'ai encore jamais marché au son des tambours et je suis beaucoup trop vieille pour commencer. J'ai remarqué que ce sont généralement les esprits faibles qui sont esclaves de l'heure. Vous pouvez le répéter au général.

Rosie reprit le téléphone.

— Elle ne marche pas au son du tambour et elle n'est pas esclave de l'heure, dit-elle. Elle pense que vous êtes un esprit faible. Je crois que vous pouvez raccrocher.

— Je ne veux pas raccrocher, gronda le général en grinçant des dents. Je veux parler à Aurore, et tout de suite. Où est-elle ?

— Pas loin, railla Rosie. Enfin, d'une certaine façon elle est loin et d'une autre, elle est près.

— Dans ce cas, pourquoi m'a-t-elle laissé sonner trente-cinq fois ? Ah, si j'avais encore mes tanks, une certaine maison que je connais aurait été rasée bien avant la trente-cinquième sonnerie !

— Le voilà qui recommence à parler de ses tanks, dit Rosie en posant l'appareil. Vous devriez peut-être lui répondre.

— Allons-y, soupira Aurore en allongeant la main pour prendre le téléphone. Je ne suis pas tellement pressée de payer mes factures. Eh bien, Hector, vous avez fait peur à Rosie avec vos tanks. Je ne serais pas surprise qu'elle me rende son tablier. Personne n'accepterait de travailler dans une maison qui risque d'être rasée d'une minute à l'autre. J'ai les nerfs à fleur de peau ce matin et vous n'avez rien arrangé avec vos trente-cinq coups. Si vous usez ma sonnerie, je ne vous le pardonnerai pas.

— Chère Aurore, il vous suffit de répondre, dit le général en essayant d'adoucir sa voix.

Il savait que cette voix n'était pas des plus suaves, mais l'ignorance et l'incompétence de ses subordonnés l'avaient tellement obligé à tonitruer au cours de sa carrière, dont une grande partie s'était déroulée dans des climats humides, qu'il était quasi aphone à la fin de la Seconde Guerre mondiale. Il lui semblait avoir surmonté ce handicap depuis, mais Aurore Greenway n'avait jamais pu se faire au timbre de sa voix et il lui déplaisait de plus en plus à mesure que les années passaient.

— Je ne suis pas à vos ordres, Hector, répliqua-t-elle. Je refuse de me laisser commander comme un soldat. C'est mon téléphone tout de même, et si je ne suis pas disposée à répondre, c'est mon affaire. D'ailleurs, il m'arrive d'être sortie quand vous téléphonez. Si vous sonnez cinquante coups chaque fois qu'il vous prend fantaisie d'appeler, j'aurai de la chance si la sonnerie dure un an.

— Mais je savais que vous étiez chez vous. J'ai surveillé votre garage à la jumelle. Rien n'a bougé depuis six heures du matin et je vous connais assez pour savoir que vous ne sortez pas avant. Vous étiez donc là et vous vous entêtiez à ne pas répondre.

— Voilà une conclusion assez contestable. J'espère que vos plans de bataille étaient plus habiles que vos tentatives de séduction, sinon vous auriez sûrement perdu la guerre.

— Ouille ! fit Rosie comme si elle souffrait pour le général.

A la pensée qu'un général de soixante-cinq ans avait ses jumelles braquées sur son garage depuis six heures du matin, Aurore commença à voir rouge.

— Pendant que je vous tiens, Hector, permettez-moi de vous signaler certaines possibilités que vous auriez pu négliger, reprit-elle. Primo, j'aurais pu avoir mal à la tête, auquel cas vos cinquante sonneries n'auraient guère contribué à me soulager. Deuxio, j'aurais pu être dans mon jardin, hors de portée de vos jumelles. Enfin, je pouvais être invitée et, par conséquent, loin de mon téléphone.

— Comment invitée ? Je n'aime pas du tout cette excuse.

— Hector, en ce moment, vous m'exaspérez tellement que je me soucie peu de ce que vous aimez ou pas. Figurez-vous qu'il m'arrive d'être invitée par d'autres messieurs que vous.

— A six heures du matin ?

— Peu importe l'heure. Je suis plus jeune que vous et pas aussi ancrée dans mes habitudes que l'était votre respectable épouse. Je n'ai pas de comptes à vous rendre. Je ne suis la femme de personne. Vous devez le savoir.

— Je le sais et je suis tout prêt à remédier à cette absurdité évidente.

Aurore couvrit le téléphone de sa main et adressa une grimace à Rosie.

— Ça y est, chuchota-t-elle. En avant pour la proposition de mariage.

— Et la cérémonie aura lieu dans un tank sans doute, grommela Rosie.

— Je ne doute pas que vous soyez prêt, Hector, reprit Aurore. Seulement, vous n'êtes pas le seul. Il ne suffit pas d'être prêt, encore faut-il être capable. Au fait, je n'aime pas l'expression « absurdité évidente » que vous venez d'utiliser. Je ne vois rien de si absurde dans le veuvage.

— Ma chère, vous êtes veuve depuis trois ans. Pour une femme aussi robuste que vous, c'est trop. Il y a certains besoins physiologiques, vous savez... Il n'est pas bon de mépriser les besoins physiologiques.

— Vous rendez-vous compte de votre grossièreté, Hector ? Vous commencez par laisser sonner mon téléphone une demi-heure durant et maintenant que je vous fais la grâce de vous écouter, vous me parlez de mes besoins physiologiques ! Vous ne pouviez pas présenter les choses sous un jour moins romantique.

— Je suis un militaire, Aurore. J'ai l'habitude de parler un langage rude. Nous sommes adultes tous les deux. Je voulais simplement vous signaler qu'il est dangereux d'ignorer les nécessités physiologiques.

— Qui vous dit que je les ignore, Hector ? dit Aurore avec une pointe de malice dans la voix. Heureusement, il y a encore quelques coins dans ma vie que vos jumelles ne peuvent explorer. Je dois ajouter que l'idée de vous savoir, jour après jour, préoccupé par mes besoins physiologiques ne me plaît pas particulièrement. Ne vous étonnez donc pas que je vous trouve parfois pénible.

— Je ne suis pas pénible. Je ne suis pas incapable non plus.

Aurore prit une facture au hasard. C'était celle de mon couturier.

Elle se montait à soixante-quinze dollars. Elle l'examina d'un air pensif avant de répondre :

— Incapable ?

— Oui, vous avez dit que j'étais prêt mais incapable. Je n'ai jamais permis à quiconque de mettre en doute mes capacités. J'ai toujours été capable.

— Vous vous êtes mépris, Hector. Je crois que vous faites allusion à ma remarque sur le mariage. Vous ne pouvez tout de même pas nier que vous êtes incapable de m'épouser et tout simplement parce que je ne le veux pas.

— Aurore ! Voulez-vous vous taire ! explosa le général.

Saisi à la fois d'une brusque colère et d'un violent désir, il sentit son pénis se raidir. Aurore avait le don de le mettre hors de lui. A part deux ou trois lieutenants, personne n'avait jamais pu le faire sortir de ses gonds. Personne n'avait été capable de provoquer chez lui une érection par téléphone. Aurore en était capable. C'était pratiquement infaillible — le timbre de sa voix semblait avoir ce pouvoir quel que soit le sujet de la conversation.

— Entendu, Hector, je me tais, dit Aurore, mais je vous trouve bien grossier. Si vous continuez, je vais passer l'appareil à Rosie et elle sera bien moins polie que moi.

— Vous n'avez pas été polie. Vous avez été sacrément exaspérante.

Le général fut interrompu par un claquement sec à l'autre bout de la ligne. Il raccrocha, resta quelques minutes immobile en grinçant des dents, les yeux fixés sur la maison d'Aurore. Son pénis se rétrécit et reprit ses dimensions normales. Il empoigna le téléphone et recomposa le numéro d'Aurore.

Elle répondit à la première sonnerie.

— J'espère que vous êtes de meilleure humeur, Hector, dit-elle sans lui laisser le temps de prononcer un mot.

— Comment saviez-vous que c'était moi ? demanda-t-il. Vous prenez un grand risque. J'aurais pu être un autre de vos correspondants habituels, votre homme-mystère, par exemple.

— Quel homme-mystère ?

— Celui dont vous parliez tout à l'heure, celui dont vous partagez sans doute le lit quand vous n'êtes pas chez vous à six heures du matin.

Aurore ouvrit deux autres enveloppes pendant que le général se calmait. Elle essaya de se rappeler ce qu'elle avait fait des outils de jardin achetés trois mois auparavant. L'accusation du général passa au-dessus de sa tête mais elle retint le ton qui l'accompagnait.

— Voilà que vous prenez un ton résigné, Hector, dit-elle. Vous savez que je déteste la résignation. J'espère que vous ne vous avouez pas vaincu. Il faut vous défendre plus énergiquement si vous voulez que nous soyons amis. Je ne comprends pas que vous ayez survécu à toutes vos guerres si vous n'êtes pas plus combattif.

— J'étais à l'intérieur d'un tank, la plupart du temps.

Aurore parlait maintenant d'une voix si suave et si amicale que le général sentit son pénis se redresser.

— C'est du passé, dit-elle. Vous n'avez plus de tanks à présent. Dites-moi quelque chose d'énergique. Vous n'imaginez pas à quel point il est déprimant d'entendre une voix résignée à l'autre bout de la ligne.

— C'est bien, venons-en au fait alors, dit le général qui se ressaisit comme par miracle. Qui est mon nouveau rival ?

— De quoi parlez-vous ? dit Aurore en ramassant toutes les enveloppes encore fermées pour les mettre en tas.

En rangeant des objets épars, elle avait l'impression de mettre de l'ordre dans sa vie. Elle supposait que la facture de soixante-quinze dollars était sans doute justifiée, et elle fit signe à Rosie de lui apporter son stylo.

Rosie chercha dans les innombrables objets qui encombraient la coiffeuse et en sortit successivement un flacon de parfum, des cartes de visite, un crayon à sourcils, dans l'espoir que c'était ce qu'Aurore lui demandait.

— Le stylo, Rosie, cria Aurore. Vous voyez bien que je signe des chèques.

Rosie repéra le stylo et le lui tendit. Elle adorait explorer la coiffeuse d'Aurore. Elle y découvrait des objets hétéroclites dont elle n'avait jamais entendu parler.

— Dites-lui que vous l'épouserez s'il brade sa vieille Packard, chuchota-t-elle. Je suis sûre que cette bagnole lui coûte une fortune. F.V. a bien essayé de lui dire, mais il ne veut rien entendre.

— Le général Scott est bien capable de savoir quelle voiture il veut conduire, dit Aurore en complétant le chèque. Que disiez-vous, Hector ?

— Je vous demandais avec qui vous passiez la nuit. Naturellement vous pouvez ne pas répondre.

— Vous êtes vraiment trop susceptible, Hector. J'essayais simplement de vous faire comprendre que mes faits et gestes à six heures du matin sont quelque peu fantaisistes. J'aurais pu décider de danser jusqu'à l'aube ou de faire une croisière aux Caraïbes avec l'un de vos rivaux. Vous n'avez pas l'air de savoir vous amuser, Hector. Vous devriez essayer avant qu'il ne soit trop tard.

Le général poussa un grand soupir de soulagement.

— Voulez-vous me rendre un service ? demanda-t-il. Si vous sortez aujourd'hui, pourriez-vous m'emmener à l'épicerie ? Je crains que ma voiture ne soit en panne.

— Voilà une demande bien prosaïque, Hector, compte tenu de ce que vous auriez pu solliciter. Je vous rendrai volontiers ce service. Mes factures attendront. Je vais me préparer et nous pourrons faire une agréable promenade ensemble. Qui sait ? peut-être que vous vous civiliserez au point de m'inviter à déjeuner.

— Aurore, quelle idée merveilleuse !

— Vous l'avez bien entortillé, hein ? dit Rosie quand Aurore eut raccroché.

Aurore se leva, éparpillant sa pile d'enveloppes. Elle se mit devant sa fenêtre et contempla le jardin inondé de soleil. La journée était radieuse avec de grands pans de ciel bleus entre les nuages d'avril.

— Les hommes qui sont libres toute la journée ont un grand avantage sur les autres, dit-elle en guise de réponse.

— Vous les aimez élégants aussi, n'est-ce pas ?

— Taisez-vous. Apparemment, j'aime beaucoup plus de choses que vous. Vous semblez n'avoir d'autre joie que de nous tourmenter, ce pauvre Royce et moi. A mon avis, vous avez encore de la chance d'avoir gardé cet homme si longtemps, vu la manière dont vous le traitez.

— Royce coulerait comme une pierre si je n'étais pas là pour le houspiller. Quelle robe allez-vous mettre ? Le général doit déjà faire le pied de grue devant sa porte. Sa femme ne l'a pas fait attendre une seule fois en quarante-trois ans de mariage.

Aurore s'étira devant la fenêtre grande ouverte. Elle se faisait une joie de sortir par une journée pareille, même avec un être aussi assommant qu'Hector. Rosie s'approcha d'elle. Elle aussi était tout excitée à la pensée qu'Aurore allait la laisser seule et qu'elle pourrait inspecter la maison de fond en comble. D'ailleurs, Aurore saisissait tous les prétextes pour éviter de payer ses factures et, si elle restait à la maison, elle éviterait la corvée en flirtant avec Royce. Aurore partie, Rosie pourrait morigéner Royce tout à son aise et lui reprocher ses innombrables défauts.

— Quelle journée ! s'exclama Aurore. Si seulement je pouvais me mettre dans l'état d'esprit voulu, je me contenterais de contempler le ciel et les arbres. J'aimerais qu'Emma puisse réagir à ce genre de choses comme je le fais. Sans doute est-elle en train de broyer du noir dans son espèce de garage. Je ne sais pas ce qu'elle fera avec un enfant si elle n'est pas capable de profiter d'une journée comme celle-ci.

— Elle l'amènera ici et on l'élèvera. Si nous avons un ou deux mioches d'Emma pour jouer avec, j'aurai peut-être pas envie d'en avoir d'autres.

— N'importe quoi pour vous freiner, dit Aurore. Au fait, je crois que je vais mettre la robe que je viens de payer.

C'était une robe de soie à fleurs sur fond bleu clair et elle remplissait à merveille son rôle de robe car elle convenait à la fois à son teint et à son humeur. Sans plus tarder, elle entreprit de s'habiller, convaincue que ses soixante-quinze dollars avaient été dépensés à bon escient.


## 2


Une heure plus tard, la Cadillac s'engagea dans l'allée du général. Vêtu de son pantalon de chauffeur et d'un tricot de corps, F.V. arrosait la pelouse.

— Vous voilà, F.V., dit Aurore. J'aimerais bien que vous ne vous promeniez pas en tricot de corps. C'est indécent. Je ne vois pas pourquoi vous gaspillez autant d'eau. Dans une ville où il pleut deux fois par jour, il est bien inutile d'arroser.

— Il n'a pas plu depuis deux semaines, répliqua F.V. D'ailleurs, c'est le général qui m'a donné des ordres.

— Le général est trop impatient. Si vous voulez rester en bons termes avec moi, fermez ce tuyau et allez vous repasser une chemise convenable.

F.V. obéit sans enthousiasme. Il priait le ciel pour que Mrs Greenway reste inébranlable dans son refus d'épouser le général. Son patron était peut-être un tyran mais au moins, avec lui on savait où on allait tandis qu'avec Mrs Greenway, F.V. ne le savait pas du tout. Il lui fallait moins de deux minutes pour le placer dans une situation inconfortable et F.V. ne pouvait se faire à l'idée de passer le reste de sa vie assis entre deux chaises.

Heureusement, juste à ce moment-là, le général Scott parut sur le seuil de sa maison. Il surveillait l'arrivée d'Aurore à la jumelle et il était fin prêt. Il portait un superbe costume gris ardoise et une chemise à raies bleues. Aurore elle-même devait admettre qu'il était impeccablement vêtu. Ses cravates étaient toujours rouges et ses yeux toujours bleus. Seule l'absence des cheveux qui auraient dû être sur sa tête marquait un changement dans son apparence. A son grand désespoir, il en avait perdu la majeure partie entre sa soixante-troisième et sa soixante-cinquième année.

— Aurore, vous êtes resplendissante, dit-il en s'approchant de la voiture. Cette robe est faite pour vous.

— Oui, dans tous les sens du terme. J'ai payé la facture ce matin. Montez vite, Hector. Toutes ces additions m'ont donné un appétit féroce. J'ai pensé que nous pourrions aller déjeuner dans notre petit restaurant de fruits de mer, si cela vous convient.

— Parfait. Cessez de manipuler ce tuyau, F.V. Vous avez failli m'inonder. Pointez-le sur la cour en attendant que vous soyons partis.

— Mrs Greenway m'a dit de couper l'eau et d'aller me repasser une chemise.

Il laissa tomber le tuyau comme si tant de responsabilités en conflit avaient soudain drainé ce qui lui restait d'énergie et, au grand étonnement du général, il se dirigea à pas traînants vers la maison. Il disparut sans même se donner la peine de fermer le tuyau.

— On dirait qu'il va au suicide, dit le général. Que lui avez-vous donc dit ?

— Je lui ai reproché son tricot de corps, mon reproche habituel. Peut-être que si je le klaxonne, il reviendra.

Aurore avait toujours considéré le klaxon comme l'élément le plus utile de la voiture et elle s'en servait à tort et à travers. Il ne lui fallut pas plus de dix secondes pour faire sortir F.V. à grands renforts de trompe.

— Coupez l'eau si vous n'arrosez plus, ordonna le général, agacé.

Le son du klaxon l'énervait, aussi ne trouva-t-il pas d'autres instructions à donner. Il associait tous les bruits au champ de bataille et ne savait pas très bien ce qu'il devait faire quand il s'en produisait un dans sa propre allée.

F.V. ramassa le tuyau et s'avança vers la voiture d'un air si égaré qu'Aurore et le général crurent un moment qu'il allait le projeter sur la vitre et les inonder tous les deux. Heureusement, il s'arrêta juste en bordure de l'allée.

— Mrs Greenway, est-ce que je peux vous emprunter Rosie ? demanda-t-il sur un ton plaintif. Je n'arriverai jamais à arranger cette Packard sans son aide. C'est quelque chose qui me trotte par la tête.

— Oui, bien sûr, empruntez tout ce que vous voudrez, dit Aurore en reculant brusquement.

Le tuyau était beaucoup trop menaçant à son gré et F.V. semblait près de lâcher prise. Cinq secondes plus tard, la Cadillac était hors de danger.

## 3

Au milieu du déjeuner, Aurore se dit qu'elle était trop aimable mais la chère était si délicieuse qu'elle ne put changer d'attitude. Un excellent repas réussissait souvent à l amadouer. C'est parce que Rud connaissait tous les meilleurs restaurants de la côte Est qu'il l'avait conquise, indépendamment de sa haute taille. Malheureusement, après leur mariage, il les avait tous oubliés et s'était découvert un goût prononcé pour les sandwiches au fromage et au piment qu'il conserva tout le reste de sa vie. Une bonne table balayait ses défenses — elle ne pouvait vraiment pas savourer un plat et se hérisser en même temps. Quand elle eut avalé la dernière goutte de sa bisque de homard et entamé son pompano, elle se sentit extrêmement euphorique.

Une nourriture aussi succulente devait être arrosée d'une bonne dose de vin blanc. Pendant qu'Aurore commençait à penser vaguement au problème du retour, le général, plein d'entrain, lui prenait le bras toutes les deux minutes et l'accablait de compliments sur sa robe et sur son teint. Rien ne la mettait plus en beauté qu'un somptueux repas et, avant que celui-ci fût achevé, sa beauté brillait avec tant d'éclat que le général était au bord de l'apoplexie.

— Evelyne se contentait de picorer, dit-il. Même en France, elle ne semblait pas vouloir manger. Je n'ai jamais compris pourquoi.

— La pauvre ! Elle avait peut-être l'œsophage obstrué, dit Aurore en dégustant sa dernière cerise.

Si la chère n'avait pas été aussi savoureuse, elle aurait sans doute essayé de tempérer un peu son plaisir, mais comme elle ne savait pas quand elle goûterait ses prochaines cerises, elle n'avait aucune envie d'en perdre une seule. Lorsqu'elle eut fini, elle passa sa langue dans tous les coins et recoins de sa bouche avec l'espoir de récupérer toutes les particules d'aliments qui auraient pu s'égarer. En se livrant à cette occupation, elle jeta un regard circulaire sur la salle de restaurant. Malheureusement, elle avait été trop occupée pour observer les clients et, entre-temps, l'heure du déjeuner était passée aussi ne restait-il plus que quelques retardataires.

Désœuvrée, elle ne put éviter de remarquer que son ami, le général, était au comble de l'excitation. Il avait le visage presque aussi rouge que sa cravate et il commençait à parler de climats exotiques — ce qui était mauvais signe chez lui.

— Aurore, si nous pouvions faire un petit séjour à Tahiti ensemble, je suis sûr que vous verriez les choses à la lumière de nouveaux cieux.

— Regardez autour de vous, Hector, dit Aurore en désignant le ciel. La lumière est merveilleuse sous ce ciel-ci. Je ne vois pas pourquoi je l'échangerais contre la lumière de Polynésie si c'est là que vous voulez que j'aille.

— Non, vous m'avez mal compris. Je voulais dire qu'avec un peu de temps, vous pourriez vous faire une autre opinion de moi. Les climats exotiques font parfois des miracles. Les vieilles habitudes s'effacent.

— Mais je tiens à mes vieilles habitudes, Hector. C'est gentil à vous de vous préoccuper de moi, très cher, mais je ne vois pas pourquoi j'irais jusqu'à Tahiti pour me débarrasser d'habitudes qui me satisfont pleinement où je suis.

— Eh bien, en ce qui me concerne, elles ne me satisfont pas pleinement. Je suis fichtrement frustré, si vous voulez le savoir.

Voyant que la Cadillac restait seule dans le parking, le général lui montra immédiatement la nature de ses frustrations en se lançant à l'assaut. Il se rattrapa en prétendant qu'il voulait simplement l'aider à monter en voiture mais Aurore n'était pas dupe. Le général était rarement capable de se maîtriser complètement, surtout quand il avait le visage aussi congestionné. Or, Aurore avait une assez grande expérience de ses petites attaques éclair et elle savait qu'elles ne menaçaient sérieusement ni sa personne ni son humeur.

Elle déjoua celle-ci en cherchant ses clés dans son sac et, après avoir ajusté sa robe et arrangé sa coiffure — ce qu'elle aurait fait de toute façon —, elle s'en sortit sans que sa bonne humeur en fût altérée.

— Quelle drôle d'idée, Hector, dit-elle en tournant la clé de contact. Qu'irais-je faire à Tahiti avec vous si vous devez me bondir dessus dans tous les parkings de la ville ? Si c'est ainsi que vous vous comportez, comment pouvez-vous imaginer qu'une femme accepterait de vous épouser ?

L'ardeur du général s'était refroidie, faute de succès. Bras croisés, lèvres pincées, il était beaucoup moins irrité contre Aurore que contre sa défunte épouse, Evelyne. Il lui en voulait surtout de l'avoir si mal préparé à sa rencontre avec Aurore. D'abord, Evelyne était menue alors qu'Aurore avait des formes généreuses ; il ne savait par quel côté la prendre et avant qu'il ait pu trouver une prise solide, elle réussissait à s'esquiver dans un coin où il lui était impossible de la réduire à sa merci. Avec Evelyne, il avait totalement manqué de pratique puisqu'elle était la patience et la docilité personnifiées. Elle ne s'était jamais dérobée. Elle avait toujours abandonné ce qu'elle faisait dès qu'il la touchait, et même parfois avant qu'il ne l'ait touchée. En fait, elle ne faisait jamais grand-chose et considérait ses étreintes comme un changement de rythme agréable.

Le rythme d'Aurore était tout différent, et rétrospectivement, il ne comprenait pas pourquoi Evelyne avait été si docile.

Aurore avait un œil sur lui et l'autre sur la route. L'attitude du général assis à côté d'elle, la tête raide et les bras obstinément croisés, était si comique qu'elle ne put réprimer un éclat de rire.

— Ce que vous pouvez être cocasse en ce moment, Hector, railla-t-elle. Je ne suis pas sûre que votre sens de l'humour soit tout à fait au point. Si je ne me trompe, vous boudez parce que je n'ai pas voulu vous permettre d'assouvir vos désirs dans un parking. Il paraît que les écoliers s'adonnent à ce genre d'exercice mais nous avons passé ce stade vous et moi.

— Taisez-vous, Aurore, vous avez failli entrer dans cette boîte aux lettres. Essayez de rouler un peu plus près de la ligne centrale.

— Je vais essayer pour vous faire plaisir. Vous savez que je n'aime pas être près de la ligne centrale. Supposez que je dérape juste au moment où quelqu'un passe. Franchement, si vous devez bouder pendant tout le trajet, ça m'est bien égal de heurter une boîte aux lettres.

— Bon Dieu, je ne boude pas, protesta le général. Vous me désespérez, Aurore. Il vous est facile de parler de parkings et de mes désirs alors que vous savez très bien que je n'ai pas l'occasion de les satisfaire ailleurs. Vous ne voulez pas m'accepter chez vous et vous refusez de venir chez moi. Je n'ai pas satisfait mon désir depuis des années. Je ne bois pas à la fontaine de Jouvence, vous savez. Si je ne réalise pas mon désir bientôt, il risque de ne plus être réalisable.

Aurore le regarda du coin de l'œil et soupira ; il avait marqué un point.

— Comme c'est bien dit, répliqua-t-elle en allongeant la main pour le forcer à décroiser les bras. J'aimerais être plus complaisante mais, en ce moment, cela m'est difficile.

— Vous pourriez au moins faire un effort. Si vous croyez que vous allez croiser beaucoup de généraux à quatre étoiles sur votre chemin...

— Voilà une parole de trop, Hector. Si vous essayiez de limiter vos discours, je pourrais peut-être me montrer plus accommodante.

Malgré ses promesses, Aurore conduisait de plus en plus près du bas-côté mais le général se mordit les lèvres et s'abstint de faire des réflexions. Il se rendait compte qu'il était responsable — jamais il n'aurait dû se laisser embarquer sur un trajet de cinquante kilomètres avec une conductrice qui, visiblement, était un danger public sur une autoroute.

— Je persiste à croire que vous pourriez essayer, dit-il.

Aurore garda le silence pendant quelques minutes, puis elle lui prit la main et la serra.

— Un essai ne me paraît pas précisément indiqué, dit-elle. Je suis loin d'être une femme de grande expérience mais je sais cela. Vous êtes un si fin gourmet que je suis vraiment désolée de vous laisser partir, mais il le faut bien. Pour l'instant, je suis ancrée dans ma décision et ce n'est pas un voyage à Tahiti qui pourra m'en faire changer.

— Que voulez-vous dire ? demanda le général alarmé. Pourquoi me laisser partir ? Et où croyez-vous que j'irais ?

— Eh bien, comme vous le laissez entendre, vous vous sentez frustré en ma compagnie. Je suis sûre que vous irez beaucoup mieux si je vous libère. Il y a beaucoup de charmantes femmes à Houston qui seraient ravies de rencontrer un général à quatre étoiles sur leur route.

— Pas aussi charmantes que vous.

Aurore haussa les épaules et jeta un coup d'œil sur son rétroviseur. Comme d'habitude, il était orienté de telle façon qu'elle se voyait mieux qu'elle ne pouvait voir la route.

— Vous êtes très galant, Hector, mais nous savons tous les deux que mes charmes sont plus que compensés par mes défauts. J'ai la réputation d'avoir un caractère impossible, reconnaissez-le et cessez de gaspiller le temps qui vous reste. Je suis capricieuse, orgueilleuse, têtue, et j'ai la langue bien acérée. Nous nous heurtons sur bien des points et je ne crois pas que nous pourrions vivre sous le même toit plus de six jours, même avec la meilleure bonne volonté du monde. Une personne aussi exigeante que moi mérite de vivre seule. Vous ne pouvez tout de même pas passer votre temps à braquer vos jumelles sur mon garage et à vous faire des illusions. C'est effectivement frustrant pour vous. Trouvez-vous une gentille femme qui apprécie la bonne chère et emmenez-la à Tahiti. Vous êtes un militaire, et il serait temps que vous repreniez l'habitude du commandement.

Le général était si abasourdi qu'il oublia de signaler l'approche de la bretelle qui conduisait à Houston.

— Mais j'ai toujours l'habitude du commandement, protesta-t-il.

Il remarqua qu'elle allait dépasser la bretelle.

— Tournez, Aurore, hurla-t-il sur un ton qui aurait fait bifurquer une colonne de tanks.

Aurore continua tout droit.

— Hector, ce n'est pas le moment de montrer vos talents, riposta-t-elle. Votre voix n'est plus exactement ce qu'elle était. D'ailleurs, ce n'était pas précisément ce que je voulais dire en parlant de l'habitude du commandement.

— Non, Aurore. Vous avez laissé passer la bretelle de Houston comme d'habitude. Vous devriez tout de même connaître votre chemin.

— Vous voyez bien que nous ne sommes pas faits l'un pour l'autre. Vous connaissez toujours votre chemin et moi jamais. Nous finirions par nous rendre fous mutuellement. Je tournerai à la prochaine bretelle.

— Non. Vous iriez à El Paso. Il faut faire demi-tour.

— Oh! très bien! Vous passez votre temps à me parler de climats exotiques et vous ne voulez même pas me laisser essayer une nouvelle route. Ce n'est vraiment pas très conséquent, Hector. Vous savez que j'ai horreur de revenir en arrière.

— Vous manquez totalement de discipline, dit le général, qui sentait la moutarde lui monter au nez. Si seulement vous consentiez à m'épouser, j'arrangerais cela en un rien de temps.

Pendant qu'il rongeait son frein, Aurore exécuta un demi-tour des plus réussis en utilisant toute la largeur de la chaussée.

— Vous n'avez pas mis votre clignotant, dit le général qui perdait son sang-froid.

— C'est possible mais, en attendant, c'est votre voiture qui est toujours en panne, riposta Aurore en levant le menton.

Elle commençait à le trouver ennuyeux au possible aussi cessa-t-elle de parler. Les effets de son excellent repas n'étaient pas encore dissipés et elle conservait encore une partie de sa bonne humeur. Ils roulaient sur une grande plaine côtière au sud-est de Houston. Des vols de mouettes évoluaient gracieusement dans le ciel et l'odeur de l'Océan tout proche se mêlait agréablement à celle des hautes herbes. La route était belle et le paysage lui paraissait plus digne de ses regards qu'Hector Scott, qui avait recroisé ses bras et se montrait visiblement irrité.

— Hector, je ne crois pas que vous étiez aussi maussade avant de devenir chauve, observa-t-elle. Vous ne pensez pas qu'un postiche pourrait améliorer votre humeur ?

— Tournez, Aurore, gronda-t-il. Vous avez encore manqué le virage.

Il s'apprêtait à manier le volant mais elle lui donna une tape sur la main.

— Je vais tourner mais laissez-moi faire.

— Pas maintenant. C'est trop tard.

Aurore ne l'écoutait pas. Elle bifurqua, trop tard pour s'engager sur la route qu'elle visait mais juste à temps pour éviter les barbelés qui la longeaient. Malheureusement, elle ne put éviter une grosse voiture blanche qui se trouvait, sans aucune raison, rangée sur le bas-côté, près de la clôture.

— Mon Dieu ! s'écria-t-elle en freinant.

— Je vous l'avais bien dit, fulmina le général au moment où la Cadillac heurtait l'arrière de la voiture blanche.

Aurore ne conduisait jamais très vite et elle avait eu le temps de freiner de toutes ses forces, ce qui, ne l'empêcha pas de tamponner le véhicule avec une forte secousse. Aussitôt après, elle sentit une autre secousse mais elle aurait été incapable de dire ce qui l'avait provoquée ; puis, à sa grande surprise, la Cadillac fut enveloppée d'un nuage de poussière. Pourtant, elle n'avait pas remarqué de poussière sur la route avant l'accident.

— Mon Dieu ! Hector, sommes-nous pris dans une tempête de sable ? Qu'est-ce que vous avez au nez ? demanda-t-elle quand la Cadillac se fut arrêtée à deux pas de la clôture. Ne parlez pas, Hector. Je sais ce que vous allez dire et je refuse de vous écouter.

Le général, qui s'était cogné le nez contre le pare-brise, protégeait son malheureux appendice.

— Que ces mouettes sont gracieuses ! s'exclama Aurore en remarquant avec satisfaction que les oiseaux continuaient à agiter leurs ailes sans se soucier d'un monde où il fallait constamment actionner des pédales.

— Je l'avais prévu, grommela le général, et j'avais raison.

— Je suis contente de vous avoir donné cette petite satisfaction. Ainsi, je ne vous aurai pas déçu sur tous les plans.

— Vous êtes parfaitement ridicule, explosa le général, j'espère que vous vous en rendez compte. Parfaitement ridicule !

— Je le soupçonnais, figurez-vous, mais, tout de même, j'espérais que vous auriez le triomphe plus modeste.

La poussière était retombée. Aurore se brossa les cheveux d'un air songeur. En général, quand les choses allaient de travers, son instinct lui disait d'attaquer mais, dans ce cas précis, elle avait trop conscience de ses torts. Peut-être était-elle ridicule en effet. Elle se sentait un peu perdue et regrettait que Rosie ou Emma ne soit pas auprès d'elle.

88

— Hector, vous auriez dû me laisser prendre l'autre route, dit-elle tristement. Je n'aurais certainement pas embouti quelqu'un si je n'avais pas dû faire demi-tour.

A peine eut-elle prononcé ces mots qu'un petit homme roux au visage parsemé de taches de son surgit à côté de sa portière.

— Bonjour m'dame, dit-il.

— Oui ? Bonjour monsieur. Je m'appelle Aurore Greenway. Etes-vous l'une de mes victimes ?

Le petit homme tendit une main couverte de taches de rousseur et serra celle d'Aurore.

— Vernon Dalhart, dit-il. Personne n'est blessé ici ?

— J'ai une bosse sur le nez, gémit le général.

— Non, tout va bien, dit Aurore sans se soucier de lui. Et vous ? Vous n'avez pas de mal ?

— Pas du tout, répondit Vernon. J'étais en train de téléphoner assis sur la banquette arrière quand vous m'êtes rentrée dedans. J'ai aucun mal et le téléphone n'a même pas été coupé. Dépêchez-vous de mettre notre histoire au point parce que le type qui vous a percutée par-derrière est un agent de la police routière.

— Oh ! mon Dieu ! s'écria Aurore. Je savais que ces gens-là ne n'aimaient pas mais de là à me tamponner...

— J'ai tout vu. Vous avez dérapé après m'avoir cogné. C'est à ce moment-là qu'il est arrivé. Il va bien mais la secousse lui a un peu coupé le sifflet. Il lui faudra bien deux, trois minutes pour piger quelque chose à cette histoire.

— Seigneur ! Je suppose que c'est la prison qui m'attend. Si seulement je me rappelais le nom de mon avocat !

— Pas question qu'une jolie femme comme vous aille en prison. Vous n'aurez qu'à dire que tout était de ma faute.

— Méfiez-vous, Aurore, intervint le général. Ne vous engagez pas.

— Voyons monsieur Dalhart, dit-elle. C'était manifestement *ma* faute. Je suis célèbre pour ma conduite fantaisiste. Je ne vais certainement pas vous mettre cet accident sur le dos.

— Aucune importance, m'dame. Toutes les semaines que Dieu fait je joue au poker avec le chef de la police routière et il n'a pas gagné depuis des semaines. Dites à ce garçon que vous vous promeniez et que je vous ai cogné en faisant marche arrière.

— Hum ! fit Aurore.

Ce petit homme semblait avoir la bougeotte. Il dansait d'un pied sur l'autre en jouant avec la boucle de sa ceinture. Pourtant, il lui souriait comme si elle n'avait rien fait de mal et c'était tellement réconfortant qu'elle se sentait encline à lui faire confiance.

— Eh bien, monsieur Dalhart, je dois dire que votre proposition est très tentante.

— Je me méfie de cet homme, Aurore, dit brusquement le général.

Il n'était pas content qu'Aurore se fût remise si vite. Si seulement l'accident avait été un peu plus grave, elle aurait été obligée de s'occuper un peu de lui.

— Monsieur Dalhart, voici le général Scott, dit Aurore. Il est beaucoup plus méfiant que moi. Pensez-vous vraiment que je puisse user de ce petit subterfuge ?

— Aucun problème. Ces braves agents sont des esprits simples. C'est comme si vous bluffiez un chien. Vous laissez pas impressionner.

— C'est bon. Je vais essayer, bien que je ne puisse me targuer d'avoir bluffé beaucoup de chiens.

— Ne vous laissez pas embarquer, Aurore, dit le général on arrangeant son nœud de cravate. Après tout, je suis témoin de l'accident. Il se trouve que je suis un homme à principes. Supposez que je refuse d'entendre vos faux témoignages, autrement dit vos mensonges. C'est bien ce que vous allez faire ? Non ?

Aurore considéra ses genoux un moment — elle était réellement embarrassée. Elle jeta un coup d'œil furtif sur Vernon Dalhart qui continuait à sourire.

— Poursuivez, Hector, je vous écoute, dit-elle enfin. Je ne suis pas assez noble pour ne pas mentir à l'occasion. C'est bien ce que vous insinuez, n'est-ce pas ?

— Non, mais je suis heureux que vous l'admettiez.

— Au fait, Hector, dit Aurore sans le quitter des yeux.

— C'est que... j'ai vu l'accident moi aussi et je suis un général à quatre étoiles, répondit-il, un peu troublé par son regard mais pas au point de reculer.

— Je ne crois pas que vous l'ayez vu mieux que moi, Hector, et je n'ai vu qu'un tourbillon de poussière. Où voulez-vous en venir ?

— A ceci : je veux bien confirmer votre petit mensonge à condition que vous partiez pour Tahiti avec moi en tout bien tout honneur, déclara le général avec une expression de triomphe. Maintenant, si Tahiti ne vous plaît pas, le monde est grand ! nous pouvons aller ailleurs.

Aurore regarda par la vitre. Vernon ne cessait de se trémousser mais gardait les yeux ostensiblement fixés sur ses pieds, gêné d'être en tiers dans une conversation privée.

— Monsieur Dalhart, puis-je vous demander un grand service ? demanda-t-elle.

— Certainement.

— Si votre voiture est toujours en état de marche après le coup qu'elle a pris, pourrez-vous me ramener en ville ?

— Votre Cadillac ne pourra pas rouler de toute façon. Le pare-chocs est aplati contre le pneu. Je vous conduirai où vous voudrez quand nous aurons réglé l'affaire avec la police. Naturellement, je peux véhiculer le général aussi, ajouta-t-il avec hésitation.

— Non, pas le général. Il rentrera par ses propres moyens. Comme il se plaît à le dire, il appartient à l'élite de l'armée et je doute que, dans un pays comme le nôtre, on laisse un général à quatre étoiles mourir de faim sur la route.

— Vous êtes un vrai tyran, Aurore, rugit le général. C'est bon, je ne contesterai pas votre histoire. Ma petite tentative a échoué mais je ne vois pas pourquoi vous devez me ridiculiser pour si peu. Cessez cette comédie.

Aurore ouvrit sa portière et descendit.

— Je crains que votre petit chantage n'ait un effet destructeur sur nos relations, dit-elle. Vous pouvez rester dans ma voiture si vous voulez. Dès que je serai rentrée, j'indiquerai à F. V. l'endroit où vous êtes. Il ira vous chercher. Merci infiniment pour le déjeuner.

— Cessez ce jeu, bon Dieu ! gronda le général, furieux. Nous sommes voisins depuis des années. Je ne veux pas que vous me quittiez ainsi. Je n'ai rien fait de mal.

— Non, rien, Hector, rien du tout.

Elle l'observa un moment. Il avait raison : ils étaient voisins depuis des années, mais le regard du général n'exprimait pas un sentiment de bon voisinage. Il était glacial, bleu et haineux. Aurore se raidit et contempla les kilomètres d'herbe qui s'étiraient vers le Golfe.

— Allons, remontez et quittez cet air de reine offensée, dit le général.

Aurore secoua la tête.

— Je n'ai nullement l'intention de remonter. Si vous n'avez rien fait, c'est parce que vous ne le pouviez pas, Hector. Vous n'en avez pas la possibilité pour le moment. C'est la pensée de ce que vous pourriez faire si vous en aviez la possibilité qui m'inquète. Je ne veux surtout pas vous en offrir l'occasion. Il faut que je m'en aille maintenant. Débrouillez-vous.

— Je n'oublierai jamais cela, Aurore, grinça le général. Je vous le revaudrai, comptez là-dessus.

Aurore s'éloigna. Le sol était inégal et elle prit le bras de Vernon, ce qui le surprit, mais il ne dit rien.

— Désolée pour cette petite discussion, dit-elle.

— Paraît que les généraux, ça fait que du grabuge.

— Ne font que du grabuge, rectifia-t-elle. Le sujet est pluriel, vous savez.

Non, il ne savait pas. Il la regarda, interloqué.

— Peu importe, reprit Aurore. Je ne devrais pas vous critiquer après vous avoir embouti. C'est instinctif chez moi.

— Ah, la police a repris son souffle ! dit-il. En avant la musique.

Un agent de la sécurité très jeune et très fluet tournait et retournait autour de la voiture de Vernon, une grosse Lincoln blanche qui semblait équipée d'une antenne de télévision.

— Qu'il est mince ! remarqua Aurore. Et si jeune !

Elle s'était préparée à affronter un agent corpulent et courroucé, et la vue de ce jeune homme svelte lui paraissait très rassurante.

— Pourquoi tourne-t-il sans cesse autour de votre voiture ? demanda-t-elle. Est-ce qu'il a le tournis ?

— Peut-être encore un peu mais je crois qu'il est tout simplement en train d'examiner les traces de pneus pour essayer de comprendre ce qui s'est passé. C'est lui qui doit faire le rapport de l'accident.

— Alors, il vaut peut-être mieux que je plaide coupable. Je ne veux pas ruiner sa carrière.

Vernon eut tout juste le temps de secouer énergiquement la tête avant que le jeune agent ne s'approche d'eux. Il tenait un bloc-notes à la main.

— Bonjour, dit-il. J'espère que l'un de vous deux sait ce qui est arrivé. Moi, je renonce à comprendre.

— C'est ma faute d'un bout à l'autre, répondit vivement Vernon. La dame n'a rien pu éviter et vous non plus.

L'agent se présenta :

— Agent Quick. Je savais que je n'aurais jamais dû me lever aujourd'hui. Vous savez, certains jours, on a l'impression que tout va aller de travers. C'est exactement l'impression que j'ai eue toute la journée. J'espère que je n'ai pas trop abîmé votre voiture, madame ?

Aurore sourit. Il paraissait tellement inoffensif !

— Pas sérieusement, monsieur l'agent.

— C'est bon, j'ai aucune excuse, dit Vernon. Allez-y pour le P.-V. et tout sera dit.

L'agent considérait le théâtre de l'accident d'un air perplexe.

— C'est pas le P.-V. qui m'embête, dit-il enfin. C'est le croquis.

— Quel croquis ? s'enquit Aurore.

— C'est le règlement. On doit faire un croquis des accidents et le dessin, c'est pas mon fort. Je suis incapable de tracer une ligne droite avec une règle et, pour les courbes, n'en parlons pas. Même quand je pige ce qui s'est passé, je ne peux pas le dessiner, et cette fois-ci j'y comprends rien de rien.

— Qu'à cela ne tienne, dit Aurore. J'ai suivi des cours de dessin. Je ferai le croquis, si vous voulez.

L'agent Quick lui tendit aussitôt son bloc-notes.

— Presque toutes les nuits, je rêve que j'aurai un croquis d'accident à faire, soupira-t-il. C'est comme un cauchemar.

Aurore comprit que le moment était venu d'improviser. Elle prit le stylo que lui présentait Vernon et l'examina avec intérêt car il était garni d'une montre et d'un calendrier. Une fois sa curiosité satisfaite, elle se cala contre le coffre de la Lincoln et commença à dessiner. Apparemment, personne ne la contredirait — Hector était toujours assis dans la Cadillac — aussi entreprit-elle de retracer l'accident à son idée.

— Vous voyez, monsieur l'agent, nous observions les mouettes, expliqua-t-elle en commençant par dessiner les oiseaux avec deux ou trois nuages.

— Oh ! je vois. Des observateurs d'oiseaux. Ça explique tout.

— Oui, voilà toute l'histoire, en un mot, approuva Vernon.

— A mon avis, les conducteurs qui regardent les oiseaux sont aussi dangereux que ceux qui boivent un verre de trop.

Aurore vit que l'agent avait bâti son histoire avant même qu'elle ait eu le temps de la mettre au point. Elle ébaucha un petit croquis montrant Vernon reculant au-dessous d'un vol de mouettes pendant qu'elle-même avançait. Elle décrivit l'agent Quick dans la voiture de police comme un passant parfaitement innocent. Elle dessina aussi un énorme nuage de poussière car c'était le principal souvenir qu'elle gardait de l'événement.

— Y en avait de la poussière, constata l'agent Quick en étudiant le dessin. J'aurais mieux fait d'être pompier, ajouta-t-il en griffonnant le procès-verbal.

— Il n'est peut-être pas trop tard, dit Aurore. Ce n'est vraiment pas très sain de rêver de croquis toutes les nuits.

— Aucun espoir. Y a même pas de caserne de pompiers dans ma ville. Juste une équipe de volontaires et vous savez ce que ça paie.

Pendant que Vernon l'aidait à monter dans la Lincoln blanche, Aurore pensa au général. Elle fut prise de remords à l'idée de laisser ce charmant petit agent à la merci du général Scott.

— Monsieur l'agent, l'homme qui est assis dans ma voiture est très en colère, dit-elle. C'est un général en retraite. Il me paraît d'humeur à insulter tous ceux qui s'approcheraient de lui.

— Oh ! Vous allez partir et le laisser là, hein ?

— Oui, c'est notre intention.

— Ben alors, je vais me tenir à carreau. S'il sort et fait mine de menacer, j'appellerai mes collègues de la police locale et nous l'arrêterons. Et vous, essayez de ne pas trop regarder les oiseaux.

— D'accord. Merci beaucoup.

L'agent Quick sortit un cure-dents de sa poche et le mâchonna d'un air mélancolique. Aurore et Vernon lui firent des signes d'adieu.

— Au fait, j'y pense, dit-il au moment où ils allaient démarrer. Allez donc jusqu'à Port Aransas. Ils ont un immense sanctuaire d'oiseaux là-bas... Des milliers de vos petits... amis à plume. Si vous déménagiez dans une de ces petites maisons avec terrasse qui bordent la baie, vous auriez même pas besoin de prendre une voiture pour observer les mouettes. Vous pourriez les regarder jour et nuit et ce serait mieux pour tout le monde. *Adios amigos.*

Il tourna les talons et gagna sa voiture en se frottant la tête.

— Drôle de type, commenta Aurore. Tous les agents de police sont-ils comme lui ?

— Presque tous des cinglés, affirma Vernon.

# CHAPITRE VII

## 1

Vernon conduisait à cent cinquante à l'heure. Aurore trouvait qu'il allait peut-être un peu vite. Ils étaient passés devant sa Cadillac à une telle allure qu'elle avait à peine eu le temps de jeter un coup d'œil sur Hector Scott qui était resté assis sur le siège avant, raide comme la justice. La voiture de Vernon ne ressemblait à aucune autre. Elle était équipée de deux téléphones, d'une radio très perfectionnée et d'une télévision encastrée dans une portière arrière. A son avis, Vernon maniait le volant un peu négligemment compte tenu de la vitesse de son bolide. Pourtant, elle était plus étonnée qu'effrayée. Vernon semblait parfaitement sûr de lui et la Lincoln était si bien capitonnée qu'elle devait être plus ou moins imperméable aux accidents qui pouvaient arriver aux voitures normales. Le fonctionnement des portières et des vitres était automatique et l'ensemble était tellement confortable qu'elle trouvait difficile de se préoccuper du monde extérieur et même de se rappeler l'existence de ce monde extérieur. Les sièges étaient couverts d'un cuir marron très moelleux. Une seule chose la chiffonnait : le panneau du tableau de bord était en peau de vache.

— Vous avez une voiture superbe, Vernon, dit Aurore. Par exemple ce qui ne me plaît pas, c'est cette peau de vache. Comment est-elle venue là ?

Vernon parut déconcerté. Il tira nerveusement sur le lobe de son oreille.

— Une idée à moi, répondit-il.

— A mon avis, c'est une petite faute de goût. Cessez de triturer votre oreille. Vous allez l'allonger.

Encore plus déconcerté, Vernon lâcha son oreille pour faire craquer ses jointures.

Aurore se tut pendant trente secondes, mais ce bruit de craquement lui devint bientôt insupportable.

— Ne faites pas cela non plus, ordonna-t-elle. Ce bruit me porte sur les nerfs. Je sais que je ne devrais pas être aussi franche, mais j'essaie d'être honnête. Vous pouvez me critiquer si je fais quelque chose qui vous déplaît. Vous ne devriez pas malmener les différentes parties de votre corps comme vous le faites.

— C'est vrai, j'ai des tics. C'est nerveux. Le docteur dit que c'est à cause de mon métabolisme.

— Diagnostic un peu vague. Vous devriez changer de médecin. Tout le monde a un métabolisme. Moi aussi, j'en ai un et je ne me triture pas les doigts ou les oreilles. Vous n'êtes sûrement pas marié. Aucune femme ne supporterait que vous vous trémoussiez comme ça.

— Non, j'ai jamais pu me fixer.

Devant eux, les contours de Houston commençaient à se profiler, éclairés par le soleil de l'après-midi qui déversait ses rayons sur ses hauts immeubles blancs ou gris argent. Ils furent bientôt happés dans le flot des voitures qui roulaient vers la ville. Vernon réussit à maîtriser ses tics en maintenant son volant à deux mains. Aurore se cala sur le dossier du confortable siège en cuir marron et contempla la ville scintillante avec un sourire béat.

— J'aime mieux me laisser conduire que tenir le volant, déclara-t-elle. On se sent vraiment en sécurité dans votre voiture. J'aurais peut-être dû acheter une Lincoln.

— En fait, elle me sert de maison, dit Vernon. Une sorte de quartier général mobile. A l'arrière, il y a un frigo et même un bureau qui sort quand on presse sur un bouton et, sous les planches, un coffre-fort où je mets mes gains.

— Mon Dieu, Vernon, vous semblez partager mon goût pour les gadgets. Est-ce que je peux me servir de votre téléphone ? Je voudrais appeler ma fille pour la prévenir que j'ai eu un accident. Peut-être qu'elle sera un peu plus prévenante avec moi.

— Vous gênez pas.

Aurore composa le numéro d'Emma.

— C'est merveilleux, dit-elle comme un enfant devant un jouet neuf. Je me demande pourquoi je n'ai pas fait installer le téléphone dans ma voiture. Je croyais que seuls les millionnaires pouvaient se permettre ce luxe.

Elle s'interrompit, un peu confuse de sa réflexion.

— Je dois être en état de choc, reprit-elle, autrement, je

ne me serais jamais permis une remarque pareille. Naturellement, je n'ai pas voulu dire que vous n'étiez pas millionnaire. J'espère que vous ne tiendrez pas compte des sottises que je peux dire quand je ne suis pas dans mon état normal.

— Bah ! J'ai un peu de blé mais je ne suis pas Rockefeller. J'aime pas le travail à ce point.

Au même moment, Emma répondit.

— Bonjour, chérie, devine ce qui m'arrive, dit Aurore.

— Tu vas te marier ? Le général Scott a fini par te circonvenir ?

— Pas du tout, au contraire. Je viens de le rayer de ma vie. Sais-tu d'où je t'appelle ? Tu ne me croiras jamais, mais je suis dans une voiture en marche.

— Tu plaisantes ?

— Je t'assure que je suis dans une voiture qui roule. Nous sommes sur l'Allen Parkway. Je voulais simplement t'informer que j'ai eu un petit accident. Heureusement, personne n'était en faute et personne n'est blessé bien que le jeune agent ait été un peu sonné pendant quelques minutes.

— Je vois. Et dans quelle voiture roules-tu ?

— Le monsieur que j'ai tamponné a eu l'obligeance de m'offrir une place dans sa voiture.

— Voilà qui est intéressant. Rosie dit que tu es sortie avec le général Scott. Qu'est-il devenu ?

— Je l'ai laissé calmer ses nerfs quelque part sur la route. Je raccroche. Nous arrivons à un feu. Je ne suis pas habituée à téléphoner au milieu de la circulation. Si tu veux des détails, appelle-moi plus tard.

— Je croyais que tu devais rester chez toi pour payer tes factures.

— Bonsoir, je raccroche avant que la conversation ne tourne au vinaigre, dit Aurore en reposant l'appareil. Je ne comprends pas que ma fille me rappelle toujours les choses que je veux oublier, ajouta-t-elle. Si vous n'avez jamais été marié, vous n'avez sans doute jamais connu ce genre de contrariété.

— Marié, non, mais j'ai neuf nièces et quatre neveux, et je suis un bon oncle.

— Un bon oncle est une bénédiction à notre époque. Puis-je vous demander où vous habitez ?

— Dans ma voiture la plupart du temps. Les sièges sont convertibles et peuvent servir de lit. Quand j'ai trouvé un bon parking, je suis chez moi. J'ai bien une suite au Rice Hotel, mais c'est pour mon linge et mes vêtements.

— En voilà un mode de vie! Je suis sûre que c'est l'une des raisons de votre nervosité, Vernon. Aussi confortable que soit votre voiture, elle ne peut pas remplacer une maison. Vous ne croyez pas qu'il serait plus sage de placer votre argent dans une résidence convenable ?

— J'aurais personne pour s'en occuper. Je suis parti les trois quarts du temps. Je m'en vais dans l'Alberta demain. Si j'avais une maison, je me ferais du souci et je serais encore plus nerveux.

— L'Alberta, au Canada ? Qu'y a-t-il là-haut ?

— Du pétrole. J'aime pas l'avion. En altitude j'ai mal aux oreilles. Je voyage presque toujours en voiture.

Au grand étonnement d'Aurore, il s'engagea dans sa rue sans s'être trompé une seule fois de direction. C'était une impasse, et la plupart de ses invités étaient incapables de la trouver même avec un plan.

— Me voilà chez moi, dit-elle. Je n'arrive pas à comprendre que vous ayez pu me conduire à domicile sans même chercher votre chemin.

— Rien d'étonnant, m'dame. Je joue beaucoup au poker dans le secteur.

— Ne m'appelez donc pas m'dame. Je n'aime pas ça. Appelez-moi Aurore.

Elle se dit aussitôt qu'il n'aurait plus l'occasion de lui donner son prénom. Il la déposerait devant sa porte et tout serait dit. Il partait pour le Canada le lendemain matin et Dieu seul savait où il irait après. Elle ne pouvait décemment pas se permettre de le lui demander.

Brusquement, tout son entrain tomba. L'euphorie qu'elle avait ressentie pendant le trajet se révéla très superficielle — sans doute était-elle due au confort de la Lincoln ou à la présence de Vernon lui-même qui, en dépit de ses tics, s'était montré amical et compréhensif. Vernon lui paraissait un compagnon de route plus agréable que le général, et elle avait gagné au change. Contrairement à la plupart des hommes qu'elle connaissait, il n'était pas susceptible.

A la vue de sa jolie maison, elle sentit son cœur se serrer. La meilleure partie du jour se terminait. Rosie était sûrement partie et elle n'aurait personne à qui parler. Même si elle appelait Emma pour lui raconter les détails de son accident, elle n'en aurait pas pour plus d'une heure. Il ne lui resterait bientôt plus qu'à examiner ses factures, un programme peu réjouissant.

Ce genre d'occupation avait le don de la déprimer et c'était bien pis quand elle n'avait personne autour d'elle. Elle savait qu'une fois seule, elle commencerait à se tracasser à propos de sa voiture, d'Hector Scott et de toutes sortes de choses qui ne la préoccuperaient pas tant qu'elle aurait quelqu'un près d'elle.

Elle eut envie d'inviter Vernon à dîner et à lui tenir compagnie pendant qu'elle paierait ses factures. N'était-il pas naturel après tout qu'elle offre un repas à un homme qui l'avait non seulement ramenée chez elle mais débarrassée de la police ? Certainement, Vernon n'avait rien d'un don Juan. — Comment aurait-il pu l'être en habitant dans une voiture ? Mais s'il partait pour le Canada le lendemain, il aurait probablement des préparatifs à faire.

Vernon avait quelque chose qui lui plaisait — peut-être était-ce tout simplement qu'il avait été capable de trouver sa maison — mais quoi qu'il en soit, ce n'était pas une raison pour faire abstraction des convenances. Il était vrai que les circonstances de leur rencontre avaient été exceptionnelles. Aurore soupira. Elle se sentait de plus en plus abattue.

Vernon attendait qu'elle veuille bien descendre. Mais elle ne bougeait pas. Il pensa soudain que le savoir-vivre exigeait qu'il sorte pour lui ouvrir la portière. Il se tourna vers elle pour voir si c'était effectivement ce qu'elle attendait. Il s'aperçut alors qu'elle était triste, alors qu'elle paraissait si gaie un instant auparavant. La vue de cette tristesse l'effraya. Il s'y connaissait très bien en pétrole, mais il ne connaissait rien aux femmes.

— Qu'avez-vous, m'dame ? demanda-t-il, inquiet.

Aurore contempla un moment ses bagues, une topaze et une opale.

— Je ne sais pas pourquoi vous ne voulez pas m'appeler Aurore. Ce n'est pourtant pas difficile à prononcer.

— Il me faut le temps de m'habituer, madame Greenway, balbutia-t-il. C'est pas facile.

— Si, c'est facile mais Mrs Greenway, c'est déjà mieux. Quand on m'appelle m'dame, j'ai l'impression d'être une institutrice et j'en suis loin... Je ne vois pas pourquoi j'insiste puisque vous allez partir et m'abandonner. D'ailleurs, je ne vous blâme pas. Je vous ai assez encombré aujourd'hui. Vous devez être bien content de partir pour le Canada. Au moins vous avez une excuse pour ne pas rester avec moi.

— Ma foi..., commença Vernon.

Il s'interrompit, embarrassé.

Aurore le fixa du regard. Ce n'était pas bien, elle le savait — il était tellement gentil —, mais elle poursuivit son manège. Il vit qu'elle l'observait d'un air bizarre, comme si elle attendait quelque chose mais quoi ? Il n'en avait aucune idée. Sa voiture habituellement si calme et si vide ressemblait à une cabine pressurisée. La pression venait de l'étrange expression de Mrs Greenway. Elle semblait prête à pleurer ou à se fâcher ou à se laisser accabler par la tristesse. Tout dépendrait de l'attitude qu'il adopterait. En attendant, elle ne le quittait pas du regard.

Vernon sentit une sueur froide lui couler le long de l'échine. Après tout, il ne la connaissait ni d'Eve ni d'Adam et il ne lui devait rien. Pourtant, soudain, l'idée lui vint qu'il lui devait quelque chose. Il ne voulait pas qu'elle soit triste. Il s'aperçut que son visage s'était creusé de quelques rides — des rides touchantes. La tension s'accrut et il éprouva un besoin de bouger si intense qu'il aurait fait craquer toutes les jointures de ses deux mains s'il n'avait pas su que c'était la dernière des choses à faire.

Les yeux toujours fixés sur lui, Aurore continuait à jouer avec ses bagues. Vernon eut soudain le sentiment qu'un changement se produisait en lui. Ses proches lui avaient prédit qu'un jour une femme viendrait bouleverser sa vie avant même qu'il ait le temps de s'en apercevoir — et voilà que la prédiction se réalisait. Il n'aurait jamais cru qu'un être humain aurait le pouvoir de le transformer si rapidement. C'était pourtant ce qui se passait. Sa vie s'était terminée au moment où il avait arrêté sa voiture, et son monde ordinaire avait cessé de compter. Tout s'était passé si brusquement qu'il en avait le souffle coupé. Il comprit qu'il ne verrait plus jamais ou n'aurait plus jamais envie de voir un autre visage que celui de la femme qui le regardait. Il était tellement médusé qu'il dit tout haut ce qu'il avait dans le cœur.

— Oh ! mon Dieu, madame Greenway, je suis amoureux de vous, éperdument amoureux ! Qu'est-ce que je vais faire ?

Aurore perçut toute l'émotion qui sous-tendait ces paroles. Elle l'avait sentie monter des profondeurs de la peur et de l'étonnement.

Elle se détendit aussitôt, bien qu'elle fût surprise elle aussi et même troublée — en partie parce que ces mots et ces sentiments ne lui étaient plus familiers, et en partie parce qu'elle savait qu'elle les avait provoqués. Dans sa solitude et dans un moment de dépression, elle s'était concentrée pour susciter l'amour de la seule personne qui fût capable de répondre à ses exigences ; et l'amour était là, inscrit sur le visage buriné, terrifié, parsemé de taches de rousseur qui lui faisait face.

Elle lui sourit comme pour lui dire d'attendre une minute, puis elle détourna la tête pour contempler la lumière qui éclairait les cimes des pins dressés derrière sa maison. Le soleil commençait à descendre. Ses rayons filtraient à travers les arbres dont les ombres s'étiraient dans son jardin. Elle reporta son regard sur Vernon et lui sourit de nouveau. Ses autres sou-

100

pirants lui faisaient la cour, mais ils avaient peur de prononcer de tels mots, même Alberto qui les lui avait pourtant répétés maintes fois trente ans auparavant. Elle s'apprêta à mettre sa main dans celle de Vernon pour lui montrer qu'elle n'était pas insensible, mais il recula, réellement effrayé, et elle laissa son geste en suspens.

— Eh bien, Vernon, je suis une terreur, comme vous avez pu le constater, dit-elle. Par deux fois aujourd'hui, je vous ai choqué sans beaucoup de scrupules. Peu de gens peuvent me supporter. Vous ne tenez pas en place, mon cher. C'est sans doute parce que vous passez tant de temps confiné dans cette voiture. Voulez-vous faire un tour dans mon jardin avec moi pendant que la lumière est si jolie ? Je me promène souvent à cette heure de la journée et je ne crois pas qu'un peu d'exercice puisse vous faire du mal.

Vernon regarda la maison et essaya de s'imaginer qu'il en faisait le tour, mais sans succès. Il était trop bouleversé — Mrs Greenway lui souriait et ne paraissait plus du tout déprimée. Il pensa soudain qu'elle n'avait peut-être pas entendu ce qu'il venait de dire, autrement elle ne sourirait pas. Dès l'instant où cette pensée lui vint, il fut pris d'une inquiétude intolérable. Dans le nouvel ordre des choses, l'attente était impossible et l'incertitude aussi. Il fallait qu'il sache tout de suite.

— Je vous dis que je ne sais pas ce que je vais faire, madame Greenway. Je me demande si vous m'avez entendu. Si vous croyez que je ne le pensais pas, je ne sais pas ce que je ferais..

— Oh ! je vous ai bien entendu, Vernon ! Vous vous êtes exprimé très clairement et je ne doute pas de votre sincérité. Pourquoi froncez-vous les sourcils ?

— Je ne sais pas. J'aimerais que nous ne soyons pas des étrangers.

Aurore tourna les yeux vers ses pins, touchée par ces paroles. Elle avait eu l'intention de répliquer par une boutade, mais les mots lui restèrent collés dans la gorge.

— Je sais que j'ai parlé trop vite, reprit-il, les nerfs tendus à craquer. Parce que je suis célibataire, que j'ai un peu de fric et une voiture de luxe, vous croyez peut-être que je suis un genre de play-boy ou quelque chose d'approchant. C'est pas ça du tout. Jamais j'ai connu l'amour, madame Greenway, jamais jusqu'à maintenant.

Aurore recouvra l'usage de la parole.

— Je ne vous aurais jamais classé dans la catégorie des play-boys, Vernon. Si vous étiez un play-boy, vous vous seriez très vite rendu compte que vous ne m'êtes pas antipathique.

A la vérité, je n'ai pas l'esprit très clair en ce moment et je crois que si nous allions faire un tour, nous nous sentirions mieux tous les deux. Si vous n'êtes pas pressé de me quitter, vous me permettrez peut-être de vous inviter à dîner pour compenser tous les ennuis que je vous ai causés.

Vernon n'était pas sûr de pouvoir accomplir les actes de la vie courante mais, quand il se leva pour aller ouvrir la portière d'Aurore, il constata avec soulagement que ses jambes le portaient.

Aurore lui prit le bras pour traverser la pelouse et il se mit à trembler.

— Je suppose que vous ne mangez pas comme il faut, Vernon, dit-elle. D'ailleurs, comment le pourriez-vous si vous passez votre vie dans ce véhicule ?

— J'ai une glacière.

— Oui, mais pour manger sainement il faut aussi une cuisinière.

Aurore se retourna pour regarder la longue Lincoln blanche rangée dans son allée. De profil, elle était magnifique.

— Mon Dieu, regardez comme elle est bien assortie à ma maison ! constata-t-elle. Je me demande si les gens vont croire que j'ai acheté une nouvelle voiture.


2


A peine étaient-ils entrés dans la cuisine qu'ils se trouvèrent confrontés à l'un des plus tristes aspects de la vie courante. Assise à la table de la cuisine, un torchon rempli de glaçons pressé contre la tempe, Rosie pleurait à chaudes larmes.

— Que se passe-t-il, Rosie ? demanda Aurore, affolée. On a cambriolé la maison ? Qu'ont-ils emporté ?

— Non, sanglota Rosie. C'est Royce. J'ai été trop loin.

Aurore posa son sac et réfléchit un moment. Vernon semblait intrigué.

— Je vois, dit Aurore. Il a fini par en avoir assez. Avec quoi vous a-t-il frappée ?

— Avec son poing. Il est entré et m'a entendu parler à F.V. au téléphone. Je l'aidais à arranger cette saloperie de bagnole mais Royce s'est tout de suite imaginé des choses. Si je devais commencer à draguer, c'est sûrement pas F.V. que je choisirais. J'ai jamais cherché à aguicher aucun type de Boissier.

— Pourquoi n'avoir pas expliqué cela à Royce ?

— Autant parler à un mur. J'étais trop furieuse. Je l'ai

accusé de coucher avec une pute d'un bar où il livre ses marchandises.

Elle s'interrompit pour s'essuyer les yeux du revers de la main.

— Et alors ? demanda Aurore, ennuyée d'être sortie juste le jour où un drame avait lieu dans sa cuisine.

— Le salaud, il a tout avoué et maintenant mon ménage est un gâchis complet.

— Qu'est-ce que Royce a avoué ?

— Ça dure depuis cinq ans, hoqueta Rosie. Elle travaille dans un bastringue de Washington Avenue. Elle s'appelle Shirley. Il venait manger ici et il allait la rejoindre tout de suite après. Bon Dieu !

Incapable de se maîtriser davantage, Rosie enfouit sa tête dans le creux de son bras replié et fondit en larmes.

Aurore regarda Vernon. Il semblait s'être calmé devant la détresse de Rosie.

— Il était écrit que je ne vous épargnerais aucune émotion, aujourd'hui, lui dit-elle. Je peux vous offrir un verre pour vous réconforter.

Elle ouvrit le placard où étaient rangées les bouteilles pour qu'il puisse se servir s'il en avait envie et s'approcha de Rosie.

— Quel malheur ! dit-elle. Encore heureux que vous ne soyez pas enceinte.

— C'est vrai, reconnut Rosie. Je ne veux plus de gosses de ce salaud.

— Ni d'aucun autre, j'espère. Mon Dieu ! Vous en avez une bosse à la tempe ! C'est une honte de frapper les gens à la tempe. Ça ne ressemble pas du tout à Royce. S'il a avoué sa faute, pourquoi vous a-t-il frappée ?

— Parce que j'ai essayé de lui donner un coup de couteau. S'il n'avait pas pris les devants, c'est sûr qu'il serait sur le carreau à l'heure qu'il est.

— Dieu du ciel ! s'exclama Aurore, qui se représentait Royce Dunlop baignant dans son sang à deux pas de la table où il avait pris tant de bons repas.

Rosie s'essuya les yeux et commença à se ressaisir.

— Mon après-midi n'a pas manqué de piment non plus, reprit Aurore. Vernon, cette pauvre femme est Rosalyn Dunlop. Rosie, voici Vernon Dalhart. Rosie, je crois qu'un peu de bourbon vous ferait du bien. Hector Scott s'est conduit comme un mufle et je l'ai laissé moisir sur place. Il faut appeler F.V. immédiatement.

— Impossible, dit Rosie. Royce est allé le menacer et, maintenant, il a peur de me parler.

— C'est bon. Je lui téléphonerai moi-même. J'espère que vous vous rappelez le numéro de la route où nous avons laissé ma voiture, Vernon.

— Autoroute numéro six, au niveau de la route 1431.

— De toute façon, je ne crois pas qu'Hector se soit morfondu assez longtemps. Que comptez-vous faire, Rosie ?

— Royce a dû se soûler. J'ai dit à ma sœur de récupérer les gosses. Je rentrerai un peu plus tard, quand je serai calmée. Je vais pas lui laisser la maison pour qu'il y amène des putes. Par chez moi, possession vaut titre.

— A votre avis, où est Royce en ce moment ? demanda Vernon.

— Il boit avec cette garce. Où voulez-vous qu'il soit ?

— Combien avez-vous de gosses ?

— Sept.

— Si j'allais lui parler ? proposa Vernon. Je parie que je peux arranger les choses.

— Voyons, Vernon, vous ne le connaissez même pas, dit Aurore, étonnée. Vous ne nous connaissez pas non plus. D'ailleurs, Royce est un costaud, je vous assure. Que pourriez-vous faire ?

— Lui parler raison. J'ai six cents hommes sous mes ordres. Ils ont toujours des petits ennuis de ce genre. Jamais très sérieux. Je pourrais sûrement régler cette petite affaire si je savais où le trouver.

Le téléphone sonna. C'était Royce. En entendant la voix d'Aurore, il hésita.

— Rosie est là ? demanda-t-il.

— Certainement, répondit Aurore. Vous voulez lui parler ?

— Non, dit Royce en raccrochant.

Aussitôt, la sonnerie retentit de nouveau. C'était Emma.

— Je suis prête à écouter le récit de ton accident, dit-elle. Je suis impatiente de connaître tes démêlés avec le général Scott.

— Je n'ai pas une seconde pour l'instant, Emma. Royce a battu Rosie et nous sommes tous sens dessus dessous. Si tu veux te rendre utile, arrive ici.

— Je ne peux pas. Il faut que je prépare le dîner pour mon mari.

— C'est vrai, tu es une esclave. Quelle idiote je suis d'imaginer que tu pourrais te libérer pour venir au secours de ta propre mère ! Heureusement que je n'ai pas été grièvement blessée. Je ne voudrais surtout pas risquer de bouleverser ton train-train domestique.

— Adieu, bonne journée.

104

Emma raccrocha. Aurore appela F.V., qui répondit aussitôt.

— Je suppose que vous reconnaissez ma voix, F.V., dit Aurore.

— Oui, madame Greenway ! Comment est Rosie ?

— Battue, mais pas vaincue. Mais ce n'est pas d'elle que je veux vous parler. Nous avons eu un accident, le général et moi, et aussi une petite discussion. Alors, je l'ai planté là et il attend que vous alliez le chercher. Il est assis dans ma voiture sur l'autoroute numéro six, près d'un chemin vicinal. Il doit être furieux et plus vous tarderez à aller le chercher, plus ça ira mal pour vous. Vous avez intérêt à filer tout de suite.

F.V. était horrifié.

— Il attend depuis longtemps ? demanda-t-il.

— Assez, dit Aurore sur un ton léger. Il faut que je soigne Rosie à présent, mais je vous souhaite bonne chance. Rappelez donc au général que je ne désire plus entendre le son de sa voix, pour le cas où il l'aurait oublié.

— Attendez, s'écria F.V. Où est-il exactement ? Je n'ai qu'une jeep pour aller le chercher.

— Autoroute six. Vous reconnaîtrez ma voiture. Allez vite, dit-elle en reposant le combiné sur son support. Pouvez-vous nous faire du thé, Rosie ? Ça vous changera les idées.

Puis une horrible pensée lui vint à l'esprit.

— Mon Dieu ! Je n'ai pas fermé ma voiture à clé. Si quelqu'un venait la voler cette nuit ?

— Vous tracassez pas, dit Vernon. J'ai un garage à Harrisburg. Je l'ai appelé pour qu'on envoie une dépanneuse. On remorquera votre Cadillac. On travaille jour et nuit là-bas. Votre pare-chocs sera réparé demain matin et on vous la ramènera à la première heure.

Les deux femmes se regardèrent, stupéfaites.

— Magnifique, dit enfin Aurore. Naturellement, je paierai ce qu'il faudra.

— L'ennui, c'est que j'ai oublié le général, dit Vernon. Je pensais que vous alliez le laisser monter avec nous. Ils l'ont peut-être remorqué aussi. Je vais passer un message radio pour m'informer. Faut pas que ce garçon fasse tout ce chemin pour des prunes. La radio est dans ma voiture.

Il sortit sans attendre de réponse.

— Qui est-ce ? demanda Rosie éberluée. Un milliardaire ?

— Probablement. En tout cas, il est efficace. Vous vous rendez compte, ma voiture réparée en un rien de temps.

— Quand même, pendant que moi je me fais assommer, vous, vous allez décrocher un milliardaire. Je suis vraiment née sous une mauvaise étoile.

— Bah ! nous nous connaissons à peine Vernon et moi. D'ailleurs, il part demain pour le Canada. En attendant, après tout ce qu'il a fait pour moi, je peux au moins lui préparer un bon dîner.

— Il n'a pas l'air d'être votre type.

Avant qu'Aurore ait pu répondre, Vernon revint.

— Le général est parti dans une voiture de flics, annonça-t-il. J'ai arrêté F.V. au moment où il montait dans la jeep.

— Seigneur ! s'exclama Aurore, maintenant, j'ai vraiment une raison de me faire du souci. Hector Scott est un homme très vindicatif. Qu'est-ce qu'il ne va pas leur raconter ? S'il trouve moyen de me faire arrêter, il n'y manquera pas.

— Avec celui-là, vous étiez mal tombé, commenta Rosie. Nous aurions dû entrer au couvent vous et moi.

— Qu'allons-nous faire pour Royce maintenant ?

— Que voulez-vous faire avec un type soûl ? Le fuir, c'est tout. Je ne serais pas surprise qu'il se pointe ici.

— Moi si. Royce n'oserait pas être grossier en ma présence quoi que vous ayez pu lui faire. Je vous avais pourtant dit de le ménager.

— Oui, et moi je vous avais dit de ne pas flirter avec le général Scott. Dommage qu'aucune de nous ne suive les conseils de l'autre.

Aurore regarda Vernon, qui faisait les cent pas.

— Qu'aviez-vous envisagé pour Royce ? demanda-t-elle.

— Pour que ça marche, faudrait que je sache où le trouver.

— Si vous voulez vraiment le trouver, cherchez-le dans un bar qui s'appelle *le Caveau*. C'est quelque part dans Washington Avenue.

— J'y vais. Plus vite je le trouverai, moins il lui faudra de temps pour dessouler. Je ne veux pas louper le souper.

— Vous ne louperez pas le souper, dit Aurore. Je commence tout juste à digérer mon déjeuner.

Vernon disparut.

— Il ne tient pas en place, reprit Aurore en composant le numéro de sa fille.

— Tu as été très désagréable avec moi, dit Emma.

— Oui, je suis très égoïste, reconnut Aurore. A vrai dire, je n'aime pas passer après Thomas. Je suppose qu'il est inutile que je vous invite tous les deux à dîner. Pourtant, la soirée s'annonce intéressante.

— J'aimerais bien venir, mais je doute que Flap accepte.

— Sûrement pas. Il n'aime pas que je l'éclipse.

— Bah ! il serait éclipsé par une ampoule de vingt watts, marmonna Rosie. Pauvre Emma ! C'était un si beau bébé.

106

— Maman, pourquoi es-tu aussi rosse, dit Emma. Tu ne peux pas faire un effort ?

Aurore soupira.

— Il suffit que je pense à lui pour devenir rosse. Les malheurs semblent s'abattre sur moi chaque fois que je décide de payer mes factures. Vernon a été le seul point lumineux de la journée — c'est l'homme que j'ai embouti. Rosie, j'aimerais bien que vous n'écoutiez pas mes conversations.

— C'est bon, je vais ratisser les massifs, grommela Rosie. De toute façon, je sais tout sur vous et ce Vernon. J'ai tout lu dans ses yeux.

— Je m'en doute. Oh ! et puis restez ! Je me sens toute chose en ce moment.

C'était vrai. Elle avait été témoin de certains épisodes de cette journée sans les vivre réellement et, maintenant, ces épisodes entraient dans le champ de sa conscience. Elle commençait à les vivre et ils étaient contradictoires et ambigus mais, avec Emma au bout du fil et Rosie dans la cuisine, elle les vivait au moins à l'intérieur de limites familières. Elle se sentait bizarre, mais pas complètement perdue.

— Qu'y a-t-il à savoir de ce Vernon ? demanda Emma.

— Il est tombé amoureux de moi d'une heure à l'autre. Il est vrai que j'ai fait tout ce qu'il fallait pour ça, mais il a très bien réagi.

— Maman, tu es dingue. C'est complètement absurde. Tu sais bien que c'est un mythe.

— Qu'est-ce qui est un mythe ? Je ne te suis pas.

— Le coup de foudre. Tu n'as certainement pas eu le coup de foudre pour lui.

— Non, malheureusement. Je n'ai pas eu cette chance.

— C'est stupide.

— Tu as toujours été très prudente.

— Pas du tout, répliqua Emma, qui se souvint de Danny.

— Mais si. La preuve, ton mari. A force de prudence, tu finiras par devenir paralytique.

— Tu es odieuse. Si seulement je pouvais changer de mère.

— Qui voudrais-tu comme mère ?

— Rosie. Au moins, elle m'apprécie, elle.

Aurore frappa du poing sur la table et tendit le téléphone à Rosie.

— Ma fille vous préfère à moi, dit-elle. Elle prétend aussi que le coup de foudre n'existe pas.

— C'est qu'elle a pas vu Vernon, dit Rosie en prenant l'appareil. Bonjour, ma chérie.

— Sois ma mère, dit Emma. Je ne veux pas que ma fille ait une grand-mère comme maman.

— Laisse tout tomber et viens voir le nouvel amoureux de ta maman. Il a des milliards.

— Elle a oublié de mentionner ce détail. Et alors ? Son yachtman lui aussi a des milliards.

— Oui, mais celui-ci, c'est du solide. C'est un brave péquenot. Je l'épouserais bien moi, maintenant que je suis libre.

— Royce ne t'a pas vraiment battue, n'est-ce pas ?

— Tiens donc ! Il m'a envoyé son poing sur la tête avant que j'aie eu le temps de lui donner un coup de couteau. J'espère qu'une chose pareille ne t'arrivera jamais. Dire que je lui ai préparé à manger toutes ces années pour apprendre qu'il courait chez cette garce avant même d'avoir digéré. Si tu crois que c'est facile à avaler. Ah, le salaud ! En tout cas, je te jure bien qu'il aura pas les gosses.

— Cessez donc de vous plaindre, intervint Aurore. Si nous commençons à nous apitoyer sur notre sort, nous sommes perdues. Contentez-vous de dire à ma prudente fille ce que vous pensez du coup de foudre.

— Que dit maman ? demanda Emma.

— Que tu es trop prudente, répondit Rosie. A mon avis, c'est pas un tort. Si j'avais été plus prudente, j'aurais moins de bouches à nourrir.

— Ce n'est peut-être pas si grave. Tu ne crois pas que tu pourrais lui pardonner s'il promet de bien se conduire à l'avenir ?

Emma posait la question que Rosie tournait et retournait dans sa tête depuis le début de l'après-midi. Elle écarta le téléphone et interrogea Aurore du regard.

— Vous croyez que j'ai eu tort de le chasser ? Vous croyez que je devrais simplement pardonner et oublier ?

Aurore secoua la tête.

— Vous n'oublierez sûrement pas. Quant à pardonner, je ne peux pas donner de conseil.

Au moment où elle se croyait calmée, Rosie se sentit plus désemparée que jamais. Elle eut l'impression que sa poitrine se gonflait de haine et de colère. Que Royce l'ait trompée, c'était une chose, mais qu'il ait eu l'air de s'en vanter, Rosie ne pouvait le supporter. Elle avait la gorge de plus en plus serrée et commençait à étouffer. Elle tendit le téléphone à Aurore, se leva et sortit pour pleurer tout son soûl dans la salle de bains.

— Rosie a dû sortir pour donner libre cours à ses larmes, expliqua Aurore. Décidément, les hommes ne s'améliorent pas quoi qu'on en dise. Sais-tu qu'Hector Scott a essayé de me faire chanter pour que j'aille à Tahiti avec lui ? Il m'a parlé sur un ton odieux.

— Que comptes-tu faire pour Rosie ?

— Naturellement, elle fera ce qu'elle voudra. Je peux lui proposer de rester ici jusqu'à ce que Royce revienne à la maison. A mon avis, il est beaucoup trop paresseux pour se passer d'elle longtemps. Je suppose qu'il ne va pas tarder à faire amende honorable. Au fait, Vernon est allé le voir. J'espère que Rosie exigera des réparations. Si j'étais à sa place, mes exigences seraient illimitées, tu peux m'en croire.

Emma ricana.

— Flap dit qu'il y a deux choses dont nous ne verrons jamais la fin : tes exigences et la dette nationale.

— C'est un mot d'esprit, je suppose.

— Pourquoi ne viendrais-tu pas dîner chez moi ?

— Non merci. Ta maison est si petite que nous serions obligés de manger dans les voitures. A propos, Vernon a un réfrigérateur dans la sienne et aussi une télévision.

— Tu parles de lui avec une désinvolture qui frise l'inconvenance.

— Tu as raison. Je me laisse aller à ma manie du persiflage. J'espère que Vernon ne s'en apercevra pas. Il m'a fait réparer ma voiture, tu sais.

— C'est un genre de Howard Hughes, on dirait.

— Oh, non ! il est beaucoup plus petit ! Il me vient à l'épaule.

— Cecil a parlé de toi. Tu lui manques.

— Allons, il va falloir que je me décide à accomplir mon devoir annuel.

Ce devoir annuel consistait en une invitation à dîner qui réunissait Cecil et le jeune couple chez Aurore. Chacun redoutait cette épreuve avec juste raison.

— Fixons cela à la semaine prochaine, soupira Aurore. J'ai bien senti que la corvée me pendait au nez. Et, maintenant, je te quitte. Je ne suis pas tout à fait moi-même en ce moment et je ne veux pas discuter quand je me sens en état d'infériorité.

Elle raccrocha et alla inspecter ses provisions. D'habitude, elle avait toujours de quoi préparer plusieurs repas, mais il fallait qu'elle vérifie si rien ne manquait. Quand elle fut pleinement rassurée, elle écarta la pensée du dîner et sortit dans son jardin avec l'espoir que son étrange sensation de flottement se dissiperait.

Une partie de cette sensation n'avait rien de tellement étrange en vérité — c'était le sentiment de panique qui s'emparait d'elle quand le moment était venu de payer ses factures. Rudyard ne lui avait pas assuré une sécurité financière totale, bien qu'elle se plût à laisser croire qu'elle n'avait aucun problème d'argent. En fait, ses revenus étaient limités. Elle aurait dû vendre sa maison et prendre un appartement, mais elle ne pouvait s'y résoudre avant d'y être acculée. Il faudrait alors qu'elle se passe de Rosie et replie ses voiles. Or, il lui avait fallu beaucoup de temps pour les déployer et elle n'était pas disposée à les replier avant d'y être absolument obligée. Depuis quatre ans, elle vivait au jour le jour, de mois en mois, de facture en facture, espérant toujours qu'il se passerait quelque chose avant que la situation ne devienne désespérée.

La maison était trop jolie, trop confortable, trop intimement associée à sa personne avec sa cuisine, ses meubles, son jardin, ses fleurs, ses oiseaux, ses arbres, ses patios. La séparation serait plus qu'un arrachement, un changement de personnalité. Il faudrait qu'elle devienne une autre. Or, quelle autre personne pouvait-elle être en dehors d'elle-même, sinon une très vieille dame ? Elle ne serait plus Aurore Greenway mais simplement Mrs Greenway. Quand tous ceux qui la connaissaient l'appelleraient Mrs Greenway, la maison n'aurait peut-être plus tellement d'importance. Alors, si elle n'était pas morte, elle aurait assez de dignité pour s'adapter à tout, pour dominer la situation partout, comme sa mère l'avait fait dans les dernières années de sa vie.

Mais elle n'était pas prête. Elle voulait dominer la situation là où elle était. Si les choses tournaient mal, il lui resterait la ressource de vendre le Klee. Ce serait une trahison à l'égard de sa mère, mais Amélie n'avait-elle pas commis une trahison à son égard en l'achetant avec de l'argent qui aurait bientôt été à elle ? Ce serait aussi une trahison à l'égard d'Emma, qui aimait ce tableau, mais elle aurait un jour le Renoir et elle finirait par l'aimer beaucoup plus.

Cependant, son malaise était fait d'autre chose que de craintes d'ordre financier, et c'était cette autre chose qu'elle commençait à ressentir intensément. Ce n'était pas seulement la solitude ou l'absence d'amour physique bien que ces facteurs aient compté. Quelques nuits auparavant, elle avait rêvé qu'elle ouvrait une boîte de thon d'où avait surgi un pénis. Un rêve charmant, pensait-elle, et elle regrettait de ne connaître personne à qui le raconter. Tout le monde, y compris sa fille, aurait cru qu'elle était beaucoup plus lascive qu'elle ne l'était en réalité.

Quoi qu'il en soit, elle éprouvait une sensation de dispersion, de distorsion comme si déjà, bien des années avant son heure, elle prenait du recul, soit pour retomber en arrière soit, pis encore, pour se propulser trop loin en avant. Ceux qui la

110

connaissaient semblaient ne voir que ses réactions extérieures — réactions d'une femme qui se plaignait constamment et quémandait l'affection. Personne ne voyait ses réactions intérieures. Elle prenait conscience du nombre de choses dont elle avait appris à se passer. Si elle ne réussissait pas à refouler cette réaction intérieure, elle se trouverait bientôt au-delà de tout le monde, et c'était la cause de cette appréhension qui semblait s'être logée dans un coin de son corps, derrière son plexus. Si elle appuyait très fort sur sa poitrine, elle pouvait la sentir comme une sorte de nœud que rien ne semblait pouvoir desserrer.

Pendant qu'elle se promenait dans l'espoir que l'atmosphère de son jardin la remettrait d'aplomb, elle entendit des voix dans la cuisine. Elle se hâta de rentrer et trouva Vernon et Rosie en grande conversation.

— Il a fait un miracle, dit Rosie. Royce veut qu'on reste ensemble.

— Comment cela ? demanda Aurore.

Rosie prit son sac, visiblement pressée de partir.

— Je le saurai par Royce, dit-elle. Je lui tirerai les vers du nez.

— Si vous voulez, je vous raccompagne chez vous ? proposa Vernon.

— Non merci. Les voisins me regarderaient de travers si je débarquais dans une grosse Lincoln blanche. Vaut mieux que je prenne le bus.

— Je ne vous comprends pas, dit Aurore. Pourquoi vous précipitez-vous ? Vous pourriez coucher ici ce soir. Si j'étais vous, je le laisserais poireauter vingt-quatre heures au moins.

— Vous en faites pas, répondit Rosie. C'est pas parce que je rentre chez moi que je vais passer l'éponge.

— Eh bien, bonne chance, dit Aurore après un silence. Allez voir ce qu'il en est. Je vais préparer un repas pour Vernon.

— Merci beaucoup, monsieur Dalhart, dit Rosie sur le seuil de la porte.

— Ne prenez pas de risques, conseilla Aurore. S'il manifeste des dispositions pour la violence, prenez un taxi et revenez.

— Soyez tranquille. S'il fait mine de lever la main sur moi, je me sauve.

— Quel est ce secret ? demanda Aurore dès que Rosie fut partie.

Vernon s'agita.

— Je lui ai offert un meilleur boulot, répondit-il à contre-cœur. Un bon boulot et une bonne paye, ça peut vous changer un homme.

Aurore écarquilla les yeux.

— Vous avez embauché le mari de ma femme de ménage ? C'est tout de même aberrant. Qu'a-t-il donc fait pour mériter cette faveur ? Voulez-vous le récompenser d'avoir battu sa femme ?

Vernon parut déconfit.

— Quand un homme suit le même itinéraire jour après jour pendant des semaines, la monotonie finit par lui porter sur le système d'une façon ou d'une autre. C'est comme ça que le grabuge commence.

— C'est vrai. Pourtant, le travail de Rosie n'est pas passionnant, et elle n'a pas commencé à faire du grabuge, que je sache. Non qu'elle manque d'occasions. Elle en a une pas plus loin que le coin de la rue. Au fait, pour quel genre de travail avez-vous engagé Royce ?

— Il fera des livraisons pour moi. J'ai une dzaine de petites entreprises par ici et pas de livreur à plein temps.

Aurore se dit qu'elle avait dû lui coûter une petite fortune en moins d'une demi-journée. Il lui semblait que ce n'était pas très correct mais elle se connaissait assez pour savoir qu'elle n'était pas capable de faire la cuisine et de résoudre des problèmes d'éthique en même temps. Comme elle avait faim, elle laissa la question en suspens et prépara un repas simple : petit steak tendre garni de champignons, asperges et un choix de fromages variés.

Vernon maîtrisa sa bougeotte suffisamment pour rester assis et manger. A table, il se révéla excellent public. Aurore pensait que le mieux à faire avec un nouveau convive consistait à échanger les histoires de leur vie. Elle se mit à raconter la sienne en commençant par son enfance à New Haven et à Boston. Vernon avait terminé son steak avant qu'elle ne fût sortie du jardin d'enfants. Seul Flap était capable de faire disparaître la nourriture aussi rapidement.

— Je suppose que votre façon de manger est une extension logique de vos tics, dit-elle. Il faut absolument que vous consultiez un médecin. Je n'ai jamais vu un homme aussi nerveux. Tenez, en ce moment même vous martelez le sol avec vos pieds. J'entends les vibrations très distinctement.

Vernon immobilisa ses pieds et fit tambouriner ses doigts sur la table. Aurore ne fit pas d'autres commentaires et continua à parler tout en prenant son temps pour manger. Après dîner, dans le patio, elle remarqua qu'il portait des chaussures très pointues.

— Peut-être que vos chaussures vous gênent, dit-elle. Otezles donc. J'aimerais voir de quoi vous avez l'air quand vous ne vous trémoussez pas.

Vernon rougit d'embarras.

— Oh, non ! protesta-t-il. Je ne sais pas quelle odeur ont mes pieds.

— Je ne suis pas délicate. Vous pouvez garder vos chaussettes.

Vernon restait gêné. Elle n'insista pas.

— A quelle heure partez-vous pour le Canada ? demanda-t-elle.

— Je ne pars plus. J'ai remis mon départ.

— C'est bien ce que je craignais, dit Aurore en le regardant droit dans les yeux. Puis-je vous demander pourquoi ?

— Parce que je vous ai rencontrée.

Aurore but une gorgée de cognac et attendit qu'il en dise davantage, mais il garda le silence.

— Vous savez que vous me faites penser à mon défunt mari pour le laconisme, reprit-elle. Il en disait toujours le moins possible. Avez-vous déjà remis un voyage à cause d'une dame ?

— Dieu, non. J'ai jamais connu de femme avant vous. Je veux dire de femme à qui parler.

— Vous ne m'avez pas parlé à moi non plus. Vous avez embauché des gens, réglé des problèmes de voitures et remis des voyages, tout cela sur la base d'une relation assez fragile. Je ne sais pas si je veux assumer cette responsabilité.

— C'est-à-dire que vous ne voulez pas de moi ?

Vernon posa les mains sur les bras de son fauteuil comme pour se lever.

— Allons, allons, ne déformez pas mes paroles, dit Aurore. J'essaie toujours de dire exactement ce que je pense. Les gens du pétrole doivent aller chercher le produit où il se trouve, n'est-ce pas ? Je ne déteste pas que l'on me donne des preuves d'attachement, mais cela ne signifie pas que je vous laisserai rater une affaire simplement pour éviter une interruption dans nos relations.

Vernon appuya ses coudes sur ses genoux et se pencha en avant. Dans cette position, il semblait tout petit.

— Aurore. Tout ce que je peux faire c'est vous appeler Aurore. C'est pas que je sois absolument ignorant, mais je manque d'entraînement pour parler comme vous. Si vous voulez de moi, c'est très bien. Sinon, je peux toujours m'en aller en Alberta et gagner un peu plus de fric.

— Vous n'auriez pas dû prononcer ce mot, mon cher. Je ne sais pas assez bien ce que je désire pour le mettre en balance avec des millions de dollars.

Vernon semblait au comble de l'embarras. Il plissait les paupières comme s'il avait peur d'ouvrir les yeux. Or, ses yeux étaient ce qu'il avait de mieux et Aurore ne voulait pas qu'il les cache.

— Vous n'aviez pas l'intention de passer le reste de votre vie au Canada, n'est-ce pas ? demanda-t-elle. Vous comptiez revenir à Houston ?

— Oui, bien sûr.

— Eh bien, moi, je tiens à rester ici et je serai toujours là quand vous reviendrez. Vous pourrez venir à votre retour si vous le désirez et vous n'aurez pas perdu plusieurs millions. Cette idée ne vous est pas venue à l'esprit ?

— Non, pour moi, c'est tout de suite ou jamais. Si je partais maintenant, qui sait si vous ne seriez pas mariée avant mon retour ?

— Moi, je le sais. Je ne tiens pas à me marier et, en tout cas, mes prétendants sont très mélangés, certains pires que d'autres et les meilleurs sont désespérants. C'est là une conversation purement théorique, vous savez. Nous ne nous connaissons que depuis cet après-midi.

— Ouais, mais depuis cet après-midi j'ai changé.

— Possible mais pas moi. Je ne tiens pas à me marier.

— Mais si... Ça saute aux yeux.

— C'est absolument faux, s'écria Aurore, indignée. Personne ne m'a jamais rien dit de pareil. D'ailleurs, qu'en savez-vous ? Vous prétendez que vous n'avez jamais connu de femmes avant moi et vous regretterez peut-être amèrement de m'avoir connue.

— En tout cas, vous m'avez ôté le goût de gagner de l'argent.

Aurore commençait à regretter de ne pas avoir bifurqué à la première bretelle car elle avait le sentiment de s'être créé une nouvelle complication — et cette complication se trémoussait de plus belle.

— Vous ne m'avez toujours pas expliqué pourquoi vous avez décidé de ne pas aller au Canada, reprit-elle, la raison que vous m'avez donnée n'est pas sérieuse.

— Regardez-moi. J'ai pas votre style. Je parle autrement que vous. J'ai l'air bizarre et nous n'avons pas eu le temps de faire connaissance. Si je pars maintenant, je vais vous laisser le souvenir d'un garçon idiot et quand je reviendrai vous ne me reconnaîtrez même pas.

— Raisonnement pertinent, concéda Aurore en le dévisageant.

Ils se turent un long moment. La nuit était douce et, malgré les tics de Vernon, Aurore éprouvait une sensation de bien-être. La vie continuait à être pleine d'intérêt. Vernon commença à bouger le bout de ses pieds. Pour un homme aussi charmant, il avait des manières plus irritantes que celles de tous les hommes

114

qu'elle avait connus et, après un temps de silence, elle le lui dit carrément :

— Vernon, vous avez une foule de tics exaspérants. J'espère que vous avez l'intention de vous en débarrasser. Excusez-moi, mais je ne me suis jamais privée de critiquer les gens. Je ne crois pas les vexer en essayant de les améliorer. En fait, j'ai tout même réussi à en rendre quelques-uns plus supportables pour les autres.

Elle bâilla. Vernon se leva aussitôt.

— Vous avez sommeil, dit-il. Je vais vous serrer la main et je vous reverrai demain si vous le voulez bien.

— Oh ! fit Aurore en lui abandonnant sa main.

Elle l'accompagna jusqu'au jardin. Elle se demandait si elle l'inviterait pour le petit déjeuner mais, avant qu'elle ait eu le temps de formuler sa phrase, il salua et tourna les talons. La brusquerie de son départ lui laissait une sorte de mélancolie. Cette journée avait eu trop de points communs avec le conte de Cendrillon, trop de carrosses dorés, trop d'interventions surnaturelles. Elle était plus triste pour Vernon que pour elle-même. Il était aimable et ses yeux bruns avaient de jolies lueurs dorées mais, selon toute probabilité, avec ou sans séjour au Canada, il ne serait jamais qu'un garçon hypernerveux et bizarre dont le style n'avait aucun rapport avec le sien. Elle monta, se déshabilla et contempla son Renoir, sachant qu'elle allait faire des rêves peuplés de carrosses et de citrouilles.

# CHAPITRE VIII

## 1

Vernon savait par ouï-dire que la nature humaine est un mystère, mais il n'avait jamais pris conscience de cette vérité avant le jour où le regard d'Aurore Greenway s'était posé sur lui. Les natures humaines qu'il recontrait dans les affaires de pétrole n'avaient rien de tellement mystérieux. Ses employés et ses concurrents le faisaient parfois sortir de ses gonds, mais aucun ne l'avait jamais perturbé comme il l'était en voyant qu'Aurore était restée sur la pelouse pendant qu'il s'apprêtait à démarrer. Le fait qu'elle n'ait pas bougé semblait indiquer que, pour elle, la soirée n'était pas terminée. Dans ce cas, elle avait dû croire qu'il était parti parce qu'il s'ennuyait. Jamais, il ne pourrait vivre avec cette horrible pensée toute une nuit. Bientôt il la trouva si intolérable qu'il fit demi-tour, pour aller voir si Aurore était toujours sur sa pelouse. Elle avait disparu. Il ne lui restait donc plus qu'à regagner son garage.

Il ne l'avait pas dit à Aurore mais, au nombre de ses nombreuses entreprises, il comptait un garage-parking situé en bas de la ville — le plus grand, le plus moderne, le meilleur de Houston —, un garage de vingt-quatre étages, équipé non seulement de rampes mais d'ascenseurs ultra-rapides, fabriqués en Allemagne. Il pouvait contenir plusieurs milliers de voitures et il était souvent complet, mais à l'heure où Vernon arriva, l'esprit rempli de soucis, il était presque vide.

Il se rendit directement au dernier étage et rangea la Lincoln dans une petite niche découpée dans le mur Ouest. Le mur était assez haut pour retenir sa voiture, mais assez bas pour lui permettre de voir le panorama sans bouger de son siège.

116

La nuit, personne n'était autorisé à se garer au vingt-quatrième étage. C'était sa demeure, la seule chose que l'argent lui avait procurée dont il ne s'était jamais lassé. Le garage n'avait que trois ans. Vernon était monté là-haut un jour par hasard pour se faire une idée de la vue. Dès lors, il y avait élu domicile. Quand sa Lincoln était en place, il se promenait sur la galerie circulaire qui entourait l'étage supérieur de l'immeuble. De ce mirador, il pouvait voir chacune des routes qui débouchaient de Houston. Il les avait toutes parcourues à maintes reprises. Au nord, brillamment éclairés, se détachaient plusieurs grands échangeurs — de l'un partait la route de Dallas, menant vers l'Oklahoma, le Kansas et le Nebraska. A l'est les routes aboutissaient dans les forêts du Texas oriental ou les bayous de Louisiane, ou encore à La Nouvelle-Orléans ; au sud, elles conduisaient à la frontière, à l'ouest, à San Antonio, à El Paso et en Californie... Vu du toit, le spectacle changeait constamment suivant le temps. Par les nuits claires, des myriades de lumières scintillaient à perte de vue mais, parfois, le brouillard formait un plafond épais qui s'étalait au-dessous de lui au niveau du douzième étage. Il arrivait aussi qu'une couche de nuages restât suspendue au-dessus de sa tête et les lumières d'en bas l'éclairaient. Une nuit, les vents du Golfe s'étaient mis à souffler si fort qu'il avait fait construire des piliers de chaque côté de la Lincoln pour pouvoir l'attacher avec des chaînes si les vents devenaient trop violents.

Souvent, au cours de ses promenades autour de l'étage, Vernon s'arrêtait pour regarder le défilé des avions du soir qui descendaient vers l'aéroport. Ils ressemblaient à d'immenses oiseaux qui venaient se ravitailler. Malgré ses problèmes d'oreilles, il avait voyagé assez souvent par la voie aérienne pour connaître la plupart des vols, leurs équipages et leurs pilotes.

D'habitude, quand les appareils étaient tous rentrés, il allait prendre un bain et changer de vêtements au Rice Hotel mais il revenait aussitôt après, se calait sur le siège arrière de la Lincoln et commençait à donner ses coups de téléphone nocturnes. De là-haut, il dominait une si grande étendue qu'il voyait en esprit les localités qu'il appelait : Amarillo ou Midland, le littoral du Golfe, Caracas, Bogota. Il brassait des affaires dans une douzaine de pays, connaissait les équipes de chacun et il laissait rarement passer une nuit sans les appeler tous pour se tenir au courant de ce qui se passait.

Quand il avait terminé ses appels, s'il n'était pas trop tard, il s'allongeait sur la banquette, entrouvrait la portière avant pour laisser passer un filet d'air et regardait la télévision. A cette altitude, l'image était parfaite. Par temps d'orage, il éteignait la télévision. Son père avait été tué par la foudre sur le marchepied d'un tracteur et Vernon redoutait l'orage.

S'il avait faim, il pouvait toujours descendre au quatrième niveau où était installé un bar avec une quinzaine de distributeurs automatiques. Schweppes, le vieux veilleur de nuit, était généralement couché dans sa petite loge qui jouxtait la salle de bar. Il était trop arthritique pour dormir profondément dans un climat aussi humide et, dès que Vernon introduisait une pièce de monnaie dans un appareil, le vieil homme arrivait dans l'espoir de faire un brin de causette. Trente ans auparavant toute sa famille — sa femme et ses quatre enfants — avait péri dans l'incendie de leur caravane et il ne s'était jamais remis de cette perte. Il était veilleur de nuit depuis l'accident et ne parlait guère, mais les vestiges de l'homme grégaire qu'il avait été avant son malheur réapparaissaient en présence de Vernon. Or, une fois qu'il commençait à bavarder il était difficile de s'en débarrasser.

Vernon dormait peu — quatre heures d'affilée lui suffisaient — et les sièges de la Lincoln lui servaient de lit. Il se réveillait toujours à l'heure où les lumières de la ville faiblissaient à la naissance de l'aube. A l'Est, les rayons du soleil levant teintaient de lueurs roses les couches de brouillard qui couvraient les baies et les criques. Le bruit de la circulation qui s'était éteint vers deux heures reprenait progressivement et, vers sept heures, c'était une rumeur constante comme le grondement d'un torrent. Vernon sortait une bouteille de jus de fruits de sa glacière pour se rafraîchir la bouche et recommençait à téléphoner à ses derricks du Texas pour savoir comment se comportaient ses installations de nuit.

Mais Aurore avait rompu cette routine. La nuit n'était plus la même. Il fit plusieurs fois le tour de l'étage mais n'accorda aucune attention à la vue. Il demanda un numéro au Guatemala et l'annula cinq minutes plus tard. Il fit craquer ses jointures pendant un long moment sans discontinuer pour rattraper tout le temps qu'il avait passé à se maîtriser. Des avions passèrent, mais il les remarqua à peine. Il regarda la ville à ses pieds et, après un examen attentif, il put repérer l'emplacement de la maison d'Aurore. Le téléphone de la Lincoln sonna, mais il ne se donna même pas la peine de répondre.

La pensée du vieux Schweppes s'imposa à son esprit. Alors, sans hésiter, sans même se donner le prétexte de la faim, il prit l'ascenseur jusqu'au quatrième étage et se dirigea vers la loge du vieillard. Schweppes était un homme grand et sec, aux cheveux gris et aux joues creuses. Il lisait une revue sportive au moment où Vernon parut, les mains dans les poches.

— Comment ça va, Schweppes ? demanda-t-il.

— Plus mal, répondit le veilleur. Qu'est-ce qui vous arrive ? Les flics sont à vos trousses ?

— Pas du tout, soyez tranquille, dit Vernon pour le rassurer.

Le vieux Schweppes avait été arrêté un jour au cours d'un combat de coqs et il avait passé une nuit en prison dans la même cellule qu'un Noir. Depuis, il nourrissait une crainte maladive de la police.

— On va faire un tour ? demanda Vernon.

— Oui, pourquoi pas ? Vous avez l'air plus nerveux que jamais, Vernon. Si c'est pas les flics, c'est peut-être un gros joueur. Je vous l'ai déjà dit : si vous continuez à les plumer, ces types-là finiront par vous faire la peau.

Schweppes avait d'autres idées fixes, et Vernon pensa que, s'il voulait avoir le temps de placer un mot, il valait mieux qu'il aborde tout de suite le sujet qui lui tenait à cœur.

— Schweppes, vous avez été marié, n'est-ce pas ? demanda-t-il. Que pensez-vous des femmes ?

Schweppes le regarda, éberlué.

— Qu'est-ce qui vous prend ? dit-il.

— J'ai rencontré une dame, une vraie, répondit Vernon. Elle a embouti ma voiture. Ensuite, je l'ai emmenée chez elle. C'est comme ça que tout a commencé.

Une lueur amusée dansa dans les yeux du vieil homme.

— Commencé... hum. Et alors ?

— Alors... J'ai cinquante ans et j'y connais rien aux femmes. Voilà toute l'histoire, Schweppes.

— Et maintenant que vous avez rencontré celle-là, vous voulez y connaître quelque chose, pas vrai ? C'est le fond de l'histoire.

— Oui, c'est tout nouveau pour moi. Je sais que j'aurais dû fréquenter plus de filles dans le temps, mais ça ne m'a jamais démangé. Y a sûrement des gamins de dix-huit ans qui ont plus d'expérience que moi.

— Vous tombez bien. J'ai été fou des femmes la moitié de ma vie — la première moitié naturellement. Tout a changé quand j'ai perdu ma famille, mais j'ai quand même pas oublié les femmes. J'ai autant de mémoire que n'importe qui. Blonde ou brune ?

— Euh... brune. C'est important ?

— Grosse ou maigre ? C'est moi qui pose les questions. A votre âge, y a pas de marge d'erreur.

— Plutôt forte.

— D'où est-elle ?

— De Boston.

— Bon Dieu ! Boston ! Faut que je marche un peu pour digérer ça.

Ils se promenèrent un long moment sans mot dire. Le vieux Schweppes bavardait généralement sans arrêt, et le silence où l'avait plongé le seul nom de Boston était un peu troublant. Ils dépassèrent le sixième et le septième niveau sans qu'il ait ouvert la bouche. Au huitième, Schweppes se dirigea vers la plate-forme et regarda la ville à ses pieds.

— C'est une veuve alors, dit-il. Pas besoin d'être Sherlock Holmes pour le deviner. Une fille de Boston ne viendrait pas par ici toute seule. Plus toute jeune, hein ?

— Pas tout à fait la cinquantaine. En tout cas, je suis plus vieux qu'elle.

— Ouais, les veuves se remarient avec quelqu'un à peu près du même âge. Elles ne veulent pas avoir à s'habituer à quelqu'un d'autre s'il a déjà un pied dans la tombe. Un mari qui casse sa pipe, ça leur suffit. Sûr que vous êtes innocent comme l'enfant qui vient de naître, c'est un avantage. Ça veut dire que vous serez plus facile à rouler une fois la guerre commencée. Ça veut dire aussi qu'elle aura pas à craindre les comparaisons. C'est pas souvent qu'une femme de cinquante ans a la chance d'entrer en scène la première. C'est votre meilleure carte.

— Elle sait que je manque d'expérience. J'ai rien caché.

Schweppes hocha la tête.

— Faudra penser aux cours du soir, dit-il. Le pétrole c'est une chose, et une dame de Boston c'est autre chose. Elles sont très difficiles sur la question langage dans cet Etat. Faut vous débarrasser de votre patois.

Vernon commençait à regretter d'avoir arraché Schweppes à sa revue sportive. En fait, le vieil homme s'ingéniait à le décourager. Pour chaque avantage, il lui trouvait deux inconvénients.

— Elle m'a déjà reproché mon langage, admit-il. Pas question d'aller aux cours du soir. Je serais complètement ridicule.

— Si vous vous êtes amouraché d'une femme, vous serez ridicule de toute façon. Elles sont plus malignes que nous. Voilà toute l'histoire.

Il se tut et ils continuèrent à monter étage après étage. Ils dépassèrent peu à peu la couche de brouillard qui s'était formée au-dessus de la ville. Schweppes se racla la gorge pour s'éclaircir la voix.

— On se ressemble vous et moi, Vernon. Pas d'alcool, pas de drogue. Vous jouez, je sais, mais c'est pas grave. Le jeu est grave pour les pauvres. Une femme, c'est peut-être votre seule chance de rester humain. Une brune bien en chair, de Boston, pourquoi pas ? Pour être franc, ça m'embêterait de vous voir encore plus fada que vous n'êtes.

— Moi, fada ?

— Pas un fada dangereux, mais fada quand même. Un type normal dort dans un lit, vous savez — et pas tout seul si possible. Un type normal ne crèche pas dans une Lincoln au sommet d'un garage-parking. C'est quand même un signe de dérangement. Vous êtes simplement un fada qu'a pas perdu sa capacité de faire du fric dans le pétrole — du moins pas encore.

Vernon était complètement désorienté. La franchise brutale de Schweppes lui rappelait celle d'Aurore. Il n'avait jamais été aussi franc avec personne. Ne trouvant aucun argument à présenter pour sa défense, il garda le silence. Ils étaient arrivés au dix-huitième étage ; il eut brusquement envie de prendre l'ascenseur pour monter les six derniers. Il avait essayé le contact humain, mais sans succès.

Soudain, juste au moment où il se sentait au plus bas, Schweppes lui tapa sur l'épaule.

— Achetez-lui un cadeau, dit-il. Les femmes, c'est comme les politiciens. Elles résistent pas aux pots-de-vin.

Le visage de Vernon s'éclaira.

— Bonne idée, dit-il. Et après ?

— Vous lui en achèterez un autre. Vous êtes un homme riche. Une femme qui n'aime pas les cadeaux a certainement quelque chose d'anormal.

Au vingt-quatrième étage, Schweppes alla inspecter la Lincoln. Il hocha la tête à plusieurs reprises et émit un sifflement.

— Faut déjà être pas mal dingue pour avoir une T.V., commenta-t-il, mais, dans une voiture, ça dépasse tout. Paraît que ça dégage des rayons X. Si vous voulez attraper une veuve de Boston, vaudrait mieux pas absorber trop de rayons X. Quand même, ça vous ferait peut-être pas de mal de vous habituer à dormir dans une maison.

Schweppes quitta son patron, le laissant plus désemparé que jamais.


2


Vernon fit basculer son siège et se coucha mais, à l'aube, il ne dormait toujours pas. Il avait remué dans sa tête tout ce que lui avaient dit Aurore et le vieux Schweppes. Il lui paraissait évident que Schweppes avait raison. Il était fada. Bien sûr que c'était anormal de coucher dans une voiture au sommet d'un garage. Aucune femme n'admettrait une chose pareille, et **Aurore** semblait plus exigeante que la plupart des femmes. Alors, c'était sans espoir, il avait été stupide de lui raconter des absurdités. Il ne lui restait plus qu'à abandonner la partie. Pourtant, il lui avait dit qu'il retournerait chez elle et il pouvait bien s'accorder cette joie au moins encore une fois.

Il mit la Lincoln en marche, descendit lentement les vingt-quatre niveaux et se dirigea vers un petit café ouvert toute la nuit, situé près du Planétarium. Le dôme avait un aspect lugubre dans la brume du petit matin. Vu sous un certain angle, il ressemblait à la lune qui serait venue se poser sur la terre.

Le café où Vernon prenait souvent son petit déjeuner se nommait *La Pantoufle d'Argent*, sans raison apparente. Les patrons, Babe et Bobby, habitaient une roulotte fixée au mur arrière et celui des deux qui était le plus fatigué allait dormir pendant que l'autre faisait la cuisine.

C'était une roulotte à une place, datant des années trente, et ils l'avaient prise en paiement d'une note de deux cents dollars que leur devait un certain Reno. Comme la couchette avait la largeur d'une planche à repasser, ni Babe ni Bobby n'avait trouvé moyen de coucher côte à côte, ce qui ne les empêchait pas de faire l'amour. D'ailleurs, c'était sans importance car ils ne pouvaient quitter le café assez longtemps tous les deux à la fois pour dormir ensemble. Vernon leur avait proposé de racheter leur commerce pour qu'ils puissent embaucher un employé et s'offrir une caravane plus confortable mais Babe et Bobby étaient beaucoup trop indépendants pour se laisser séduire par ce genre de proposition. Babe était une grosse rousse qui trouvait Vernon adorable, et elle le taquinait sur ses intentions chaque fois qu'il renouvelait son offre.

— Je te connais, Vernon, disait-elle. Dès que je serai sur ton bordereau de paye, tu te feras des idées et j'ai assez de types autour de moi qui se font des idées. Je me fais trop vieille maintenant pour me laisser embêter par les hommes et par leurs idées.

— Moi aussi, je suis vieux, répondait généralement Vernon.

Ce matin-là le bar était vide quand Vernon entra. Babe se leva pour lui servir un café.

— Enfin, un client, dit-elle. On commençait à roupiller, Bobby et moi. On dirait que t'as la danse de Saint-Guy aujourd'hui. Tu vas faire un autre million ?

— Pas aujourd'hui, non.

Il avait médité sur la question du cadeau et il pensait que Babe lui donnerait peut-être une idée.

— Je peux te demander un conseil ? dit-il en se trémoussant sur son siège. Voilà, j'ai fait la connaissance d'une dame, elle a été très gentille pour moi. Je voudrais bien lui faire un cadeau pour la remercier.

Bobby s'approcha d'un air méfiant.

— Qu'est-ce que tu fais, Babe ? dit-il. Tu vas te laisser embobiner et tu finiras par te laisser baiser, c'est ça ?

Vernon rougit. Babe prit vivement sa défense.

— Ferme ta sale gueule, Bobby. Vernon, c'est pas le type à faire ça, et tu le sais bien. Depuis le temps que je lui sers à manger, il a jamais même eu une idée. Tu la fermes et tu le laisses continuer.

Et Vernon poursuivit :

— Elle m'a invité à dîner, voilà. J'ai pensé que je pourrais lui faire un cadeau, mais quoi ?

— Pourquoi pas un diamant ? J'ai toujours rêvé d'une bague en diamants. Naturellement, si tu lui donnes une bague en diamants elle va croire que tu as des idées.

— C'est bon, s'il t'a pas baisée, ça m'intéresse pas, grommela Bobby. Je vous laisse régler ça ensemble.

Babe préparait les saucisses traditionnelles de Vernon et se plaisait à imaginer que c'était elle qui allait recevoir le cadeau.

— Il y a aussi les manteaux de fourrure, dit-elle, et les fleurs, et les bonbons...

— C'est une femme chic ? demanda Bobby, plus intéressé qu'il ne voulait bien le laisser paraître.

— Très chic, répondit Vernon.

— Tu te donnes autant de mal pour courtiser une femme chic que moi pour acheter une Cadillac, commenta Bobby en se levant. Je vais faire un somme.

Babe réfléchissait toujours à la question du cadeau.

— Et si tu lui apportais un animal domestique ? proposa-t-elle. J'ai toujours rêvé d'en avoir un, mais Bobby n'en veut pas. Une chèvre, par exemple. Y a un type dans le camping qui a une chèvre adorable, et il veut la vendre. C'est un cadeau original, non ?

Vernon fut aussitôt enthousiasmé, d'autant plus que le cadeau était immédiatement disponible. Il pouvait aller l'acheter et l'emporter sur-le-champ. Il remercia Babe, lui donna un dollar de pourboire et alla explorer le camping.

Il trouva une petite chèvre blanche tachetée de marron, attachée à une caravane. Une femme assoupie, enveloppée d'un peignoir rose, la lui vendit trente dollars sans sortir de sa torpeur. A sept heures, la Lincoln était rangée devant la maison d'Aurore avec Vernon et la chèvre assise sur le siège avant. Vernon s'agitait plus que jamais. L'absurdité de la situation lui apparaissait dans toute sa réalité. Il commençait aussi à avoir de sérieux doutes sur l'opportunité de son cadeau qui, pour le moment, s'appliquait à grignoter ses sièges de cuir marron.

Pendait qu'il s'énervait, Aurore s'encadra sur le seuil de sa porte. Elle était pieds nus et portait une robe de chambre bleu ciel. Elle se disposait à aller chercher son journal quand elle aperçut la Lincoln. Elle ne parut pas surprise le moins du monde. Elle sourit. Jamais Vernon n'avait vu personne sourire ainsi, du moins pas à lui.

— Vous voilà, Vernon, dit-elle. Quel homme actif ! Cette petite chèvre serait-elle pour moi, par hasard ?

— Vous n'êtes pas obligée de l'accepter, se hâta de dire Vernon, étonné qu'elle l'ait repérée aussi vite.

— Je ne vois vraiment pas pourquoi je n'accepterais pas une aussi charmante petite bête. Mais ne la gardez pas enfermée dans cette voiture. Voyons si ma pelouse lui plaît.

Elle avança les mains et Vernon lui tendit la chèvre. Aurore la déposa sur la pelouse. La petite chèvre resta immobile dans l'herbe humide, comme si elle avait peur qu'en faisant un pas, son nouvel univers ne lui échappe. Aurore alla chercher son journal. La petite chèvre lui emboîta le pas.

Aurore déplia son journal et, n'y trouvant rien d'intéressant, elle prit la chèvre dans ses bras et se dirigea vers la maison.

— Vous venez, Vernon ? dit-elle. Je parie que vous vous êtes ravisé. Vous n'êtes venu que pour vous débarrasser de votre chèvre et m'annoncer que vous partez pour l'Alberta ou ailleurs.

— Pas du tout, je ne vais nulle part, répliqua Vernon en sortant de sa voiture.

Aurore semblait fâchée. Ses yeux lançaient des éclairs alors qu'elle souriait si gentiment trente secondes plus tôt. Vernon ne comprenait pas. S'imaginait-elle que la chèvre était un cadeau d'adieu ?

— Excusez-moi, mais vous n'êtes pas très convaincant, dit-elle. Manifestement, vous avez changé d'avis. C'est parfait. Pas la peine de prendre cet air penaud. Comme je l'ai dit hier, je suis une vraie terreur. Les hommes pratiques comme vous ne tardent pas à se lasser de moi. Evidemment je vous produis un effet qui vous gêne dans la poursuite de vos affaires. Cependant, j'avoue que je suis un peu déçue. Je ne vous croyais pas homme à revenir sur vos décisions. Vraiment, je ne pensais pas que vous vous déroberiez aussi vite.

— Mais je ne m'en vais pas, protesta Vernon, complètement affolé. Je ne vais pas au Canada. Je reste ici.

Aurore le scruta du regard en silence et il eut l'impression qu'elle traduisait ses pensées dans son propre langage à mesure qu'elles se formaient dans son cerveau.

— J'ai pas changé depuis hier, ajouta-t-il.

Aurore hocha lentement la tête.

— Admettons, dit-elle, mais vous êtes prêt à battre en retraite à la première anicroche. C'est pourquoi je suis un peu méfiante, Vernon. Si je ne me trompe, vous avez passé la nuit à vous persuader qu'il n'y avait aucun espoir. Les excuses et les dérobades ne sont pas faites pour convaincre une femme qu'elle est aimée. Si vous n'essayez pas d'avoir confiance en vous-même pendant quelques jours, vous feriez aussi bien d'aller vous cacher dans votre voiture. Vous ne courez aucun risque dans ce refuge. Je n'irai pas vous y chercher pour vous apprendre à parler correctement et veiller à ce que vous cessiez d'avaler votre nourriture sans la mâcher. Vous avez des habitudes déplorables, mon ami, et j'étais toute disposée à dépenser une certaine dose d'énergie pour vous aider à en acquérir de plus convenables. Enfin, si vous ne me témoignez pas plus d'enthousiasme qu'en ce moment, je ne crois pas que je me donnerai ce mal.

Elle s'arrêta et attendit. Vernon eut l'impression qu'elle était décidée à attendre toute la journée.

— Si on se connaissait mieux, je pourrais faire des progrès, dit-il enfin. J'ai pas eu le temps d'apprendre. Vous comprenez ça ?

A son grand soulagement, Aurore sourit comme elle l'avait fait en le voyant devant l'entrée de sa maison. Un autre orage semblait s'être éloigné.

— Oui, je comprends, dit-elle. Quel programme me proposez-vous pour aujourd'hui ?

Vernon n'avait prévu aucun programme.

— Petit déjeuner, suggéra-t-il, bien qu'il eût déjà pris le sien.

— Bien sûr, mais un petit déjeuner ne suffira pas à remplir la journée. J'ai besoin d'une foule de distractions.

— Je connais un tas de jeux de cartes. Je ne sais pas si vous aimez jouer aux cartes, dit Vernon.

A sa grande surprise, Aurore le prit par le bras et le secoua vigoureusement. Il ne savait s'il devait résister ou la laisser faire. Sans cesser de le secouer, elle éclata de rire puis elle passa son bras sous le sien et l'entraîna sur la pelouse. Le gazon avait été fauché la veille et ses pieds nus étaient couverts de brins d'herbe mouillée.

— Il faut que je vous secoue pour vous aider à reprendre confiance en vous, expliqua-t-elle. Pour une femme comme moi, c'est insupportable. Heureusement pour vous, j'adore les jeux de cartes. Si vraiment vous voulez rester pour jouer aux cartes avec moi, je suis prête à tout vous pardonner.

— C'est mon programme de la journée, déclara Vernon sans vergogne.

— Alors, je suis littéralement ravie.

Sans lâcher son bras, elle le conduisit dans la maison.

# CHAPITRE IX

## 1

Ce matin-là, le téléphone d'Emma sonna à sept heures trente comme d'habitude. Au moment où elle s'apprêtait à sortir du lit pour répondre à sa mère, Flap l'agrippa par la cheville.

— Tu n'iras pas, dit-il sans ouvrir les yeux.

— Et pourquoi ? demanda-t-elle.

— Tu n'iras pas, c'est tout, répondit-il sans lâcher prise.

Elle avait un pied hors du lit et sa position était tellement inconfortable qu'elle se recoucha. Flap libéra sa cheville et lui passa le bras autour de la taille. La sonnerie retentit dix ou douze fois, se tut, retentit de nouveau et s'arrêta.

— J'aimerais que tu sois un peu moins servile, dit Flap. Tu n'as pas à bondir hors du lit tous les matins à l'aube.

— Eh bien, voilà, tu as trouvé le moyen de m'en empêcher, dit Emma. Après tout, j'aime mieux rester au lit que courir à la cuisine si je dois être critiquée dans les deux cas.

— Si tu lui avais dit deux ou trois fois d'aller se faire foutre, tu resterais au lit sans être critiquée.

— D'accord, mais tu n'as jamais dit ça à Cecil quand il a besoin de toi à tout bout de champ. Le jour où tu l'enverras promener, je suivrai ton exemple.

Flap ne releva pas la réplique mais ne desserra pas son étreinte.

— Si tu ne veux pas que je réponde à Maman, réveille-toi et parle-moi.

Pour toute réponse, Flap se rendormit. La journée s'annonçait chaude. Emma s'assoupit elle aussi. Elle avait lu jusqu'à deux heures et demie — *Adam Bede*, un ouvrage de George Eliott dont Flap lui avait conseillé la lecture.

— Ainsi, nous pourrons en parler, avait-il expliqué. Nous manquons de sujets de conversation. Lis davantage si tu ne veux pas que notre ménage batte de l'aile.

En se réveillant, Emma sentit son mari couché sur elle. Elle en fut plutôt contente car, tout compte fait, elle aimait mieux faire l'amour au début de la matinée que préparer le petit déjeuner.

Un peu plus tard, elle commença à se poser des questions. Quelque chose avait changé. Leurs rapports sexuels étaient de plus en plus fréquents et elle ne savait pas pourquoi. Elle eut beau se dire qu'elle était stupide de ne pas profiter tout simplement des faveurs du ciel, elle ne pouvait s'empêcher de se demander pourquoi Flap avait si souvent envie d'elle.

Il lui semblait que sa frénésie amoureuse datait du jour où il avait terminé la lecture du roman de Danny.

— Je suis impressionné, avait-il dit.

— Parce qu'il est bon ? avait-elle demandé.

— Même s'il n'était pas bon, je serais impressionné, ne serait-ce que parce qu'il l'a fait.

Puis il était allé à la bibliothèque et n'avait pas reparlé de Danny. Elle s'était décidée à l'informer de sa visite — il le fallait puisque sa mère était au courant. Il n'avait pas fait de réflexion ni même posé de questions, ce qui était bizarre. L'affection qu'elle éprouvait pour Danny, comme celle qu'elle éprouvait pour Flap, était riche de curiosité mutuelle. Peut-être n'avait-elle rien à voir avec l'amour physique — elle ne le savait pas. En tout cas, Flap ne semblait pas plus heureux, au contraire, et elle avait l'impression que leur équilibre basculait un peu. La vie devenait différente, or Emma n'était pas femme à accepter cette différence sans savoir ce qui la motivait.

— Comment se fait-il que j'aie droit à tant d'attention ? demanda-t-elle.

Flap fit semblant de sombrer dans un profond sommeil postcoïtal. Mais elle ne s'y trompa pas. Il n'avait pas l'habitude de s'endormir après l'amour.

— Allons, réponds-moi, insista-t-elle. Inutile de faire le mort.

Flap sauta hors du lit et passa dans la salle de bains.

— Tu veux toujours aller au fond des choses, dit-il. Contente-toi de les accepter comme elles se présentent.

Emma soupira. Elle se leva et elle arrosa ses plantes. Certaines mères donnent à leurs filles leurs vêtements usagés mais sa mère lui donnait les pots de fleurs qu'elle avait assez vus, généralement des pétunias ou des plantes qui n'exigent pas des soins très compliqués. Aurore lui avait promis un magnifique bégonia qu'elle choyait depuis des années mais cette promesse, comme celle qui concernait le Klee, ne serait probablement tenue que s'ils s'installaient dans un logement hors de portée de leur bourse.

Quand Flap revint dans la chambre, Emma sentait monter en elle une sourde colère.

— Ne sois pas si tranchant, dit-elle. J'ai tout de même le droit de m'interroger sur les changements qui interviennent dans notre vie.

— Tu m'obliges à rester sur la défensive, répliqua-t-il. J'ai horreur de ça quand je suis à jeun.

— Mon Dieu, je me contente de poser une question.

— Sais-tu ce que je pense ?

— Dis toujours.

— Tu as été mal orientée. Tu aurais dû faire des études de psychologie. Alors, tu aurais des réponses à toutes tes questions. Chaque fois que je change une de mes petites habitudes, tu pourrais sortir ton carnet et écrire les explications freudienne, jungienne, gestaltienne et faire ton choix.

Emma saisit le gros volume d'*Adam Bede* qui se trouvait à portée de sa main et le lui lança à la tête. Comme il lui tournait le dos, il ne vit pas son geste et reçut le projectile sur la nuque. Il se retourna furieux, les yeux luisant de haine. Il attrapa Emma par les bras et la poussa si violemment contre la fenêtre ouverte que le store céda et elle crut qu'elle allait tomber dehors.

— Arrête, hurla-t-elle en se débattant. Tu es fou !

Emma réussit à se dégager. Flap lui assena un coup de poing dans la mâchoire et elle retomba sur le lit. Avant qu'elle ait pu reprendre ses sens, il l'empoigna et la traîna de nouveau vers la fenêtre. Elle se rendit compte alors qu'il avait réellement l'intention de la faire basculer. Elle résista de toutes ses forces, se libéra d'un coup de reins et s'accrocha au lit, le corps secoué de sanglots. Flap se jeta sur elle, apparemment pour l'assommer, mais il se contenta de la maintenir sous lui, le visage à quelques centimètres du sien. Ils se regardèrent stupéfaits, haletants et hors d'haleine. Ils n'échangèrent pas un mot parce qu'ils avaient tous deux le souffle coupé.

Emma s'aperçut soudain qu'il avait une main en sang.

— Sors de là, dit-elle. Tu me tueras plus tard.

Elle alla prendre une poignée de mouchoirs en papier dans la salle de bains pendant que Flap tenait sa main en l'air, ne sachant s'il devait laisser couler le sang sur le lit ou par terre.

— Par terre, imbécile, dit-elle en revenant. Le sol, ça se lave.

Il n'avait plus aucune lueur de haine dans les yeux. Il la regardait même avec une certaine affection.

Emma lui donna une partie des mouchoirs et épongea le sang qui maculait le lit avec le reste.

— Tu ne sais pas que tu ne dois pas parler en luttant corps à corps, reprit-il. Si tu as la bouche ouverte, c'est facile de te casser la mâchoire. Si tu n'avais pas crié, je ne me serais pas coupé la main sur tes dents.

Avant qu'Emma ait eu le temps de répondre, quelqu'un frappa à la porte. Flap était à demi vêtu et Emma pas du tout.

— C'est ou Patsy ou ta mère, dit Flap. Elles ont toutes les deux le chic pour arriver quand nous sommes en pleine crise.

— Qui est là ? demanda Emma.

— C'est Patsy, répondit une voix enjouée. Je viens te chercher pour faire des courses.

— Tu vois, dit Flap, agacé.

Cependant, les visites de Patsy lui faisaient toujours plaisir.

— Donne-nous deux minutes, dit Emma. Flap n'est pas prêt.

Pendant que Flap enfilait son pantalon, elle s'habilla, fit le lit et nettoya tant bien que mal les traces de sang. Flap était pieds-nus et paraissait dolent. Sa main continuait à saigner.

— Tu dois te limer les dents, chuchota-t-il. J'ai la main coupée jusqu'à l'os. Qu'est-ce qu'on va lui dire ?

— Pourquoi veux-tu que je lui mente ? murmura Emma. C'est mon amie. Elle peut se marier un jour. Il faut bien qu'elle ait un aperçu de ce qui l'attend. — Va te passer la main à l'eau. Je m'occupe d'elle.

Il entra dans la salle de bains et Emma ouvrit la porte d'entrée. Son amie Patsy Clark attendait sur le palier. C'était une jolie fille svelte aux cheveux longs, vêtue d'une élégante robe blanc et marron.

— Je ne sais pas si je vais te laisser entrer, dit Emma. Tu es trop chic. J'aimerais bien que tu ne te mettes pas sur ton trente et un chaque fois que tu viens me voir. Tu es encore pire que ma mère. Comparée à vous deux, je me sens minable.

— Si elle voulait bien te passer un peu de son argent, tu pourrais t'acheter des vêtements. Elle devrait avoir honte de critiquer ta façon de t'habiller quand elle ne veut rien faire pour y remédier.

— On va lui téléphoner pour le lui dire. Peut-être qu'elle me donnera un peu d'argent aujourd'hui, autrement je ne pourrai pas aller faire des courses avec toi.

Patsy entra, parfumée et superbe, gaie et dynamique. La chambre à coucher servait aussi de living-room. A peine Patsy eut-elle franchi le seuil de la porte qu'elle fronça le nez.

— Il y a une odeur de sang ici, dit-elle.

Elle jeta un coup d'œil circulaire et remarqua le store défoncé. Elle regarda Emma et plissa les paupières.

— Quelqu'un aurait-il essayé de te jeter par la fenêtre ? demanda-t-elle avec une lueur de malice.

Emma ouvrit la bouche et montra ses incisives.

— Oui et quelqu'un s'est écorché la main contre mes dents, répondit-elle.

Comme Aurore, Patsy avait le don de percevoir immédiatement la réalité d'une situation. Emma se disait que si Patsy et sa mère ne pouvaient se supporter, c'était à cause de leurs similitudes. Elles étaient aussi égocentriques l'une que l'autre et tout aussi intéressantes à fréquenter. Vive et spirituelle, Patsy était curieuse de tous les aspects de la vie d'Emma. Sa mère avait plus d'expérience et plus de personnalité. Elle était d'ailleurs supérieure à Patsy à tous points de vue et elle ne cessait de pousser son avantage quand elles étaient toutes les deux ensemble.

Patsy regarda les dents d'Emma, fascinée.

— Je savais qu'ils étaient tous des brutes, dit-elle. Dommage qu'il n'ait pas eu l'os cassé. Gare à celui qui s'aviserait de me toucher.

Elle se pencha à la fenêtre.

— Tu ne serais pas tombée de bien haut, remarqua-t-elle. Je pense que tu aurais survécu.

Emma se sentait plus heureuse de vivre. Son mari semblait s'être libéré de quelque chose, et son amie était là pour l'aider à réussir sa journée. Elle bâilla et se jeta sur le lit pour lire le journal que Patsy avait apporté.

— Tu peux lire ça plus tard, dit Patsy en explorant la pièce. Appelle ta mère et vois si tu peux lui soutirer un peu d'argent.

— Non. Il faut attendre que Flap sorte. Ne t'agite pas comme ça. Nous n'avons pas encore pris notre petit déjeuner.

A ce moment-là, Flap émergea de la salle de bains, la main enveloppée dans une serviette de toilette. Il semblait si penaud qu'Emma fondit et lui pardonna tout, mais Patsy ne se laissa pas attendrir.

— Je te prenais pour un brave type, dit-elle sur un ton glacial.

Flat prit un air doublement contrit car il adorait Patsy et il aurait donné n'importe quoi pour la séduire. Emma n'était pas jalouse. Patsy n'avait jamais troublé son ménage comme pouvait le faire Danny. Elle et Danny éprouvaient des sentiments réciproques tandis que Patsy n'était manifestement pas attirée par Flap. Elle était même d'accord avec Aurore pour

131

dire qu'Emma avait été stupide d'épouser Flap. Emma taquinait parfois Flap à propos de Patsy quand elle n'avait rien d'autre à lui reprocher, mais l'indifférence de Patsy était si évidente qu'elle trouvait la situation amusante. Pour son désir, Flap n'obtenait que des tourments, ce qui lui paraissait une punition suffisante.

— Il faut entendre les deux sons de cloche, se défendit Flap.

— En l'occurrence c'est parfaitement inutile, répliqua Patsy.

— Evidemment, les célibataires ne comprennent rien aux provocations.

— Je ne les comprends pas non plus, intervint Emma. Je vais appeler maman.

— Pourquoi, bon Dieu ? demanda Flap.

— Je ne sais pas. Je pensais que nous pourrions aller déjeuner chez elle tous ensemble. Peut-être qu'elle a un soupirant et qu'elle serait contente que nous l'aidions à entretenir la conversation.

Une ou deux fois par semaine, sa mère invitait un de ses prétendants au petit déjeuner et, dans ces cas-là, elle préparait un véritable festin — omelette aux herbes variées, fromages, saucisses spéciales qu'elle achetait à une vieille femme qui habitait dans les collines, ananas nappés de sucre brun et arrosés de cognac, un porridge qui venait d'Ecosse, sucré avec trois sortes de miel et parfois une sorte de crêpes aux pommes de terre qu'elle seule était capable de faire. Aurore faisait appel à ses recettes les plus originales et les plus secrètes pour ces petits déjeuners fabuleux qui se poursuivaient souvent jusqu'au milieu de l'après-midi.

— Tu veux dire que c'est le jour petit déjeuner ? demanda Patsy.

Elle oublia Flap et une lueur de convoitise brilla dans ses yeux. Elle ne pouvait supporter la mère d'Emma et ne laissait passer aucune occasion de la ridiculiser, mais personne n'est entièrement mauvais et Patsy consentait à admettre que Mrs Greenway était passée maître dans l'art culinaire. Patsy était particulièrement friande de petits déjeuners et ceux de Mrs Greenway étaient les meilleurs qu'elle eût jamais goûtés. Mrs Greenway était toujours trop occupée par ses préparatifs et son amoureux du jour pour lui accorder beaucoup d'attention. Alors, Patsy pouvait se promener dans la maison et admirer les merveilleux objets que Mrs Greenway avait accumulés. Les peintures, les tapis, les meubles et tous les bibelots étaient exactement ceux qu'elle aurait choisis pour sa propre maison si

132

jamais elle en avait une ; c'est pourquoi elle aimait fureter un peu partout et rêver.

Emma remarqua la lueur qui s'allumait dans les yeux de son amie et se dirigea vers le téléphone.

— Allez-y toutes les deux, dit Flap. Moi, je n'irai pas. Crois-tu que j'aie envie d'affronter ta mère quand j'ai failli te jeter par la fenêtre ? Et que dira-t-elle en voyant que j'ai le doigt à moitié coupé ?

— Je n'en sais rien, mais j'aimerais bien l'entendre, dit Patsy. Finalement, elle avait raison en ce qui te concerne.

Avant de décrocher le téléphone, Emma prit son mari dans ses bras pour lui montrer qu'elle l'admirait toujours.

— Appelle vite, dit Patsy. Maintenant que tu as parlé du petit déjeuner, je me sens mourir de faim.

Emma appela et Rosie répondit. A l'arrière-plan, Emma entendit la voix de sa mère qui chantait une aria.

— Que se passe-t-il là-bas ? demanda-t-elle.

— On cuisine, dit Rosie.

Mais Aurore lui arracha l'appareil des mains.

— Tu m'appelles pour me faire des excuses, j'espère, dit-elle. Où étais-tu donc ce matin quand j'avais besoin de te consulter ?

— Je dormais, expliqua Emma. J'ai lu très tard dans la nuit. J'essaie d'améliorer mes connaissances.

— Admirable, ricana Aurore. Et maintenant, que veux-tu ?

— Je me demandais si tu préparais un grand petit déjeuner et, si oui, pour qui ?

— Je n'aime pas du tout que tu ne répondes pas à mes appels. J'aurais pu me trouver dans une situation désespérée.

— Excuse-moi.

— Pas d'excuses, dirent Flap et Patsy en chœur.

— Hum ! fit Aurore. Aurais-tu un chœur grec derrière toi ? Demande-lui pourquoi tu ne dois pas faire d'excuses à ta propre mère ?

— Je ne sais pas pourquoi vous êtes tous si pénibles. En fait, nous nous demandions Patsy et moi si nous pouvions venir déjeuner chez toi.

— Cette petite miss Clark ? Eh bien, oui, amène-la donc. Je suis toujours ravie de voir une jeune fille de si grande classe s'empiffrer avec ma nourriture. Thomas vient-il aussi ?

— Non. Il s'est coupé la main. Il doit se faire faire des points de suture.

— Il y a longtemps qu'il ne s'est pas montré. Il ne peut pas se cacher éternellement. Vernon m'a apporté une petite chèvre.

Malheureusement, j'ai peur de ne pouvoir la garder car elle mange mes fleurs, mais c'était une idée charmante. Depêchez-vous. Je commence à faire griller les saucisses.

2

Emma se pomponna et monta dans la Mustang de Patsy.

— Tu ne m'as pas raconté ta bataille, lui rappela son amie. Je veux tout savoir sur le mariage pour pouvoir peser le pour et le contre.

— C'est bien inutile. Il n'y a pas deux cas pareils. Tiens, voilà le général.

Elles venaient d'arriver dans la rue d'Aurore. Vêtu d'un pantalon immaculé et d'un pull-over anthracite, ses jumelles autour du cou, le général se tenait dans son allée. Il avait l'air irrité. Derrière lui, F.V., en tricot de corps, avait une bêche dans la main. Le général était flanqué de ses dalmatiens, tous deux aussi raides que leur maître.

Au moment où la Mustang passa, le général porta ses jumelles à ses yeux et les braqua sur la maison d'Aurore. Interloquée, Patsy ne sut si elle devait accélérer ou ralentir.

— C'est terrifiant, dit-elle. Si j'étais ta mère, je ne sortirais plus avec lui.

— Vise un peu cette bagnole, dit Emma en désignant la longue Lincoln blanche. Pas étonnant que Maman l'ait emboutie.

Patsy se rangea derrière la voiture de Vernon. Elles descendirent et regardèrent à travers les vitres.

— Comment peut-on se servir de deux téléphones en conduisant ? demanda Emma.

Elles jetèrent un coup d'œil du côté du général, qui était toujours planté dans son allée, ses jumelles directement pointées sur elles.

— Il est gonflé, ce type, dit Patsy. Si on faisait quelque chose d'osé pendant qu'il nous observe ?

— D'accord. Je trouve qu'il mérite une petite exhibition pour sa peine.

Les deux jeunes femmes levèrent leurs jupes et se livrèrent à une sorte de french cancan avant de se précipiter dans la maison. Elles entrèrent dans la cuisine en riant comme des petites folles.

Aurore, Rosie et Vernon — beaucoup plus petit et plus rougeaud que les filles ne l'avaient imaginé — étaient tous les trois assis devant une collection de plats appétissants. Une petite chèvre blanc et marron se promenait dans la pièce en poussant des bêlements plaintifs.

— Je veux cette chèvre ! s'écria Patsy. Elle est tout à fait assortie à ma robe.

Vernon sauta sur ses pieds. Aurore haussa un sourcil et continua à distribuer les saucisses.

— Naturellement, dit-elle. Tu veux toujours tout ce que j'ai, Patsy. Voici Vernon Dalhart. Ma fille Emma Horton et son amie Patsy Clark.

Le téléphone sonna juste au moment où Vernon serrait les mains des deux amies.

— Voyons, général, vous savez bien que vous êtes banni.

— Quel toupet ! dit Aurore. Vous deux, asseyez-vous et mangez. Je me sentais un peu asiatique ce matin. C'est pourquoi j'ai fait des œufs au curry.

— Monsieur Dalhart, c'est la plus ravissante petite chèvre que j'aie jamais vue, dit Patsy en se servant.

— Appuyez-vous sur le dossier de votre chaise, Vernon, ordonna Aurore. Inutile de vous mettre au garde-à-vous devant ces jeunes personnes.

Rosie était apparemment assourdie par les éclats de voix du général. Elle avait la bouche ouverte pour répondre mais ne pouvait placer un mot.

— Vous feriez bien de lui parler, dit-elle en tendant l'appareil à Aurore. Il a l'air fou furieux. Il raconte qu'il a vu les filles toutes nues.

— Je savais qu'il n'en resterait pas là, soupira Aurore. Hector, si vous avez des reproches à me faire, soyez bref. J'ai des invités.

Soudain, ses yeux étincelèrent. Elle écouta un moment en silence puis écarta le téléphone de son oreille pour que l'assistance puisse entendre la voix grinçante du général.

— Il prétend que vous vous êtes livrées à des obscénités, dit Aurore. Qu'y a-t-il de vrai là-dedans ?

— Il était là à nous zyeuter avec ses jumelles, dit Patsy. Alors, nous avons exécuté une petite danse.

— Montrons-lui, dit Emma.

Elles se levèrent et exécutèrent la même danse, mais très édulcorée. Aurore les regarda sans broncher et reprit le téléphone.

— Cette danse est loin d'être aussi indécente que vous le prétendez, Hector. Je viens de la voir. Nous commençons à en avoir assez de vous et de vos jumelles.

Elle allait raccrocher lorsque le général dit quelque chose qui, manifestement, la retint. Elle écouta un moment et changea de visage.

— Hector, c'est inutile. Je suis avec des invités. C'est vraiment inutile. Adieu.

Elle regarda autour d'elle et reprit son entrain.

— Tout va bien ? demanda-t-elle.

— Ces œufs sont succulents, dit Patsy.

— Regarde-la, chuchota Rosie à l'oreille d'Emma. Elle a presque la larme à l'œil. Elle n'a jamais aimé perdre un amoureux.

— Quel genre d'affaires traitez-vous, monsieur Dalhart ? demanda Emma pour changer de conversation.

— Pétrole, répondit-il. C'est encore ce que j'ai trouvé de mieux pour pas être de la cloche.

— Vernon a des locutions pittoresques, puisées dans les ballades écossaises, expliqua Aurore avec un sourire contraint.

Elle n'aurait jamais imaginé que sa rupture avec Hector Scott pourrait l'ennuyer à ce point.

— Etes-vous un géant du pétrole ? demanda Patsy. Il paraît que les vrais géants se déplacent incognito.

— Que tu peux être naïve, dit Aurore. Si Vernon était un géant de quoi que ce soit, il ne prendrait pas son petit déjeuner avec moi à cette heure de la journée. Les géants n'ont pas de temps à perdre.

— Je suis un géant de rien du tout, confirma Vernon.

Emma le scruta du regard. Elle était toujours surprise par les indices de versatilité qu'elle décelait chez sa mère et son intérêt pour Vernon était un signe patent de cette versatilité. Il semblait beaucoup plus assorti à Rosie qu'à Aurore bien que, à la réflexion, il ne parût assorti à personne. La petite chèvre s'approcha d'elle en bêlant et elle lui donna un morceau d'écorce de melon.

— Les filles, vous ne m'avez toujours pas dit pourquoi vous sortiez si tôt, dit Aurore.

— Nous allions faire des courses, répondit Patsy.

Dès qu'elle put sortir de table sans paraître impolie, elle alla fureter dans la maison. Elle était obligée de reconnaître que Mrs Greenway avait du goût, bien que cette constatation l'irritât.

Rosie entreprit de débarrasser la table, tâche difficile tant qu'Aurore était encore assise. Elle continuait à trouver des petits morceaux de choix que ses invités avaient délaissés. Vernon la dévorait des yeux comme s'il n'avait jamais vu une femme manger.

136

— Elle mangerait toute la journée si on ne la surveillait pas, grommela Rosie.

Emma racla les plats et entraîna Rosie dans le patio pour l'interroger sur ses démêlés avec Royce. Elles passèrent devant Patsy qui contemplait une amulette viking qu'Aurore avait rapportée de Stockholm.

— Si je trouvais des choses pareilles, je les achèterais, dit-elle.

— Tu as jamais eu la sensation qu'on t'étranglait ? demanda Rosie.

— Pas vraiment, répondit Emma.

— Moi non plus avant hier soir. J'ai dû rentrer trop vite. Ta mère a essayé de me retenir, mais j'ai pensé que si je devais rentrer chez moi, valait mieux faire vite.

— Royce était-il furieux contre toi ?

— Pas du tout. Gai comme un pinson qu'il était. Hier, il me cogne, me raconte ses saloperies et puis, juste parce que Vernon est assez chic pour lui offrir un nouveau boulot, il croit que tout est oublié. Je fais de mon mieux pour essayer de lui pardonner, et ce salaud se met à roupiller sans même prendre le temps de me masser le dos.

— Tu veux que je te le masse ? demanda Emma.

— Tu veux bien ? dit Rosie en se tournant aussitôt. Tu es bien la meilleure des filles. Frotte fort. Je suis raide comme un bout de bois depuis deux semaines.

— Je ne comprends pas. Royce a toujours eu l'air d'un brave garçon bien docile. Je n'aurais jamais imaginé qu'il oserait faire quelque chose qui risquait de te mettre en colère.

— Il a peut-être fini par comprendre que je suis moins vache que j'en ai l'air.

Elles se turent pour réfléchir pendant qu'Emma pétrissait le dos maigre et sec.

— Tu ne m'as pas parlé de ta sensation d'étranglement, dit Emma.

— Ça m'a pris à la gorge sans prévenir. Royce était pas vraiment soûl mais il était pas à jeun non plus. J'avais certaines choses à lui dire mais il s'est mis à ronfler comme si de rien n'était. Alors, je me suis mise au lit mais impossible de chasser l'idée de cette pute. J'ai rien d'un ange du Bon Dieu mais j'ai toujours été une honnête femme et une bonne mère. Seulement, j'ai pas été trop accommodante avec Royce ces temps-ci, si tu vois ce que je veux dire. Enfin, plus je ruminais tout ça, plus je pensais que c'était ma faute. Pendant ce temps, Royce continuait à ronfler comme un sonneur, et j'ai commencé à sentir une boule qui me bouchait la gorge. C'est pas que Royce est un mauvais bougre mais il est pas si bon et moi non plus. Quand je pense qu'on est ensemble depuis vingt-sept ans, qu'on a sept gosses et qu'il reste à ronfler à côté de moi pendant que j'étouffe à en crever. Les trois quarts du temps, il sait rien de ce que j'ai dans la tête. Plus j'y pensais, plus j'étouffais et je manquais d'air. Alors, je me suis dit : Rosie, ou tu te lèves ou tu crèves. C'était sérieux à ce point. Donc, je me lève, je réveille les mômes, je prends un taxi, je les amène chez ma sœur et je reviens ici.

— Pourquoi n'es-tu pas restée chez ta sœur ?

— Pour qu'elle croie que je quittais mon mari ? Religieuse comme elle est, j'aurais pas fini d'en entendre. Je lui ai simplement raconté que ta maman était malade. Ta mère s'est même pas étonnée de me voir arriver. Elle a commencé par engueuler Vernon. Elle lui reprochait d'avoir été trop généreux pour Royce.

— Qu'a-t-il fait de si généreux ?

— Il lui a donné une semaine de congé en pensant qu'on pourrait avoir envie de partir en vacances. Tu parles ! Je tiens pas du tout à rester seule avec Royce pour l'instant.

Patsy s'approcha.

— Ta mère a l'air gaie comme un pinson  dit-elle d'un air légèrement irrité.

— Je sais. C'est un peu exaspérant. Elle est comme un ballon : tu lui insuffles un peu d'air et la voilà qui se met à planer.

— Taisez-vous donc, les filles, intervint Rosie. Vous ne savez pas vous amuser, vous autres. Ta mère m'a prise chez elle quand j'étais dans la mélasse, et je laisserai personne dire du mal d'elle devant moi.

Elle se leva et prit un balai, mais elle ne semblait pas pressée de sortir.

— Je me fais vieille, Emma, dit-elle. Et maintenant, tu vas avoir un bébé. Qui aurait pu penser que ça viendrait si vite !

— Pas tellement vite, Rosie. Je suis mariée depuis deux ans.

Rosie essaya de sourire, mais elle avait envie de pleurer. La vue d'Emma confiante et heureuse éveillait en elle une foule de souvenirs. Elle était arrivée chez les Greenway deux mois avant la naissance d'Emma et elle pensait à la bizarrerie du cours de la vie, qui semblait toujours le même bien qu'il changeât constamment. Il ne ralentissait jamais tout à fait, de sorte qu'il était impossible de le rattraper, sauf par le jeu de la mémoire.

Elle aimait ses enfants autant qu'elle le pouvait. Elle avait déjà six petits-enfants et d'autres à venir. Pourtant, Emma avait toujours eu une place privilégiée dans son cœur — avec ses yeux lumineux, son désir de plaire, ses élans de tendresse. Elle la revoyait courant vers elle pour se blottir dans ses bras, pédalant sur son tricycle pendant que Rosie feignait de pointer sur elle le tuyau d'arrosage.

— Deux ans, ce n'est pas si vite, répéta Emma.

— Non, ma chérie. Je pensais au temps qui a passé si vite depuis que tu étais un bébé toi-même.

Elle secoua la tête comme pour chasser ses souvenirs puis reprit son balai et rentra dans la maison.

Patsy avait mieux observé la scène qu'Emma, qui se demandait si Flap serait encore de bonne humeur quand elle rentrerait chez elle.

— Je ne sais pas ce que Rosie ferait sans toi à adorer, dit Patsy. Viens, va parler à ta mère pendant qu'elle a l'air bien disposée. Peut-être qu'elle t'achètera une robe.

Elles retournèrent à la cuisine, mais Aurore et Vernon étaient montés dans la Lincoln.

— Regarde-la, dit Patsy.

Installée sur le siège arrière, Aurore regardait la télévision.

— J'ai demandé à Vernon de l'allumer, expliqua-t-elle. Pour le plaisir de la nouveauté.

— Je peux entrer ? demanda Patsy. Pour moi aussi c'est une nouveauté.

— Monte, dit Aurore. De toute façon, il faut que je m'extirpe d'ici, autrement je risque de m'endormir et Dieu sait où Vernon m'emmènerait.

Pendant que Vernon faisait les honneurs de sa voiture à Patsy, Aurore monta dans sa chambre avec sa fille. Elle s'assit à sa table et, au grand étonnement d'Emma, elle remplit un chèque de cent cinquante dollars, qu'elle lui tendit.

— Qu'ai-je fait pour mériter cette générosité ? demanda Emma.

— Je ne sais pas si tu la mérites, répondit Aurore. Simplement, j'avais oublié que ton amie était tellement élégante. C'est certainement un bon point en sa faveur — peut-être même le seul. Je pense que je mérite une fille qui s'habille au moins aussi bien qu'elle. C'est ce qui explique ce chèque.

Emma se sentit légèrement embarrassée. Aurore se dirigea vers la fenêtre qui donnait sur l'entrée. Dans la voiture, Vernon tendait une bouteille de Coca-Cola à Patsy.

— Regarde-la, dit Aurore. Elle vient de terminer l'un de mes succulents petits déjeuners et elle boit un Coca-Cola.

— Pique, pique, pique, dit Emma. Pourquoi faut-il toujours que tu lances des piques ?

— Bah ! je ne sais pas vraiment. Je n'ai jamais été particulièrement passive.

— Comment te sens-tu ?

— Comment je me sens ?

Aurore regardait intensément la Lincoln, dans l'espoir de recueillir quelques bribes des propos échangés entre Patsy et Vernon.

— Mais je me sens bien, répondit-elle. Personne ne m'a fait de misères depuis bientôt vingt-quatre heures ce qui me met toujours de bonne humeur.

— Vernon me plaît, dit Emma.

Elle s'approcha de la coiffeuse et essaya le collier d'ambre retrouvé. Aurore suivit ses gestes du regard avec une pointe d'anxiété.

— On manie mes bijoux avec une telle désinvolture, que je m'étonne qu'il m'en reste encore, remarqua-t-elle. Que disais-tu à propos de Vernon ?

— Qu'il me plaisait bien.

— Réflexion qui ne signifie rien. Il est bien évident que Vernon ne peut déplaire à personne. C'est sa présence qui t'intrigue. Figure-toi qu'elle m'intrigue aussi. En fait, il devrait être au Canada à l'heure qu'il est au lieu d'abîmer les dents de miss Clark avec des boissons dont elle n'a sûrement aucune envie.

— Alors, pourquoi est-il ici ?

— Comme tu le vois, il a préféré rester. Il paraît qu'il joue aux cartes à merveille. Alors, nous avons l'intention de faire quelques parties tout à l'heure.

— Tu lui laisses la direction des opérations, je vois.

Emma fit mine de garder le collier pour jouir de l'expression d'inquiétude que reflétait le visage de sa mère.

— Ne te tracasse pas pour Vernon, dit Aurore. C'est un self-made-man et les hommes de cette trempe sont particulièrement coriaces. Il n'est pas obligé de me supporter s'il n'en a pas envie.

Emma ôta le collier, et Aurore reporta son attention sur la scène qui se déroulait en bas. Patsy et Vernon semblaient aussi agités l'un que l'autre. Ils parlaient tous les deux à la fois.

— Cette fille est un vrai moulin à paroles, grommela Aurore. Elle ne lui laisse pas placer un mot. Il est grand temps qu'elle se marie.

Elle se leva brusquement. Emma la suivit.

— Où vas-tu ? demanda-t-elle.

— Il ne va tout de même pas passer la matinée avec cette pie. D'ailleurs, vous avez des courses à faire.

140

— Voici un cas typique d'attraction des contraires.

— Tu as ton chèque, alors, va-t'en. Tes mots d'esprit commencent à m'échauffer les oreilles. Mon expérience est infiniment plus étendue que la tienne. A mon avis, les cas d'attraction des contraires sont beaucoup plus rares qu'on ne le suppose. Quand ils se produisent, l'attraction ne dure pas. En réalité, les contraires s'ennuient mutuellement. Tous mes contraires m'ont royalement ennuyée.

— Alors, Vernon ?

— Nous venons tout juste de faire connaissance. J'ai simplement envie de jouer aux cartes et de sentir un peu d'amitié.

— Bien, mais c'est toi qui as dit qu'il était amoureux de toi.

— C'était hier. Aujourd'hui, je n'en jurerais pas. Je l'ai sévèrement chapitré au sujet de Royce. Il veut lui offrir des vacances. C'est bien la dernière chose qu'il lui faut.

— Pauvre Royce. A mon avis, Vernon a raison. Pour autant que j'aime Rosie, je pense que quelqu'un doit être du côté de Royce.

— Parfait, tu t'occuperas de remonter le moral de Royce. Je ne sais trop quel bien cela fera car tu es un peu trop appétissante pour t'aventurer dans cette partie de la ville.

Emma lui passa le bras autour de la taille.

— Bien que je sois contrariante, je tiens à te remercier pour le chèque, dit-elle.

Aurore se retourna et l'étreignit distraitement. Elle avait l'esprit ailleurs.

— Si j'étais un homme, je crois que tu me terrifierais, dit Emma.

— Moi si douce ? En quoi suis-je terrifiante ?

Elles entrèrent dans la cuisine au moment où Patsy et Vernon arrivaient de l'extérieur. La petite chèvre grignotait timidement les coussins bleus d'Aurore. Elle se hâta de la soulever de terre.

— Vernon, j'espère que vous avez apporté vos cartes, dit-elle.

Vernon tenait un paquet dans la main.

— On peut jouer à quatre, proposa-t-il.

Aurore écarta la suggestion en secouant énergiquement la tête.

— Vous ne connaissez pas ces jeunes femmes, dit-elle. Ce sont des bas-bleus toutes les deux, et beaucoup trop intelligentes pour perdre leur temps avec nous. Telles que je les connais, elles vont aller directement dans une bibliothèque pour se plonger dans la lecture d'un ouvrage sérieux — *Ulysse* par exemple. De toute façon, je ne vois pas pourquoi nous devrions vous partager avec les jeunes. Nous manquons de distractions, Rosie et moi.

Pendant qu'Emma sortait avec Patsy, Vernon commença à battre les cartes.

— Tu es vraiment trop molle, Emma, dit Patsy. Ton mari te bat, ta mère te brime, moi aussi je te brime et tu acceptes tout. Tu sais parfaitement qu'elle fait exprès d'être désagréable avec moi, et tu ne protestes même pas. Drôle d'amitié !

— C'est un peu embarrassant. Elle m'a donné cent cinquante dollars sans même que je lui demande, simplement pour que je ne sois pas complexée vis-à-vis de toi.

Patsy se coiffait et faisait demi-tour en même temps.

— Un de ces jours, elle ira trop loin, dit-elle. Je ne vois pas ce qu'elle lui trouve, à ce Vernon. Il est gentil, c'est sûr, mais je ne la vois pas vivant avec un cow-boy ni avec un prospecteur... Qu'est-ce qu'elle a dans la tête ?

Quand Emma était fauchée, elle pensait toujours à tout ce qu'elle rêvait d'acheter, mais dès qu'elle avait de l'argent, elle ne désirait plus rien.

— Je n'ai envie que d'une robe neuve, dit-elle. Je crois que je vais tout simplement garder l'argent et j'achèterai quelque chose la prochaine fois que j'aurai le cafard.

— Regarde ces chiens ridicules, dit Patsy en passant devant la maison du général. Crois-tu qu'il les oblige à rester figés comme ça toute la journée ?

Pareils à des soldats au garde-à-vous, Pershing et Maréchal Ney regardaient droit devant eux, attendant sans doute que leur maître revienne. A côté d'eux, F.V. taillait une haie avec nonchalance. Patsy secoua la tête.

— Tu as grandi dans une rue effarante, dit-elle. Pas étonnant que tu sois timide.

— Timide, moi ?

— Parfaitement.

Emma se tut. Patsy la regarda du coin de l'œil. Elle pliait et dépliait son chèque sans mot dire, et Patsy regretta sa remarque. En général, son amie gardait le silence quand elle était blessée.

— Il ne faut pas m'en vouloir, Emma, reprit-elle. Je voulais dire que tu n'étais pas impolie comme ta mère et moi.

— Oh ! tais-toi ! Je ne suis pas susceptible à ce point. Je pensais à Flap.

— A propos de quoi ?

— Rien... Je pensais à lui, c'est tout.

# CHAPITRE X

## 1

Moins de deux semaines après l'arrivée de Vernon, Rosie entra un matin et trouva une fois de plus tous les téléphones de la maison décrochés. Elle était déjà bouleversée, et ce spectacle fut plus qu'elle n'en put supporter. Elle monta pour demander des explications et découvrit Aurore tapie dans le recoin de la fenêtre. Elle avait disposé autour d'elle presque tous les coussins qu'elle possédait et semblait aussi angoissée que Rosie.

— Qu'est-ce qui vous arrive ? dit Aurore, dès qu'elle eut aperçu sa bonne.

— Qu'est-ce qui vous arrive à vous, plutôt ? fit Rosie.

— Il me semble que je vous ai posé une question, non ? Arrêtez ce petit jeu. Je vous connais. Alors ?

— Royce m'a quittée. Voilà ce qui m'arrive.

— Quel idiot ! Qu'est-ce qui lui a pris ?

— Il s'est rendu compte qu'il pouvait très bien vivre sans moi, tout simplement. Est-ce que je peux remettre les téléphones en place, au cas où il changerait d'avis et appellerait ?

— Il n'en est pas question. Je vais vous inculquer un peu d'orgueil féminin.

— Je ne sais pas ce que j'en ferai, à mon âge.

— Il vous a encore battue ?

— Non, il a juste jeté sa clef par la fenêtre et dit qu'il voulait sa liberté. Vous imaginez Royce voulant sa liberté ! Il y a deux semaines, il ne savait même pas que ce mot existait. C'est cette garce qui a dû lui apprendre.

— Il verra bien que ce n'est pas une réponse à tout. Un an de ce régime, et il en reviendra !

D'avoir raconté ses malheurs, Rosie se sentait déjà mieux.

— Vernon a gaspillé son argent à essayer de nous raccommoder, continua-t-elle. Et vous, qu'est-ce qui vous arrive ?

— Oh ! rien de grave ! répondit Aurore. D'ailleurs, je ne tiens pas à en parler. Allez donc faire le ménage.

Rosie savait qu'au bout de cinq minutes sa patronne changerait d'avis ; elle s'assit donc à la fenêtre un moment. Aurore fixait le mur et semblait l'avoir oubliée.

— Racontez-moi, finit par dire Rosie, estimant avoir suffisamment attendu.

— J'ai reçu un ultimatum. Par téléphone, ce qui est encore pis. Je ne sais pas ce que les hommes s'imaginent à mon sujet, mais dans tous les cas, ils se trompent.

— De qui ?

— Trevor, l'homme le plus élégant que j'aie jamais connu.

— Et vous lui avez dit d'aller faire un plongeon dans le lac.

— Non, j'aurais dû. Ça lui aurait sûrement été facile. Il lui aurait suffi de sauter de son yacht. Peu de choses me surprennent, pourtant je n'arrive pas à comprendre ce qui a pu lui passer par la tête. Je connais Trevor depuis trente ans et il ne s'est jamais conduit comme ça. (Elle soupira.) C'est toujours pareil ; tout se passe bien et puis, il arrive une histoire de ce genre.

— Ça, c'est vrai, on ne peut pas dire qu'on soit gâtées. Vous croyez pas que c'est Dieu qui nous punit ?

— Allez, taisez-vous et allez travailler. C'est la bêtise des hommes et non la colère de Dieu. J'ai une longue journée devant moi. Epargnez-moi vos considérations théologiques. Et n'oubliez pas : si votre mari téléphone, on ne répond pas.

— Et qu'est-ce qui va se passer ? demanda Rosie, plus inquiète qu'elle n'aurait voulu l'admettre.

Aurore ne dit rien, ce qui était également inquiétant.

— Qu'est-ce qui va se passer ? répéta Rosie, et cette fois Aurore saisit une note d'angoisse dans sa voix et leva les yeux.

— Est-ce une question générale ou une question particulière ? Dans le premier cas, je ne peux pas répondre. Dans le second, en ce qui me concerne je peux être un peu plus précise. Trevor m'a invitée à dîner. Demain, comme vous le savez, j'ai organisé un repas en l'honneur d'Emma, de Flap et de Cecil. Vernon sera de la partie. C'est tout ce que je peux dire.

— Et qu'est-ce que Vernon pense de tout ça ?

— Tout ça, quoi ?

— De tout ce micmac.

Aurore haussa les épaules.

— Vernon ne sait rien. Il est suffisamment fragile, et je n'ai aucune intention de l'accabler de mes problèmes sentimentaux.

144

— Quel dommage que Vernon n'ait pas d'éducation, hein !
dit Rosie en espérant que sa patronne dévoilerait ses sentiments. Disons que c'est un type avec qui il est agréable de jouer
aux cartes.

— Oui, c'est dommage, dit Aurore, en restant assez vague.

— Vraiment dommage, fit Rosie, insatisfaite.

— Oh ! et puis maintenant débarrassez-moi le plancher ! Vous
n'avez encore rien fait aujourd'hui, dit soudain Aurore d'un ton
sec. Vous voulez dire que s'il avait de l'éducation je pourrais
envisager de l'épouser. Je ne suis quand même pas si snob. Si
je le convoitais, je ferais moi-même son éducation. Vernon est
beaucoup trop charmant pour que je puisse me permettre d'être
sur son dos en permanence. Je n'en ai pas encore fini avec
Trevor, alors laissez Vernon en dehors de ça.

— Vous allez lui briser le cœur. Vous le savez bien. J'ai
jamais vu quelqu'un tomber aussi amoureux en si peu de temps.
Je vais m'occuper de lui pendant qu'il est encore possible de
le sauver.

Aurore se mit à donner des coups de pied dans ses coussins, qui se retrouvèrent au milieu de la pièce. C'était un jour
où tout lui paraissait difficile. La vie pouvait être bien des
choses, mais elle ne serait jamais parfaite, pas la sienne du
moins. Et le problème de savoir que faire de cet amoureux de
cinquante ans qu'elle avait si impitoyablement attrapé dans ses
filets était sans aucun doute très grave. Elle s'était emparée de
son cœur aussi naturellement que d'un morceau de choix dans
son assiette. Elle s'était toujours emparée des cœurs disponi-
bles, surtout lorsqu'elle les trouvait à son goût. L'abnégation
n'appartenait pas à son mode de conduite. Et pourtant, gour-
mande comme elle l'était, la pensée de briser le cœur de Vernon
la troublait infiniment ; il allait falloir qu'elle avise.

— Je n'aurais jamais cru qu'un quinquagénaire puisse être
aussi imprudent, dit-elle à Rosie. Vernon n'a aucun instinct
de conservation. Je ne connais qu'une seule façon d'agir avec
les hommes ; j'essaie d'être à la hauteur, tout en suivant mon
chemin. Et s'ils ne sont pas contents, qu'ils fichent le camp !
Pardonnez-moi l'expression. Je n'ai jamais pu être sûre du lendemain, même avec Rudyard.

— Vous voulez dire que vous ne savez jamais ce que vous
ferez le lendemain ? dit Rosie. Moi, c'est pareil, je me demande
pourquoi nous sommes restées mariées aussi longtemps.

— Oh ! cela n'a rien à voir ! Personne n'aime rompre avec
ses habitudes.

Elle se leva et parcourut la chambre de long en large, pensant à son rendez-vous du soir.

— J'aimerais avoir le temps de m'acheter une robe, dit-elle. C'est de circonstance.

— N'oubliez pas que je suis du côté de Vernon, poursuivit Rosie, je ne supporterais pas que vous lui fassiez du mal.

— Je vous en prie, pas de sermon. Bien sûr il est facile de faire du mal à Vernon. Vous ne croyez pas qu'un homme qui attend cinquante ans pour avoir une aventure risque d'y perdre des plumes ? Mais pour l'instant j'ai bien assez de problèmes avec Trevor Waugh.

— Bien, bien. Si vous avez quelque chose à repasser, donnez-le-moi vite. Je fais les vitres aujourd'hui.

— Je crois que vous pouvez remettre les téléphones en place, dit Aurore en raccrochant le sien.

Aurore s'enfonça dans l'obscurité du restaurant que Trevor avait choisi pour leur dîner tardif. C'était son habitude de toujours choisir les restaurants les plus sombres, pour des raisons évidentes. Aussi ne fut-elle pas surprise par l'endroit, mais seulement par le degré d'obscurité, qui était presque total.

— Ah, c'est toi, Trevor ! dit-elle.

Mais ce n'était que le maître d'hôtel, qui avait déjà disparu.

Sa confusion ne dura qu'un instant. Et puis, une silhouette familière se dessina dans les ténèbres, sentant bon le tweed, la mer, et l'eau de Cologne. Elle enveloppa la femme dans son étreinte.

— Tu es plus belle que jamais, mon amour, lui chuchota à l'oreille une voix familière avec un fort accent de Philadelphie.

Et comme l'homme se penchait vers son cou, elle n'eut plus aucun doute sur son identité.

— C'est toi, Trevor, me semble-t-il, dit-elle. Laisse-moi. Je pensais que j'étais l'invitée, non le repas.

— Oui, mais quel festin ce serait ! fit Trevor. Un plat pour les dieux : Aurore ! comme disait Byron.

En entendant cela, Aurore se sentit au supplice.

— C'est bien de toi, Trevor, de tout gâcher par une citation erronée. Conduis-moi plutôt à ma place.

Elle avança à tâtons dans l'obscurité, Trevor à ses côtés. Au bout d'un moment, elle se heurta au maître d'hôtel.

Celui-ci les attendait pour leur montrer le chemin ; il les conduisit dans une pièce où se trouvaient une cheminée et de profondes banquettes de cuir marron. C'était un club de chasse. Dans tous les endroits où allait Trevor, et il était allé partout, il se débrouillait toujours pour dénicher un grand club de chasse, avec toutes sortes de trophées aux murs, un feu de cheminée, du rhum et de profondes banquettes de cuir.

Quand ils furent assis, Aurore put le contempler à sa guise.

146

Il n'avait pas changé, toujours aussi bel homme. Bien bronzé, il sentait bon le tweed et le rhum, et ses cheveux blancs étaient impeccablement coupés. Ses épaules étaient larges, ses joues colorées, et ses dents étaient aussi parfaites qu'à l'époque où ils brûlaient leur jeunesse dans les salles de danse de Boston, Philadelphie et New York, trente ans plus tôt. Une fois passé le coup de foudre, il était resté le plus assidu de ses soupirants. Craignant un refus de la part d'Aurore, s'il lui avait demandé de l'épouser, il avait fait trois beaux mariages qui s'étaient révélés malheureux, et avait passé sa vie à naviguer de par les mers. Pêchant et chassant tous les gibiers du monde, il s'arrêtait de temps à autre pour séduire des danseuses et de jeunes actrices, des femmes du monde, et, le cas échant, leurs filles, mais régulièrement, une ou deux fois par an, il faisait voile vers l'endroit où se trouvait Aurore et renouait avec une cour qui, à ses yeux, n'avait jamais été interrompue. Cela durait depuis très longtemps et c'était flatteur.

Comme il avait choisi un coin discret, elle le laissa prendre sa main sous la table.

— Trevor, tu m'as manqué, dit Aurore. Tu as mis longtemps à venir me voir, cette année. Qui as-tu bien pu emmener sur ton bateau, cette fois ?

— Oh ! la fille de Maggie Whitney ! Tu connais Maggie ?

— Je ne sais pourquoi je tolère ta conduite envers les jeunes filles. Je suis vraiment pleine de contradictions. Dernièrement, j'ai congédié un homme pour bien moins.

— Eh bien, je préfère les mères, mais on dirait qu'elles ne veulent pas de moi. Alors, il me faut bien quelqu'un. Tu comprends ?

— Je crois qu'il est inutile de discuter de cela, dit Aurore.

Trevor Waugh était le seul homme avec qui elle fût aussi tolérante. Elle savait bien qu'il n'avait pas l'intention de faire du mal. On ne l'avait jamais vu se montrer malveillant envers les femmes, qu'elles fussent jeunes ou vieilles. Elles le quittaient toutes au bout d'un moment, emportant avec elles de nombreux présents raffinés, l'amour de Trevor, et le souvenir de doux moments. Il avait eu une influence positive sur toutes les femmes qu'il avait rencontrées, et n'en avait jamais blessé aucune. Et pourtant, à ce qu'il semblait, pas une n'était revenue vers lui, même momentanément. Ce qui aurait paru monstrueux chez un autre homme paraissait seulement touchant et plutôt charmant chez Trevor. C'était en fait une manière de continuer à aimer les mères à travers les filles. La sensualité chez lui était aussi naturelle que la lumière, au soleil.

Aurore et Trevor n'étaient plus amants depuis bientôt trente ans. Elle avait été sa première aventure, et lui, sa seconde. Elle n'avait jamais pendant toutes ces années éprouvé le désir de coucher avec lui, mais lorsqu'elle le voyait, elle ne faisait rien pour repousser ses étreintes et ses caresses. En effet, elle aurait été inquiète s'il n'eut agi de cette manière. Trevor avait besoin de ça pour rester en forme.

— Trevor, je suppose que tu as commandé ce qu'il y a de meilleur, dit Aurore.

— Ça dépend, répondit l'intéressé, en faisant signe au garçon qui se précipita avec une magnifique salade de crabe.

En ce qui concerne les plaisirs de la table, ses goûts étaient irréprochables. En récompense de ce crabe excellent, elle le laissa lui caresser la main, et décida que la vie en mer donnait à un homme une bien agréable odeur. De tous les hommes qu'elle avait connus, Trevor avait toujours eu le plus doux parfum. Comme elle se penchait vers lui pour le sentir, Trevor, prenant cela pour un signe d'encouragement, en vint droit au fait.

— Je t'ai surprise, n'est-ce pas ? Je parie qu'au bout de toutes ces années, tu ne t'attendais pas à une demande en mariage.

— Oui, en effet, ça m'a fait un drôle de choc ! Si ce n'était l'affection que je te porte depuis si longtemps, je t'aurais certainement raccroché au nez. Puis-je savoir ce qui t'a pris ?

— J'ai toujours pensé que nous étions faits l'un pour l'autre. Je n'ai jamais compris pourquoi tu as épousé Rudyard.

— Eh bien, c'est que je m'entendais parfaitement avec Rudyard. Je dirai même trop parfaitement. Lui au moins n'était pas toujours à courir les danseuses et les écolières.

— Mais c'est uniquement parce que tu ne voulais pas m'épouser ! s'exclama Trevor, avec un air de souffrance.

La blancheur aristocratique de ses cheveux seyait à merveille à son beau visage et à ses vêtements élégants.

— Je n'ai jamais pu comprendre, continua-t-il, en lui pressant la main. Jamais !

— Chéri, il y a si peu de choses compréhensibles. Mange ton crabe et ne prends pas cet air malheureux ! Dis-moi ce que tu ne comprends pas. Peut-être pourrais-je t'aider.

— Eh bien, pour être franc, pourquoi as-tu cessé de coucher avec moi ? Je croyais que tout était parfait. Et puis, après ce voyage du Maine au Chesapeake, tu es parti avec Rudyard, et tu l'as épousé.

— Trevor, tu me demandes cela chaque fois que nous dînons ensemble. Si j'avais su que tu prendrais aussi à cœur notre liaison, je t'aurais peut-être bien épousé. Je t'en prie, cesse de prendre les choses aussi au sérieux.

148

— Mais pourquoi ? Je continue à penser que ça doit être de ma faute.

— Oui, c'est ta modestie ou quelque chose comme ça, dit Aurore, en s'attaquant à son crabe, qu'il en avait oublié de manger. (Elle avait fini le sien depuis longtemps.) Je ne voudrais pas, continua-t-elle, que ta modestie se transforme en sentiment d'insécurité. Tu étais un amant merveilleux pour une femme jeune. Et jeune, je l'étais alors, et particulièrement disponible. Je m'attendais à ce que tu sois volage, je suppose, sinon c'est moi qui l'aurais peut-être été. Je ne me souviens pas exactement comment cela m'est venu, mais j'ai eu l'impression que si je continuais à naviguer avec toi, une certaine lassitude se produirait. Pardonne-moi, mon chéri, mais je n'ai jamais pu t'imaginer en père de famille. Peut-être aussi me faisais-tu la cour avec moins d'assiduité, je ne sais plus très bien. En tout cas, que je t'aie quitté pour épouser Rudyard ne signifiait en rien que tout ce que nous avions vécu, n'était pas, pour employer ton expression, « parfait ». J'aurais pu penser, étant donné la vie que tu as menée, que tu aurais cessé de te préoccuper d'être parfait.

— Tu te trompes, dit Trevor. De quoi d'autre pourrais-je me préoccuper ? De l'argent ? J'en ai plein. La fille de Maggie ne pensait pas que j'étais parfait. Je veux t'épouser avant qu'il ne soit trop tard. Qu'adviendra-t-il le jour où je ne pourrai même plus séduire une actrice ? Tu ne veux pas que cela m'arrive, n'est-ce pas ?

— Bien sûr que non. Je suis sûre que nous avons déjà parlé de ça. Trevor. Et pourquoi nous faut-il attendre pour le plat suivant ? Manger pourrait m'aider à chasser ce sentiment de déjà-vu. Tu as une façon bien maladroite d'essayer de me faire souvenir de choses que j'ai oubliées. Et tout ce que je me rappelle, c'est cette éternelle conversation. Je n'ai pas la moindre idée de la raison qui m'a poussée à épouser Rudyard plutôt que toi. Et je souhaiterais que tu me laisses enfin tranquille avec tout ça.

— Alors, épouse-moi, et il n'en sera plus jamais question. Je suis désolé d'être aussi insistant, mais rien ne semble plus me satisfaire. C'est l'âge, je suppose.

— Non, c'est que tu as du tempérament, et que tu n'arrives pas à te satisfaire du peu que tu sembles vouloir lui offrir.

— Tu es la seule personne qui puisse me satisfaire, Aurore. Si tu refuses, je n'aurais plus rien à espérer. Autant alors faire voile vers le soleil couchant, et ne plus jamais revenir.

Aurore examinait avec gourmandise le homard qui venait d'arriver.

— Tu me connais, Trevor, dit-elle. Il m'est difficile de parler d'amour en mangeant. Et je pense que tu devrais éviter les clichés et les citations erronées. Un plat pour les dieux est de Shakespeare, et non de Byron. Et me dire que tu vas faire voile vers le soleil couchant, même si tu as sincèrement l'intention de le faire, ne suffit pas à me faire changer d'avis.

— C'est bien mon intention, Aurore. Sans toi, ma vie n'a plus aucun sens.

Aurore remarqua l'expression passionnée de son regard, et lui donna un bout de son homard ; il n'avait pas encore touché au sien.

— Je crois que tu n'es pas très perspicace, mon chéri. C'est au contraire parce que je ne t'épouse pas que tu peux continuer à espérer. Si je t'épousais, je serais ta femme, rien de plus. Cela ne me paraît guère excitant. Mais tant que je serai libre, tu auras toutes les raisons d'être optimiste, et moi, j'aurai le plaisir de ta compagnie, de temps à autre, lorsque j'en aurai envie. Nous pourrons continuer à nous aimer ainsi, au fil des ans.

— Et si je me fais du mauvais sang ? Suppose que je parte en mer avec une femme, et que je me fasse du mauvais sang, en pensant que tu pourrais être mariée, à mon retour. Voilà qui m'enlève même ma raison de vivre. La dernière fois que j'étais en Ecosse, j'ai raté plusieurs coqs de bruyère. Je ne rate jamais un coq de bruyère. Chaque fois que je tirais une cartouche, je voyais notre mariage. Je n'en ai tué aucun.

— Mon pauvre chéri, tu es bien la première personne à qui j'enlève sa raison de vivre. Si cela peut te rassurer, je n'ai aucune intention de me marier. Si je me mariais, notre aventure me manquerait.

— Tu dis ça, mais tu as bien épousé Rudyard. Non, rien ne m'empêchera de me faire du mauvais sang.

Aurore haussa les épaules. Le homard était délicieux.

— Eh bien, vas-y, fais-toi du mauvais sang.

Trevor commença à manger.

— En fait, il pourrait y avoir une solution à mon problème.

— J'en étais sûre.

Il maniait son couteau et sa fourchette avec grâce.

Il semblait étrange à Aurore qu'elle ait quitté un homme bien élevé et amateur de plaisirs comme Trevor pour une personne comme Rud, qui était capable de manger des sandwiches au fromage et au piment tous les jours, sans se plaindre. Les appétits de Trevor étaient du même ordre que les siens, et il était curieux qu'elle n'ait jamais, à aucun moment, éprouvé le désir de l'épouser.

150

— Nous parlerons de ça plus tard, reprit Trevor, en lui caressant gentiment la jambe sous la table. Je tiens à te montrer comment j'ai arrangé mon bateau.

— Raconte-moi plutôt : je crains de ne pouvoir faire une promenade en bateau après un tel repas. Et puis, tu ne m'as pas parlé des femmes que tu as connues cette année. Tu es le seul homme que je connaisse qui ait une vie intéressante, et tu veux frustrer ma curiosité ?

A part Trevor, elle n'avait jamais toléré qu'un de ses soupirants fasse allusion à l'existence d'une autre femme. Il lui affirmait à tous moments qu'elle était son seul grand amour. Elle le croyait et éprouvait beaucoup de plaisir à l'entendre parler de ses conquêtes. Et Trevor se sentait toujours mieux après avoir raconté ses amourettes à Aurore. Aussi lui parla-t-il d'une actrice polonaise, d'une écuyère californienne, et de quelques mères et filles du Connecticut. Cela les amena au dessert et au brandy. Aurore était repue et satisfaite, et elle lui laissa tenir sa main, pendant qu'ils parlaient.

— En somme, tu as eu du bon temps.

— Oui, beaucoup de bon temps. C'est bien là le problème. Toutes mes aventures depuis trente ans ont été heureuses. C'est peut-être pour cela que je te désire ; tu es la seule femme qui me rende malheureux.

— Oh ! Trevor, ne dis pas ça, mon chéri ! Pas après un si bon repas.

— Tu as raison. Mais je préfère être malheureux avec toi qu'heureux avec d'autres femmes.

— Chéri, tu es vraiment adorable ! Il semble me souvenir qu'il m'est arrivé d'être bien cruelle envers toi, mais jamais tu ne t'es laissé aller à l'indignation à laquelle j'avais droit. Si tu avais fait cela, je ne sais pas quelle aurait été ma réaction !

— Je sais. Je peux avoir l'air bête et balourd, mais je ne suis pas idiot. Si je t'avais fait une scène, tu n'aurais plus jamais voulu me revoir.

Aurore ricana.

— C'est vrai, je ne peux supporter les gens qui ont la prétention de juger mes actes. J'estime que moi seule ai le droit de juger les autres. Que va-t-il advenir de notre amour, Trevor ?

— Deux homards par an. Peut-être un faisan de temps en temps. A moins que tu ne m'épouses. Si tu voulais m'épouser, cette fois, je te promets de changer. Nous pourrions aller à Philadelphie. Ma famille y possède une affaire. J'irais même jusqu'à vendre mon bateau, si tu le désirais.

Aurore baissa les yeux, et quelque chose chavira en elle.

— Chéri, ne vends surtout pas ton bateau ! dit-elle au bout d'un moment. Je suis flattée que tu m'aimes à ce point, mais puisque je refuse de vivre avec toi, je n'ai certainement aucun droit de te demander de faire ça. Et puis, tu as si belle allure sur ton bateau ! Combien de fois, rêvant aux jours où nous naviguions ensemble, je t'ai vu apparaître, beau comme un dieu ! Je me nourris de la pensée romantique de te savoir sur ton bateau, si beau, et prêt à venir me voir, de temps en temps.

Trevor était silencieux.

— Tu n'étais pas fait pour Philadelphie, ni pour travailler dans une affaire familiale. Et moi, je n'étais pas faite pour la mer. Ce n'est pas forcément bon d'abandonner trop de choses. Je n'ai jamais été capable de faire quoi que ce soit de ma personne, Trevor, et c'est pourquoi j'ai toujours été heureuse que tu aimes la mer comme tu l'aimes.

— Moi aussi, dit Trevor. C'est mon grand amour.

Il resta pensif un moment.

— Mais à rester assis comme ça, nous allons nous endormir. Que dirais-tu d'une petite danse ? Il y a un orchestre en haut.

— Danser ? Tout de suite, dit Aurore, en pliant sa serviette. Voilà quelque chose que je ne pourrais jamais te refuser. Allons-y.

Ils montèrent à l'étage et se mirent à danser.

— Comme cela m'a manqué, dit Aurore.

— Comme tu m'as manqué, répliqua Trevor.

Il dansait merveilleusement bien. Puis, juste au moment où il leur semblait atteindre une parfaite harmonie, l'orchestre s'arrêta de jouer, et les musiciens remballèrent leur matériel. Malheureusement, ils avaient jugé bon de finir sur une valse, or les valses plongeaient Trevor dans une profonde nostalgie ; la gaieté de la soirée en fut presque gâchée.

— L'aube nous surprend toujours debout, tu te souviens ? dit-il, enlaçant Aurore qui était allée prendre l'air près de la fenêtre. Allons dans cet endroit mexicain, et nous verrons le jour se lever. Je ne suis pas si vieux.

— Très bien, dit Aurore, car il avait été charmant et n'avait pas recommencé à l'ennuyer avec son ultimatum.

Puis, dans le taxi, les souvenirs romantiques s'estompèrent, et la vie redevint confuse. Trevor devenait entreprenant ; sans prêter grande attention à sa conduite, Aurore regardait Houston défiler à travers les vitres de la fenêtre.

— L'aube nous surprend toujours debout, répéta Trevor.

— Eh bien, je dois dire que tu es le seul homme que je connaisse, à comprendre que la danse devrait se pratiquer régulièrement, dit Aurore l'air joyeux.

152

— Bien sûr, comme le sexe. Laisse-moi t'embrasser.

Elle se laissa faire, peut-être parce qu'elle avait sommeil, ou bien que sa cour assidue depuis trente ans la touchait. Alors, se dit-elle qui sait ? Mais elle savait très bien. Elle avait déjà éprouvé avec Trevor des impulsions semblables, mais à leur regret, elles n'aboutissaient jamais. Dans l'intervalle, Trevor, dans un moment d'espoir insensé, glissa sa main dans le soutien-gorge d'Aurore. Elle s'arracha aussitôt à ses lèvres, se redressa et respira un bon coup, cherchant à reprendre ses sens, ou du moins faisant semblant. Comme Trevor avait dû tourner le poignet afin d'introduire sa main dans le soutien-gorge d'Aurore, lorsque celle-ci remplit ses poumons, la main resta coincée contre la poitrine, et une douleur lancinante parcourut son poignet.

— Oh ! mon Dieu, fit-il, penche-toi ! Je t'en supplie.

— Mais Trevor, pour l'amour du ciel, nous sommes presque arrivés, dit Aurore en se redressant encore plus, car elle s'était méprise sur le ton pressant de la voix.

— Aïe ! Bon sang, tu me brises le poignet, geignit Trevor.

Il avait été obligé de glisser vers le plancher pour éviter de hurler ; il était sûr d'avoir entendu un petit craquement quand elle s'était remise à bouger. Aurore avait poliment ignoré sa petite incursion, ce qui était la seule chose à faire avec Trevor, mais elle comprit enfin à l'expression de son visage que quelque chose n'allait pas. Il retira doucement sa main, qu'il tint en l'air, en grimaçant de douleur.

— Pourquoi pend-elle comme ça ? demanda Aurore.

— C'est probablement le premier poignet brisé par la poitrine d'une femme, dit-il en le tâtant avec précautions.

Il avait l'impression que l'extrémité des os ressortait, mais lorsque Aurore l'eut frotté, il fut bien obligé d'admettre que ce n'était qu'une foulure.

— Quel dommage qu'il ne soit pas brisé ! Ça aurait été romantique, non ? Tu aurais été obligée de me garder avec toi quelque temps pour me soigner.

Aurore sourit et continua à frotter le poignet de Trevor.

— Tout ça à cause d'une valse ! Tu exagères toujours, mon chéri. Il est arrivé que l'aube nous surprenne sur un canapé, dans le vestibule du *Plaza* si je me souviens bien.

— Cette fois, elle nous surprendra debout, dit Trevor avec détermination.

Mais elle les trouva assis à une table rouge dans la petite cour d'un endroit nommé *The Last Concert*.

*The Last Concert* n'était qu'un petit bar mexicain, avec un juke-box et une piste de danse minuscule, mais de tous les endroits nocturnes de Houston, c'était celui qu'Aurore préférait. Il se trouvait dans une rue obscure au nord de la ville, près des chantiers ferroviaires, et elle pouvait entendre, à proximité, le bruit des wagons qui s'entrechoquaient. Trevor sirotait une bière mexicaine. A part eux, il n'y avait qu'une femme mexicaine, et un énorme rat gris.

— Si j'avais un pistolet, j'essaierais de faire un carton, dit Trevor.

Le rat mangeait un vieux morceau d'omelette, et ne semblait aucunement perturbé par la présence du couple élégant. Le jour naissant accentuait le contraste entre leur habillement et l'aspect minable de la table et de la cour. Aurore, fatiguée mais calme, en s'en souciait guère. Trevor, qui avait passé sa vie aux Caraïbes et en Amérique du Sud, excellait dans les danses latino-américaines. Aurore avait eu, pour une fois, son plein de rumba et de samba, de cha-cha-cha et autres danses typiques, sur lesquelles Trevor avait improvisé, à la grande joie de cinq ou six Mexicains entre deux âges, restés jusque vers les six heures du matin, pour boire de la bière et les regarder.

Lorsqu'il fit assez clair, elle constata qu'il y avait, sur le visage de son ami, plus de rides qu'elle ne l'eût pensé.

— Trevor, mon chéri, pourquoi caches-tu toujours ton vrai visage dans des endroits obscurs ?

Trevor soupira.

— Revenons-en à notre ultimatum.

— Vraiment, chéri ? Crois-tu que cela soit nécessaire ? dit-elle, légèrement amusée.

— Absolument nécessaire. Je ne puis me permettre de laisser passer dix autres années. Je t'en prie, accepte !

Aurore regardait le rat emporter le bout d'omelette jusqu'à son trou, dans la palissade.

— Et si je refuse, tu t'en vas pour ne plus jamais revenir. C'est bien ça ?

— Absolument ! dit Trevor.

Il frappa sur la table avec sa paume, pour bien souligner ses paroles, et finit sa bière pour lui montrer qu'il était capable de mettre un point final aux choses. Ce faisant, il la regarda droit dans les yeux. Aurore se leva et vint s'asseoir sur ses genoux. Elle se jeta à son cou et déposa un doux baiser sur sa joue.

— Je regrette, mais ma réponse est non. Toutefois, j'aimerais que tu m'aides à trouver un taxi avant de partir. Tu m'as traitée royalement, et je voulais t'inviter à prendre le petit déjeuner chez moi. Mais, maintenant que nous nous sommes tout dit, je suppose qu'il va falloir que tu te dépêches de par-

154

tir, à la recherche d'un soleil couchant. C'est malheureusement l'aube, pour l'instant !

Trevor posa tristement sa joue contre la poitrine qui avait failli lui briser le poignet.

— Eh bien, je racontais des histoires. J'espérais juste te convaincre. C'était ma seule chance.

Toujours dans la même position, il ajouta :

— Tu sais Aurore, c'est curieux, je ne me sens un homme mûr que lorsque je suis avec toi.

— Je suis touchée. Et le reste du temps ?

Trevor leva les yeux vers elle, mais ne répondit pas tout de suite. Les premiers rayons du soleil filtraient dans la cour, à travers une fente de la palissade. La vieille femme mexicaine se mit à balayer les morceaux d'omelette abandonnés par le rat.

— Je suppose que je me sens plutôt désespéré, finit par dire Trevor. Tu sais, personne ne semble comprendre ce que je dis. Oh ! je n'ai pas grand-chose à dire, je le sais bien, mais néanmoins, j'aimerais que quelqu'un me comprenne de temps à autre. Alors j'essaie de m'expliquer mais personne ne comprend mes explications non plus, et c'est alors que je commence à craindre que tu ne te maries. Tu vois ce que je veux dire ?

Aurore soupira et le serra plus fort dans ses bras.

— Oui, je vois, dit-elle. Je pense qu'il est temps que nous allions chez moi pour le petit déjeuner.

# CHAPITRE XI

## 1

A trois heures de l'après-midi, Emma et Rosie commencèrent à perdre patience. Le dîner organisé par Aurore en l'honneur de Cecil était prévu pour cinq heures, et aucun préparatif n'avait encore été fait. Après avoir pris le petit déjeuner, Trevor s'en était retourné à son yacht, et Aurore avait disparu dans sa chambre pour faire un petit somme. Elle avait promis d'être sur pied à une heure, et Emma et Rosie attendaient maintenant depuis deux heures.

— Elle est sûrement fatiguée, si elle a dansé toute la nuit, dit Emma.

Rosie, qui mâchouillait ses ongles, secoua la tête.

— Je connais ta mère mieux que toi, Emma. La danse la stimule. Cette femme a de l'énergie à revendre, tu peux me croire. Elle ne dort pas, elle a une crise de cafard. C'est toujours pareil quand Mr Waugh vient la voir. Elle est heureuse pendant qu'il est là, et puis, sitôt après son départ, plus rien ne va, et elle broie du noir, comme en ce moment.

— Qu'en sais-tu ? Moi je crois qu'elle dort.

Emma essayait d'être optimiste.

— Je sais ce que je dis, renchérit Rosie, tout en continuant à se mordiller les ongles.

A trois heures, elles décidèrent qu'il fallait faire quelque chose. Aurore serait folle si on ne la réveillait pas, bien plus que si on interrompait son sommeil, pensait Emma. Rosie, qui ne partageait pas ce point de vue mais était néanmoins d'accord pour agir, suivit Emma à l'étage.

La porte de la chambre était fermée. Intimidées, elles restèrent un moment plantées là, sans savoir que faire, et puis, Emma frappa doucement. Comme aucune réponse ne lui parvenait, elle poussa la porte. Aurore ne dormait pas. Assise à sa coiffeuse, en robe de chambre, le dos tourné à la porte, elle n'avait pas l'air de l'avoir entendue s'ouvrir. Elle se regardait dans le miroir, et ses cheveux étaient en désordre.

— C'est bien ce que je craignais, dit Rosie.

Voulant protéger Emma, elle entra la première dans la pièce comme si tout était normal. Mais elle put voir dans les yeux d'Aurore une expression de désespoir confus. Le visage de sa patronne était calme, mais n'était pas celui d'une femme qui venait de passer d'agréables moments.

— Arrêtez de broyer du noir, se hâta de dire Rosie.

— Maman, s'il te plaît, dit Emma. Ne fixe pas ce miroir comme ça. Qu'est-ce qu'il y a ?

— Allez, venez, fit Rosie. Vous avez un dîner, au cas où vous l'auriez oublié. Et ce n'est pas en vous attendrissant sur votre sort qu'il va se préparer.

Aurore tourna la tête et son regard vide de toute émotion rencontra celui de sa bonne.

— Vous croyez que je m'attendris sur mon sort, hein ? Vous voulez peut-être une augmentation pour un tel diagnostic ?

Et, jetant un coup d'œil en direction de sa fille :

— C'est aussi ton avis, Emma, je suppose ?

— Mais pour l'amour du ciel, je ne sais pas ce qui se passe, dit Emma. Personne n'en sait rien. Qu'est-ce qui se passe, Maman ?

Aurore haussa les épaules, sans répondre.

— Maman, je t'en supplie, réponds-moi. Je ne supporte pas de te voir comme ça.

— Demande à Mrs Dunlop. Elle me connaît certainement mieux que je ne me connais. Le fait est que je ne m'attendais pas à votre irruption. Je voudrais qu'on me laisse tranquille. C'est clair, non ? Et si vous ne débarrassez pas le plancher sur-le-champ, je risque de devenir méchante. Pour votre bien, je préférerais éviter cela.

— Allez-y, piquez-la, votre crise ! s'écria Rosie.

Elle était dans un tel état de tension qu'elle en respirait avec difficulté. Aurore, sans rien dire, s'empara d'une brosse et en frappa distraitement sa paume. Ses yeux étaient toujours perdus dans le vague.

— Je t'en prie, Maman. Nous ne voulons que quelques instructions pour le dîner.

— Eh bien, je vois que vous ne me laissez guère le choix. Il semble que je n'aie plus le loisir de décider de mes moments de solitude.

— C'est vrai, dit Rosie, étonnée de sa propre audace. Doré- navant, nous pénétrerons chez vous quand il nous plaira.

Aurore se tourna vers elle.

— Vous, Rosie, vous feriez mieux de chercher un autre tra- vail, si vous m'accusez encore de m'apitoyez sur moi-même. Je n'aime pas ça.

— Allez, n'en faites pas une affaire ! Je m'apitoie bien sur moi-même, tout le temps, dit Rosie, battant en retraite. N'est-ce pas le cas de tout le monde ?

— Non, dit Aurore.

— De beaucoup de gens, pourtant, fit timidement Emma, en essayant d'aider Rosie.

Aurore s'en prit aussitôt à sa fille.

— Est-ce que je te parle ? Et puis d'ailleurs, qu'est-ce que tu sais de tout ça ? Il y a des moments où l'on a honte d'être vu, et c'était le cas lorsque vous êtes entrées toutes les deux dans ma chambre. Vous avez évidemment pensé que je risquais d'oublier le dîner de ce soir ; alors, vous êtes venues me le rap- peler. Vous avez agi de manière tout à fait inconsidérée. Cela fait un bon nombre d'années que j'organise des dîners, et je suis parfaitement capable de préparer un repas en un rien de temps. Je n'avais aucune intention de me dérober à mes devoirs d'hôtesse, contrairement à ce que vous vous êtes imaginé.

— Ne vous en prenez pas à moi, dit Rosie, au bord des larmes. Je suis, de toute manière, à moitié folle.

— Oui, vous obtenez de la vie beaucoup moins que vous ne méritez. Il se trouve que j'ai le problème inverse. J'ai plus que je ne mérite. Trevor Waugh ne manque jamais de me le rappeler. Pourquoi en est-il ainsi, je l'ignore. Et même si je le savais, je ne vous dirais rien. Ça ne vous regarde pas. Et toi non plus, Emma.

Elle s'arrêta, à bout de souffle, et contempla un moment son image dans le miroir.

— C'est curieux, ma lèvre inférieure semble plus gonflée, lorsque je suis malheureuse.

Emma et Rosie échangèrent un regard plein d'espoir, mais leur optimisme était prématuré. Aurore avait de nouveau l'air absente, et elle semblait encore plus épuisée et démoralisée qu'elle ne l'était avant son petit éclat.

— Bon, dit Emma. Nous sommes vraiment désolées de t'avoir dérangée. Nous partons.

Aurore regardait droit devant elle. Une larme apparut au coin de son œil et descendit le long de sa joue.

— Vous pouvez rester, maintenant. Vous m'avez vue au moment où j'étais le plus mal en point.

Et puis, elle ajouta, en regardant Rosie d'un air railleur :

— Maintenant, c'est votre sort que je vais prendre en pitié. Voudriez-vous me faire du thé, Rosie ?

— Tout de suite, dit celle-ci, soulagée, et elle quitta la pièce.

— Nous sommes infiniment désolées, dit Emma, en s'accroupissant auprès de sa mère.

Aurore la dévisagea et hocha la tête.

— C'est bien de toi, de t'excuser trois ou quatre fois pour quelque chose de tout naturel. En fait, vous avez peut-être eu raison. J'aurais très bien pu rester assise là, et en oublier mon dîner. J'ai bien peur que tu passes ta vie à t'excuser ! Tu le regretterais.

— Et qu'est-ce que j'aurais dû faire, à ton avis ? Te frapper ?

Aurore se brossait les cheveux avec application.

— Si tu en avais ressenti l'envie, tu l'aurais fait. C'est certainement là ta dernière occasion.

— Maman, ta lèvre inférieure est gonflée lorsque tu es malheureuse, dit Emma pour changer de sujet de conversation.

— Je crains que ça me donne l'air plus passionnée que je ne le suis réellement.

— Quel âge avait ce vieux Trevor ?

Aurore regarda sa fille avec un air d'irritation.

— Ce vieux Trevor a le même âge que moi. Souviens-toi bien de ça. Ce vieux Trevor et cette vieille Aurore ont passé une charmante soirée, Dieu merci ! Et le fait est que ce vieux Trevor n'est pas loin d'être l'homme idéal. Malheureusement, il est l'homme du mauvais moment. C'est bien ce qui me tourmente. Je n'avais pas besoin de lui lorsque nous étions ensemble, et maintenant que sa présence me serait nécessaire, je ne le désire plus. Il m'a même proposé de prendre un appartement à New York, cette fois. Vu qu'il déteste cette ville, c'est très gentil de sa part. Ne serait-ce pas charmant de vivre avec un homme aussi doux et aimant que Trevor ?

— Eh bien, épouse-le !

— Toi, ma fille, tu tiens plus de ta grand-mère que de moi. Tu es, comme elle l'était, pour les demi-mesures.

Aurore se leva et marcha lentement vers la fenêtre. Son regard s'attarda un moment sur la cour. Elle reprenait, peu à peu, goût à la vie. Elle essaya même de chanter, et fut satisfaite de sa voix. Cela acheva de lui remonter le moral.

— Est-ce que papa était une demi-mesure ? demanda Emma. Tu ne m'as jamais beaucoup parlé de lui. Quelle place occupait-il dans ta vie ? J'ai besoin de savoir.

Aurore était revenue à la coiffeuse et brossait ses cheveux vigoureusement.

— Dans les trente à trente-cinq pour cent, dit Aurore sèchement.

— Pauvre papa !

— Ne crois pas que je rendais ton père malheureux. Sa vie était agréable, beaucoup plus que la mienne.

— Maman, j'aimerais que tu me racontes tes péchés de jeunesse. J'ai l'impression parfois de ne pas te connaître très bien.

Aurore rit. Elle avait plaisir à se brosser les cheveux. Elle aimait leurs reflets. Elle se leva et se dirigea vers le placard pour choisir ce qu'elle allait mettre.

— Je n'ai pas le temps pour l'instant de te raconter ma vie. Si j'avais un moment, je courrais m'acheter une nouvelle robe.

— Pourquoi avais-tu le cafard ?

— Parce que je devrais épouser Trevor et le rendre heureux, et pourtant, ce n'est pas ce que je vais faire. Trevor a l'air d'avoir des problèmes avec les femmes et il est probable que cela va aller en empirant avec l'âge. Apparemment, je ne tiens pas assez à lui pour le tirer de là. C'est plutôt écœurant ! Il y a des moments où je me trouve bien égoïste. C'est un sentiment qui fait rarement plaisir, et Trevor a le chic pour le susciter.

Et jouant avec ses bagues, l'air pensive, elle dit au bout d'un moment :

— Je suis contente que mes cheveux soient encore beaux.

— Je suis heureuse que tu te sentes mieux, répliqua Emma. Mais je ne vois pas comment nous allons faire pour préparer ce dîner, ni même pourquoi il nous faut nous en occuper.

— Pourquoi ? C'est pourtant évident, il me semble. C'est une obligation sociale que tu nous as infligée, en épousant Thomas. Crois-tu, sinon, que j'inviterais Cecil, aussi sympathique soit-il ?

Rosie arriva avec le thé, et au même instant le téléphone sonna. Aurore fit signe à Rosie de répondre. Rosie décrocha et tendit le récepteur à sa maîtresse.

— Bonjour, Vernon. Quand aurons-nous le plaisir de votre visite ? demanda Aurore.

Elle l'écouta parler et fronça les sourcils.

— Vernon, si vous me dérangiez, je ne vous aurais pas proposé de venir. Ne soyez pas ridicule. J'ai autre chose à faire que d'essayer de vous rassurer. Un peu de courage, que diable ! Vous devriez savoir que vous êtes le bienvenu.

— N'oubliez pas ce que je vous ai dit, lança Rosie dès qu'Aurore eut raccroché. Je veux du bien à cet homme. Vous feriez mieux de le ménager.

— Ne soyez pas ridicule ! J'essayais juste de le persuader

160

que sa présence était désirée. Et maintenant, j'aimerais boire mon thé tranquille, si personne n'y voit d'inconvénients. Nous attaquerons ensuite nos préparatifs, et je peux vous assurer que Cecil Horton trouvera ce soir dans son assiette le meilleur goulasch de sa vie.

Avant même qu'Emma et Rosie ne soient sorties, Aurore s'était déjà débarrassée de sa robe de chambre et avait tiré de la penderie une bonne demi-douzaine de robes, qu'elle éparpilla à travers la pièce tout en continuant à se brosser les cheveux.

## 2

Pour Emma, la soirée commença par une dispute. La raison en était une cravate qu'elle avait achetée pour Flap dans l'après-midi, lorsqu'elle était rentrée chez elle. Cette bagatelle lui avait coûté neuf dollars. C'était extravagant, et elle le savait. Mais comme cette somme représentait une partie de l'argent que lui avait donné sa mère pour s'acheter des vêtements, c'était l'extravagance de sa mère, et non la sienne. Il s'agissait d'une magnifique cravate noire avec de grosses rayures rouges, et elle l'aurait probablement achetée, même avec son propre argent. Flap, qui était déjà de mauvaise humeur, se sentit blessé à la seule vue de la cravate et refusa même de l'essayer.

— Je ne la mettrai pas, dit-il d'un ton catégorique. Tu l'as juste achetée pour que je plaise à ta mère. Je te connais. Tu cherches toujours à me rendre conforme à ses désirs. Si tu m'aimais, tu n'accorderais pas autant d'importance à ce que je porte.

Il mit dans ses paroles une telle méchanceté et regarda la cravate avec un air si dédaigneux que les larmes montèrent aux yeux d'Emma. Mais ne voulant pas se laisser affecter par des propos aussi mesquins, elle refoula ses larmes, et les yeux brillants, rétorqua :

— Ce n'est pas pour ce soir en particulier. Il y aura probablement d'autres dîners dans notre vie. Tu n'as pas acheté une seule cravate depuis que je te connais. Traiter de cette façon quelqu'un qui te fait un cadeau ! C'est monstrueux !

— Eh bien, je n'aime pas tes motivations.

— Mes motivations sont plus valables que tes manières. Toutes les fois que je me sens vraiment heureuse, tu essaies de gâcher ma joie.

— Allez, tu ne vas pas me faire croire que m'acheter une cravate te procure une telle joie ?

— Bien sûr que si ! Tu ne comprends rien. J'étais vraiment

heureuse à l'idée qu'elle irait bien avec ton costume bleu. Tu es trop bête pour comprendre ce genre de sentiments.

— Fais attention à ce que tu dis ! Je ne suis pas bête.

— Ça me dégoûte d'être enceinte d'un individu aussi mesquin et méchant !

Emma se précipita dans la salle de bains pour étouffer ses larmes. Elle ne voulait pas qu'il eût la satisfaction de la voir pleurer. Mais quand elle sortit, c'est lui qu'elle trouva en pleurs. Elle fut choquée de le voir ainsi.

— Je suis désolé, dit Flap, j'ai été odieux. Mais la pensée de ta mère m'a rendu fou. Je la mettrai, ta cravate. Mais, je t'en prie, dis-moi que tu ne regrettes pas d'être enceinte de moi !

— Oh ! pour l'amour du ciel, bien sûr que non ! fit Emma, soulagée. J'essayais juste de me défendre. Allez, va te laver la figure.

Lorsque Flap revint, il était à nouveau dans de bonnes dispositions. Ils s'habillèrent, encore tous les deux ébranlés par la violence de leur altercation.

— Je ne sais pas pourquoi nous nous faisons du mal comme ça.

— Ça ira, quand nous serons là-bas. C'est d'y penser qui me rend nerveuse, comme si j'allais chez le dentiste.

— Oui, c'est un peu ça. Mais un dîner ne devrait pas être une telle corvée.

— Mes cheveux ne brillent pas, remarqua Emma, en contemplant sa chevelure d'un air déçu.

A la dernière minute, elle changea de robe et Flap, oubliant qu'il avait promis de mettre sa nouvelle cravate, en prit une vieille.

Au moment où Emma se demandait si elle allait faire une autre scène à Flap, Cecil arriva. Il portait un vieux costume trois pièces, sa tenue favorite pour aller chez Aurore.

Il embrassa Emma, et, ayant repéré sur le divan la cravate neuve, demanda s'il pouvait l'emprunter ; elle lui plaisait, et personne n'avait l'air de la mettre. Flap rougit d'embarras. Cecil déclara que c'était la plus belle cravate qu'il eût jamais vue.

— Oui, tu peux, à moins que je ne me pende avec ! dit Emma, laissant son beau-père déconcerté ; et elle se rendit à la salle de bains pour finir d'agrafer sa robe.

Quand elle ressortit, Cecil avait mis la cravate et semblait ravi. Flap murmura à l'oreille d'Emma qu'il la dédommagerait d'une manière ou d'une autre.

— Laisse tomber ! repondit-elle. Je préfère t'en vouloir.

Pendant le trajet, l'atmosphère resta tendue. Cecil conduisait en sifflotant ; Emma pensa qu'elle allait se mettre à hurler s'il ne s'arrêtait pas. Lorsqu'ils eurent fait la moitié du chemin, le père de Flap manifesta son impatience de goûter à la délicieuse cuisine d'Aurore.

Aurore vint les accueillir à la porte. Elle avait revêtu une longue robe verte, probablement faite en Hongrie, qui lui allait remarquablement bien. Elle portait également tout un assortiment de bijoux.

— Vous voilà enfin ! dit-elle, en souriant. Cecil, votre cravate est magnifique ! Je n'ai jamais rien vu d'aussi seyant. Thomas, tu devrais t'en acheter une comme ça, un de ces jours.

— Puis-je aider à servir à boire ? dit Flap, les yeux fixés sur le plancher.

— C'est bien aimable de ta part. Néanmoins, j'ai si peu le plaisir de te voir que je ne vais pas te laisser t'enfuir aussi vite. Mon ami Vernon arrive d'un moment à l'autre avec la boisson.

Elle prit Cecil par le bras et le conduisit vers le patio. Emma et Flap suivaient loin derrière.

— J'ai tout gâché, n'est-ce pas ? dit Flap.

— Pas tout à fait. Ta seule chance est de te taire et de cesser d'être sur la défensive.

Rosie apparut, portant un plateau plein de verres.

— Eh bien, qu'est-ce qui t'arrive ? dit-elle à Flap, tout en le regardant comme s'il avait volé quelque chose.

Avant que Flap eût pu répondre. Vernon sortit de la cuisine avec les boissons.

— Bonjour, bonjour ! dit-il, en serrant les mains.

Emma fut prise d'une envie de rire. Elle ne s'attendait pas à voir un personnage aussi inattendu sortir de la cuisine de sa mère.

Ils retrouvèrent Aurore dans le patio. Elle était en train de gaver Cecil de pâté, et le complimentait sur son excellente santé.

— Votre circulation sanguine, Cecil, est vraiment exceptionnelle. Je m'étonne qu'aucune femme ne se soit encore intéressée à vous.

L'intéressé prouva aussitôt qu'elle avait raison en devenant rouge comme une tomate. La remarque d'Aurore embarrassa également Vernon, qui rougit à son tour.

— Eh bien, ils sont tous là, et ce n'est pas pour me déplaire, lança Rosie, d'une manière énigmatique, en disparaissant vers la cuisine.

Aurore brillait. Elle se consacrait entièrement à Cecil, l'éblouissant jusqu'à le rendre muet d'admiration. Emma avait du mal à croire que c'était la même personne qu'elle avait vue dans l'après-midi, déprimée devant son miroir. Tout en grignotant des amuse-gueule, la jeune femme observait, un peu en retrait, ce qui se passait autour d'elle. Flap servait les hors-d'œuvre et commençait déjà à être ivre. Il était tellement tendu qu'il lui fallut être à moitié saoul pour s'apercevoir que sa belle-mère était, pour une fois, d'excellente humeur. Elle ne semblait pas vouloir l'humilier. Son soulagement fut si grand qu'il but encore plusieurs verres pour achever de se détendre. Lorsque le dîner fut servi, il était si saoul que c'est à peine s'il put marcher jusqu'à la table. Il lui vint alors à l'esprit que si Emma n'avait cessé de la soirée de lui donner des coups de coude, c'était peut-être bien parce qu'il buvait trop ; mais cette révélation arriva malheureusement avec plusieurs verres de retard. Quand ils passèrent à table, Cecil était aux anges, et il n'aurait pu dire qui, de Eisenhower ou Kennedy, était président. Aurore ne le lâchait pas. Elle lui servit une telle quantité de goulasch que, même étourdi comme il était, il resta interdit.

— Mais bon sang, Aurore ! dit-il. Je ne pourrai jamais manger tout ça !

— Ne dites pas de bêtises ! Vous êtes notre invité d'honneur, fit-elle, en lui souriant d'un air taquin.

La scène amusa Flap à un tel point qu'il fut pris d'une crise de fou rire, qui déclencha chez lui une soudaine envie de vomir. Il se leva en bredouillant des excuses et se dirigea précipitamment vers les toilettes.

Rosie le regardait de la porte de la cuisine, l'air sévère. Emma, à mille lieues de tout cela, faisait honneur aux plats préparés par sa mère. Lorsqu'elle en eut assez d'observer celle-ci, elle reporta son attention sur Vernon. Il ne quittait pas Aurore du regard. Lorsqu'il sentait que quelqu'un l'observait, il plongeait le nez dans son assiette, pour le relever quelques instants plus tard. Tandis qu'Emma regardait Vernon, Flap réapparut, pâle et toujours aussi ivre. Aurore, qui était en train de parler avec Cecil, s'interrompit et dévisagea un moment son gendre.

— Mon pauvre Thomas ! lui dit-elle. Tu fais encore du surmenage. Tu penses trop ! Les cérébraux sont d'une nature bien plus anxieuse que la nôtre, vous ne croyez pas, Cecil ?

Ce dernier essayait de venir à bout de son goulasch, en s'aidant de force verres de vin. Aurore avait hésité, au cours de ses préparatifs culinaires, entre un goulasch et une bouillabaisse, ce qui expliquait la présence dans son assiette de quelques crevettes ainsi que d'un peu de riz. Cecil mélangea ses ingrédients au reste plus liquide du goulasch qui fut absorbé par le riz ; et, lorsqu'il eut avalé cette mixture, il utilisa les crevettes pour saucer son assiette.

— Quel artiste ! fit Aurore, en adressant un clin d'œil à Emma.

164

Ensuite, Cecil prit une feuille de salade pour terminer son nettoyage.

— A votre santé, fit Aurore, en vidant son verre.

Emma fit de même et se resservit. Elle ne fut pas longue à rejoindre Flap dans son ivresse. Elle se sentit tout d'abord en pleine euphorie et, se croyant très subtile, essaya d'orienter la conversation vers la politique. En guise de réponse, sa mère lui donna une cuillère et commença à servir le dessert. Une fois le repas terminé, l'euphorie céda le pas à un état somnolent.

Plus d'une heure après, elle se retrouva allongée chez elle, reprenant peu à peu ses esprits. Son mari semblait revenu à la vie, et devenait entreprenant. Ce n'était pas pour déplaire à Emma, et, l'effet de l'alcool joint à celui de la surprise, elle ne tarda pas à éprouver un début d'orgasme ; malheureusement, Flap se retira trop tôt.

— Imbécile ! ça ne faisait que commencer, lui dit-elle.

Pour lui, en tout cas, c'était terminé.

— Ah bon, excuse-moi, bredouilla-t-il.

Emma était très contrariée. Flap avait l'esprit ailleurs.

— Je suis heureux dit-il. La pire soirée de l'année n'est plus qu'un mauvais souvenir.

— Parfait, au moins j'ai eu droit à mes huit secondes d'extase ! dit-elle d'un ton désagréable.

La jeune femme était partagée entre le désir de faire une scène et celui de se coucher. Elle n'avait pas encore enfilé sa chemise de nuit que Flap dormait déjà. Tandis qu'elle cherchait un livre à lire dans la bibliothèque, le téléphone sonna. C'était Aurore.

— Tu ne dormais pas ? dit-elle.

— Non, répondit Emma, surprise.

— Je voulais juste te dire bonsoir.

— Tu n'as pas de problèmes avec Cecil, j'espère.

— Oh non ! aucun danger ! Quant à Vernon, il est en train d'aider Rosie à faire la vaisselle. Aucun danger de ce côté-là non plus. Mais je te dérange. Retourne auprès de ton mari.

— Ne t'en fais pas. Il dort. Il a trop bu ce soir.

— J'avais remarqué. C'est une des choses que j'apprécie chez Thomas : il sait se soûler. C'est humain, au moins.

— C'est un peu trop humain à mon goût.

— Thomas n'est pas si bête. Il savait très bien que c'était le seul moyen que je lui fiche la paix.

— Mais dis donc, tu ne m'appelles jamais le soir ! Tu as bien une raison ? Tu as peur de Vernon ?

— Tu l'as vu deux fois. Penses-tu vraiment qu'on puisse avoir peur de lui ?

— Non. Qu'est-ce qui te fait peur alors ?

— Ce n'est rien, juste une de mes petites crises de cafard. Mais ça va déjà mieux. J'ai parfois le sentiment que ma vie n'est plus qu'une routine.

— Je connais bien ça. C'est une impression que j'ai tout le temps.

— A ton âge, tu ne devrais pas. La vie est pleine d'imprévus pour une jeune femme. Tu n'as que vingt-deux ans, Emma.

— Que veux-tu ? c'est ainsi. C'est drôle, mais je n'aurais jamais cru ça de toi. Tu es tellement plus spontanée que moi !

— Les choses étaient différentes il y a une semaine ou deux. Mais maintenant je sens que plus rien ne changera jamais. Et tu me connais : je ne peux supporter cette idée.

— Peut-être que Vernon peut influer sur ta vie ?

— Je l'espère bien. Je l'ai laissé avec Rosie. Et je ne voudrais pas qu'elle me l'enlève. Aucune femme, jusqu'à présent, ne m'a jamais pris un homme.

— Tu penses à l'épouser ?

— Bien sûr que non.

— Il me semble que tu ne manques pas de soupirants.

— Je n'en ai pas tant que ça. J'en ai mis deux à la porte dernièrement. Il ne reste plus qu'Alberto et Vernon, qui ne sont pas tout à fait mon type.

— Ils sont pourtant mignons.

— Peut-être, mais ils sont tous les deux petits et vieux, et ils ont peur de moi.

— Tout le monde a peur de toi. Pourquoi n'essaies-tu pas un peu d'être gentille ?

— Je fais de mon mieux, mais un rien m'exaspère.

— Pauvre Rosie ! Tu devrais peut-être lui laisser Vernon, s'il lui plaît. Ils parlent le même langage.

— Vernon et moi, parlons aussi le même langage. Je le parle mieux que lui, c'est tout. En fait, il ne parle pratiquement pas. Et que l'anglais de Rosie soit aussi pauvre que le sien ne signifie en rien qu'ils pourraient être heureux ensemble. Tu es bien naïve pour une future mère, Emma !

— Je disais juste cela parce que je sais que tu ne veux pas de lui. Par contre il pourrait être très bien pour Rosie. Mais qu'est-ce que tu as ?

— Je n'en sais rien. Je n'avais autrefois que de rares moments de désespoir, mais ils sont maintenant de plus en plus fréquents.

— Mais pourquoi ? C'est ridicule !

— Je ne sais pas pourquoi je te raconte tout ça. Tu as encore toute la vie devant toi. Mais moi, je regarde en arrière et je n'aime pas ce que je vois. Et qui sait si je ne vais pas laisser passer ma dernière chance !

— Ta dernière chance ?

— Oui, de trouver un homme. Tu crois peut-être que je vais vivre dans le respect de la mémoire de ton père et cultiver mon jardin jusqu'à la fin de mes jours ? Ce n'est pas si simple. Seul un saint pourrait vivre avec moi, or il m'est impossible de vivre avec un saint. Les hommes d'un certain âge ne m'intéressent pas, et je n'intéresse pas les hommes jeunes. Aussi charmant que soit l'enfant que tu mettras au monde, Emma, je ne suis pas du genre à me satisfaire d'être grand-mère. Je ne sais pas ce que je vais devenir.

— Eh bien, saute sur Vernon, dit Emma en bâillant.

Elle commençait à se sentir fatiguée.

— Impossible. C'est la première fois, apparemment, que Vernon fait attention à une femme. Et il a cinquante ans !

— Tu veux dire que tu as tapé dans l'œil d'un homme vierge, et quinquagénaire par-dessus le marché ?

— Ça m'en a tout l'air.

— Eh bien, ta vie n'est guère plus brillante que la mienne. L'expérience est parfois bien inutile. Quel gâchis que tout ça ! Mais Vernon doit commencer à s'impatienter. Voilà un quart d'heure que nous discutons.

— Quel rustre, ton mari, de se coucher d'aussi bonne heure ! Il n'a pas fait une seule remarque spirituelle de la soirée, et sa cravate manquait de fantaisie. Je ne comprends pas pourquoi tu as épousé quelqu'un d'aussi lymphatique. L'énergie est une qualité essentielle chez un homme. Il semble ne te faire aucun bien. Tes cheveux sont en mauvaise santé et tu vas devoir élever ton enfant dans un garage.

— Nous n'avons pas l'intention de passer notre vie ici. Fais attention avec Vernon. Il doit être fragile.

— Il ne risque rien, avec toi et Rosie pour le protéger. Allez, ne t'inquiète pas ! Je ne vais pas le manger.

Aurore raccrocha en soupirant. Elle descendit au rez-de-chaussée et trouva Vernon et Rosie assis à la table de la cuisine. Ils avaient des têtes d'enterrement. La cuisine était impeccable. Rosie avait mis son imperméable, mais ne semblait pas pressée de s'en aller. Vernon battait des cartes pour tromper sa nervosité.

— Quel silence ! dit Aurore. Qu'est-ce que vous avez ?

— J'ai tellement discuté que je suis crevée, répondit Rosie, bien qu'elle eût à peine desserré les dents de toute la soirée. Il faut que j'y aille, sinon je vais rater le dernier bus, ajouta-t-elle en se levant.

Aurore la raccompagna à la porte.

— Merci d'être restée si tard.

— Oh ! ce n'est rien ! De toute façon, je n'avais pas envie de me retrouver seule. J'ai trouvé qu'Emma n'avait pas l'air en forme.

Aurore acquiesça, sans faire aucun commentaire. Rosie aimait spéculer sur les états d'âme d'Emma, mais Aurore ne tenait pas à parler de ça maintenant. Elle dit au revoir à sa bonne et la regarda s'éloigner dans la nuit claire. Lorsqu'elle se retourna, Vernon jouait toujours avec ses cartes. A sa vue, le regain d'optimisme qu'elle avait éprouvé durant la soirée s'évanouit. Elle referma la porte.

— J'aurais peut-être dû la raccompagner, dit Vernon.

Le ton de sa voix — un mélange de nervosité et d'incertitude — irrita Aurore. Elle en abandonna son projet de faire du thé et vint s'asseoir à la table.

— Pourquoi cela ? Vous n'avez aucune obligation, il me semble. Rosie est restée de son plein gré et elle a l'habitude de prendre le bus. Elle est majeure et vaccinée. Alors, pourriez-vous m'expliquer le fond de votre pensée ?

Vernon leva la tête et s'aperçut qu'Aurore était livide, et en fut horrifié car il ne voyait pas ce qu'il avait fait de mal.

— Je n'en sais rien, dit-il en toute franchise. Elle m'a paru triste, et je lui ai proposé de la raccompagner, vu que je n'habite pas très loin de chez elle.

— C'est tout ce que je voulais savoir, merci. Eh bien, allez-y ! Rattrapez-la ! Elle doit être en train d'attendre à l'arrêt du bus. Sinon, sautez dans votre voiture et rattrapez le bus. Et puis, permettez-moi de vous le dire, elle est tellement excentrique, votre voiture, qu'on pourrait penser qu'elle appartient à un vendeur d'héroïne, plutôt qu'à un homme d'affaires respectable.

En disant cela, elle réalisa soudain qu'elle ne connaissait rien de la vie de l'homme auquel elle s'adressait.

— Vous ne faites tout de même pas du trafic d'héroïne ?

Vernon avait du mal à respirer.

— Je ne voulais rien faire de mal, dit-il.

Emma l'observa en serrant les dents, puis elle regarda le mur fixement.

— C'est ça, excusez-vous maintenant. De toute façon, ça n'a plus aucune importance.

— Mais qu'est-ce qu'il y a ?

— Oh ! taisez-vous ! Je ne veux plus en parler. Il faudrait sans doute que je vous remercie d'être resté aussi tard. J'ai été idiote de croire que la soirée ne faisait que commencer pour

168

nous, et de ne pas avoir remarqué l'intérêt que vous portez à Rosie !

Vernon était stupéfait. Personne ne lui avait jamais ouvert son cœur de cette manière. Il n'y comprenait rien, mais il se rendait compte qu'une mise au point était indispensable.

— C'est pas de l'intérêt, dit-il désespérément. Je voulais juste être poli.

— Oui ! Vous êtes bien trop poli, je le sais. Ce n'est malheureusement pas mon cas. Il n'y a pas que Rosie qui se sente seule. Bien des femmes ont le même problème. Je n'ai pas l'intention de vous retenir, encore moins maintenant, mais serait-ce trop vous demander que de prendre une tasse de thé avec moi ? Oh ! bien sûr, vous êtes un homme très occupé ! D'ailleurs, vous étiez en train de trouver une excuse pour filer, n'est-ce pas ?

Elle soutint son regard et Vernon n'essaya pas de prétendre le contraire.

— Oui, peut-être, mais ce n'est pas ce que vous croyez.

— Tout ce que je vois, c'est que vous avez manifesté le désir de vous en aller. De deux choses l'une ; soit vous voulez partir, soit vous avez peur de rester.

— Peur ? Je ne sais pas. Peut-être bien. Je n'ai jamais rencontré une femme comme vous. Il y a de quoi avoir peur !

Aurore ne put supporter de voir Vernon si doux et si honnête. Elle frappa sur la table avec ses deux mains. Vernon sursauta.

— Je ne veux pas que vous ayez peur ! hurla-t-elle. Je suis un être humain. J'avais juste envie que vous restiez encore un peu. Je n'ai pourtant rien d'effrayant ! Ah ! les hommes sont tous des lâches !

Elle continua à taper sur la table. Vernon n'essayait pas de bouger. Et puis, lorsqu'il la vit, épuisée, haletante sur sa chaise, il proposa :

— Et si je faisais le thé ? Vous avez l'air bouleversée...

Il n'y avait dans sa remarque aucune ironie. Aurore approuva de la tête.

— C'est une bonne idée. Je suis contente de voir que la terreur ne vous a pas encore paralysé. Oh ! mon Dieu ! quelle folie ! dit-elle, en secouant la tête.

Lorsqu'il apporta le thé, Aurore s'était calmée. Elle était dans un état d'abattement analogue à celui de l'après-midi.

— Merci, dit Aurore, en prenant sa tasse. Je voudrais m'excuser. J'ai eu tort de vous reprocher votre conduite envers Rosie. Mais votre nervosité m'a rendue folle.

— C'est mon manque d'expérience, dit Vernon.

169

— Bien sûr. Votre Lincoln est une sorte de cocon dont vous ne semblez pas vouloir sortir.

— Je m'en fichais, avant de vous connaître.

— Vous ne pourriez pas utiliser des mots plus choisis ? Je ne supporte pas une telle pauvreté de langage. Je doute de jamais pouvoir faire votre éducation.

— Vous ne voulez vraiment pas essayer ?

— Non, poursuivez votre route vers l'Alberta. Vous y serez mieux qu'ici, j'en suis sûre.

— Vous feriez une bonne joueuse de poker. Il est difficile de dire quand vous bluffez.

— Les femmes ne bluffent pas. Elles changent d'avis.

—- Les gens ont raison. L'amour cause bien des ennuis.

— Allons, ne dites pas ça. Vous êtes bien content d'être amoureux.

Elle s'arrêta, lasse de parler. Elle aurait aimé que Trevor fût là et la prît dans ses bras. Elle aurait tout donné pour une étreinte. Elle regarda longuement Vernon, mais il ne comprit pas le sens de son regard. Il sentit néanmoins qu'elle avait besoin de quelque chose ; aussi se leva-t-il pour lui servir une autre tasse de thé. Comme il s'apprêtait à regagner sa place, de l'autre côté de la table, Aurore crocheta du pied une chaise, qu'elle attira à ses côtés, et lui fit signe de s'y asseoir. Vernon, gêné, s'exécuta. Lorsqu'elle en eut assez de contempler son profil, elle tourna son siège, de manière à se retrouver en face de lui.

— Eh bien, comme ça, si par hasard j'avais envie de vous frapper, vous êtes à portée de ma main.

Vernon était dans le plus grand désarroi. Aurore souriait et semblait lui avoir pardonné, mais il était rongé d'inquiétude à l'idée de faire le moindre faux pas.

Sa nervosité rappelait à Aurore son premier amant. Il se nommait Fitfoot. Il était petit et laid, mais plein d'énergie et de combativité, deux qualités que n'avait jamais eues Trevor. Celui-ci en effet, grand et sûr de lui, était plutôt d'un tempérament paresseux. Aurore ne l'aurait jamais suivi dans ses voyages, si Dean Fitfoot n'avait tout à coup épousé une femme laide, mais riche. Elle ne se souvenait pas d'avoir eu, à proprement parler, le cœur brisé, mais son pessimisme datait probablement de cette époque. Et voilà qu'il y avait un autre petit homme dans sa cuisine, raclant sa tasse contre sa soucoupe, riche comme Crésus, avec de l'énergie à dépenser et le désir de plaire, mais sans le moindre brin de savoir-faire.

— C'est bien ma chance, lâcha Aurore.

— Quoi ?

170

— J'ai besoin d'un homme du monde, et je tombe sur un homme comme vous.

Vernon eut l'air intrigué.

— Vous avez le culot de dire que vous manquez d'expérience, continua Aurore, alors qu'il me faut plein d'amour et d'attention. Vous avez vécu cinquante ans sans faire d'effort pour rencontrer qui que ce soit. Avec votre gentillesse et votre argent, vous auriez pu rendre une femme heureuse. Mais vous n'avez même pas essayé. Vous êtes un raté.

— J'ai encore des années devant moi. Je peux changer.

— J'en doute, vu la manière dont vous vous laissez traiter.

Vernon se leva soudain. Aurore se rendit compte qu'elle était allée trop loin.

— Bon, bon, dit-elle. Je m'excuse. Je plaisantais, c'est tout. Vous n'avez donc aucun sens de l'humour ? Vous n'allez tout de même pas me quitter parce que je vous taquine un peu !

Vernon se rassit.

— Je suis dans de beaux draps, dit-il, pensant à voix haute. Je ne sais pas si je dois rester ou m'en aller, ajouta-t-il, en rougissant.

Aurore prit cette rougeur pour un signe d'émotion et décida de s'en satisfaire. Elle fit des efforts pour être aimable le restant de la soirée, mais lorsqu'il lui demanda s'il pouvait venir prendre le petit déjeuner chez elle, le lendemain, elle secoua la tête.

— Je ne crois pas que ce soit une bonne idée, Vernon. Je ne suis même pas sûre que vous le désiriez vraiment. Nous sommes une énigme l'un pour l'autre. Je suis flattée que vous m'ayez choisie pour votre premier amour, mais je suis vraiment trop redoutable pour vous.

Lorsque Vernon monta dans sa voiture, il avait l'estomac noué, et se trouvait dans un état de totale confusion.


4


Aurore se réveilla au milieu de la nuit, et ne put se rendormir. Cela lui arrivait de plus en plus souvent. Elle n'en parlait à personne et faisait des efforts, dans la journée, pour avoir l'air en forme. Seule Rosie se doutait de quelque chose, mais ne disait rien. Aurore se leva et s'assit à la fenêtre. La lune brillait et les arbres de la cour se détachaient dans la nuit claire. Elle se sentait infiniment triste. C'était une tristesse vague et profonde, excessivement douloureuse. Aurore n'arrivait pas à en déceler la cause. Peut-être avait-elle besoin d'aimer quelqu'un ou bien tout simplement de se sentir désirée, elle n'en savait trop rien. Elle s'était efforcée de rester active, ouverte à la vie, mais voilà que la vie lui échappait. Les hommes défilaient dans son existence, mais aucun ne parvenait à éveiller en elle une véritable émotion. Cette indifférence lui faisait peur et c'est précisément cette peur qui l'empêchait de dormir. Emma allait devenir mère, et elle, Aurore, s'enfermerait dans la routine, avec Rosie, quelques amis et ses petits-enfants. Son énergie avait toujours jailli d'un optimisme fondamental qui l'avait aidée à traverser les difficultés... Elle avait été, pendant cinquante ans, confiante et avide de surprises, s'attendant chaque jour à un heureux événement, se levant le matin, pleine d'espoir, et se couchant le soir, satisfaite. L'espérance était comme une source de vie qui coulait dans ses veines. Maintenant que cette source s'était tarie, il n'y aurait plus jamais de surprises. Les hommes s'étaient mis à la fuir. Elle avait toujours vécu près des gens et maintenant elle s'en éloignait. Elle ne se souviendrait bientôt plus de ce qui avait été important pour elle. Même la sexualité risquait de devenir une pure abstraction. Lorsque sa tristesse se fut un peu dissipée, Aurore se sentit complètement réveillée. Elle descendit dans la cuisine, se fit du thé, et mangea quelques gâteaux. Et puis, elle revint dans sa chambre et se mit à songer aux possibilités qui s'offraient à elle. En ce qui concernait les hommes, parmi ceux qu'elle connaissait, il n'y en avait aucun avec qui elle eût envie de vivre. Le désespoir l'avait quittée, mais elle savait qu'il fallait que quelque chose change, et vite. C'était là une décision à prendre la tête froide, or elle avait toujours agi impulsivement. Une chose était sûre : elle ne pouvait se résoudre à vivre dans l'ennui. Elle pensa au petit homme à la voiture blanche, chez qui, par désœuvrement, elle avait fait naître l'amour. C'était un parti honnête. Mais elle ne lui téléphona pas pour autant. Par contre, lorsque son réveil marqua cinq heures, elle appela son voisin, le général Hector Scott.

— Oui, c'est le général Hector Scott lui-même, dit-il vivement.

Malgré l'heure matinale, il était tout à fait réveillé.

— Hector, je dois vous avouer quelque chose, lui dit Aurore. J'ai décidé de vous faire la cour.

— Quoi ? fit le général, incrédule. Vous téléphonez à cinq heures du matin pour me dire ça ? Mais c'est absurde !

— Pas si absurde, Hector Je vous invite à prendre le petit déjeuner chez moi, pour vous le prouver.

172

— J'ai bien envie de vous donner une bonne correction, gronda le général, en s'échauffant au souvenir de la désinvolture passée d'Aurore.

— Hector, vous êtes bien trop vieux pour frapper quelqu'un. Alors vous acceptez mon invitation ou pas ?

— Bon, je viens, mais c'est pour vous donner une bonne raclée.

— Allez, ne recommencez pas ! Comment voulez-vous votre œuf ?

— Poché.

Elle raccrocha avant qu'il eût pu dire autre chose. Trois minutes plus tard, le général tambourinait à la porte d'entrée. Aurore s'habilla, prit sa brosse à cheveux, et bondit en bas des escaliers. Elle ouvrit, et se trouva nez à nez avec un homme fou de rage. Aurore le regarda d'un air de défi tranquille, tout en se brossant les cheveux.

— Je tiens à vous dire que vous faites une belle garce, dit le général.

Il ne la frappa pas, mais la poussa dans l'entrée.

Aurore remarqua qu'il avait de très belles mains, pour son âge. Il devait en prendre grand soin.

— Vous pensez peut-être que je n'ai pas de fierté, dit-il. Ça fait si longtemps que je vous aime !

— Depuis combien de temps ? demanda Aurore.

— Des années ! fit-il en soupirant. Votre fille venait juste de naître. Vous m'aviez invité à dîner avant que je ne parte à la guerre. Je me souviens encore de la robe que vous portiez.

— Quelle mémoire ont les hommes ! fit-elle en souriant. Je ne me souviens de rien.

Elle prit la main du général et sembla vouloir l'examiner.

— J'ai honte, ajouta-t-elle. Dire que je ne vous ai pas encore montré mon Renoir ! Mais il n'est pas trop tard, si vous n'êtes pas pressé.

La colère du général cédait le pas à une autre émotion, tout aussi puissante.

— Peu importe ton Renoir, Aurore ! C'est toi qui m'intéresses ! bredouilla-t-il, submergé par la passion.

— Très bien. Nous le garderons donc pour plus tard.

Elle prit Hector Scott par le bras et, parlant de choses et d'autres, le conduisit gentiment dans sa chambre, où, depuis bien longtemps, il n'espérait plus entrer.

# CHAPITRE XII

## 1

Ce matin-là, Rosie se réveilla et trouva son chauffe-eau en panne. Le petit Buster, son dernier-né, en voulant prendre un jouet à Lou Ann, sa grande sœur, tomba et s'ouvrit la lèvre. Cela faisait maintenant trois semaines que Rosie était sans nouvelles de Royce et, tous les jours, les enfants réclamaient leur père. Elle les déposa chez un voisin et monta dans le bus, prête à fondre en larmes. Elle garda les yeux fermés pendant le trajet, et lorsqu'elle les rouvrit, ce fut pour voir F.V. Arch, le chauffeur du général, qui l'attendait à l'arrêt. Il était assis au bord du trottoir, en pantalon de chauffeur et tricot de corps.

— Qu'est-ce qui se passe ? s'enquit Rosie, dès qu'elle fut descendue. Tu t'es fait renvoyer ?

— Non, fit-il en secouant la tête. Mais je me fais du mouron...

— Moi aussi. Royce n'est pas réapparu. Si j'avais su que ça finirait comme ça, je ne l'aurais jamais épousé.

— Tu ne devineras jamais où est le général, poursuivit F.V. Chez Mrs Greenway ! Depuis deux heures. Et il n'y a aucun signe de vie dans la maison. C'est pour ça que je me fais du mouron.

— Hou la la ! fit Rosie en levant les yeux au ciel.

Elle s'assit à côté de F.V. et regarda en direction de la propriété de Mrs Greenway. Le soleil brillait mais la demeure restait sombre et paraissait inquiétante.

— A quoi penses-tu ? demanda Rosie.

F.V. haussa les épaules, signifiant par là qu'il voyait dans les derniers événements une véritable calamité.

174

— Je voulais te parler de quelque chose, avant que tout ça arrive, dit-il.

Rosie crut qu'il allait lui donner des nouvelles de Royce, mais F.V. continua :

— Ben, il y a un bal ce soir au *J-Bar Korral*.

— Oui, et alors ?

F.V. tripota sa moustache pendant une bonne minute et finit par bredouiller :

— Tu veux venir ?

Rosie le regarda comme si elle avait affaire à un fou.

En fait, il lui semblait que le monde entier devenait fou. Royce avait disparu. Le général était chez Aurore et maintenant F.V. l'invitait à aller danser.

Avant qu'elle eût pu lui donner une réponse, la Lincoln blanche de Vernon apparut dans la rue. Rosie, affolée, se précipita au-devant d'elle. Vernon s'arrêta et regarda la bonne d'un air interrogateur. Il n'avait pas dormi de la nuit et avait décidé d'enfreindre les ordres d'Aurore, en venant prendre son petit déjeuner chez elle. Lorsqu'il se fut rangé sur le côté et que Rosie dut lui donner une explication, elle se retrouva sans voix. Elle se retourna vers F.V., espérant qu'il viendrait à son secours, mais celui-ci ne se montra guère plus inspiré. Heureusement, le téléphone dans la voiture se mit à sonner, ce qui permit à Rosie de reprendre ses esprits.

— Je vais l'amener à Emma, dit-elle à F.V. Elle m'aidera à lui annoncer la nouvelle.

— Et notre bal ?

Son insistance, en un tel moment, irrita Rosie. Elle lui dit qu'elle allait y réfléchir et l'appellerait plus tard. F.V. eut l'air si malheureux qu'elle lui prit la main et la serra gentiment. Sur quoi, elle sauta dans la Lincoln. Au même moment, Rosie aperçut le général Hector Scott. Il traversait la pelouse, revêtu d'un des peignoirs d'Aurore, et se dirigeait vers la boîte aux lettres. Vernon n'en croyait pas ses yeux. Il démarra et descendit la rue en marche arrière. Lorsque la maison d'Aurore eut disparu, il se rendit compte que Rosie était toujours dans la voiture. Il s'en inquiéta, mais Rosie lui répondit qu'elle n'avait pas encore pris son petit déjeuner et lui proposa d'aller chez Emma. Quelques instants plus tard, celle-ci leur ouvrait la porte, surprise de les voir.

— Bonjour, dit-elle. Vous êtes en fuite ?

— Nous sommes venus nous inviter pour le petit déjeuner, répondit Rosie.

Et elle investit aussitôt la cuisine, se lançant dans des préparatifs sans rapport avec le petit nombre qu'ils étaient. Vernon prit timidement une chaise et suivit des yeux les gestes de Rosie. Il avait l'impression de s'être mis bêtement dans une situation qui le dépassait et se sentait privé de toute volonté.

— Vernon a été mis hors course par le général Scott, dit carrément Rosie. Combien d'œufs, Vernon ?

— Le général Scott ? dit Emma. C'est incroyable ! Il était pourtant interdit de séjour.

Flap apparut alors à la porte de la cuisine, en pyjama.

— C'est une réunion privée ? demanda-t-il.

— Nous tenons conseil, répondit Emma. Le bruit court que Maman s'est acoquinée avec le général Scott.

— Parfait, dit Flap en s'asseyant.

— C'est loin d'être parfait, dit Emma contrariée. Tu pourrais avoir un peu plus de tact !

— Très bien. Si tu le prends comme ça, je retourne me coucher.

Il se leva aussitôt et quitta la pièce, l'air insolent.

Emma poursuivit comme si de rien n'était.

— Vous devez vous tromper. Elle est peut-être juste en train de marquer un point avec le général. Elle adore ce genre de petit jeu.

— De toute manière, ça ne nous regarde pas, dit Vernon.

Les deux femmes le regardèrent, étonnées.

— Eh bien, si vous n'êtes pas concerné, pourquoi êtes-vous ici ? dit-elle.

Vernon resta silencieux. Il devenait de plus en plus évident qu'il ne parlait pas le même langage qu'elles. Les mots étaient les mêmes, mais le sens était différent. Il n'osait même plus dire des choses simples comme demander un verre d'eau. Il continua à se taire, et mangea son œuf sous l'œil mauvais de Rosie. La bonne, qui venait de repenser à l'invitation de F.V., s'écria soudain, l'air plus joyeux :

— Vernon, j'ai trouvé une solution. Vous n'avez peut-être pas le cœur brisé, mais vous avez du chagrin. Or rien de tel que la danse pour chasser le chagrin.

Elle se leva et esquissa quelques pas de valse.

— Sais pas danser, marmonna Vernon.

— Il n'est jamais trop tard pour apprendre. J'ai rendez-vous ce soir avec F.V. pour aller au bal. Vous pourriez venir avec nous et nous utiliserions votre voiture.

Vernon n'était pas de cet avis. Il songea qu'il préférait voir les avions voler dans le ciel du soir, mais ne dit rien.

Emma lui souriait comme si elle comprenait tout. Lorsque Vernon et Rosie furent partis, la jeune femme se rendit dans sa chambre et trouva Flap assis sur le lit, en train de lire le journal. Il avait un air sinistre.

— J'ai un compte à régler avec toi, dit-il.

— Tu attendras, répondit Emma. Je ne vais pas me disputer avec toi avant d'avoir téléphoné à Maman. Je veux savoir ce qui se passe.

— Tu as été bien arrogante, ce matin.

— Tu as manqué de délicatesse avec Vernon. Nous sommes quittes.

— Ce n'était pas une raison pour m'insulter en public.

— Bon, je m'excuse. J'étais énervée.

Flap avait les yeux fixés sur le journal. Emma repéra la page des petites annonces et s'en empara. Il voulut alors la lui arracher. Emma s'y accrocha et la page fut toute froissée. Flap essaya de maîtriser sa femme et chercha à l'embrasser. Emma ne se laissa pas faire.

— Arrête ! dit-elle. Je dois appeler Maman.

— Notre vie sexuelle passe avant, dit Flap.

Comme Emma lui résistait toujours, il se mit, de rage, à déchirer en petits morceaux la page qu'elle convoitait.

Emma se dirigea vers la cuisine et appela sa mère. Elle l'informa de la visite de Rosie et Vernon et lui raconta ce qu'on disait d'elle.

— Il paraît que tu t'es raccommodée avec le général ?

— Oui, en effet. Je ne suis pas rancunière. En fait, nous pensions même aller à la plage ce matin, si tu ne me retiens pas au téléphone, bien sûr.

— Oh ! pardon ! je ne savais pas qu'il était là, fit Emma.

— Non, il n'est pas là. Il est parti faire courir ses satanés chiens. Ceux-là, je ne peux toujours pas les souffrir.

Il y eut un silence.

— C'est tout ce que tu as à me dire, Maman ? demanda Emma.

Et comme Aurore ne répondait pas, elle ajouta :

— Eh bien, Vernon pense que cela ne nous regarde pas.

— Ne me parle pas de Vernon. C'est gentil de ta part de m'appeler, même si c'est pour faire un éclat, mais maintenant je dois chercher mon maillot de bain. A ce soir peut-être.

Aurore raccrocha et se précipita au rez-de-chaussée où elle se trouva nez à nez avec Rosie. Celle-ci était rentrée sans s'annoncer et passait l'aspirateur.

— Vous avez eu une brillante idée d'emmener Vernon chez Emma, dit Aurore. Je vous en remercie. Comment va-t-il ?

— C'est difficile à dire. En tout cas, il n'est pas normal. Et le général ?

— Oh ! Eh bien, c'est nettement mieux que rien.

— Oui. Moi, j'ai un rendez-vous avec F.V., ce soir. Vernon viendra peut-être. Il a besoin de se détendre.

— Certainement. Mais franchement, je doute que le rôle de chaperon lui réussisse. Quant à moi, j'attends Hector d'un moment à l'autre pour aller à la plage.

— Et vous n'êtes pas encore habillée !

— Je n'ai aucune intention de me presser. Je ne veux pas qu'Hector s'imagine qu'il va changer mes habitudes.

On sonna à la porte. C'était le général Scott. Il portait un pantalon de toile blanche, immaculé. Sa voiture était garée devant la porte.

— Hector, vous avez bien une minute pour prendre une tasse de thé ? demanda Aurore.

— Je crois que je n'ai guère le choix, répondit-il, l'air de mauvaise humeur.

Rosie ne put s'empêcher de rire. Le général la regarda sévèrement et déclara d'un ton pompeux :

— C'est la ponctualité des armées qui permet d'emporter les guerres.

Aurore bâilla.

— Oui, mais moi je n'ai pas fermé l'œil de la nuit. Allez, asseyez-vous et acceptez de boire une tasse de thé, pendant que je m'habille.

— Pas question. J'attendrai dans ma voiture.

— Pourquoi ne faites-vous plus claquer vos talons, comme autrefois, Hector ? demanda Aurore, comme celui-ci s'apprêtait à sortir. J'ai toujours trouvé ça sexy.

Le général se retourna et, touché dans son amour-propre, salua, et claqua trois fois des talons.

— Qu'est-ce que vous en pensez ? demanda-t-il, l'air plutôt satisfait.

— On dirait que ça manque un peu d'arrogance, répliqua Aurore.

Et puis, soudain, elle écarta les bras, et alors jaillit de sa poitrine comme un chant d'opéra. Le général ne pouvait pas supporter d'entendre Aurore chanter.

Cela voulait dire, en effet, qu'elle était parfaitement heureuse et ne faisait plus attention à lui.

— Il est regrettable que vous n'ayez pas plus de goût pour la musique, Hector, dit Aurore, lorsqu'elle eut arrêté ses vocalises. Et si vous preniez des leçons de chant ? Nous pourrions faire des duos ensemble.

Le général eut l'air décontenancé et, jetant un coup d'œil à sa montre :

178

— Aurore, pour l'amour du ciel, je croyais que nous allions à la plage. Prendre des leçons de chant, à mon âge ! C'est ridicule.

Aurore se dirigea vers l'escalier, puis s'arrêta sur la première marche, l'air songeur. Ses cheveux brillaient dans la lumière. Le général ne put s'empêcher de remarquer à quel point elle était belle. L'admiration, ou, peut-être, l'amour, le poussa vers elle. Il l'enlaça, et cherchant à lui plaire, promit de prendre des cours de chant. Aurore s'arracha à son étreinte et courut s'habiller. Le général sortit et s'approcha de sa voiture. F.V. essayait de mettre le moteur en marche, sans succès.

— Je ferais peut-être mieux de m'acheter une nouvelle voiture, remarqua le général.

— Quel dommage que vous ne puissiez en changer pendant qu'elle se prépare ! fit Rosie qui était venue donner à F.V. une réponse au sujet du bal. Ça vous éviterait bien des ennuis. Dieu seul sait comment tout cela va se terminer ! ajouta-t-elle, l'air sombre.

Et sur cette note pessimiste, elle leur faussa compagnie et retourna à la cuisine.

# CHAPITRE XIII

## 1

Royce Dunlop était au lit, une bouteille de bière posée en équilibre sur son estomac. Lorsque le téléphone qui se trouvait près du lit sonna, il saisit le récepteur, sans faire tomber la bouteille. Il avait un fort estomac et cela lui était relativement facile de maintenir ainsi en équilibre une bouteille de bière, mais la difficulté résidait dans le fait qu'elle reposait précisément sur son nombril.

Depuis qu'il avait quitté Rosie et vivait avec Shirley Sawyer, Royce avait appris des tas de tours. Tout d'abord, sur le plan sexuel, il avait appris à rester allongé sur le dos, ce qu'il n'avait jamais fait avec Rosie. Cela n'avait pas été sans quelque appréhension au début, mais Shirley avait réussi à lui faire accepter la chose. Elle lui avait expliqué ce qu'était un phantasme : penser à quelque chose d'impossible à réaliser.

Le phantasme favori de Shirley était de faire l'amour avec une fontaine, et tout particulièrement la Mecon à Houston, qui était magnifique. La fontaine Mecon était éclairée, la nuit, par des lumières orange et Shirley n'imaginait rien de plus agréable que de s'asseoir au sommet de ce grand jet orange. C'était bien sûr impossible. Alors, elle s'asseyait presque toutes les nuits sur ce qu'elle appelait, avec affection, le « vieux machin » de Royce. Tout ce qu'elle demandait à son ami, à ces moments-là, était de se tenir tranquille, tandis qu'elle gigotait, en poussant de petits cris.

Le phantasme préféré de Royce était plus simple, et consistait à installer une bouteille de bière sur son nombril. Il aimait alors s'imaginer qu'il y avait un petit trou dans le fond de la

180

bouteille, et également un petit trou dans son nombril, ce qui permettrait au liquide de couler dans son estomac, sans aucune intervention de sa part. De cette manière, les deux choses les plus agréables de la vie, faire l'amour et boire de la bière n'étaient plus qu'un jeu d'enfant.

Shirley aimait tellement faire l'amour assise sur lui qu'elle décida de l'entretenir, pour le garder sous la main. Royce était ainsi devenu un homme de loisirs. Il en était venu, en l'espace de trois semaines, à oublier presque complètement Rosie et ses sept enfants. De temps à autre, il était pris du désir de revoir son cher petit Buster, mais Shirley arrivait et posait une bière sur son nombril, et alors, il n'y pensait plus. Shirley habitait une maison de trois pièces à Harrisburg, à côté d'un entrepôt de pneus usagés, et Royce passait une bonne partie de ses journées à contempler de la fenêtre la montagne que constituaient les 20 000 pneus entreposés. Son activité se limitait en général à faire le tour du pâté de maisons pour se procurer de la bière. S'il était particulièrement en forme, il passait l'après-midi au *Tired-Out Lounge*, un bar où avait l'habitude de traîner son vieil ami Mitch McDonald.

Mitch était un débardeur qui avait eu la main arrachée sur un gisement de pétrole et avait arrêté de travailler. C'était lui qui avait présenté Royce à Shirley. Shirley avait été l'amie de Mitch pendant des années, mais leurs relations s'étaient détériorées, parce que le « vieux machin » de Mitch avait pris l'habitude de retomber juste quand il ne le fallait pas. Ils étaient cependant restés bons amis. Mitch estimait que Royce était bien trop fruste pour Shirley ; aussi fut-il très choqué lorsqu'il apprit que ça collait entre eux. Comme c'était son œuvre, il ne fit aucun commentaire, sauf à Hubbard Junior, le patron du *Tired-Out Lounge*. Mitch lui disait souvent qu'entre Royce et Shirley, ça ne durerait pas. Hubbard Junior, un petit homme nerveux et bien soigné, qui avait la malchance d'être propriétaire d'un bar situé à proximité d'un entrepôt, l'écoutait en acquiesçant. Il était toujours d'accord avec tout le monde, quoi qu'on dît.

Royce et Mitch restaient cependant copains, au moins en apparence ; aussi Royce ne fut-il pas surpris de reconnaître la voix de Mitch au bout du fil.

— Qu'est-ce que tu fais de beau ? demanda Mitch.

— Oh ! ben, je me repose ! répondit Royce. En compagnie de quelques bières.

— Tu vas avoir besoin de quelque chose de plus costaud. Ecoute, je suis au *J-Bar Korral*.

— Ah ! bon, fit Royce, d'un ton indifférent.

— Il y a une soirée. Et devine qui vient d'entrer ?

— John F. Kennedy.

— Allez, arrête tes conneries ! Son nom commence par un R.

— Vois personne dont le nom commence par R., à part moi.

— Espèce de crétin ! C'est Rosie. Rosie Dunlop, ta femme.

— Ah, Rosie ! Eh bien, demande-lui comment va Buster, fit Royce, toujours aussi indifférent.

Et puis, la nouvelle ayant fini par faire son chemin dans son cerveau embrumé par l'alcool, il se redressa soudain, renversant sa bière.

— Rosie, tu veux dire Rosie ? s'écria-t-il.

— Rosie, fit tranquillement Mitch qui savourait la brusque inquiétude de son ami.

— Dis-lui de rentrer à la maison ! Qu'est-ce qu'elle fait dans un endroit pareil, toute seule ?

— Elle n'est pas toute seule.

Mitch apprit à Royce que sa femme se trouvait avec deux hommes. L'un avait une petite moustache, et l'autre était dans le pétrole et conduisait une Lincoln blanche. Il y eut un silence au bout de la ligne. Royce digérait la nouvelle.

— Quand le chat n'est pas là, les souris dansent, continua Mitch.

— Elle devrait être à la maison, en train de s'occuper des enfants ! C'est une femme mariée ! fit Royce, sentant l'indignation monter en lui.

— Pour une femme mariée, elle a l'air de bien s'amuser.

— Tais-toi maintenant. J'essaie de réfléchir.

Royce essayait de s'imprégner de l'idée que Rosie était sa femme, et qu'elle était sur le point de le trahir.

— Tu viens ? demanda Mitch.

Royce, dans son émoi, raccrocha avant même d'avoir répondu.

— Et comment, que je viens ! se dit-il à lui-même.

Mais quand il voulut mettre ses chaussures, il n'en trouva qu'une. Barstow, le petit chien de Shirley, avait en effet l'habitude de chaparder les souliers de Royce pour en mordre les lacets. A défaut de chaussure, il aperçut une bouteille de whisky dont il avait oublié l'existence, et en descendit une bonne quantité, tout en poursuivant ses recherches. Il regarda sous le lit, puis sous le matelas, mais sans succès. La pensée de sa femme dansant avec des étrangers le rendait fou. Son exaspération croissant, il décida qu'il se contenterait d'une seule chaussure et se précipita dehors et sauta dans son camion. Malheureusement, après un mois d'immobilisation, la batterie était à plat. Royce essaya de garder son sang-froid et se dirigea, en clopinant, vers le *Tired-out Lounge*. Son apparition déclencha l'hilarité, mais il ne s'en soucia pas et demanda immédiatement de l'aide pour faire démarrer son camion. Il lui fut facile de trouver de la main-d'œuvre ; en effet, rien de tel qu'un ennui de ce genre pour se faire des amis dans un bar. On lui trouva sans tarder une Mercury 58 pour tirer son camion. Les types qui lui donnèrent le coup de main voulurent connaître la raison de sa hâte, mais Royce se tut, trop fier pour avouer que sa femme batifolait avec d'autres. Une fois la batterie rechargée, il démarra en trombe, laissant derrière lui des hommes déçus dans leur curiosité. Il y en eut même pour lui souhaiter un accident en cours de route.

Pendant ce temps-là, au *J-Bar Korral*, la soirée, animée par les Tyler Troubadours, battait son plein. Il y avait dans la salle des gens venus pour boire, d'autres pour danser, et certains conciliaient les deux. Les hommes qui avaient daigné enlever leur chapeau exhibaient des cheveux gominés. Les femmes arboraient, pour la plupart, des chignons arrogants. Tout le monde était heureux et ivre. Vernon, lui, était malheureux et sobre. Rosie s'était tout de suite jetée dans la danse pour oublier le sentiment de gêne qu'elle éprouvait à sortir avec F.V. Elle ne savait même plus pourquoi elle avait traîné Vernon là, mais sa présence la rassurait. Elle craignait en effet d'avoir des problèmes avec F.V. Heureusement, la conduite de ce dernier s'avéra exemplaire. Il se mit à danser avec autant de plaisir que Rosie, pour la bonne raison qu'il ne savait pas quoi dire. Bien qu'ils fussent sans aucune nouvelle de Royce depuis des semaines, l'image de celui-ci restait présente dans leurs esprits, et ils craignaient de le voir apparaître. Il n'y avait rien eu entre eux, et pourtant ils se sentaient coupables, aux yeux de Dieu et de Royce, de se trouver là, ensemble. Nerveux comme ils l'étaient, la danse les soulagea considérablement. F.V. dansait à la manière cajun, avec les hanches et les jambes, le torse restant immobile. Rosie, habituée à plus d'acrobaties, lui reprocha sa rigidité et l'incita à se mouvoir un peu plus. Avec un peu de pratique, cinq ou six bières, et la certitude que Royce ne viendrait plus, F.V. fit des merveilles. Rosie était heureuse : il lui accordait chaque danse. Il faisait une chaleur étouffante et dès que l'orchestre s'arrêtait, Rosie et F.V. se précipitaient sur leur bière. Vernon avait à peine le temps de payer qu'elles étaient déjà englouties. Rosie était maintenant reconnaissante à F.V. de lui avoir proposé cette soirée. C'était pour elle le commencement de sa libération.

— F.V., nous aurions dû faire cela depuis bien longtemps !
dit-elle.

— Oh, oui ! répondit-il. On remet ça la semaine prochaine ?

— Eh bien, dit Rosie, en s'éventant avec une serviette.

Le « Eh bien » était une tactique de tergiversation qu'elle avait
piquée à Aurore.

— Ils organisent un bal toutes les semaines.

— C'est chouette, fit Rosie, sans grande conviction.

Elle estimait que F.V., en la pressant ainsi, manquait de tact,
et elle craignait de s'engager une semaine à l'avance. Elle se
tourna vers Vernon, pour faire diversion.

— Vernon, vous devriez danser un peu, dit-elle.

— J'ai eu une éducation protestante. Et les protestants ne
sont pas portés sur la danse.

Rosie sentit que Vernon ne lui serait pas d'un grand secours.
Il attendait poliment que la soirée s'achevât. F.V., lui, attendait impatiemment la réponse de Rosie.

— Eh bien, si le petit Buster n'est pas malade et si le ciel
ne nous tombe pas sur la tête..., fit-elle, en laissant sa phrase
inachevée.

F.V. fut soulagé. Il était toujours soulagé lorsqu'il ne se
heurtait pas à un refus catégorique. Il finit sa bière, tandis que
Vernon mangeait des bretzels. Vernon se sentait dans un état
de dérive analogue à celui de la matinée, lorsqu'il avait conduit
sa voiture en marche arrière. Le vieux Schweppes, le fana de
base-ball, aurait dit que la vie l'avait jeté dans un virage. Pour
Vernon, c'était plutôt comme s'il s'était engagé dans un nouveau
chemin, laissant derrière lui la vieille route toute droite de son
existence, et se retrouvait ensablé. L'étuve et le vacarme du
*J-Bar* étaient l'image de cet ensablement. Tandis que Vernon
grignotait, l'esprit plongé dans une douce torpeur, la camionnette bleue de Royce Dunlop s'approchait du parking du *J-Bar*.

Royce, pensant que quelques bières pourraient l'aider à y
voir plus clair, s'était arrêté en chemin pour se ravitailler en
boisson. A sa grande contrariété, on se moqua de lui parce
qu'il n'avait qu'une chaussure. Le caissier du magasin, un gamin
boutonneux, se permit même de faire une plaisanterie :

— Qu'est-ce qui t'arrive, mec ? T'as oublié de mettre ta
chaussure ou t'as oublié d'enlever l'autre ?

Royce s'enfuit en clopinant jusqu'au camion avec ses douze
canettes de bière, poursuivi par les railleries de plusieurs spec-
tateurs. L'incident le fit réfléchir. Les gens avaient l'air de
croire qu'il était timbré parce qu'il ne portait qu'une chaussure. S'il arrivait ainsi au *J-Bar Korral*, il ne manquerait pas
de se faire remarquer et on le prendrait pour un fou. Dans ces

conditions, Rosie pourrait le faire enfermer à l'hôpital psychiatrique.

C'était un problème épineux. Il s'arrêta au bout du parking et eut vite fait de descendre six bières. Il lui vint alors à l'esprit qu'avec un peu de patience, un ivrogne pourrait venir s'écrouler dans le parking. Il suffirait donc de lui voler une de ses chaussures. Mais, en agissant ainsi, il était à craindre que Rosie et ses compagnons n'eussent largement le temps de partir. La disparition de cette chaussure portait tellement à conséquence que Royce se promit d'étrangler Barstow quand il rentrerait. Il siffla les six autres canettes encore plus rapidement que les premières. Boire l'aidait à prendre une décision. De la musique s'échappait du modeste établissement en préfabriqué qu'était le *J-Bar Korral*. A la pensée que sa femme se trouvait là, à danser avec un Cajun de basse extraction, Royce fut fou de rage. Alors qu'il achevait sa douzième bière, la solution idéale lui apparut. Il décida d'attendre dans son camion la sortie de Rosie et de F.V., pour les écraser. Il se préparait à une longue attente, lorsque trois silhouettes, celles de deux hommes et d'une femme, apparurent.

Ils avaient l'air très heureux, et chantaient en se tenant bras dessus, bras dessous. Mais à peine eurent-ils fait quelques pas dehors que leur humeur joyeuse disparut. Le plus costaud des deux hommes saisit le plus petit par la ceinture et l'envoya valser contre le mur du *J-Bar Korral*. Puis il attrapa la femme par le bras et, sans plus de formalités, la propulsa dans une Pontiac bleue ; le couple resta un moment assis dans la voiture, à contempler le petit homme qui se tordait de douleur. L'instant d'après, la Pontiac démarra et s'éloigna, au grand étonnement de Royce, sans écraser le petit homme. Celui-ci parvint finalement à se redresser et, traînant la jambe, disparut dans l'obscurité du parking. Royce lui jeta à peine un regard. Il venait d'avoir une idée. Lorsque le petit homme s'était cogné contre la bâtisse, Royce avait entendu un craquement, et il en déduisit que l'immeuble n'était guère solide. Alors, à quoi bon attendre ? Si le bâtiment ne tenait pas le coup contre un petit homme, qu'en serait-il face à un camion en parfait état ? Il pourrait défoncer le mur et écraser Rosie et F.V. en train de danser. Il conduisit donc son camion à l'arrière de l'immeuble puis donna quelques coups de poing sur le mur. C'était du contre-plaqué recouvert d'une légère couche de bitume, juste ce qu'il lui fallait. Il repéra soigneusement le milieu du mur, recula son camion pour prendre suffisamment d'élan, puis, le moteur poussé à fond, il s'élança, les yeux injectés de sang. Le premier choc fit éclater le mur ; l'avant du camion s'y engouffra, mais s'arrêta là. Royce fit marche arrière et repartit à l'attaque. Un couple fêtait son premier anniversaire de mariage en compagnie de quelques amis.

— Hé ! dit le mari. Y a un fils de pute qu'a loupé son virage et qui s'est planté dans le mur !

Tout le monde regarda dans la direction du camion.

— J'espère que c'est pas un nègre, dit la jeune épouse. Ça casserait l'ambiance, tu trouves pas, mon canard ?

Canard était le surnom qu'elle donnait à son mari. Il n'aimait pas qu'elle l'appelât ainsi en public, mais étant donné les circonstances, cela passa inaperçu. Big Tony, le meilleur ami du conjoint, profitant de la confusion, glissa dans le creux de l'oreille de la conjointe :

— Ton mari est bourré. Tu viens, on va faire mumuse dans la bagnole.

Au même moment, Royce défonça le mur et fit irruption dans le bar. La jeune femme eut juste le temps de voir le camion qui fonçait vers la table. Elle hurla. Quant à Big Tony, il ne pensait plus à faire mumuse. Il lança sa canette de bière sur le pare-brise et se sentit immédiatement propulsé de sa chaise. Le pare-chocs l'envoya rouler sous la table. Il y eut un moment de flottement. Les gens, à l'autre bout de la salle, contemplaient, ébahis, Royce et son camion. Lorsque Royce mit en marche ses essuie-glace pour éjecter la canette de bière du pare-brise, ce fut la panique. Il s'élança sur la piste de danse, écrasant les tables comme des fétus de paille.

F.V. et Rosie avaient entendu des cris, mais n'y avaient guère prêté attention, pensant qu'il s'agissait d'une bagarre, chose courante dans ce genre d'endroits.

Lorsque F.V. aperçut Royce, son sang se glaça dans ses veines.

— Ne regarde pas ! dit-il à Rosie. Royce est là.

Rosie se sentit prête à défaillir. Elle ne regarda pas, s'attendant à voir son mari apparaître, un revolver à la main.

Comme les cris redoublaient et qu'il lui semblait entendre un rugissement de moteur, elle se retourna et aperçut alors Royce, au volant de son camion. A sa vue, une joie profonde l'envahit. Oui, c'était lui son mari, les deux mains sur le volant, avec son aspect habituel. Elle crut que le bal, tout ce qu'elle avait vécu depuis son départ, n'était qu'un rêve. En fait, elle allait se réveiller d'un instant à l'autre et retrouver la vie conjugale. En guise de réveil, le camion percuta l'estrade où se trouvaient les musiciens. La batterie s'écroula sur le batteur, et le chanteur fut projeté dans la foule. Le système d'amplification fut ébranlé : il crachota, et une lumière blanche, aveuglante, en jaillit. La guitare électrique, qui était posée dans un coin, fit entendre un hurlement tellement effroyable que les femmes dans l'assistance se mirent aussi à hurler. Les musiciens se relevèrent et s'enfuirent, à l'exception du bassiste, un type musclé qui semblait préférer la mort à la lâcheté. Il enjamba le batteur, toujours empêtré dans sa batterie, et commença à taper sur le camion avec son instrument.

— Espèce de fumier ! hurla-t-il, tout en soulevant sa contrebasse.

Il en fallait davantage pour intimider Royce ; il fit marche arrière et fonça une nouvelle fois sur l'estrade. Le vaillant bassiste tourbillonna dans les airs avant d'atterrir sur la batterie et le batteur. Loin de s'avouer vaincu, il se mit à genoux et lança contre le camion une cymbale qui fendit son pare-brise.

Bobby et John Dave, les deux propriétaires du *J-Bar Korral*, sortirent en toute hâte de leur bureau. C'étaient deux hommes mûrs, depuis longtemps dans le métier, mais le spectacle de désolation qui s'offrait à leurs yeux les sidéra.

— Dis-moi, John Dave, par où est-il entré, celui-là ? demanda Bobby, abasourdi.

Pendant ce temps, Royce continuait son œuvre. Satisfait par son travail de destruction, il manœuvra et dirigea son camion sur la foule, qu'il dispersa à coups de klaxon. Puis, se servant de son véhicule comme d'un bulldozer, il amassa tables et chaises contre la porte d'entrée ; il les mit en pièces, et constitua ainsi un barrage infranchissable.

Vernon gardait son sang-froid. Il avait rejoint Rosie et tous deux essayaient d'empêcher F. V. de paniquer, ce qui les aurait fait immanquablement repérer. Heureusement, leur petite taille représentait un avantage certain, bien que F. V. ne fût pas de cet avis.

— On est foutus, répétait-il sans cesse.

Rosie, quant à elle, arrivait à peu près à garder la tête froide. Après vingt-sept ans de vie commune avec Royce, elle avait appris à se défendre lorsque celui-ci piquait une crise. Rosie et ses compagnons se dissimulaient derrière un homme et une femme de forte corpulence qui semblaient beaucoup s'amuser.

— Il est joli, ce petit camion bleu, dit la femme. On devrait en payer un comme ça aux gosses.

Le camion s'avançait dans leur direction.

— Vite, vite, fit Vernon, s'adressant à Rosie et à son ami. Courez vous cacher dans les toilettes des femmes !

Au même instant, Royce les aperçut. Il freina pour mieux positionner son véhicule. Rosie se retourna et le vit qui fonçait. Comme F. V. hésitait à entrer chez les dames, elle le poussa. Ils franchirent la porte une fraction de seconde avant que Royce ne percutât le mur. Celui-ci ne s'effondra pas. En effet, contrairement au reste de la construction, cette partie du *J-Bar* était en béton. Le camion s'arrêta net et Royce fut projeté, la tête la première, contre le pare-brise.

Dans les toilettes, la confusion était à son comble. Les femmes qui se trouvaient là, occupées à se refaire une beauté et ignorantes des événements de la soirée, crurent à une tornade. Une grande rousse, qui prenait une douche après avoir forniqué dans un coin du parking, fut éjectée de sa cabine. F. V. perdit l'équilibre et tomba sur la rouquine. Celle-ci, pensant qu'il allait la violer, se mit à hurler. Plusieurs femmes accoururent et sautèrent sur le petit homme. Rosie, voyant que son compagnon était dans une posture difficile, intervint et expliqua la situation F. V. en profita pour filer.

Lorsque Rosie ressortit des toilettes, il régnait dans la salle un désordre indescriptible. Les gens commençaient à lancer des canettes de bière sur le camion. Deux policiers, prévenus par le chanteur, se ruèrent sur la piste de danse.

— Arrêtez ! s'écria soudain Vernon, jaillissant de la foule. Rosie enchaîna :

— Tout va bien. C'est mon mari qui est jaloux, voilà tout.

— Je m'en doutais, Billy, dit un des policiers à son collègue. Encore une sombre histoire de famille. On s'est déplacés pour rien.

— Une histoire de famille ! rugit John Dave. La salle est dévastée !

Aussitôt, Vernon sortit de sa poche une grosse liasse de billets.

— Ne vous inquiétez pas. Je prends tous les frais à ma charge. Cet homme est mon employé.

Au même instant, on entendit un fracas épouvantable ; Royce venait de ressortir comme il était entré, par le mur.

Pendant ce temps, l'homme à la Pontiac bleue était revenu avec l'intention de régler définitivement son compte au petit homme. Il le cherchait, au volant de sa voiture, roulant à faible allure. Lorsqu'il vit le camion lui foncer dessus, il n'eut pas le temps de réagir. Sous le choc, Royce fut projeté par la portière, et tomba sur le sol du parking, inanimé.

Quand il rouvrit les yeux, il aperçut autour de lui des tas de gens qu'il n'avait jamais vus ; parmi eux, il reconnut avec surprise sa femme. Il ne savait même plus pourquoi il était venu au *J-Bar Korral*.

— Ne bouge pas, lui dit Rosie. Tu t'es cassé la cheville.

Il regarda son pied. C'était justement celui qui ne portait pas de chaussure. Il fut gêné à la vue de sa chaussette, qui était loin d'être propre.

Il s'adressa à Rosie :

— Je n'avais pas l'intention de venir avec une seule chaussure. C'est ce bon dieu de chien qui a emporté l'autre.

— Ce n'est rien, lui répondit Rosie.

Elle le regarda. Il était ivre et fatigué ; oui, c'était bien lui, il était redevenu comme avant. L'autre Royce n'était plus qu'un mauvais rêve.

— Buster a demandé de tes nouvelles, dit-elle, en pressant tendrement la main de son mari.

Royce était à bout de forces. Il posa la tête sur la poitrine de sa femme et fondit en larmes. Un instant auparavant, la foule l'aurait lynché. Mais en voyant cela, les gens oublièrent leur colère. Quelques femmes se mirent à pleurer. Le conducteur de la Pontiac décida d'accorder son pardon à Royce, et s'en alla au bras de sa petite amie. Bobby et John Dave reçurent mille dollars de Vernon, en guise de dédommagement. Vernon partit à la recherche de F. V., mais ne le trouva pas. Quant à Mitch McDonald, le meilleur copain de Royce, il s'empressa de décrocher le téléphone pour prévenir Shirley que Royce s'était remis avec sa femme. Il ajouta qu'il ne lui en voulait plus et lui laissa entendre d'autre part que si elle le désirait, elle était toujours la bienvenue pour s'asseoir sur son « machin », ce à quoi elle répondit :

— Débrouille-toi tout seul, minable ! J'ai autre chose à faire.

Royce s'était endormi. Une ambulance arriva et l'emmena, tandis que deux dépanneuses embarquaient la Pontiac et le camion. La foule se dispersa, heureuse d'avoir assisté à une telle scène d'amour. Puis tout redevint calme. Des nuages apparurent, et une petite pluie fine se mit à tomber sur la ville.

## CHAPITRE XIV

### 1

Le lendemain matin, Aurore se leva de bonne heure. Elle était d'humeur joyeuse, et avait envie de faire un excellent petit déjeuner. Comme elle goûtait à de la confiture de prunes, le général entra et referma bruyamment la porte.

— Hector, ce n'est pas la porte d'un tank ! dit Aurore avec douceur. Comment ça va ?

Il se servit du café, sans répondre.

— Où est le journal ? demanda Aurore.

— Si le facteur est passé, en principe, il est dans la boîte. Je n'ai pas envie d'y aller, pour l'instant.

— Dites donc, vous m'avez l'air d'une humeur exécrable ! Naturellement, ça tombe juste un jour où moi, je suis d'excellente humeur. C'est bien ma chance. Allez donc me chercher le journal.

— Je vous ai déjà dit que je n'irais pas.

— Ecoutez, Hector, nous étions pourtant convenus que vous m'apporteriez le journal tous les matins. Je ne vois pas ce que je pourrais faire d'autre en votre compagnie que lire le journal.

— J'en ai assez de vos insinuations. En fait, vous ne pensez qu'au sexe. Il n'y a pas que ça dans la vie !

— Oh ! bien sûr, en dehors de ça, la vie pourrait être agréable si les hommes ne s'obstinaient pas à tout gâcher ! Allez, soyez gentil et ramenez-moi ce journal.

— Pas question, Vous allez encore passer deux heures à le lire en chantant des airs d'opéra. Vous croyez que ça m'amuse ?

— Ce que vous pouvez être pénible, Hector ! Vous allez finir par me faire regretter mes anciens soupirants.

Elle se dirigea vers la porte et sortit. Le soleil brillait et l'herbe étant encore mouillée. Un écureuil était assis sur la pelouse. Aurore le voyait souvent ; elle essayait même de lui parler. Elle alla prendre le journal dans la boîte aux lettres et revint à la cuisine. Le général était toujours d'aussi méchante humeur.

— Ça me dépasse, dit Aurore. Il fait beau, j'ai mis une nouvelle robe, je me propose de nous préparer un bon petit déjeuner ; je fais tout pour vous plaire, et vous trouvez le moyen d'être désagréable. Eh bien, dites-moi donc ce qui ne va pas.

— F. V. n'est pas rentré. Il n'était pas là ce matin pour m'emmener courir avec les chiens.

— Bon sang, laissez-les vivre, vos chiens ! J'apprécie votre discipline, mais vous pourriez vous relâcher un peu. Quant à F. V., ne vous inquiétez donc pas, il ne va sûrement pas tarder.

— Ça m'étonnerait. Cela fait six ans qu'il est à mon service, et il n'a jamais été en retard.

— Eh bien, vous n'avez pas besoin de lui pour faire votre footing ! Vous avez deux jambes, non ?

— Parfois, je ne supporte pas votre façon de parler, Aurore.

— De toute manière, vous avez décidé de me rendre responsable de tous vos malheurs ; alors, continuez et après, nous pourrons déjeuner.

— Eh bien, voilà ! Il s'agit de Rosie. C'est de sa faute : elle a emmené F. V. au bal, hier soir.

— Ah ! je comprends mieux. Vous me rendez responsable parce que vous pensez que Rosie a séduit F.V. Mais je peux vous certifier qu'elle n'a jamais rien éprouvé pour lui.

— En ce cas, où est-elle ? Elle devrait déjà être là, non ? En fait, vous vous en fichez. Vous préférez lire le journal. Vous ne m'aimez pas vraiment, Aurore !

— Est-ce que je sais ? Depuis que vous êtes là, vous ne m'avez même pas demandé si j'allais bien. Si vous voulez tout savoir, vous êtes comme tous les hommes que j'ai rencontrés : vous me compliquez la vie. Comment peut-on aimer quelqu'un dans ces conditions ?

— Vous voyez, vous ne répondez pas vraiment à ma question, dit le général.

Il s'arrêta soudain, fasciné par la beauté d'Aurore. Il s'approcha d'elle, et enfouit son visage dans ses cheveux, irrésistiblement attiré par son cou. Aurore s'arracha à son journal et, jetant un coup d'œil au crâne dégarni du général, trouva la situation ridicule.

— Je vais téléphoner chez Rosie, dit-elle. Elle est épuisée

en ce moment. Et puis, on ne sait jamais, un de ses enfants a peut-être eu un accident.

— Laissez tomber. Vous me rendez fou. Quand je pense à toutes ces années perdues !

— Que voulez-vous dire ? J'ai profité de la vie au maximum. C'est de votre faute si vous avez attendu d'avoir soixante-sept ans pour apprécier l'existence. Je n'y suis pour rien.

— Aurore, j'ai envie de toi, dit le général.

Aurore le regarda et s'esclaffa :

— Voyez-vous ça ! Je veux bien admettre que je vous fais de l'effet, mais je préfère vous garder pour ce soir. Après tout, vous n'êtes plus un jeune homme.

Le voyant trop troublé pour se défendre, elle se radoucit.

— Ça vous apprendra à m'envoyer sur les roses lorsque je suis d'humeur badine, lui dit-elle. Allez prendre une douche pendant que je prépare le petit déjeuner. Ça vous calmera les nerfs.

Le téléphone sonna. Le général fit la grimace.

— Chaque fois qu'on prend le petit déjeuner, ça sonne.

En fait, il pensait que ce pouvait être un homme, bien qu'Aurore lui eût juré qu'elle ne se consacrerait plus qu'à lui.

— Que dites-vous là, Hector ? C'est seulement la deuxième fois que nous prenons le petit déjeuner ensemble.

Tout en l'observant, elle décrocha ; elle reconnut la voix de Rosie.

— Bonjour mon chéri, fit-elle, comme si elle s'adressait à un homme.

Le général rougit et Rosie, interloquée, se tut. Aurore éclata de rire.

— Trêve de plaisanteries, dit-elle à sa bonne. Comment allez-vous ? Pourquoi n'êtes-vous pas encore là ?

C'est à cause de Royce. Vous n'avez pas lu les journaux ?

— On ne m'en a pas laissé le temps.

— Eh bien, je vous raconte. Royce a appris que j'étais allée danser avec F.V. Il a défoncé le mur du dancing avec son camion et a essayé de nous écraser. Il a démoli la baraque, embouti une voiture, et, pour finir, il s'est cassé la cheville. Il a passé une partie de la nuit à l'hôpital et c'est Vernon qui a tout payé. Vous trouverez tous les détails en bas de la page quatorze.

— Oh, non ! dit Aurore. Pauvre Vernon ! Depuis qu'il m'a rencontrée, il n'a pas arrêté de payer.

— Demandez-lui ce qui est arrivé à F.V., intervint le général.

192

— Silence ! répondit Aurore. Où se trouve Royce maintenant ?

— Au lit, il joue avec Buster, dit Rosie. Le petit aime beaucoup son père.

— Alors, cette fois, il est revenu pour de bon ?

— Je ne sais pas encore. Il vient juste de se réveiller. J'aimerais faire le point avec lui, et si vous le voulez bien, je viendrai chez vous après.

— Surtout, prenez votre temps. Je ne sais même pas quand
nous passerons à table. Je meurs de faim. Où est Vernon ?

— Demandez-lui plutôt où est F.V., intervint le général, pour
la deuxième fois.

— Ce qu'il est pénible, celui-là ! dit Aurore. A propos, le
général Scott insiste pour savoir ce que vous avez fait de son
chauffeur. Il lui est encore plus indispensable que moi. Alors,
savez-vous où il est caché ?

— Mon Dieu, je n'en ai pas la moindre idée. J'avais déjà
oublié son existence, dit Rosie, soudain embarrassée, en se sou-
venant que Royce se trouvait à côté.

— Elle l'a oublié, lança Aurore au général.

— Il a dû quitter la ville, murmura Rosie. Je ne peux pas
parler, Royce est là.

— Correction, mon général. Aux dernières nouvelles, il pourrait avoir quitté la ville. Au revoir, Rosie. Venez me raconter
toute l'histoire dès que vous le pourrez.

Elle avait à peine raccroché que le général lui fit une scène
parce qu'elle avait prononcé le nom de Vernon.

— Vous n'avez jamais dit « pauvre Hector », déclara-t-il.

Aurore se leva.

— Bon, fit-elle, il est maintenant grand temps de faire la
cuisine. Nous reprendrons cette conversation plus tard. En attendant, asseyez-vous donc et lisez le journal. Ça vous détendra.

— Non, je vais plutôt passer chez moi en vitesse voir si
F.V. n'est pas rentré.

— Je parie que vous avez peur que je me mette à chanter !

Le général se dirigea vers la porte, s'apprêtant à sortir. Mais,
étonné de ne pas entendre chanter, il se retourna. Aurore était
debout à côté de l'évier, les mains sur les hanches, et souriait.
Le général fit alors demi-tour et l'attrapa par les épaules, pris
d'une irrésistible envie de l'embrasser. Aurore ouvrit le robinet,
puis elle s'écarta et aspergea Hector à l'aide du tuyau. Le général fut trempé, ainsi que le sol de la cuisine. Elle décida alors
d'entonner un air d'opéra.

Le général, au comble de l'humiliation, se jeta sur elle. Ils
luttèrent un instant, puis il retourna le tuyau contre elle et

l'arrosa d'abondance. Aurore continuait à chanter. Elle réussit à arrêter le robinet.

— Qu'est-ce que tout ça veut dire ? demanda le général. Allez, montrez-moi votre Renoir !

— Oui, oui ! fit Aurore. Je sais ce que vous voulez. Pourquoi cet euphémisme ?

— Quoi ?

— Allez, ne faites pas l'ignorant !

Elle s'empara du petit tuyau de caoutchouc et commença à le secouer, de façon fort suggestive. Elle le tint dressé pendant un moment, puis le laissa retomber.

— Bonté divine ! j'espère que ce n'est pas un mauvais présage, dit-elle, l'air aguicheur. Peu importe, d'ailleurs, c'est l'art qui vous intéresse. Vous alors ! Demander à voir mon Renoir !

— Mais c'est vous qui me l'avez proposé l'autre jour, dit le général, désemparé.

— En effet. Mais je suis réputée pour mon sens de la métaphore. Vous êtes si sensibles, vous autres militaires ! Alors je surveille mon langage.

— Arrêtez ! hurla le général. Mais taisez-vous donc ! Allez vivre en Tunisie, ou ailleurs.

— Tiens, c'est la seule chose drôle que vous ayez sorti de la journée, Hector. Continuez, vous êtes sur la bonne voie.

— C'est faux. Vous continuez à vous moquer de moi.

— Mais pas du tout. Je peux même vous dire que, pour votre âge, votre visage est encore bien ferme. Vous voyez bien que vous commencez réellement à éveiller mon intérêt. Quel dommage que vous ayez renoncé à me faire des avances !

— C'est à cause du sol ; c'est tout mouillé, ça glisse. Je pourrais tomber et me casser le col du fémur.

— Nous ne sommes pas obligés de rester ici. Je n'ai plus très faim.

Aurore prit un grand plateau rempli de fruits exotiques et regarda Hector de façon appuyée. Puis elle traversa la cuisine et disparut, sans un mot.

Le général ne savait sur quel pied danser. Peu après, il sortit lui aussi de la pièce.

# CHAPITRE XV

## 1

Un beau matin, le tailleur du général arriva en ville. Hector allait passer la matinée à faire des essayages et Aurore se retrouverait enfin seule. Depuis sa récente liaison, elle n'avait pas eu un moment de répit. Elle décida de profiter au maximum de sa liberté et de passer la matinée comme autrefois, à flemmarder. Rosie entra pour faire la chambre.

— Ce que les hommes peuvent être envahissants ! lui dit Aurore.

— Comment cela ?

— Eh bien, dès que vous leur manifestez le moindre intérêt, ils ne vous laissent plus respirer.

— Ça, vous pouvez le dire. Moi, ça me rend dingue.

— A propos, comment va Royce ?

— Justement, c'est de pire en pire. Il passe sa vie allongé, à boire de la bière ; en plus, il pense à des choses sales.

— Des choses sales ?

— Je préfère ne pas entrer dans les détails. Cette traînée a fait de mon mari un vicieux, voilà.

— Un vicieux, alors là, vous me surprenez.

— Et moi, vous ne croyez pas que je suis surprise lorsque je vois son sexe près de mon visage ? s'écria Rosie, furibonde.

— Ne criez pas comme ça. J'essaie simplement de vous aider. Ça fait du bien de parler à quelqu'un. Allez, racontez-moi tout.

Rosie resta muette et commença à faire le lit.

— Votre attitude est ridicule, poursuivit Aurore. Si vous vous butez, comment voulez-vous que je vous aide ? Vous savez,

195

vous n'êtes pas la première femme trompée par son mari. D'accord, le vôtre a eu une maîtresse pendant quelque temps, mais vous savez comme moi que les hommes sont toujours attirés par les expériences sexuelles.

— Mais vous, vous avez été mariée pendant des années, et votre mari ne s'est jamais affiché avec une traînée !

— C'est parce qu'il n'avait aucune initiative. Nous passions nos journées au lit, à paresser. Vous devriez faire la même chose de temps en temps.

— Oui, mais moi, il faut que je gagne ma vie, répliqua Rosie, piquée au vif.

— Le travail, vous n'avez que ce mot à la bouche ! Si vous étiez millionnaire, vous trouveriez encore le moyen de travailler. Il n'y a rien d'autre qui vous intéresse dans la vie. Même l'éducation de vos enfants représente pour vous une corvée. Vous accusez Royce de perversité, mais vous étiez toujours après lui. En prenant une maîtresse, peut-être voulait-il la paix, ainsi qu'une vie sexuelle plus intéressante que celle que vous lui offriez.

— Plus sale, vous voulez dire, fit Rosie avec amertume. Elle s'assoit sur lui. Et maintenant, Royce voudrait que je fasse pareil. Quant à mon gendre, il s'est mis, lui aussi, à tromper sa femme. Ma vie ne vaut plus la peine d'être vécue !

— Votre fille n'aurait jamais dû épouser ce garçon. Elle devrait divorcer au plus vite. Mais ne mélangez pas les problèmes d'Elfride avec les vôtres. Allez faire du lavage et laissez-moi réfléchir à tout ça.

Mais Rosie était en fait au bord du désespoir. Son existence, lui semblait-il, n'avait été que dur labeur et déceptions. Personne ne lui était jamais venu en aide. C'était trop injuste. Elle aurait aimé frapper toutes les personnes responsables de ses malheurs : Royce, Shirley, et même le petit Buster, qui trouvait son papa tellement merveilleux. Elle était à bout de nerfs. Une douleur aiguë envahit sa poitrine, l'empêchant de respirer. Rageusement, elle balança les draps sur la coiffeuse, renversant tous les produits de beauté d'Aurore.

— Arrêtez ! hurla celle-ci.

Rosie, déchaînée, se précipita vers le lit et se mit à frapper sa maîtresse avec un oreiller.

— C'est votre faute, cria Rosie, continuant à frapper.

Aurore était à sa merci. Elle reçut l'extrémité de l'oreiller dans l'œil.

— Arrêtez ! dit-elle. Vous m'avez fait mal !

Mais Rosie ne l'entendit même pas. Elle pensait à Royce. Elle le revoyait assis dans la cuisine de la maison, faisant semblant

196

de manger, tout en suivant des yeux les moindres gestes d'Aurore.

— C'est votre faute, c'est vous qui lui avez mis des idées dans la tête ! continua-t-elle.

— Arrêtez ! dit Aurore. Je n'y vois plus rien. Pensez ce que vous voulez, ça m'est égal. Vous êtes renvoyée. Je ne veux plus vous voir ici.

— Vous ne me mettez pas à la porte, c'est moi qui pars. Si je ne vous avais pas rencontrée, ma vie serait peut-être normale.

— Ça, ça reste à prouver, dit Aurore.

Mais Rosie avait déjà quitté la pièce. Elle sortit de la maison et, sans se retourner, se dirigea à grands pas vers l'arrêt d'autobus. Quelques instants après, un bus arriva. Rosie disparut.

En boitillant, Aurore alla chercher un miroir pour examiner son œil. Dès qu'elle le touchait, des larmes de douleur coulaient le long de sa joue. Néanmoins, elle était calme. Elle téléphona à Emma.

— Rosie et moi avons eu une scène épouvantable, dit-elle. Elle est devenue folle. Elle m'a frappée avec un oreiller. Rien de grave, mais malheureusement, sous le coup de la colère, je l'ai renvoyée. Elle est très malheureuse en ce moment, tu sais.

— Qu'est-ce que tu vas faire ?

— J'attendrai l'après-midi, d'ici là, elle se sera peut-être calmée. J'essaierai de faire la paix. Elle pense que tout ce qui lui arrive est de ma faute.

— Parce que tu flirtais avec Royce autrefois ?

— Oui. Pour être honnête, je me souviens à peine de lui. C'est dans ma nature de flirter avec les hommes. Royce n'était rien pour moi. Même Hector, il ne me fait ni chaud ni froid. Dis-moi, pourrais-tu appeler Rosie et lui dire que j'aimerais qu'elle revienne ?

— Je m'en occupe, promit Emma. Ne t'inquiète pas, ça va sûrement s'arranger.


2


Une fois dans l'autobus, Rosie regretta d'avoir agi aussi impulsivement. Elle était désolée d'avoir frappé Aurore. Elle décida de retourner voir sa patronne. Elle s'apprêtait à descendre à l'arrêt suivant, lorsqu'elle vit F.V. qui arrosait la pelouse du général, ce qui suffit à la faire changer d'avis. Elle poursuivit donc sa route à travers Houston. Quand elle se retrouva sur Lyons Avenue, l'atmosphère générale lui parut étrange. Elle marchait nonchalamment, sans penser à rien. Elle passa à côté du *Drive-in* ; c'était un des endroits les plus mal famés de Houston. On y servait à manger, la nuit, aux gens de couleur. Elle vit une pancarte : « On demande des serveuses. » Cela la ramena à la réalité. Elle avait un mari handicapé et des enfants à nourrir. Il lui fallait gagner sa vie. Il lui arrivait d'aller au *Drive-in* avec ses enfants, pour leur acheter des friandises. Elle aperçut une grosse blonde nommée Kate, qu'elle connaissait vaguement. Elle s'installa au comptoir.

— Eh bien, vous en faites une tête ! lui dit la serveuse. Et le petit, il n'est pas avec vous ?

— Peut-être que je viendrai avec lui tout à l'heure. Vous avez toujours besoin de serveuses ?

— Plutôt !

— Eh bien, ça m'intéresse.

Kate fut stupéfaite, mais jugea préférable de ne pas poser de questions.

— En ce cas, le boulot est à vous. Vous voulez travailler le jour ou la nuit ?

— Les deux, si c'est possible. Il faut payer les notes, et je suis loin d'être une femmelette.

— Ça, je le sais, mais pas question de faire les deux.

— Bon, alors, la nuit, dit Rosie, car c'était la nuit que l'ambiance chez elle était particulièrement dure à supporter.

Elle remercia Kate et s'éloigna, ragaillardie. Trouver du travail c'était peu de chose, mais c'était mieux que rien.


3


Au même moment, Royce discutait au téléphone avec Shirley. Il l'appelait fréquemment pour rompre la monotonie de son existence. Shirley aurait bien aimé qu'il lui revienne, pour la bonne raison qu'il était facile à manœuvrer. Elle n'avait pas de temps à perdre et elle voulait un homme qui soit à sa botte. Espérant amadouer Royce, elle passait chaque jour une heure ou deux au téléphone avec lui. Elle lui disait combien son appartement était confortable. Elle lui parlait des idées qu'elle avait en tête au sujet de son « vieux machin ». Royce était allongé sur le lit et regardait son sexe se dresser, lorsque Rosie entra sans crier gare dans la chambre. Royce, qui la croyait en train de travailler, sursauta.

— Avec qui parles-tu ? dit Rosie. Si c'est Aurore, passe-la-moi.

Elle avança la main vers l'appareil. Royce, pris au dépourvu, lui tendit le récepteur.

— Est-ce que votre œil va bien ? dit Rosie, pleine de remords.

— Royce ? fit Shirley, croyant avoir été coupée.

Rosie n'entendit pas la voix de Shirley. Elle pensait à Aurore, qui avait toujours été si gentille avec elle. Elle s'en voulait terriblement de lui avoir fait du mal et tenait absolument à se faire pardonner.

— Je m'excuse, dit-elle. J'étais comme folle.

— Royce, tu m'entends ? fit Shirley. Il y a quelqu'un sur la ligne.

Rosie, abasourdie, regarda Royce et laissa échapper le récepteur, comme s'il se fut agi d'un serpent.

— Je raccroche et je te rappelle, continua Shirley.

— C'était elle, n'est-ce pas ? dit Rosie.

— Euh... Oui, c'était pour prendre des nouvelles de ma cheville.

Elle coupa le fil du téléphone, puis elle s'assit par terre.

— Bon Dieu, pourquoi fais-tu ça ? dit Royce.

— Pour que tu ne puisses plus parler à cette traînée, pendant que moi, je me tue au travail. Si elle te plaît tant, retourne donc vivre avec elle !

— C'est vrai, je peux ?

— Mais oui, va la rejoindre. J'abandonne. Qu'est-ce qu'on fait ? On divorce ?

Shirley avait soulevé la question à plusieurs reprises, mais Royce n'avait jamais voulu s'attaquer au problème. Vivre avec Shirley, c'était déjà difficile ; divorcer d'avec Rosie était encore bien plus compliqué.

— Non, répondit-il. Je préférerais t'éviter cette corvée.

— Si tu vas vivre avec cette garce, j'aimerais autant divorcer et épouser un type convenable. Je finirai bien par en trouver un au *Drive-in* où je vais travailler.

— Le *Drive-in* ? Et ton boulot chez Mrs Greenway ?

— Nous nous sommes disputées. Je l'ai frappée avec un oreiller, et elle m'a virée.

— Tu l'as frappée ?

— Oui, elle m'a rendue jalouse pendant vingt ans. Avant que tu ne rencontres l'autre, elle représentait ton idéal féminin.

Ces derniers temps, Royce avait en effet quelque peu oublié Aurore. Rosie venait de réveiller sa mémoire.

— Alors, elle n'est toujours pas remariée ? dit-il, intéressé.

— Qu'est-ce que ça peut te faire ? De toute manière, tu ne la reverras plus jamais, maintenant que je ne travaille plus chez elle.

Royce avait la tête qui tournait. Tout cela était trop pour lui. Aurore Greenway sentait meilleur que Rosie et Shirley. Il avait du mal à la chasser de son esprit. A sa pensée, il eut une nouvelle érection. Rosie le remarqua et se leva.

— Si tu n'as rien de mieux à faire que rester allongé, avec ton truc pointé vers moi, je préfère m'en aller. Je vais chez ma sœur, le temps que tu prépares tes affaires.

Elle alla jusqu'à la commode et enfouit sa tête dans ses mains. Elle ne pleurait pas. Elle pensait à l'avenir. Certes, Royce ne valait pas grand-chose ; mais sans lui, elle se retrouverait seule avec les gosses et un sale boulot. Elle regarda son mari. Epuisé par les événements de la matinée, il s'était endormi. Rosie s'approcha sur la pointe des pieds. Buster et Royce se ressemblaient comme deux gouttes d'eau. Mais Royce avait une forte bedaine et les jambes arquées. Il ne s'était pas rasé depuis plusieurs jours. Rosie n'arrivait pas à comprendre pourquoi elle lui était attachée. Aucune femme sensée n'en aurait voulu. Elle se dit qu'il serait bien plus agréable de vivre avec un petit homme aussi charmant que Vernon.

On frappa à la porte. C'était Elfride. A cette heure, elle aurait dû être à son travail.

— Que se passe-t-il ? demanda Rosie.

Elfride fondit en larmes.

— Oh ! maman ! Gene a emporté toutes nos économies ! Il était ivre et il a exigé que je les lui remette. Je parie que c'est elle qui l'a poussé à faire ça.

Elle se jeta dans les bras de sa mère. Rosie la fit s'étendre sur le divan.

— A combien se montaient tes économies ?

— A cent quatre-vingts dollars. On devait s'acheter un tapis.

— Ce n'est pas la fin du monde, ma chérie. Tu aurais dû me dire que tu en voulais un ; ton père et moi, on te l'aurait offert.

— Oui, mais c'était nos économies. Maman, qu'est-ce que je vais faire ?

Elfride pleurait toujours. Rosie regarda au-dehors les voitures qui roulaient sur Lyons Avenue, puis elle avoua :

— Pour le moment, je ne sais pas.

# CHAPITRE XVI

## 1

A quatre heures, Aurore se décida à appeler Rosie. Elle se sentait un peu responsable. Peut-être avait-elle été trop expansive avec Royce, dans le passé. S'il le fallait, elle irait même jusqu'à s'excuser. Elle composa le numéro, mais cela sonna occupé. Contrariée, elle rappela. Après une heure et demie d'essais infructueux, son humilité tourna à la colère. Elle essaya encore pendant une heure et commença à se poser des questions. Avec qui Rosie pouvait-elle parler aussi longtemps au téléphone ? Peut-être avec Emma. Elles devaient être en train de dire des choses sur son compte. Aurore appela alors Emma, qui lui dit n'avoir aucune nouvelle de Rosie.

— Son téléphone est peut-être en dérangement.

— Ce n'est pas une raison. Elle pourrait m'appeler d'une cabine. Elle me connaît. Elle aurait dû savoir que je serais dans tous mes états, à l'heure qu'il est.

— Si tu avais flirté avec mon mari pendant vingt ans, moi aussi, je te laisserais mariner.

— Avec ton mari ? Alors là, aucun risque ! Je le laisse de bon cœur à ton amie Patsy. Ils vont très bien ensemble ; ils n'ont l'un et l'autre aucune manière. Je te souhaite même qu'il parte avec elle, ça t'évitera de mourir d'ennui. Allez, je te laisse, il faut que je rappelle Rosie.

La ligne était toujours occupée. Elle demanda les renseignements qui lui signalèrent que la ligne de Rosie était en dérangement. Elle rappela Emma.

— Elle a décroché son téléphone. C'est très ennuyeux. Elle doit croire que je lui en veux, et elle n'ose pas me faire signe. Bref, il faut que j'aille la voir.

— Quelle logique imparable ! ironisa Emma.

— Pourrais-tu m'accompagner chez Rosie, pour le cas où les choses tourneraient mal ? J'aimerais filer avant que le général ne revienne et ne m'accapare.

— J'arrive. Ça me fera plaisir de voir le petit Buster. Mais mon mari sera furieux de ne pas me trouver à la maison.

— Dis-lui que ta mère a besoin de toi.

— Certes, mais il a tendance à penser que ses besoins passent avant les tiens.

— Bon, je te quitte. A tout à l'heure.


2


A six heures et demie, la mère et la fille arrivèrent chez Rosie. Il y avait encore une circulation assez dense sur Lyons Avenue.

Une Cadillac mauve apparut, conduite par un Noir coiffé d'un chapeau rose.

— Où a-t-il pu trouver ça ? dit Aurore. Je me demande vraiment comment Rosie peut vivre dans ce quartier.

Elle regarda autour d'elle. Un dancing pour Mexicains côtoyait un débit de boissons fréquenté par des Noirs. Rosie habitait juste en face. Aurore et Emma sortirent de la voiture, et allèrent frapper à sa porte, sans succès.

— Elle est sûrement chez sa sœur, à dire du mal de toi, fit Emma.

— Royce a la cheville cassée : il ne peut être au bar.

Elles trouvèrent la clef de la maison, cachée sous un pot dans la cour, et entrèrent. Tout était parfaitement en ordre, sauf la chambre à coucher. Le lit était défait, et les tiroirs de la commode, ouverts.

— Bizarre ! dit Aurore, en contemplant le fil du téléphone coupé. Elle ne m'en veut tout de même pas à ce point-là !

— C'est peut-être Royce. Ils ont dû se disputer.

Elles sortirent.

En descendant Lyons Avenue, elles passèrent à côté du *Drive-in*. Emma y aperçut Rosie.

— Arrête, Maman ! c'est elle.

Aurore fit brusquement demi-tour et faillit entrer en collision avec une voiture pleine de Mexicains ; ces derniers l'insultèrent copieusement. Elle s'engagea dans une petite rue attenante au *Drive-in* et, cherchant à repérer Rosie, s'arrêta au beau milieu de la chaussée. Les Mexicains, qui avaient pris la même direction, klaxonnèrent, en brandissant le poing.

— Je n'aime pas ces gens-là, dit calmement Aurore.

Elle manœuvra et vint garer la Cadillac dans le parking, entre deux décapotables.

Rosie reconnut les deux femmes et s'avança vers elles.

Elle marchait la tête basse. Elle travaillait depuis une heure à peine, mais elle avait déjà appris à éviter de regarder ce qui se passait autour d'elle ; un gros type avec un bulldozer tatoué sur le bras lui avait fait des propositions.

— Alors, vous voilà ! dit Aurore. Je constate que vous n'avez pas tardé à retrouver du travail. Je suis venue vous dire que je suis désolée et que je m'excuse. Mais je doute que vous acceptiez de me pardonner.

— Bonjour, Rosie, dit Emma.

Rosie avait envie de pleurer. Le fait de voir sa patronne et sa fille dans un tel endroit la dépassait. Elle était muette de stupeur, comme devant un miracle.

— Pourquoi avez-vous coupé le fil du téléphone ? demanda Aurore. J'ai essayé de vous appeler à plusieurs reprises.

— Ça n'a rien à voir avec vous. En rentrant chez moi, j'ai trouvé Royce qui parlait à sa petite amie. Alors, j'ai pris les ciseaux, voilà.

— Je vois, dit Aurore. J'aurais dû deviner. C'était une saine réaction, mais vous auriez pu m'appeler avant.

— J'y ai pensé, mais c'était trop tard. Vous prenez quelque chose ?

— Un milkshake au chocolat, dit Emma.

— Je vous amène ça.

Aurore et Emma restèrent silencieuses, suivant des yeux Rosie qui apportait deux grands plateaux de nourriture à des clients.

— Regarde, dit Aurore. On dirait qu'elle a fait ça toute sa vie.

Rosie revint.

— Allez, enlevez votre uniforme et montez dans la voiture. Je vous reprends à mon service.

— Quel soulagement ! Je serai là demain matin. Je ne peux lâcher maintenant, on est en plein boum. C'est Royce qui vous a dit où me trouver ?

— Non, il n'y est pour rien. C'est Emma qui vous a repérée.

Rosie soupira profondément et s'éloigna, car des clients commençaient à s'impatienter. Quelques minutes après, elle revint et annonça :

— Royce est allé la rejoindre. C'est fini entre nous.

— Nous en reparlerons demain, fit Aurore.

Rosie reprit leurs plateaux et s'éclipsa.


3


— Tu as des nouvelles de Vernon ? demanda Emma à sa mère, tandis qu'elles roulaient.

Aurore ne répondit pas.

— Tu aurais pu en faire quelqu'un, tu sais.

— Je ne suis pas une éducatrice. Mêle-toi de tes affaires.

— Tu penses épouser le général ? fit Emma timidement.

— C'est lui qui y pense, pas moi. Je t'ai déjà dit de t'occuper de tes affaires.

— J'aimerais savoir ce qui pourrait te faire sortir de ton indifférence.

— Je crains de ne pouvoir te répondre. Je suis un mystère pour moi-même ainsi que pour les hommes qui prétendent me connaître. On cherche toujours à comprendre, mais le mystère a son charme. Souviens-toi de ça, ma fille, ça t'aidera à mettre un grain de fantaisie dans ton existence.

Aurore déposa Emma chez elle. Flap était assis dehors, sur les marches. La lune brillait dans le ciel.

— Il n'a pas l'air pressé de te serrer dans ses bras, commenta Aurore.

— Et ton général, il va te prendre dans ses bras, lui ?

— Non, mais au moins, je le trouverai en train de faire les cent pas. Merci de m'avoir accompagnée. Téléphone-moi.

— D'accord. Amitiés au général.

— Je les lui transmettrai. Tu sais, il aime se croire adoré, même s'il n'en est rien. Et comme je l'ai pris sous ma protection, je me sens obligée de le flatter. Ça le sécurise.

— On dirait que tu deviens diplomate lorsque je ne suis pas là ! J'aimerais bien voir ça.

— Crois-moi, ça vaut le coup d'œil, dit Aurore en démarrant.


4


Lorsque Aurore s'engagea dans le chemin qui menait à sa maison, elle aperçut la vieille Lincoln d'Alberto garée à la place habituelle de sa Cadillac. La voiture était vide, ce qui signifiait qu'Alberto devait se trouver chez elle. En passant devant la maison du général, elle n'avait pas vu de lumière ; il devait être là, lui aussi. Il y avait des ennuis en perspective. Elle réussit à se serrer derrière la Lincoln et se mit à réfléchir. Elle en avait discuté au téléphone avec Alberto, mais celui-ci refusait de prendre au sérieux sa liaison avec le général. Quant à Hector, Alberto lui était antipathique. Bref, la soirée s'annonçait fort réjouissante.

Elle descendit de voiture et s'approcha de la maison. Elle entrouvrit doucement la porte de derrière, s'attendant à entendre des éclats de voix, mais aucun son ne lui parvint. Tout était calme, trop calme. Elle referma la porte avec précaution, et se mit à arpenter le trottoir en se demandant quelle attitude adopter. Les deux hommes étaient rivaux depuis vingt-cinq ans ; il fallait agir avec délicatesse. Alberto avait obtenu les faveurs d'Aurore quelques années auparavant, tandis que le succès du général était plus récent. Aurore priait pour qu'Alberto s'en sorte vivant ; il ne savait pas se défendre. Elle s'attarda, le cherchant dans la nuit pour le mettre en garde, mais ne le vit pas.

Elle ouvrit la porte de la maison.

— Hou hou ! fit-elle. Vous êtes là ?

— Bien sûr qu'on est là ! dit le général. Et vous, où étiez-vous ?

Les deux hommes étaient assis à la table de la cuisine, chacun à une extrémité. Il y avait des fleurs partout. Alberto, comme à son habitude, portait un vieux costume miteux, et affichait un air misérable. Le général dévisageait Aurore d'un air féroce.

— Eh bien, j'étais sortie ! répondit-elle. Pourquoi ?

— Ce n'est pas une réponse.

— Alberto, quelle bonne surprise ! s'exclama Aurore. Dites-moi, vous avez encore dévalisé le fleuriste !

— Vous me connaissez, c'est ma passion.

— Drôle de passion ! intervint le général. En vingt ans j'ai acheté moins de fleurs que lui en un seul jour. Même pour mon enterrement, il n'y en aura pas autant.

— Arrêtez donc de ronchonner, Hector. Alberto a toujours eu un faible pour les fleurs. C'est son côté italien. Vous êtes déjà allé probablement en Italie, vous devriez comprendre ça.

— Ce que je ne comprends pas, c'est ce qu'il fait ici, dit le général, en s'énervant.

— Et vous, alors ! s'exclama Alberto rouge de colère, en montrant le général du doigt.

Celui-ci brandit son poing en direction d'Alberto.

— Allons, calmez-vous ! dit Aurore. Nous sommes de vieux amis, ne l'oubliez pas. Soyez corrects, et passons une bonne soirée tous les trois.

— Comment ça ? dit le général. C'est hors de question tant qu'il est là.

Alberto se dressa et éclata en larmes. Humilié, il se dirigea vers la porte.

— Très bien, je pars. C'est moi qui ne suis pas à ma place. Je n'aurais pas dû venir. Je vous laisse en tête à tête.

Il allait quitter la pièce. Aurore le rattrapa et le saisit par le col de son manteau.

— Restez là, Alberto. Il n'est pas question que vous partiez.

— Voilà bien les Italiens, fit le général. Ils pleurent pour un rien.

Alberto devint fou de rage.

— Vous avez vu, il m'a insulté ! dit-il, en levant le poing.

Aurore l'obligea à s'asseoir.

— Asseyez-vous, Alberto. Ma patience a des limites.

Elle se dirigea vers le général. Ce dernier faisait semblant d'être calme, mais il tremblait. Elle posa sa main sur son épaule et le regarda droit dans les yeux.

— Hector, j'ai décidé d'inviter Alberto à dîner, dit-elle.

— Ah, vraiment ? répliqua-t-il, un peu intimidé.

Il n'aimait pas qu'on le regardât en face et Aurore ne baissait pas les yeux.

— Je crois que vous avez compris. Alberto est un très vieil ami et je l'ai un peu négligé ces derniers temps. Vous saisissez ?

Le général n'osait plus rien dire.

— En plus, continua-t-elle avec un léger sourire, cela vous permettra de mieux vous connaître.

— On va bien rigoler, fit le général avec un air sinistre.

— Et comment ! renchérit gaiement Aurore, ignorant le ton sarcastique de ce dernier. N'est-ce pas, Alberto ?

Elle le regarda lui aussi dans les yeux. Il haussa les épaules pour se donner une contenance.

— Aurore, vous êtes un vrai dictateur, dit Hector. Vous savez très bien que vous serez la seule à apprécier cette soirée.

— Mais personne ne vous oblige à rester. Nous serions désolés de nous passer de vous, mais s'il le faut, Alberto et moi, nous dînerons en tête à tête. Ça ne sera d'ailleurs pas la première fois.

— Alors là, pas question.

206

Aurore continuait à le fixer, le sourire aux lèvres.

— Non, pas question, dit-il encore une fois.

— Hector, vous vous répétez. C'est peut-être un code secret ; dans ce cas, traduisez-le-moi. Cela signifie-t-il que vous restez pour dîner ?

— Un peu que je reste ! Vous m'aviez invité, je vous le rappelle. Je ne suis pas entré de force, avec des fleurs plein les bras, moi ! J'aime faire les choses dans les règles !

— Effectivement. Et c'est là où nous ne sommes pas d'accord. Alberto et moi aimons ne pas faire les choses comme tout le monde, n'est-ce pas, Alberto ?

— Bien sûr, répondit celui-ci.

Il ne put réprimer un bâillement. Toutes ces émotions l'avaient épuisé. Aurore constata qu'elle tenait la situation bien en main. Elle offrit un verre de rhum au général, la seule boisson capable de le rendre de meilleure humeur. Par contre, Alberto n'eut droit qu'à du vin, car il devait surveiller son cœur. Tout en chantant un pot-pourri de chansons chères à Alberto, elle plaça sur la table un plat de pâtes accompagnées d'une excellente sauce, et une salade. Alberto la complimenta à deux reprises, puis il s'endormit gentiment. Aurore enleva son assiette et posa avec douceur la tête d'Alberto à la place de l'assiette. Puis elle resservit le général et s'assit pour finir sa salade.

— Il n'est pas très solide, dit-elle en désignant Alberto du regard. Ce n'était pas très malin de vous en prendre à lui. Qu'est-ce que ça peut vous faire, s'il vient s'endormir à ma table une fois de temps en temps ?

— Ça m'est égal. Mais regardez toutes ces fleurs !

— Ne m'énervez pas, ou vous allez le regretter. Je comprends votre jalousie, mais vous voyez bien que vous ne risquez rien avec Alberto. Sa femme est morte et il est seul, bien plus que vous depuis que vous vivez ici. Nos relations ne m'empêchent pas d'inviter mes amis, que je sache. Alors, arrêtons cette discussion.

— D'accord. Ce n'est pas le repas, c'est les fleurs qui m'ont énervé.

— J'apprécie votre franchise, Hector.

— D'après vous, qu'est-ce qu'il veut ?

— Coucher avec moi. Vous comprenez mal les choses, Hector. Les désirs sont souvent identiques chez les hommes. C'est simplement leur façon de s'exprimer qui diffère. En m'offrant des fleurs, Alberto manifeste l'affection qu'il me porte depuis des années. Et c'est une chose à laquelle j'avoue être sensible.

— Mais moi aussi, je vous aime depuis des années !

— Oui, mais j'ai connu Alberto quatre ans avant vous. Il a eu le temps de me gagner et de me perdre. Et je trouve émouvant qu'il vienne encore me voir.

— Mais vous étiez mariés, chacun de votre côté !

— Vous savez, si j'avais dû compter sur la compréhension et la sympathie des autres, je me serais souvent retrouvée à dîner toute seule.

Puis, repensant à toutes ces années, elle ajouta :

— En fait, j'ai souvent été seule.

Ils se turent. Aurore se resservit du vin, et fit tourner son verre entre ses doigts. Le général, la voyant perdue dans ses pensées, cessa de parler d'Alberto et se versa une rasade de rhum. L'alcool le mit de si bonne humeur que lorsqu'Alberto se réveilla et essaya péniblement de gagner la porte, il voulut le persuader de rester à dormir sur le divan d'Aurore. Il s'entendit même lui dire de passer de temps en temps. Alberto ne l'écoutait pas. Il monta dans sa voiture, fit marche arrière en heurtant un arbuste et réussit finalement à rejoindre la rue. Le général regardait la Lincoln disparaître. Aurore posa sa main sur sa nuque.

— Quelle nuque robuste ! lui dit-elle. Je suis très heureuse. Vous allez devenir bons amis. Qui sait ? Peut-être même en viendrez-vous à inviter Vernon, Trevor et les autres ? Comme ça, vous pourrez tous ensemble, quand je ne serai plus là, boire et pleurer à la mémoire d'une femme qui vous aura causé bien des déboires.

— Comment ? dit le général. Vous allez quelque part ?

— J'attends que la marée m'entraîne.

Elle rejeta la tête en arrière et observa les nuages.

# CHAPITRE XVII

## 1

L'automne arriva. Il faisait presque aussi chaud qu'en juillet. Emma, en rentrant chez elle les bras chargés de provisions, trouva son mari en train de flirter avec Patsy, sa meilleure amie. Ils étaient assis chacun à une extrémité du divan. Patsy rougit.

— Salut, dit Flap, en exagérant son enthousiasme.

— Ton mari était en train de me lire de mauvais vers, expliqua Patsy. Attends, je vais t'aider.

Elle était soulagée de voir Emma. Elle ne pouvait s'empêcher de flirter avec les hommes, même si cela la mettait souvent dans des situations embarrassantes. Avec Flap, il n'y avait rien d'autre à faire que de l'écouter discourir sur la littérature. Elle l'avait toujours trouvé plutôt répugnant, physiquement, et elle se demandait comment Emma pouvait coucher avec lui.

— Personne ne me fait jamais la lecture, commenta Emma.

Les deux femmes se mirent à déballer les provisions ; puis elles firent du thé glacé et s'installèrent à la table de la cuisine. Au bout d'un moment, Flap, quelque peu gêné d'avoir été pris en flagrant délit avec Patsy, les rejoignit.

— Ta mère s'est-elle enfin débarrassée de son affreux général ? demanda Patsy.

— Non, répondit Emma. Mais elle a réussi à l'amadouer.

— Ça m'étonnerait, intervint Flap. Je le trouve toujours aussi snob et arrogant. Et ta mère aussi d'ailleurs.

Emma se mit en colère.

— J'en connais d'autres dont on pourrait dire la même chose. Au moins, Maman et Hector ne passent pas, eux, toutes leurs journées à la pêche comme Cecil, par exemple.

— C'est son droit, non ? Ça vaut mieux que de passer son temps à courir après les femmes.

— Certes, mais il passe son temps à les éviter. C'est l'excès inverse.

— Il n'a peut-être aimé qu'une seule femme dans sa vie.

— Comme toi, alors, dit Emma.

Elle savait qu'elle aurait dû se comporter autrement en présence de Patsy ; mais, après tout, celle-ci était un peu responsable.

— Oh ! arrêtez, tous les deux ! intervint-elle. Emma, je n'aurais jamais dû te demander des nouvelles de ta mère. Bon, il faut que je m'en aille.

Flap se tourna vers elle.

— Sa mère a toujours eu au moins trois hommes à la fois dans ses jupes. Elle les attire comme des mouches.

— Merci pour ces paroles. Je m'en souviendrai.

Si Patsy n'avait pas été là, Dieu sait ce qu'elle aurait fait. Elle aurait pu jeter son verre à la figure de son mari, ou lui demander le divorce.

Il y eut dans la pièce un silence oppressant. Flap et Emma bouillonnaient intérieurement, et Patsy faisait semblant de regarder par la fenêtre. Afin de détendre l'atmosphère, Emma resservit du thé.

Patsy se demandait si elle avait autant de succès auprès des hommes que la mère d'Emma. Elle sortit un peigne de son sac et remit de l'ordre dans sa coiffure. Elle pensait au mariage, ce qui lui arrivait souvent. Dans son esprit, cela représentait une belle maison dans laquelle elle vivrait avec un jeune homme de bon ton. Quelqu'un de radicalement opposé à Flap Horton.

De son côté, Emma sentait bien qu'il y avait maintenant, entre elle et son mari, un abîme. Elle ne lui en voulait plus, mais elle aurait souhaité ne pas être enceinte.

Patsy, sentant que Flap l'observait, arrêta de se peigner.

En fait, elle était plutôt écœurée par les Horton. Ils avaient des rapports violents, probablement liés à leurs problèmes sexuels. Elle manquait encore d'expérience dans ce domaine, mais dans l'idée qu'elle se faisait du mariage, le sexe avait une importance minime.

— On va se regarder longtemps dans le blanc des yeux ? reprit Flap, mal à l'aise.

— Tu proposes quelque chose ? lui répondit Emma. Maintenant que j'ai gâché votre conversation poétique, je ne vois pas très bien ce que l'on pourrait faire.

— Tu n'as pas à t'excuser, fit Patsy.

— Ce n'était pas mon intention.

— C'est faux, tu allais le faire. Tu es toujours en train de culpabiliser.

— C'est son problème, intervint Flap.

— Je m'en vais, décida Patsy. Flap, tu pourrais avoir plus d'égards envers ta femme ! Sinon, ce n'était pas la peine de lui faire un enfant.

— Les enfants, ce sont des choses qui arrivent.

— Pas à moi, en tout cas, fit Patsy.

Elle sourit à Emma et sortit.

— Pourquoi pleurait-elle ? demanda Flap à son épouse.

— Elle a la larme facile, c'est tout.

— Ce n'est pas comme toi.

— Mais bien entendu ! Moi, je reste de marbre en voyant mon mari courir après ma meilleure amie ! Si tu sais y faire, tu as même une chance d'arriver à tes fins pendant que je serai à l'hôpital en train d'accoucher.

— Oh ! la ferme ! Je lui lisais juste un peu de poésie. Elle a besoin qu'on fasse son éducation.

Emma lui lança sa tasse de thé à la figure. Elle le manqua.

— En ce cas, divorçons, comme ça tu pourras te consacrer entièrement à son éducation. C'est une bonne idée, non ?

— Je ne suis pas d'accord. Essaie un peu d'être raisonnable.

— Et toi, ne viens pas me parler d'éducation. Tu avais bien autre chose en tête, avoue-le !

— Tu ne m'écoutes jamais lorsque je parle littérature ; elle, si.

— La littérature, ça ne m'intéresse plus. Tout ce qui m'intéresse, c'est les beaux vêtements et le sexe, comme ma mère. Malheureusement, en ce qui concerne les vêtements, je n'ai pas les moyens.

— Comme tu es méprisante ! dit Flap, renonçant à discuter.

Il resta silencieux, le visage totalement inexpressif, évitant de regarder sa femme. Face à Emma, la passivité était sa meilleure arme. Voyant son petit manège, elle se leva et alla prendre une douche. Lorsqu'elle revint, elle était calme, et sa colère avait disparu. Flap, qui était en train de lire sur le canapé, avait son air soumis des jours de défaite.

La nuit commençait à tomber et elle sortit fermer la grille. Bientôt elle allait avoir un enfant ; de ça, au moins, elle était sûre.

Rosie se tenait devant sa porte. Elle disait adieu à sa vie passée, si toutefois on pouvait appeler ça une vie. Elle n'emportait que deux valises. Les enfants étaient chez leur tante, pour quelque temps du moins. Rosie avait décidé de retourner vivre en Louisiane, à Shreveport, sa ville natale. Elle avait envie de s'en aller en laissant la porte ouverte. A part la machine à laver, il n'y avait pas grand-chose de valeur. Les Mexicains, les Nègres et les gosses de la rue pouvaient voler ce qu'ils désiraient, elle s'en fichait ; elle partait pour de bon. Néanmoins, par habitude, elle ferma la porte à clef. Les valises à la main, elle se dirigea vers l'arrêt d'autobus, situé à côté du *Drive-in.* Kate était en train de balayer.

— Vous partez en vacances ? dit-elle, en voyant les valises.

— Oui, et je ne suis pas près de revenir.

— Vous en avez assez bavé comme ça, hein ?

— Exactement.

Kate ne savait pas quoi dire. Lorsque Rosie monta dans le bus, elle déclara :

— Un de ces jours, il se rendra compte qu'il s'est comporté comme un imbécile.

Elle agita la main en guise d'adieu, mais Rosie ne la vit pas. Dans le bus, six petites gouapes la dévisagèrent avec insolence. Elle détourna les yeux. Il ne manquerait plus qu'elle se fasse violer et assassiner juste le jour de son départ ! pensa-t-elle. Ayant vécu vingt-sept ans dans le quartier, c'était un miracle que ça ne lui fût jamais arrivé. Cela tendait à prouver qu'elle n'était pas très attirante.

Elle descendit à la gare des autocars, et acheta un billet pour Shreveport.

Cela faisait un mois que Royce était parti. Depuis, il ne s'était presque rien passé. Le petit Buster avait déniché un nid de guêpes. Il s'était fait piquer partout, et les piqûres s'étaient infectées. Royce avait téléphoné une fois pour dire à sa femme de faire attention à ne pas abîmer le camion, au cas où il en aurait besoin. Rosie était devenue insomniaque, avec pour tout réconfort le petit Buster qui faisait pipi au lit et gémissait doucement dans son berceau. Elle s'était mise à passer de plus en plus de temps chez Aurore. Aurore et le général s'entendaient de mieux en mieux, et elle appréciait leur compagnie. Mais lorsqu'elle rentrait chez elle, le soir, tout son courage l'abandonnait.

Une fois les enfants couchés, elle passait la nuit à boire du café et à se poser des questions.

Et maintenant, elle était là, à attendre le bus, et sa solitude lui pesait. Elle était d'une nature ouverte, et avait beaucoup de choses à dire, mais à qui ? Oh ! bien sûr, il y avait sa sœur Maybelline, mais celle-ci ne pensait qu'à la religion. Elle ne savait que conseiller à Rosie d'emmener son mari à l'église. Elle était mariée depuis trente-quatre ans avec l'homme le plus stable du monde. Patron d'une usine de cirage, ce dernier n'avait jamais manqué un jour de travail de sa vie. La seule personne capable d'écouter Rosie était Aurore. Elle lui avait conseillé de divorcer, mais Rosie n'avait jamais eu le cœur d'entamer les procédures. Elle n'avait même pas prévenu sa patronne de son départ. Tout lui était une corvée, y compris l'éducation de ses enfants. C'est pour cette raison qu'elle partait.

En retrouvant ses racines, peut-être retrouverait-elle aussi son ancienne joie de vivre.

Elle pensa cependant à téléphoner à Aurore, mais décida finalement d'appeler Emma.

— C'est moi, dit-elle.

— J'avais reconnu ta voix.

— Ecoute, ma chérie. Je t'appelle, parce que je n'ai pas le courage de parler à ta mère. Je retourne vivre à Shreveport. Il faut à tout prix que je parte ; je deviens dingue ici. Il n'y a plus rien pour me retenir.

— Et nous ?

— Vous pouvez très bien vous débrouiller sans moi.

— Oui, mais tu fais partie de nos vies. Comment peux-tu m'abandonner alors que je vais bientôt accoucher ?

— Si je ne pars pas maintenant, je n'en aurai plus jamais le courage. Excuse-moi encore auprès de ta mère. Il faut que j'y aille maintenant.

Elle raccrocha et se mit à pleurer. D'entendre la voix d'Emma lui donnait envie de rester. Elle savait bien que c'était une folie de quitter les seules personnes au monde qui se préoccupaient d'elle. Mais rester une nuit de plus dans sa maison de Lyons Avenue aurait été une folie encore bien plus grande.

Le car arriva. Il y avait beaucoup de monde. Rosie s'assit près de la fenêtre. Le véhicule emprunta l'autoroute et se dirigea vers le Texas. Elle bâilla et, épuisée, ne tarda pas à s'endormir.

**3**

Lorsque Emma téléphona à Aurore pour lui annoncer la nouvelle, celle-ci ne fit aucun commentaire.

— Tu es bien silencieuse, lui dit Emma. J'espère que je ne te dérange pas ?

— Eh bien, si, tu me déranges. Tu ne pouvais pas choisir un plus mauvais moment.

Le général était assis au pied du lit, l'air furieux d'avoir été interrompu.

— Je suis désolée, mais je tenais à te mettre au courant.

— Si tu l'avais fait il y a deux heures, j'aurais pu la convaincre de rester.

— Elle le savait, et c'est pour ça qu'elle ne t'a pas appelée. Excuse-moi encore de t'avoir dérangée.

— Oh ! arrête de t'excuser ! Les mauvaises nouvelles arrivent toujours au mauvais moment. De toute façon, le général n'en mourra pas.

— Ah bon ! il est là ? Dans ce cas, je vais raccrocher et tu me rappelleras.

— Hector n'est pas Dieu le Père. Tu peux continuer à parler.

— Sapristi ! s'écria le général. Si vous le prenez comme ça, je m'en vais.

Aurore couvrit le récepteur de sa main gauche.

— Je vous prierai de ne pas jurer lorsque je parle à ma fille. Je vous demande juste de rester assis tranquillement, le temps que je finisse cette conversation. Nous pourrons ensuite reprendre là où nous en étions.

— Mais on n'a pas même commencé !

Aurore le regarda sévèrement.

— Bon, elle est partie, dit-elle à Emma. Ce soir, nous ne pouvons rien faire. Il faut attendre demain. Je vais sûrement devoir aller la chercher. C'est de ma faute. J'aurais dû lui proposer de venir habiter à la maison lorsque Royce est parti.

— Passe-lui un coup de fil ! Tu pourras peut-être la raisonner.

— Non, elle est têtue. Il faut que j'y aille.

Elle raccrocha.

— Où allez-vous encore ? demanda le général. Vous ne pouvez pas rester un peu en place ? Vous avez déjà passé toute la journée d'hier à faire des courses.

— Vous voudriez peut-être que je passe mon temps à la maison, voire au lit. Désolée, Hector, ça n'est pas mon style. Je vais à Shreveport, chercher Rosie.

— C'est ridicule. Appelez-la, plutôt. De toute façon, elle reviendra.

— Je la connais mieux que vous, et je peux vous dire que non. Bon assez discuté. En route, vous venez avec moi ; une balade ne vous fera pas de mal.

— Pas question. C'est votre bonne, pas la mienne.

— Comment ! Vous auriez le toupet de me laisser partir seule ? Tout à l'heure, quand vous m'attiriez vers le lit, vous étiez bien content d'être avec moi, non ?

— Bon, je vous accompagne, à condition que ça ne tombe pas un jour où je vais au golf.

— Merci infiniment ! dit Aurore, folle de rage. Je ferai en sorte que vous ne ratiez pas votre partie de golf.

Le général, qui n'était pas très perspicace, ne se rendit pas compte de l'état dans lequel se trouvait Aurore. Il ne décela aucune ironie dans ses paroles et chercha à s'emparer de sa main. A son grand étonnement, son amie le gifla.

— Mais pourquoi ? dit-il, abasourdi.

— Je passe avant le golf.

— Mais bien sûr ! Je n'ai jamais dit le contraire !

— Evidemment, les hommes ne se rendent jamais compte de la portée de leurs paroles !

— Je vous aime, Aurore, vous le savez bien !

— Ce que je sais, c'est que tout à l'heure, dans votre frénésie, vous avez cassé mon bracelet-montre et fait tomber une de mes boucles d'oreille derrière le lit. Je sais aussi qu'après m'avoir baisée comme chaque soir, à huit heures et demie, vous allez vous endormir à neuf heures moins le quart, et vous réveiller vers les cinq heures du matin, pour faire courir vos chiens. Ce n'est pas l'idée que je me fais de l'amour. Je suis une personne normale, moi !

« Je suis capable de rester éveillée jusqu'à minuit, ou même plus tard. J'espérais qu'avec le temps, vous en viendriez à m'accorder plus d'importance qu'à votre golf, votre footing, ou vos chiens ! Mais je crois que je me suis bien trompée.

— Bon Dieu, ce que vous pouvez être compliquée ! Vous exagérez, je fais pourtant de mon mieux.

— Je suis comme le golf pour vous. Plus vite vous êtes dans le trou, meilleur c'est.

— Une chose est sûre, dit le général en s'emportant, ce n'est pas facile d'accéder au vôtre !

— En effet. Je suis le parcours le plus difficile auquel vous ayez jamais été confronté.

— Ça, c'est bien vrai !

— En ce cas, la porte est grande ouverte. Nous pouvons redevenir simples voisins. J'ai fait des efforts considérables pour vous être agréable et malgré cela, nous nous chamaillons constamment. Qu'est-ce que ça serait si je ne faisais pas d'efforts ?

— Ça pourrait difficilement être pire.

— Que vous dites. Jusqu'à présent, je vous ai fichu la paix. Mais je pourrais me mettre à exiger que vous vous débarrassiez de votre affreuse voiture, de vos chiens, et même que vous abandonniez le golf.

— Mais moi, je pourrais exiger que vous m'épousiez.

— Je tiens à vous plus que je n'en ai l'air, mais ne prononcez plus jamais ce mot devant moi !

— Pourquoi ?

— Parce que c'est hors de question.

— Si vous voulez que j'aille chercher votre bonne, vous feriez mieux de changer de ton, Aurore. D'autre part, cette fille ne me plaît pas.

— C'est parce qu'en la voyant, vous pensez à moi. Nous avons, Rosie et moi, ceci de commun que nous ne sommes pas des esclaves.

Le général se leva. Il était à bout.

— Vous n'avez strictement aucune discipline, ni l'une ni l'autre.

— Je veux bien admettre, en ce qui me concerne, que je suis excessivement paresseuse, mais Rosie a de l'énergie pour deux.

— Alors pourquoi est-elle partie pour Shreveport ?

— Ce n'est pas parce qu'elle a des problèmes qu'elle manque de discipline. Et puis, ce que vous pensez de Rosie ne m'intéresse pas. Rendez-vous plutôt utile et trouvez-moi mes boucles d'oreille.

— Cherchez-les vous-même.

Le général attendait des excuses, mais au lieu de cela, Aurore l'observait. Ses mots avaient été durs, mais son silence était insoutenable. Hector sortit en claquant la porte.

Aurore se leva et regarda par la fenêtre. Elle vit le général qui retournait chez lui. Elle trouva que c'était un excellent comportement. Elle attendit cinq minutes, pensant qu'il l'appellerait peut-être. Comme le téléphone restait muet, elle se mit à genoux et récupéra sa boucle d'oreille sous le lit. C'était une opale. Elle la replaça avec l'autre dans sa boîte à bijoux, puis descendit dans la cuisine, se servit un verre de vin, et s'installa confortablement devant la télévision. La maison était silencieuse et calme. Demain, elle s'occuperait de Rosie.

# CHAPITRE XVIII

## 1

Si Royce Dunlop avait recommandé à sa femme de faire attention au camion, c'est parce qu'il avait l'intention de partir en voyage avec Shirley. Lorsqu'il était revenu vivre avec sa maîtresse, celle-ci, ravie de le voir de retour, lui avait promis de le garder pour toujours. Et, pour bien lui montrer à quel point elle tenait à lui, elle lui fit l'amour pendant trois semaines d'affilée, le plongeant dans un état semi-comateux. Dès qu'il manifestait la moindre envie de sortir, elle l'épuisait, jusqu'à ce qu'il n'en fût plus question. Après un tel traitement, il ne risquait plus de s'en aller, et c'est alors que Shirley suggéra de partir en vacances.

— On pourrait aller à Barstow, dit-elle un jour, après des ébats prolongés.

— Barstow ? fit Royce étonné, croyant qu'elle parlait de son chien.

Il se souvenait vaguement qu'il avait de bonnes raisons d'en vouloir à celui-ci, mais il ne savait plus lesquelles.

— Tu sais bien où se trouve Barstow, mon chéri. C'est ma ville natale, en Californie.

Le manque de mémoire de Royce agaçait Shirley.

— Oui, continua-t-elle. J'aimerais bien t'y emmener et te présenter aux gens que je connais. On pourrait prendre le camion, et dormir dans un motel. Ça fait des années que je n'ai pas dormi dans un motel.

Tout en parlant, Shirley masturbait Royce. C'était devenu chez elle une véritable habitude. Mais en ce moment précis, Royce avait l'esprit ailleurs ; il réfléchissait. Il se voyait déjà en train de conduire son camion sur les routes de Californie.

218

— C'est où, Hollywood ? demanda-t-il.

— Trop loin de Barstow pour y aller.

— Et Disneyland ?

— Disneyland à la rigueur, mais pas Hollywood. Une de mes sœurs y travaille et elle m'a dit qu'on y voyait des putes à tous les coins de rue.

Royce était nerveux. Shirley le masturbait machinalement, et elle risquait de lui faire mal. Il lui aurait bien dit de faire attention, mais ne sachant comment formuler la chose, il but sa bière, en essayant de chasser de son esprit l'appréhension que le geste de son amie avait éveillée.

Pendant les jours qui suivirent, Shirley ne pensa plus qu'à ses vacances avec Royce, en Californie. Quant à lui, il décida de remettre au jour de leur départ le moment où il irait chercher le camion.

Si Rosie avait mal accepté le retour de Royce auprès de Shirley, Mitch McDonald, lui, était dans tous ses états. Lorsqu'il avait vu Rosie ramener son mari chez elle après l'incident du *J-Bar Korral*, il s'était remis à espérer. Il connaissait Rosie et il savait qu'elle ne laisserait plus filer Royce. Il connaissait encore mieux Shirley et il était certain qu'elle aurait très vite besoin d'un homme. Il lui rendit visite au bar où elle travaillait.

— Tu as des nouvelles de Royce ? lui demanda-t-il.

— Ça te regarde pas, enfoiré ! répondit-elle brutalement.

En quinze ans de métier, elle avait eu le temps de se forger un langage.

— Allez, arrête ! Royce et moi, on est des potes.

— Alors qu'est-ce que tu fais là à draguer sa nana ?

— Tu l'as pas toujours été !

— C'est comme toi, avant t'étais pas un enculé.

— Si tu continues à m'insulter, je te fous mon poing dans la gueule !

— Si tu fais ça, je le dirai à Royce et il t'arrachera l'autre bras, petit merdeux.

Mitch fut bien forcé de reconnaître que tout ça se présentait très mal, mais il ne se laissa pas décourager. Il décida de se montrer galant ; le jour suivant, il revint avec une boîte de chocolats à la liqueur.

— Pour te prouver que mon cœur t'est acquis, dit-il en lui tendant la boîte. Tu vois, depuis qu'on s'est quittés, j'ai appris des trucs.

— Qu'est-ce que tu veux dire ? demanda Shirley. Tu n'as jamais été capable d'apprendre quoi que ce soit.

Elle se montra sans pitié et donna les chocolats à des routiers assis à une table.

Après cette humiliation, Mitch revint tous les jours.

Il ne disait pas un mot à Shirley, de façon qu'elle s'aperçût combien il souffrait.

Il espérait bien finir par l'attendrir, mais un beau jour, elle entra brusquement dans le bar et déclara que Royce était de retour.

— Royce ? dit Mitch, qui s'attendait à tout sauf à cela.

— Parfaitement, il va divorcer et nous allons bientôt nous marier.

— Alors ce fils de pute a encore laissé tomber sa femme et ses gosses ! Espèce de garce ! Avoue que ça t'amuse de foutre la merde dans les foyers ! Vous allez le regretter, tous les deux. Je vous aurai !

Peu après, Mitch élut domicile au *Tired-Out Lounge*.

Il savait que Royce ne tarderait pas à s'y montrer, et ce fut ce qui se produisit.

Mitch attaqua aussitôt :

— J'aurais jamais cru que t'étais un lâche, Dunlop.

Il sentait le whisky.

— Tu as bu, lui dit Royce.

En fait, il s'ennuyait un peu ces temps-ci. Il était content de voir Mitch, et ignora sa remarque.

— Dis-moi une chose, poursuivit Mitch. Pourquoi tu m'as piqué ma nana ?

Royce ne comprenait pas ; il attendit que Mitch changeât de sujet.

— Espèce de taré, va ! Tu n'es pas assez bien pour cette fille. Tu ne serais même pas assez bien pour une négresse !

Royce garda le silence. Les insultes ne l'avaient jamais beaucoup impressionné. Et puis, il avait Shirley. Alors, à quoi bon répondre ?

— Tu veux une bière ? demanda-t-il à Mitch.

— T'as pas entendu ce que j'ai dit ? Je bois pas avec un type comme toi !

— Tu es soûl, mon pote.

— Dunlop, y a rien à tirer de toi. Tu crois peut-être que je vais pas me battre parce que je suis infirme ? Je te donne deux jours pour décamper de chez Shirley ; sinon, je te fais la peau, Hubbard Junior est témoin.

— Je ne tiens pas à être témoin d'une menace de mort, dit le patron du bar, mal à l'aise.

Hubbard Junior assistait fréquemment à des scènes de ce genre. Et, la plupart du temps, cela se terminait mal.

— Il suffit d'une main pour tenir un flingue, Dunlop, dit Mitch.

220

— Laisse Shirley tranquille, ou c'est moi qui te buterai, répondit Royce.

La conversation s'arrêta là. Mitch sortit et rentra chez lui pour s'enivrer encore davantage. Il habitait un petit studio donnant sur Canal Street. Il se dit que si Shirley racontait l'histoire de la boîte de chocolats à Royce, celui-ci essayerait peut-être de le tuer. Le lendemain, il acheta une machette avec son étui, pour cinq dollars. Il voulait en fait s'acheter un revolver, mais ça coûtait vingt dollars. Et puis, lui expliqua le vendeur, un revolver ça s'enraye.

Pendant trois jours, il but sans arrêt et passa son temps à affûter son couteau. Plus il buvait, plus sa haine grandissait. Il décida de se venger. Après tout, Royce et Shirley l'avaient blessé dans son orgueil de mâle. Avec son couteau, il pourrait arracher les testicules de Royce. De cette manière, il n'aurait plus rien à craindre de son rival. La boisson plongea Mitch dans un état dépressif, et il se retrouva, un soir, à prendre la direction de Harrisburg. Il marchait en titubant vers la maison de Royce et Shirley, le couteau à la main. Le moment était venu. Ils allaient faire une drôle de tête, en le voyant surgir. Ça leur apprendrait à s'être moqués de lui ! Arrivé sur le seuil de la maison, il sortit le couteau de son étui. Il caressa Barstow, et il entra avec sa propre clef, celle qu'il avait refusé de rendre à Shirley lorsqu'elle l'avait mis à la porte. Le petit chien se faufila dans la maison, mais n'aboya pas. Mitch, soulagé, s'assit dans le salon pour réfléchir. On n'entendait pas un bruit. Il reconnut sa bouteille de whisky et en but quelques gorgées. Le fait de se retrouver dans ce cadre familier ne fit qu'accroître sa colère. Il avait été heureux ici. Lorsqu'il avait perdu son bras, Shirley avait même été la seule personne à lui venir en aide. S'être fait chasser et devoir habiter dans une pièce minable, tout ça était trop injuste, et Royce en portait la responsabilité. Oui, Royce, qui avait une femme et des enfants, alors que lui n'avait rien.

Mitch sentit battre ses tempes, et il se mit à trembler.

Il se leva et pénétra dans la chambre à coucher, la main crispée sur le couteau. Le couple était nu et dormait profondément. La vue de Royce étalé de tout son long, la bouche ouverte, révolta Mitch. Il prenait toute la place et Shirley était recroquevillée au bord du lit, prête à tomber. Mitch s'attendait à ce que Royce eût un énorme sexe, mais il ne le vit même pas. Le peu qu'il avait était dissimulé sous les replis de son abdomen. Son ventre gonflé témoignait d'un excès de bière et d'un manque total d'activité. L'idée de Shirley vivant avec ce gros lard le rendit fou. Il leva sa machette et l'abattit sur la bedaine de Royce. Mais sa main tremblait et dévia vers le sternum. Ça va te réveiller, mon gros ! pensa-t-il en retirant le couteau, prêt à porter un nouveau coup. Mais il se trompait. Royce ne se réveilla pas. Quant à la machette, elle était bien plantée, et Mitch ne put la retirer, tant il avait les mains moites. Sous l'effort, il trébucha et marcha sur la queue de Barstow, qui jappa de douleur. Shirley se réveilla et aperçut le couteau enfoncé dans la poitrine de son amant. Aussitôt, elle hurla et s'évanouit. Mitch, que Barstow avait fait tomber, ne se releva même pas et sortit de la maison à quatre pattes, le plus vite possible. Arrivé dans la rue, il prit la direction du *Tired-Out Lounge*.

Royce fut tiré de son sommeil par les cris de Shirley. Son premier geste fut de saisir la canette de bière qu'il avait posée sur la table de chevet, avant de s'endormir. Il en but une gorgée et la trouva chaude. C'est alors qu'il se rendit compte qu'un manche de couteau sortait de sa poitrine. Il paniqua et se mit à hurler à son tour. Mitch, qui n'était pas encore très loin, l'entendit et pensa qu'il était en train d'agoniser.

Royce attrapa le téléphone.

— Au secours, on m'assassine ! cria-t-il dans le récepteur.

Mais il avait oublié de composer le numéro de la police et il n'eut aucune réponse.

Shirley revint à elle. En voyant Royce pendu au bout du fil, elle pensa qu'il appelait sa femme. Depuis plusieurs semaines, elle le soupçonnait de lui téléphoner en cachette. Puis, lorsqu'elle vit le couteau, elle faillit à nouveau s'évanouir. Royce réussit enfin à obtenir police-secours. Une voix lui répondit :

— Restez calme, monsieur. Votre adresse, s'il vous plaît ?

Royce ne s'en souvenait plus. Il passa le téléphone à Shirley, qui laissa ses coordonnées. Entre-temps, Royce s'était évanoui.

— Oh ! mon Dieu, faites vite ! dit-elle.

Au même moment, Mitch arriva au *Tired-Out Lounge*. Hubbard Junior vit à son expression qu'il avait mis ses menaces à exécution.

— J'ai tué Dunlop, dit-il, haletant.

Tous les clients du bar se retournèrent. Le patron téléphona pour avoir une ambulance et indiqua précisément la route au chauffeur. Il ramassa l'argent de la caisse et se dirigea vers la maison de Shirley, suivi par la clientèle du *Tired-Out Lounge*. Mitch, hagard, resta assis à une table, en se demandant comment il allait expliquer son histoire aux flics. L'ambulance et la voiture de police arrivèrent chez Shirley en même temps que Hubbard Junior et ses clients.

— Il y a un homme armé à l'intérieur ? demanda un policier.

222

— Non, le gars a loupé son coup et s'est enfui, répondit le patron du bistrot.

Deux policiers, peu rassurés, ouvrirent la porte. La foule les suivit dans la maison et Barstow se mit à aboyer. Puis il détala et courut se cacher sous le lit.

Dans la chambre, le spectacle était impressionnant. Royce gisait, inconscient, le couteau toujours enfoncé dans la poitrine. Shirley, toute nue, était prostrée au pied du lit.

— C'est la police, madame, dit un jeune officier en ôtant sa casquette.

Elle leva les yeux et vit une vingtaine de personnes se bousculer à l'entrée de la chambre. Elle s'aperçut alors qu'elle était nue, et, s'emparant d'un soutien-gorge pour cacher ses seins, se précipita vers la salle de bains.

La foule était silencieuse, consciente de la gravité de la situation : elle avait affaire à un véritable drame passionnel. A la vue de Royce, quelques personnes se sentirent mal et coururent dehors pour aller vomir. Les infirmiers, eux, avaient l'habitude. Ils étendirent Royce sur une civière, et l'ambulance démarra en trombe. Plusieurs hommes restèrent pour réconforter Shirley. Hubbard Junior monta dans la voiture de police, qui prit la direction du *Tired-Out Lounge*.

En le voyant arriver, suivi des policiers, Mitch s'écria :

— Comment va Royce ? Il est mort ?

— Non, mais on ne sait pas s'il s'en sortira, lui dit le patron du bar avec douceur, tandis que les policiers l'embarquaient.

— Pauvre type ! dit quelqu'un. Gâcher sa vie à cause d'une femme !

Au *Tired-Out Lounge*, la tragédie de Royce Dunlop fut le thème de la soirée. Ceux qui avaient été témoins du drame racontèrent aux nouveaux venus les événements, chacun à leur manière. Ils avaient une histoire de plus à leur répertoire.

## 2

A trois heures du matin, Aurore reçut un coup de fil.

Elle crut d'abord que c'était Emma, sur le point d'accoucher.

— Désolé de vous réveiller, madame, dit l'officier de police. Savez-vous où se trouve Rosie Dunlop ? Je crois qu'elle travaille chez vous ?

— Oui, en effet. Mais qu'est-ce qui se passe ?

— C'est son mari, madame. C'est une sale histoire.

— Racontez-moi.

— Eh bien, il a reçu un coup de couteau dans le ventre. Une histoire de jalousie, probablement.

— Je vois, je vais contacter Mrs Dunlop. Elle n'est pas en ville pour l'instant, mais je vais faire mon possible.

— Mr Dunlop est à l'hôpital de Ben Taub. Les docteurs pensent qu'il est préférable que sa femme vienne le voir. Le criminel a avoué. L'enquête est close.

— Eh bien, bonne nuit !

Elle raccrocha. Elle réussit péniblement à réveiller le général, puis elle s'habilla. Elle aurait aimé que celui-ci lui fît une suggestion quelconque, mais au lieu de cela, il dit :

— Rosie n'est bonne qu'à vous attirer des ennuis. Tout cela est bien embêtant. En plus, elle doit dormir, à cette heure.

Aurore le regarda, l'air déçu.

— Hector, vous étiez bien général, autrefois ! Alors, agissez un peu, que diable ! Aidez-moi à trouver le moyen de faire revenir Rosie rapidement.

— C'est une instable, dit-il, en se dirigeant vers la salle de bains.

Aurore téléphona à Rosie, dont elle avait obtenu le numéro de téléphone par sa sœur.

— J'ai de mauvaises nouvelles pour vous, Rosie. Royce est blessé. Je n'ai aucun détail, mais ça m'a l'air grave. Il faut que vous reveniez tout de suite.

— Mon Dieu ! je parie qu'on lui a tiré dessus, à cause de cette fille.

— Non, il a reçu un coup de couteau. Est-ce que quelqu'un peut vous conduire auprès de lui ?

— Non, mais je peux prendre le bus, ou même l'avion.

— Attendez, je viens de penser à Vernon. Il devrait pouvoir arranger ça. De par son métier, il peut disposer d'avions et de pilotes. Je l'appelle immédiatement.

Elle essaya de le joindre, mais la ligne était occupée.

— Je pourrais peut-être obtenir un avion militaire demain matin, dit le général.

Sa remarque passa inaperçue. Aurore rappela Rosie :

— C'est occupé. Il faut que je passe chez lui. Pendant ce temps, faites vos valises. Dès que j'ai du nouveau, je vous fais signe.

— Vous allez voir ce type qui travaille dans le pétrole ? dit le général. Je savais bien que vous étiez amoureuse de lui.

— Alors là, vous vous trompez du tout au tout. Mais lui, au moins, c'est un homme d'action.

224

— Bon, je m'habille et je vous accompagne.

— Pas question. Cette histoire ne vous concerne pas. Retournez vous coucher. Je ne veux surtout pas bouleverser votre rythme de vie. Ce sera bientôt l'heure de votre footing et je serai de retour sous peu.

— C'est vrai, je peux dormir ici ?

— Vous pensiez rentrer chez vous ?

— Ah ! je n'y comprends rien. Je ne sais jamais si vous parlez sérieusement. De toute façon, je ne vois pas en quoi ce type peut vous être utile. Je préfère encore le petit Italien.

— Vernon, lui, possède des avions. Or, dans le cas présent, c'est ce qui nous intéresse.

Aurore sortit et le général se retrouva seul ; il se posa, comme à son habitude, une foule de questions.

Aurore conduisit sa voiture dans le parking de Vernon.

Elle appuya sur un bouton et prit son ticket. Au quatrième niveau, un homme surgit devant elle et tendit la main ; il avait l'air d'un clochard. Elle fut effrayée et songea à faire marche arrière mais, l'observant de plus près, elle conclut que ce devait être le gardien de nuit. L'homme s'approcha et lui fit signe d'ouvrir sa fenêtre.

— Bonsoir, dit-il. Je m'appelle Schweppes. Alors, c'est vous la veuve de Boston ?

— Ah ! je vois qu'il vous a parlé de moi. Il est là ?

— Oui, il est en haut, en train de téléphoner. Vous allez l'épouser, j'espère ?

— Mais pourquoi diable tout le monde veut-il que je me marie ? s'exclama Aurore.

Puis elle monta tout en haut de l'immeuble, conduisant avec précaution. Une fois arrivée au dernier étage, elle aperçut la Lincoln blanche. La portière était ouverte, et Vernon téléphonait. Aurore s'arrêta, serra le frein à main et sortit de sa voiture. Elle se trouvait sur le toit. L'atmosphère était lourde et humide, et il n'y avait pas un souffle de vent. En voyant Aurore venir vers lui, Vernon fut saisi d'étonnement.

— Bonsoir, Vernon, dit-elle. Devinez le but de ma visite.

— Mon Dieu ! je n'en ai aucune idée.

— Eh bien, mon cher ami, j'ai besoin de votre aide.

Quelques instants plus tard, Vernon contactait son correspondant à Shreveport. Aurore s'installa confortablement à l'avant de la Lincoln en attendant d'appeler Rosie.

# CHAPITRE XIX

## 1

Vernon se montra, comme toujours, remarquablement serviable et efficace. En dix minutes, tout fut réglé. Un employé de la compagnie irait chercher Rosie pour la conduire à l'aéroport et, de là, un avion privé l'emmènerait à Houston. Elle serait sur place dans deux heures. Le seul problème, pour Vernon, était de savoir comment meubler le temps avec Aurore.

Aurore, elle, se sentait très bien.

— Promenons-nous un peu sur le toit, proposa-t-elle à Vernon. Ça me fait plaisir d'être là.

La nuit se dissipait et le jour pointait à l'horizon.

— Quand je ne suis pas chez moi, je suis toujours contente, ajouta-t-elle. J'ai toujours été assez bohème ; j'ai besoin de changement. Pas vous, Vernon ?

— Je ne crois pas.

Elle lui donna une petite tape amicale.

— Votre vie est trop organisée. Quel dommage que vous ne soyez un peu plus excentrique ! Ça me plairait bien.

— Si on allait prendre le petit déjeuner quelque part ? demanda Vernon.

— D'accord, dit Aurore, en remontant dans la Lincoln. Nous devrions déjeuner ensemble plus souvent, tous les quinze jours par exemple. C'est comme ça que je conçois une idylle. On m'a rarement invitée à prendre le petit déjeuner, vous savez.

Ils descendirent les vingt-quatre étages de l'immeuble et se retrouvèrent dans la rue.

— L'endroit où je vous amène s'appelle *la Pantoufle d'argent*, dit Vernon.

Un instant après, il garait sa voiture, à côté du café.

226

En entrant, il remarqua que les murs commençaient à s'écailler. Tout le quartier était horrible. Le sol du parking était jonché de canettes de bière et de gobelets en carton.

Babe et Bobby étaient en train de faire cuire des œufs. En voyant Vernon entrer avec une femme, ils restèrent stupéfaits. Vernon, maladroitement, présenta Aurore, qui sourit. Bobby continua à cuisiner, tandis que Babe abordait Aurore aimablement.

— Les amies de Vernon sont toujours bien accueillies, ici, dit-elle, en se demandant si elle ne faisait pas une gaffe.

Elle retourna à son travail et Aurore commanda une omelette. Bobby ne pouvait s'empêcher de regarder en douce l'amie de Vernon.

— A propos, il est sympathique, votre veilleur de nuit, dit-elle. J'ai vu que vous lui aviez parlé de moi, ainsi qu'aux patrons du café. Pourquoi ne pas m'avoir parlé directement ?

— Babe dit toujours que je suis fait pour vivre seul.

— Peu importe ce que dit Babe. J'ai décidé que nous prendrions le petit déjeuner ensemble, de temps à autre, et tant pis si ça irrite le général.

Ils sortirent.

— Alors, qu'est-ce que tu en penses, Babe ? demanda Bobby.

— Je ne l'imaginais pas aussi âgée, répondit-elle. Je la vois bien couverte de diamants. Et Dieu sait si Vernon peut lui en offrir !


2


L'avion se posa sur la piste d'un petit aéroport près de la ville. Les portes s'ouvrirent et Rosie descendit rapidement. Elle embrassa Aurore, qui lui lança :

— Pourquoi vous être enfuie ? Vous auriez dû venir habiter chez moi.

— Je n'aime pas m'imposer.

De la voiture de Vernon, Aurore appela Emma, sans succès.

— Elle doit être à l'hôpital, dit-elle.

Elle téléphona au général.

— Général Scott à l'appareil.

— Je vous avais reconnu. Vous avez des nouvelles d'Emma ?

— Oui. Il était temps que vous appeliez. Heureusement que je suis là pour prendre les messages !

— Venez-en au fait !

— Votre fille est en train d'accoucher.

— Merci, Hector. Passez une bonne journée !

— Où êtes-vous ? J'étais inquiet.

— Je m'apprêtais à me rendre à l'hôpital. Rosie est en pleine forme.

— Ce n'est pas comme moi : je m'ennuie, vous auriez dû me laisser vous accompagner.

— C'est vrai, mon pauvre Hector. C'est injuste que vous soyez mis à l'écart ! Ecoutez, le bébé doit naître à l'hôpital Herman. Demandez à F. V. de vous y conduire. Rosie et moi devons d'abord aller voir Royce.

Elle raccrocha.

— Il faut que je prévienne Alberto, reprit-elle. Il adore les enfants. Je sens que tout ça va se terminer par un grand dîner à la maison.

— C'est le bébé d'Emma, dit Rosie. Ne commencez pas à vous l'accaparer comme vous le faites de tout le monde.

— Emma n'y verra pas d'inconvénients. Elle est douce et soumise, comme Vernon.

— Ce n'est pas comme moi, conclut Rosie.

Ils arrivèrent à l'hôpital. Shirley se trouvait là, assise au chevet de Royce. Lorsqu'elle vit le petit groupe arriver, elle voulut s'éclipser sur la pointe des pieds.

Mais Rosie l'avait déjà repérée ; à son grand étonnement, elle découvrit une femme grosse et laide, beaucoup plus vieille qu'elle ne l'avait imaginée. Quant à Aurore, elle lui trouva l'air misérable. Ne pouvant éviter une confrontation, Shirley vint à la rencontre de Rosie.

— Madame Dunlop, lui dit-elle, il fallait que je le voie. Bien sûr, vous me détestez, tout ça est de ma faute.

Elle éclata en sanglots et se dirigea vers la sortie. Rosie resta sans rien dire un moment, puis elle s'approcha du lit de Royce. Il était pâle et dormait ; de nombreux tuyaux lui parcouraient tout le corps. Il était vivant, c'était l'essentiel. Aurore prit Vernon par le bras. La vie était un mystère. Elle venait de voir deux femmes pleurer auprès de Royce. Il avait un corps disgracieux, son esprit était inexistant, et pourtant une femme telle que Rosie, pleine de qualités et de bon sens, inondait son chevet de larmes.

— Je vais lui dire que son mari peut revenir travailler chez moi, dit Vernon à Aurore.

— Oh ! taisez-vous ! Vous croyez que c'est suffisant pour guérir tous les maux ?

Vernon se tut et, tandis que Rosie examinait son mari, Aurore regarda autour d'elle. Les lits étaient principalement occupés par des Noirs, jeunes ou vieux. Aurore n'avait personne sur qui pleurer. Peut-être sur Trevor ? Oui, ç'aurait bien été dans son genre d'attraper une horrible maladie et de finir ses jours, ravagé par la douleur, remarquablement digne, brisant ainsi le cœur de bien des femmes. Elle revint à la réalité et s'approcha de Rosie.

— Vous savez, lui dit cette dernière, si j'avais su qu'elle était si vieille, je ne serais jamais partie. Royce m'avait dit qu'elle avait dix-neuf ans, le menteur.

— Vous ne m'avez jamais raconté ça !

— La situation était déjà assez embrouillée.

— Mon Dieu ! il est grand temps que j'aille voir Emma. Je prendrai de vos nouvelles plus tard.

En sortant de l'hôpital, Aurore repensa à Royce. Il avait dit à Rosie que sa maîtresse n'avait que dix-neuf ans : c'était le meilleur moyen pour rendre une femme jalouse. Elle fut étonnée que Royce ait pu faire preuve d'une telle subtilité.

Dans la voiture, elle s'adressa à Vernon.

— Le genre humain n'est que mensonge. Du temps de ma splendeur, je racontais n'importe quoi et ça passait toujours. J'aurais aimé rencontrer un homme plus fort que moi à ce petit jeu, mais cela ne m'est jamais arrivé.

Ils arrivèrent devant l'hôpital où devait accoucher Emma, et aperçurent la voiture du général. Ils allèrent à sa rencontre. Tandis qu'il attendait, Hector avait décidé d'adopter face à Vernon une attitude dynamique. Il lui serra la main et demanda :

— Alors, où en sommes-nous ?

— Vernon vous expliquera, lui répondit Aurore. Ma fille va accoucher ; alors, il faut que je me calme.

Elle était troublée. En voyant Vernon et le général faire des efforts de conversation, elle réalisa qu'elle avait peu de choses en commun avec ces deux hommes. Elle entra dans l'hôpital et ils la suivirent, mal à l'aise.

— Ça n'a pas l'air d'aller, dit le général à Vernon, en parlant d'Aurore.

— Pourtant, je crois qu'elle est contente de son petit déjeuner.

— Ça n'a rien à voir, elle n'arrête pas de manger. Je la trouve bizarre depuis ce matin.

— J'ai comme l'impression que l'on parle de moi, dit Aurore en se retournant. Pourquoi êtes-vous à la traîne ?

— On pensait que vous aimeriez être seule un moment, répondit le général.

— Hector, je n'aime pas être seule et j'ai horreur qu'on parle dans mon dos. Alors, arrêtez de faire des commentaires sur mon compte ! Sinon, vous allez me mettre en colère.

Ils la rattrapèrent et se mirent à marcher sagement à ses côtés. L'infirmière du bureau de la réception eut du mal à trouver le numéro de la chambre d'Emma, et Aurore faillit se montrer désagréable. Lorsqu'elle sut où était sa fille, elle se mit à foncer les coudes au corps. Dans l'ascenseur, elle jeta un regard si féroce à ses compagnons qu'ils en furent paralysés. Ils ne comprenaient pas pourquoi elle leur était soudain devenue hostile et préférèrent garder le silence.

— Le moins qu'on puisse dire, c'est que vous n'êtes pas très causants ! leur dit-elle, furieuse. C'est facile de parler de moi entre vous ; mais pour m'adresser la parole, il n'y a plus personne. J'ai quarante-neuf ans, mais j'aimerais en avoir le double. Si j'étais plus jeune, ça me plairait d'avoir un enfant avec quelqu'un qui en vaille la peine.

Les portes de l'ascenseur s'ouvrirent et elle se rua dans le couloir.

— Je vous l'avais dit, que ça n'allait pas, souffla le général à Vernon.

Aurore marchait à grandes enjambées ; elle voulait être seule. Elle se trouva soudain devant la chambre 611. La porte était entrouverte et elle aperçut son gendre. Flap était pâle et mal rasé, assis à côté du lit. Aurore entra, les deux hommes sur ses talons.

— C'est un garçon, dit Emma.
— Où est-il ?
— Il est splendide, tu vas fondre.
— Vernon et Hector sont avec moi, mais ils n'osent pas entrer.

Les deux hommes étaient restés dans le couloir. Lorsqu'on les y invita, ils pénétrèrent dans la chambre. Ils saluèrent et Flap leur proposa un cigare.

— Bon, je vous abandonne un instant, reprit Aurore. Je vais voir le bébé.

Elle les laissa se regarder dans le blanc des yeux et descendit à la nursery. Une infirmière lui montra l'enfant. Elle aurait aimé voir de qui il avait les yeux, mais il s'obstinait à les garder fermés. Aurore se sentit contrariée et remonta les deux étages, les poings serrés. Tout lui semblait aller de travers, mais elle n'aurait pu dire pourquoi. Lorsqu'elle revint dans la chambre d'Emma, la conversation n'était guère plus animée.

— Vous avez l'air épuisé, Thomas, dit-elle. Vous devriez rentrer vous reposer. Profitez-en, pendant que l'enfant est encore à l'hôpital.

— Pour une fois, je vais suivre votre conseil, dit Flap.

Il se pencha pour embrasser Emma.

— A très bientôt, lui dit-il, et il quitta la pièce.

— Bon, messieurs, j'aimerais dire un mot en particulier à ma fille, fit Aurore, en s'adressant à ses encombrants compagnons. Si vous le désirez, vous pouvez aller m'attendre dans le hall.

Ils sortirent à leur tour.

— Pourquoi es-tu si hargneuse ? lui demanda Emma.

— Hargneuse, moi ?

— Je ne sais pas. Mais en tout cas, tu as l'air sur les nerfs.

— Oui, c'est possible. Ça me ferait du bien de pleurer, mais aucun de ces deux hommes n'est capable de me prendre dans ses bras pour me consoler.

Aurore regarda Emma ; ses yeux, plus brillants que d'habitude, faisaient ressortir la pâleur de son teint. Elle était épuisée, mais heureuse et triomphante. Aurore décida d'arrêter de se ronger les sangs et de se comporter comme une véritable mère.

— Je m'excuse, dit-elle.

— Dis-moi seulement ce qui te tracasse, dit Emma.

Aurore dévisagea sa fille un long moment et laissa la question en suspens. Elle lui proposa de lui offrir le Paul Klee qu'elle avait chez elle.

— A propos, le petit s'appelle Thomas, dit Emma. J'espère que tu n'y vois pas d'inconvénient. Si ça avait été une fille, nous l'aurions appelée Amélie.

— Repose-toi, tu as besoin de reprendre des forces, dit Aurore.

Et puis elle ajouta :

— Je crois que je vais garder le Renoir encore un moment.

La joie d'Emma disparut. Elle eut l'air soudain abattue.

— Ça ne te plaît pas d'être grand-mère, n'est-ce pas ? Tu n'arrives pas à t'y faire !

— Non, dit Aurore, avec une telle férocité qu'Emma sursauta.

— J'aurais pourtant aimé que ça te fasse plaisir, dit Emma faiblement.

Aurore rougit de honte et prit sa fille dans ses bras.

— Je suis désolée, pardonne-moi. Je suis folle.

Elle tint Emma contre elle. Pendant un moment, le temps n'exista plus. Lorsqu'elle revint à la réalité, elle remarqua que les cheveux de sa fille étaient en très mauvaise santé, mais elle ne lui en fit pas la remarque.

Les yeux d'Emma avaient repris de leur éclat.

— Pourquoi es-tu venue avec ces deux hommes ? demanda-t-elle.

— Parce qu'à partir de maintenant, j'ai décidé de m'entourer de nombreux soupirants. Ça me fera peut-être envisager d'une autre manière le rôle de grand-mère.

Elle remarqua que sa fille souriait timidement. Malgré son état présent et son mariage raté, elle restait attirante.

Aurore embrassa Emma, qui souriait toujours, et s'en alla.


3


Dans le hall, les deux hommes faisaient les cent pas.

— Je savais bien que ça n'allait pas ! répétait le général. On ne sait jamais sur quel pied danser avec elle.

Au moment où Vernon allait répondre, Aurore sortit brusquement de l'ascenseur.

— Alors, que pensez-vous du bébé ? demanda-t-elle aussitôt.

— On ne l'a pas vu, répondit le général.

— Quoi ! vous avez passé une demi-heure ici, et vous n'êtes même pas allés voir mon petit-fils ! Eh bien, bravo ! J'espère au moins que vous avez eu le temps de lier connaissance ?

— Bien sûr, dit Vernon.

— Hum ! Ça vous ennuierait de me raccompagner à ma voiture ? Je suis fatiguée. Nous nous retrouvons à la maison, Hector, si vous n'y voyez pas d'inconvénient.

Le général regarda la Lincoln s'éloigner. F.V. lui tenait ouverte la porte de la Packard.

— Cette voiture commence à être un peu démodée, vous ne trouvez pas, F.V. ? Une Lincoln, ce serait nettement mieux.

— Une Lincoln ? fit F.V., n'en croyant pas ses oreilles.

— Ou une autre marque de la même classe, conclut le général.


4


Dans la voiture, Aurore ne desserra pas les dents. Vernon conduisait et il n'essaya pas de lui adresser la parole. Ils arrivèrent au garage et il s'arrêta près de la Cadillac.

— Téléphonez-moi quand vous voulez, dit Vernon.

— J'ai mieux ; soyez chez moi ce soir et apportez un jeu de cartes.

— Ce soir ?

— Ce soir. Comme ça, je gagnerai peut-être assez d'argent pour m'offrir une Lincoln et un maître nageur ; ça me permettra de me passer de vous.

Elle monta dans sa voiture en bâillant et s'éloigna.

En rentrant chez elle, elle trouva le général assis à la table de la cuisine, en train de manger des céréales.

— Vous avez l'air sinistre, lui dit-elle. Qu'est-ce que j'ai encore fait ?

Le général ne leva pas le nez de son bol.

— Très bien. Je voulais vous être agréable, mais je vois que c'est inutile. Allez, continuez à manger vos fichues céréales !

— Ça fait des années que je mange des céréales. C'est mon droit, non ? Ça et le footing, ça me garde en forme.

— Où est l'intérêt d'être en forme, si c'est pour m'envoyer sur les roses chaque fois que j'essaie d'être gentille ?

Le général ne répondit pas. Il sentait monter en lui la colère. Aurore le regarda d'un air hautain ; il ne put alors se contenir davantage. Il attrapa les céréales, qu'il répandit sur le sol de la cuisine, puis lui jeta le paquet vide à la figure. Aurore l'intercepta et le jeta à la poubelle.

— Vous vous êtes bien amusé, Hector ?

— Vous allez gâcher votre vie avec ce type ! cria le général. Je vous connais. Vous m'avez déjà humilié avec l'Italien. Vous croyez que je vais supporter tout ça longtemps ?

— Je crois que je vais aller faire une petite sieste. Vous devriez suivre mon exemple. Vous devez être épuisé après tous ces événements. J'ai invité quelques amis pour ce soir, il s'agit d'être en forme.

Elle monta dans sa chambre.

La nuit commençait à tomber. Aurore s'assit à la fenêtre de sa chambre, un verre de scotch à la main. Le général marmonnait en mettant la cravate qu'elle lui avait offerte quelques jours auparavant.

— Je ne vois pas l'intérêt de mettre une cravate et un costume pour jouer au poker. Je suis sûr qu'Alberto et Vernon vont venir avec leurs vêtements de tous les jours.

— C'est un bon début, vous les appelez par leur prénom !

— Ne déviez pas la conversation. Pourquoi voulez-vous que je m'habille ?

— Parce que je vais faire de même. D'autre part, ça vous va très bien. A partir de maintenant, nous allons surveiller notre tenue.

— Ça vous fait plaisir d'avoir trois hommes autour de vous, hein ?

— Ça fait quatre, avec Trevor, lorsqu'il est en ville. Sans compter les éventuelles rencontres.

— Je sais bien, mes jours sont comptés, dit le général, d'un air sombre, mais résigné.

Il s'était mis à accepter avec dignité sa fin prochaine.

Il ajouta toutefois, avec amertume :

— Vous cherchez à vous débarrasser de moi. Je suis périmé. Il est temps maintenant que je disparaisse.

— Mon Dieu, qu'est-ce qu'il ne faut pas entendre ! dit Aurore.

— Les vieux soldats ne meurent pas, ils disparaissent, reprit Hector d'un ton stoïque.

— Arrêtez de dire des inepties ! Vous êtes grotesque. Vous savez très bien que je n'ai pas l'intention de changer quoi que ce soit à nos arrangements. Et puis, ça ne vous fera pas de mal d'avoir des amis, même si ce sont mes soupirants.

— Bon, je vais essayer de faire un effort. Mais je n'arrive vraiment pas à vous comprendre, Aurore.

— Peu importe. Amusons-nous ! Voudriez-vous aller chercher de la glace ? Nos invités ne vont pas tarder.

Un peu plus tard, Aurore les regarda arriver de sa fenêtre. Alberto, à son habitude, avait apporté un monceau de fleurs. Il fut surpris de voir le général aux côtés de Vernon.

Hector accueillit les amis d'Aurore, tandis que celle-ci s'habillait. Elle mit un collier assorti à sa robe et se brossa les cheveux en contemplant son Renoir. Son passé lui revint en mémoire. Somme toute, elle avait eu une jeunesse heureuse. Elle n'avait pas à se plaindre. Elle finit de se vêtir et descendit rejoindre ses invités. Ceux-ci trouvèrent la soirée charmante, et Aurore délicieuse.

*DEUXIEME PARTIE*

# LA FILLE DE Mrs GREENWAY

Le premier amant d'Emma fut un banquier du nom de Sam Burns, originaire de l'Iowa. C'était un type costaud à l'air lugubre. Il était marié depuis vingt-six ans lorsqu'il rencontra Emma.

— Ça te fait une bonne excuse, lui dit-elle. Moi, je ne suis mariée que depuis onze ans.

Elle parlait toujours à Sam, quand ils se déshabillaient ; elle avait peur de le voir changer d'avis et s'en aller. Toutefois, le mariage était un sujet de conversation à éviter en sa présence. Le seul fait d'y faire allusion avait pour habitude de le plonger dans un état dépressif. Il était vice-président d'une banque, petite mais prospère, dans la ville de Des Moines ; il adorait sa famille et il avait du mal à comprendre pourquoi il passait l'heure du déjeuner au lit avec la femme d'un client.

— Nous sommes tous des pécheurs, c'est la volonté de Dieu, lança-t-il un jour.

En disant cela, il pensait à sa femme Dottie ; si par hasard elle commettait un jour un péché, ça ne serait jamais aussi sérieux que ce que, lui, avait fait.

— Arrête de te torturer, Sam ! Ce n'est pas aussi grave que tu le crois, protesta Emma.

Sam étreignit la jeune femme en silence.

Toute sa vie avait été un exemple de droiture, et il venait de gâcher tout cela, à cinquante-cinq ans, pour coucher avec une femme. Il ne se sentait même plus assez respectable pour exercer sa profession. Au moins, pensait-il, ses parents étaient morts ; ils ne seraient pas là pour voir ça, le jour où le scandale éclaterait.

Sam considérait Emma comme la femme d'un client, sans savoir que c'était elle qui tenait les finances du ménage.

Elle réglait les factures et s'occupait des démarches nécessaires pour obtenir le prêt immobilier qui leur permettrait d'acheter une maison. Tout en se déclarant inapte à ce genre de tâches, Flap Horton ne se gênait pas pour dire à sa femme combien il la trouvait inefficace.

Leurs discussions à ce sujet étaient fréquentes, et toujours violentes. Les enfants avaient pris l'habitude d'aller jouer dehors. Tommy était allongé dans l'herbe, attendant que ses parents aient fini de se disputer pour reprendre la lecture de ses magazines de science-fiction. Teddy se retrouvait tout seul à s'amuser avec son ballon.

Si Tommy était un enfant solitaire qui se réfugiait dans la lecture et les jeux intellectuels, Teddy, lui, avait une grande soif d'amour. Il fallait toujours le dorloter. Il avait besoin de vivre dans une atmosphère harmonieuse. Emma se sentait coupable. Au fur et à mesure que son mariage se détériorait, elle souffrait terriblement de ne pouvoir satisfaire les exigences de son plus jeune fils. Tommy refusait les illusions ; Teddy les recherchait toutes, et sa mère était son seul espoir. Toutefois, Emma et Flap avaient connu une période de bonheur, qui avait duré cinq ou six ans. Les enfants étaient encore très jeunes à l'époque. Leurs parents avaient encore de l'énergie. Ils quittèrent Houston pour habiter Des Moines, où Flap obtint un poste d'enseignant. Ils achetèrent une maison et y habitèrent pendant deux ans avant qu'Emma décidât de séduire Sam Burns, le banquier qui leur avait octroyé le prêt.

En deux ans les choses se mirent à changer.

Flap faisait preuve d'un manque d'ambition dont il s'accommodait parfaitement bien. Cependant, il reprochait à Emma de le laisser s'installer dans cet état d'esprit. Il trouvait qu'elle aurait dû le pousser à réussir dans sa carrière, voire à exiger son succès. Au lieu de cela, elle l'avait laissé livré à lui-même, sachant très bien qu'il préférerait rester assis toute la journée, à lire ou à discuter de telle ou telle œuvre, ou même, ce qui était nouveau, séduire de jeunes étudiantes. Elle n'ignorait pas qu'elle aurait dû harceler son mari, mais elle avait deux enfants à élever. De toute façon, ce n'était pas dans sa nature. Dès le début, Flap s'était trompé sur son compte. Elle aimait les plaisirs de la vie ; en revanche, elle détestait les universitaires. Flap, en échouant, gardait un côté sympathique ; en réussissant, il serait devenu odieux. Elle aurait souhaité trouver un compromis, de façon que son mari, malgré ses activités, passât plus de temps chez lui, avec sa femme et ses enfants.

238

Il écrivait un livre sur Shelley. La parution d'un tel ouvrage aurait suffi à établir sa réputation. Malheureusement, il était trop pointilleux, et n'arrêtait pas de se relire, si bien qu'il n'arriva jamais au dernier chapitre, se contentant de faire publier trois articles. Comme Emma n'était pas toujours dans son dos pour le pousser au travail, il lui reprocha sa façon de tenir les comptes du ménage. Ils ne parlèrent plus que d'argent. Tous leurs rapports, y compris sexuels, furent relégués au second plan. Flap passait son temps à l'université, en compagnie de collègues ou d'étudiants. Emma ne dit rien pendant six ou huit mois, mais elle manquait à ce point d'amour qu'un jour, oubliant sa fierté naturelle, elle s'écria :

— Tu m'abandonnes. C'est l'été. Pourquoi passes-tu tes journées là-bas ?

— Parce que c'est mon lieu de travail.

— Mais tu pourrais rester lire à la maison.

— Tu es vraiment anti-intellectuelle ! Tu détestes les universités.

— C'est exact ; les professeurs, tout au moins. Ils sont tous déprimés.

— Je te trouve bien arrogante ! dit Flap, vexé.

— Et le pire, c'est qu'ils refusent de l'admettre. Moi, au moins, quand je suis déprimée, je ne le cache pas.

— Tu es toujours déprimée.

— C'est faux.

— Tu pourrais quand même faire semblant d'être gaie devant les enfants.

— Tais-toi donc ! Pour ce que tu les vois, tes enfants !

— Mes collègues et moi, nous sommes peut-être déprimés, mais au moins, nous nous efforçons d'être sociables.

— Alors retourne avec eux. Dans ma maison, je suis libre d'être moi-même.

Flap la prit au mot. Il se réfugia dans sa vie professionnelle, et eut de moins en moins de disputes avec sa femme.

Tommy, qui était en avance sur son âge, rendit Emma responsable de l'éloignement de son père.

Un matin, au petit déjeuner, il lui lança :

— Tu es très agressive envers papa, et c'est pour ça qu'on ne le voit plus.

Emma le regarda.

— Tu veux ma main sur la figure ?

— Mon frère et moi, nous vivons ici. Nous avons le droit de nous exprimer.

— Je suis contente que tu reconnaisses l'existence de ton

239

frère. Vu la manière dont tu le traites habituellement, tu es bien mal placé pour parler d'agressivité.

— Il y a tout de même une différence ! Teddy est trop jeune pour partir ; ce n'est pas le cas de papa.

Emma sourit.

— C'est un bon argument. En ce cas, trouvons un terrain d'entente. Essaie d'être plus gentil avec ton frère, et je ferai des efforts avec ton père.

— Impossible. Ce gosse est trop énervant.

— Alors, mange et tais-toi ! conclut Emma.

Emma ne tarda pas à être subjuguée par la taille massive de Sam et son air lugubre. Chaque fois qu'elle se rendait à la banque, il était ravi. Depuis longtemps, elle n'avait éprouvé aucun désir, aussi eut-elle du mal à comprendre ce qui lui arrivait. Il lui fallut huit mois pour se décider. Elle avait rencontré l'épouse de Sam. C'était une petite femme rondelette et exubérante, qui s'occupait de la moitié des services sociaux et des organisations de charité de la ville. Elle se souciait si peu de son mari et semblait si satisfaite d'elle-même qu'Emma n'eut aucun remords.

Elle se rendit souvent à la banque. Sam Burns n'avait pas conscience qu'elle essayait de le séduire. En tout cas, il se sentait requinqué dès qu'elle venait le saluer. Angela, la secrétaire, remarquait bien un changement chez son patron, mais Emma lui semblait au-dessus de tout soupçon.

— Vous êtes bien la seule personne à le faire rougir, lui dit-elle.

Emma avait confiance en elle, la voyant se montrer discrète. Au bout d'un certain temps, elle se dit qu'elle n'arriverait à rien avec Sam. Il lui semblait impossible d'attirer un homme aussi respectable dans son lit. Elle pensa qu'après tout ce n'était pas sérieux, mais c'était faux ; sa vie sexuelle était au plus bas. En outre, Flap avait découvert que, pour la nouvelle génération, le sexe était une chose aussi naturelle que de prendre un bain. Il allait chez des jeunes filles d'une vingtaine d'années et, pour les séduire, écoutait des disques et fumait de l'herbe. Il s'était créé de nouvelles habitudes et voyait de moins en moins sa femme.

Emma, humiliée, se sentait mise à l'écart. Elle ne voulait pas aggraver la situation en lui faisant une scène de jalousie. De toute façon, elle n'éprouvait pour lui que du mépris. Une année s'écoula ainsi ; elle trompa son désespoir en multipliant ses activités. Une chose était sûre : elle avait besoin d'un amant. Malheureusement, elle vivait dans un milieu de classe moyenne,

240

et avait deux enfants à élever. Comment pourrait-elle trouver un amant dans ces conditions ? Sam Burn était en voie de devenir un pur phantasme.

Elle avait presque renoncé à ses projets lorsqu'un beau jour de novembre, une occasion se présenta enfin.

Emma se trouvait à la banque ; Sam, tout en bavardant de choses et d'autres, lui dit qu'il devait aller inspecter une maison qui appartenait à la banque et que cette dernière voulait vendre. La jeune femme décida de l'accompagner. Elle s'inventa un ami qui serait éventuellement intéressé par l'achat de cette propriété. Sam Burns était ravi de se retrouver seul avec Emma. Il souhaitait cela depuis longtemps, mais n'avait jamais trouvé un prétexte valable.

La maison était vide et il faisait très froid. Ils étaient tous les deux nerveux ; ils se désiraient. Sam était tellement grand qu'Emma ne savait comment s'y prendre. Elle profita d'un moment où il s'agenouillait et examinait quelque chose pour venir vers lui et poser ses mains sur son visage. Ses joues étaient brûlantes. Ils s'embrassèrent pendant quelques minutes, puis étendirent leurs manteaux sur le sol et firent l'amour. Sur le chemin du retour, Sam se sentit pris de panique. Il craignait que tout le monde apprît ce qui s'était passé. Emma, elle, était satisfaite et tranquille. Lorsqu'ils arrivèrent à la banque, elle parla de la maison à Angela d'une manière si convaincante que les craintes de Sam disparurent.

— Décidément, vous lui faites beaucoup de bien, dit gaiement la secrétaire, en remarquant à quel point son patron avait l'air heureux.

Elle n'aimait pas Mrs Burns et trouvait sympathique qu'Emma portât de l'intérêt à cet homme négligé par sa femme.


Aurore s'aperçut vite que quelque chose avait changé dans la vie de sa fille. Il ne lui fallut pas plus de trois coups de téléphone pour lui tirer les vers du nez.

— Un peu gros nounours, oui je vois, dit Aurore à Emma, quelques semaines plus tard. Mais l'argent entre peut-être aussi en compte dans l'attrait qu'il exerce sur toi. Les hommes qui en brassent beaucoup sont toujours revêtus d'un certain prestige. Mon Dieu ! Hector est malade, et il me faut maintenant m'habituer à tes extravagances.

En fait, elle n'était pas du tout mécontente. Elle attendait depuis des années qu'Emma fît ce genre de chose. Elle espérait seulement que celle-ci choisirait un homme respectable, qui l'épouserait. Dans le cas présent, c'était impossible.

— Dommage que tu sois tombée sur un type âgé. Ta liaison ne sera que de courte durée.

— Alors, le général est malade ? dit Emma pour changer de sujet.

— Ce n'est pas bien grave, répondit Aurore. Il a respiré trop d'air pollué, en faisant son footing. Vernon est en Ecosse depuis un mois et cela me contrarie. S'il tarde à revenir, c'est moi qui irai le rejoindre. Quant à Alberto, son moral est bien bas. Tu vois, ce n'est pas la grande forme ici. Et voilà que tu te mets à séduire un vieillard ! Je n'en parlerai pas à Rosie : depuis la mort de Royce, un rien la bouleverse. Au fait, Buster s'est encore fait prendre en train de voler ; ça va sûrement se terminer en maison de correction. Fais attention à toi ! Je suis sûr qu'à Des Moines, ils en sont encore à lapider les femmes adultères.

Sam Burns voyait l'avenir de façon pessimiste. Il était sûr que sa liaison serait découverte, et qu'il devrait divorcer pour épouser Emma. Ils seraient alors dans l'obligation de quitter la ville. Il envisageait d'aller vivre à Omaha, où un de ses vieux amis était président d'une banque.

— Je n'ai jamais su me débrouiller dans la vie, disait-il à Emma. Je suis incapable de prendre les choses en main.

Il était toutefois assez malin pour ne pas rater une occasion de visiter les nombreuses maisons que la banque avait à vendre. Un soir où son mari avait emmené les enfants voir un match de basket, Emma cacha un vieux matelas dans une de ces maisons. Elle raconta à Flap qu'elle l'avait donné à une œuvre de charité. Pendant un an et demi, le matelas suivit les amants dans toutes leurs rencontres. Emma se mit à rêver d'un endroit chaud où ils pourraient se retrouver, avec des chaises et des toilettes, une bonne chambre d'hôtel, par exemple. Emma et Sam avaient prévu de se rendre à Chicago, mais Dottie se cassa la jambe en tombant, et leur plan tomba à l'eau.

Pendant que sa femme était à l'hôpital, le sentiment de culpabilité de Sam prit de telles proportions qu'Emma pensa le laisser tomber, afin de lui rendre sa tranquillité d'esprit. Toutefois, bien qu'elle fût la source de tous ses tourments, il s'accrochait désespérément à elle. Dottie n'avait jamais été très portée sur le sexe, et dès qu'elle avait dépassé la quarantaine, son désintérêt pour la chose, voire son aversion, n'avait cessé de croître. La vie sexuelle de Sam risquait donc de se résumer à de brèves rencontres avec des call-girls.

Pour lui, Emma était un miracle. C'était sa dernière chance, et, tout effrayé qu'il fût, il ne voulait pas la laisser passer. Il n'avait jamais rencontré quelqu'un d'aussi tendre et aimable, et il l'adorait. Il souffrait de ne la voir qu'à des heures insolites et dans des maisons vides. Il lui arrivait parfois d'imaginer que Dottie mourait, d'un arrêt du cœur, par exemple ; il pourrait alors emmener Emma loin de son mari qui la négligeait ; il lui donnerait un toit, une grande cuisine, de beaux vêtements, et, pourquoi pas, un enfant. Il ne lui avait jamais traversé l'esprit qu'Emma pouvait avoir d'autres désirs.

Mais Dottie resta en vie, et ce fut Sam qui mourut.

Lorsque Emma apprit la nouvelle, elle était enceinte de ·Flap, et habitait depuis neuf mois la ville de Kearney, dans le Nebraska. On y avait offert à Flap la direction du département d'anglais d'une petite université. Emma et ses fils voulaient res-ter à Des Moines ; il les obligea à le suivre.

En entendant Emma lui dire qu'elle allait partir, Sam fut bouleversé. Il regarda un long moment ses grands pieds, l'air désespéré, et puis décida qu'il était temps de faire part à Emma des projets qu'il caressait en secret. Il lui dit son désir de l'épouser, une fois Dottie disparue. Il se demandait si elle allait se moquer de lui, mais Emma, bien qu'elle n'eût aucune inten-tion de devenir sa femme, n'éprouva aucune envie de rire. Elle regrettait qu'il ne comprît pas combien il lui avait déjà donné.

Le jour des adieux, Sam, plein de tristesse, dit à Emma :

— Je ne sais pas ce que je vais faire.

— Tu peux essayer de t'améliorer au golf ! répondit-elle.

Elle voulait le faire sourire, parce qu'un jour, il lui avait avoué qu'il détestait le golf. Il ne pratiquait ce jeu que parce que sa profession l'y obligeait. Elle l'embrassa et le serra très fort dans ses bras. Elle ne savait pas ce qu'elle allait faire, elle non plus.

Ce fut Angela qui lui annonça la mort de Sam.

— Il a eu une crise cardiaque au beau milieu du terrain de golf. Il faisait très chaud, et il voulait à tout prix jouer.

Emma resta assise à la table de la cuisine, pendant plusieurs jours, sans bouger. Elle mâchait des serviettes ou les déchirait en petits morceaux. La pensée que Sam était mort malheureux, par sa faute, la rendait folle. Elle avait manqué d'énergie pour assumer sa relation avec Sam. Elle en avait eu assez de se cacher, de mentir, et puis elle s'était mise à craindre que Sam ne fût trop amoureux et manifestât le désir de quitter sa femme. Elle ne voulait pas de complications ; aussi, lorsque Flap lui parla de partir pour Kearney, elle finit par accepter. S'il était mort dans son lit, ou dans un accident, elle n'aurait pas été aussi accablée. Il s'était toujours considéré comme un idiot et n'aimait pas particulièrement sa vie. C'était surtout le fait qu'il fût mort sur ce terrain de golf qui tourmentait Emma. Peut-être n'avait-il pas saisi l'ironie de sa dernière remarque et avait-il vraiment voulu améliorer son jeu ?

Elle se mit à rêver de terrains de golf et de grands corps que l'on tirait dans l'herbe. Flap et les garçons s'éloignaient de plus en plus d'elle. Ils attribuèrent son état dépressif à sa grossesse et ne se préoccupèrent plus d'elle. Flap était débordé de travail et ne rentrait que rarement. Tommy passait son temps à lire. Teddy fut le seul à vouloir se rapprocher d'Emma. Il la couvrit de baisers, lui raconta des histoires pour la faire rire, et lui montra des tours de cartes. Il alla même jusqu'à faire le ménage et lui proposa de cuisiner. Emma fut si touchée qu'elle finit par réagir et, un jour, elle se leva pour l'aider. Et puis elle appela sa mère et lui confia ce qui la tourmentait. Aurore écouta gravement et dit :

— Emma, je ne peux te dire qu'une chose pour te réconforter : les hommes n'écoutent jamais les femmes lorsqu'elles parlent. Il est probable que ce pauvre Mr Burns n'a pas prêté attention à ta dernière remarque.

— Je voudrais en être bien sûre ! dit Emma.

— J'en suis certaine. Un homme attentif, ça n'existe pas. Dis donc, pourquoi ne viens-tu pas accoucher à la maison ? Rosie et moi nous ferons un plaisir de nous occuper de la mère et de l'enfant. Mais au fait, je croyais que tu n'en voulais plus. Tu as changé d'avis ?

— Je ne sais pas, dit Emma. Et je ne veux pas penser à ça.


Les choses ne s'arrangèrent pas entre Flap et Emma. Tout au long de sa grossesse, la jeune femme ne cessa de penser au divorce. Il lui semblait absurde d'être enceinte d'un homme qui ne représentait plus rien pour elle. Elle serait bientôt seule avec trois enfants au lieu de deux.

Puis vint Mélanie. La petite était si charmante qu'elle semblait avoir été faite pour rendre les gens heureux autour d'elle. Emma eut l'impression d'avoir mis au monde une réplique de sa mère. Elle vit dans cette ressemblance un autre tour que lui jouait la vie et comprit que son destin était d'être toute sa vie éclipsée, par sa mère d'abord, par sa fille ensuite. Mélanie avait de magnifiques boucles blondes et était aussi gaie que sa grand-mère.

Le prodige, avec cette enfant, fut qu'elle parvint à rendre Teddy heureux. Elle fit entrer l'amour dans la maison. Même Flap ne put rester insensible aux charmes de sa fille ; il se mit à rentrer plus souvent chez lui. Quant à Tommy, il adopta vite une attitude protectrice à l'égard de sa sœur. Tout en ayant l'air de garder ses distances, il veillait à ce que personne ne lui fît du mal.

Lorsqu'elle regardait Mélanie et Teddy jouer, Emma se sentait comblée. C'était une bénédiction d'avoir des enfants qui s'aimaient autant. Ils étaient toujours, comme des amoureux, blottis dans les bras l'un de l'autre. Dès qu'elle put trottiner, Mélanie élut domicile sur les genoux de Teddy. Son premier geste, le matin, au réveil, était de courir jusqu'au lit de son frère. Celui-ci, toutefois, n'était pas toujours tendre avec sa sœur. Il prenait parfois plaisir à la taquiner et à se moquer d'elle ; il lui cachait ses jouets et lui faisait piquer des crises de colère. Mélanie éclatait en sanglots, mais quelques minutes après, elle avait déjà tout oublié, et ils se retrouvaient tous les deux dans le lit de Teddy, à se lire des histoires. La plupart du temps, c'était Mélanie qui lisait, ou du moins qui racontait l'histoire ; elle s'imaginait qu'elle savait lire et était très fière d'elle. Teddy la laissait faire et l'écoutait babiller pendant des heures. Les autres membres de la famille essayèrent de lui faire comprendre que la lecture était autre chose. Cela ne plut pas du tout à Mélanie. Elle n'aimait pas les livres sans images, qui détruisaient son illusion ; elle se mit à dérober tous les livres qui traînaient dans la maison et les cacha, les uns sous le lit, les autres dans des endroits où ils ne purent être trouvés pendant des mois. Elle alla même jusqu'à mettre certains à la poubelle.

C'était une enfant très intelligente, qui savait se venger, si elle le désirait. Lors de ses visites à Houston, elle manifesta une nette préférence pour Rosie et Vernon ; ceux-ci étaient en adoration devant elle. Elle traitait le général plutôt cavalièrement, mais elle aimait toucher à sa pomme d'Adam. Elle lui demanda pourquoi il avait la voix si rocailleuse, et il lui répondit qu'il avait un chat dans la gorge. Elle le crut et exigea de lui qu'il le fît sortir.

Elle s'entendait bien avec sa grand-mère, mais elle n'était pas docile. Aurore affirmait que Mélanie était trop gâtée. La petite fille restait sur les genoux de Vernon pendant des heures, mais lorsque sa grand-mère voulait la prendre, elle se débattait et se mettait à hurler. Elle était attirée par les bijoux d'Aurore, et cherchait toujours à enlever ses boucles d'oreille. Quand elles étaient amies, Aurore laissait Mélanie jouer avec sa boîte à bijoux ; cela l'amusait de voir sa petite-fille porter sur elle les bracelets, colliers et autres bricoles qu'elle avait accumulés au cours des ans, et qui racontaient un peu l'histoire de sa vie. Mélanie aimait tout particulièrement un collier d'ambre et d'argent qui lui descendait jusqu'aux genoux et avec lequel elle se baladait dans la maison, à la recherche de Rosie.

— Ça me fend le cœur de voir cette enfant dans le Nebraska, disait la bonne, en regardant Mélanie avaler ses flocons d'avoine.

— Moi, ce qui me fend le cœur, c'est de penser à ce qu'elle risque de faire subir aux hommes, plus tard.

— Elle ne peut pas être plus dure que vous ne l'avez été !

— C'est possible, mais de mon temps, les hommes étaient plus résistants.

— Parle pas aux autres, dit Mélanie en pointant sa cuillère sur Rosie.

Elle eut vite fait de remarquer que tout le monde s'adressait toujours à sa grand-mère, et cela lui déplut...

— Parle-moi, dit-elle, en tendant son assiette vide, pour avoir encore des céréales.

Rosie s'empressa de la resservir, ravie de son appétit. Aurore beurra un croissant ; Mélanie tendit aussitôt la main, mais le croissant n'était pas pour elle. Déçue, elle regarda sa grand-mère le manger.

La naissance de Mélanie avait rendu Emma heureuse ; elle avait l'impression d'avoir fait enfin quelque chose de bien. Flap s'était laissé attendrir. Le couple retrouva une certaine complicité, qui ne dura pas. Au bout de quelque temps, Emma se sentit à nouveau perdue. Elle avait le sentiment qu'à trente-cinq ans, après avoir mis au monde son dernier enfant, il ne lui restait plus rien à faire. Tout n'était plus que routine, et elle ne pouvait plus supporter cette monotonie. Même si elle avait pu être heureuse, vivre à Kearney l'aurait rendue immanquablement morose. Les habitants étaient courtois, et elle avait fini par s'habituer à leur manque de grâce et d'imagination. Mais elle ne s'était fait aucun ami ; même le paysage semblait engendrer la solitude. Elle se livrait à de longues promenades le long de la rivière, dans le vent cinglant. Le vent était l'élément dominant de ce pays de plaines et elle en était venue à l'aimer : elle redoutait les accalmies. L'été, quand il n'y avait pas un souffle d'air, elle sentait son équilibre menacé. Elle avait besoin d'entendre les murmures de la brise ou les rugissements de la tempête.

A Kearney, Flap tomba amoureux.

La région était prospère, mais de mœurs rétrogrades. Si Flap plaisait bien aux étudiantes, celles-ci étaient inexpérimentées, et il n'était pas question de coucher avec elles. La ville était petite, et un scandale aurait vite éclaté. Le mari d'Emma tenait à conserver son poste. Il se mit à fréquenter une jeune enseignante de dix ans sa cadette. C'était, pour Kearney, une femme émancipée. Elle avait étudié le dessin à San Francisco, avait été mariée et s'était enfuie de chez elle. Elle appartenait à l'une des meilleures familles de la ville, et la communauté avait accepté son côté bohème. Elle peignait et enseignait dans l'université où exerçait Flap. Ils faisaient tous les deux partie de trois comités, ce qui leur donnait souvent l'occasion de se voir. Elle était sérieuse et réservée. Ce n'est qu'au bout de six mois qu'elle se donna à Flap. Elle avait suivi des cours de danse moderne et était elle-même professeur de yoga. Elle avait un corps magnifique et se déplaçait avec grâce. Si Flap avait dû quitter Emma pour coucher avec elle, il l'aurait fait sans difficulté. Mais Janice, c'était son nom, n'exigeait pas cela de lui ; tout ce qu'elle voulait, c'est qu'il fût épris d'elle. Flap, pour répondre à son attente, lui dit qu'il l'aimait depuis un an. Mais il ne tomba réellement amoureux d'elle que lorsqu'ils furent amants.

Il fit alors part de sa liaison à Emma.

Mélanie était sur les genoux de son père et dessinait des cercles bleus sur la nappe de la table.

— Pourquoi me racontes-tu ça ? demanda Emma, calmement.

— Tu le savais, n'est-ce pas ? Tu as deviné ?

— Flap, s'il te plaît, ne laisse pas Mélanie abîmer la nappe.

— Tu l'as deviné à mon comportement, hein ? poursuivit Flap, sans faire attention à la remarque de sa femme.

— Tu te trompes, fit Emma. Tout ce que j'ai pu deviner d'après ton comportement, c'est que tu ne m'aimes plus. Je ne t'en veux d'ailleurs pas particulièrement pour ça. Tu m'as peut-être aimée aussi longtemps que tu le pouvais. Mais il y a une différence entre savoir que tu ne m'aimes plus et savoir que tu aimes quelqu'un d'autre. Ça fait plus mal.

Elle arracha le crayon des mains de sa fille, qui lui jeta un regard furieux. Les yeux de Mélanie, lorsqu'elle était en colère, devenaient étonnamment noirs. Elle avait appris qu'il ne servait à rien de hurler après sa mère ; aussi descendit-elle des genoux de son père, et s'éloigna en silence. Flap ne s'aperçut de rien.

Il se laissait pousser la moustache, pour plaire à Janice, et Emma trouva que ça lui donnait un air miteux, ce qui lui fit douter du goût de l'amie de son mari.

— Si tu veux divorcer, il n'y a aucun problème, fit-elle. Je n'ai pas l'intention d'être un obstacle à ta passion. Va vivre avec elle, si tu le désires. Dis-moi juste ce que tu veux.

— Je n'en sais rien, avoua Flap.

Emma se leva et commença à préparer les hamburgers. Les enfants n'allaient pas tarder à rentrer de l'école.

— Eh bien, lorsque tu auras pris une décision, fais-m'en part, dit la jeune femme.

— Si j'arrive à me décider.

— Tu ferais mieux de te dépêcher ! Je ne voudrais pas me mettre à te haïr.

Flap se montra incapable de faire un choix.

En fait, il avait encore plus peur de Janice que d'Emma. Sa maîtresse avait un talent certain pour faire des scènes, et lorsqu'elle se mettait à hurler, en prétendant qu'elle se tuerait ou le tuerait s'il continuait à voir sa femme, il était terrifié. Elle n'était pas amoureuse de lui et ne tenait pas particulièrement à ce qu'il quitte Emma, mais elle avait besoin de faire semblant. Avec le temps, leur amour devint tributaire de cette violence.

Emma en revanche laissa son mari tranquille. Elle s'attendait à ce qu'il la quitte, et elle en vint même à le souhaiter. Cela ne lui aurait pas déplu d'avoir plus de place. Mais Flap ne semblait pas vouloir partir. Il se montrait très aimable, et Emma lui permit de rester. Ils ne couchaient plus ensemble, ce qui simplifiait les choses. Flap regardait les films du ciné-club à la télévision et s'endormait sur le canapé. Ils ne se disputaient pas ; ils étaient devenus tellement étrangers l'un à l'autre que les querelles n'avaient plus leur raison d'être.

Emma savait qu'elle aurait dû le mettre à la porte ; mais il était si paresseux et tenait tellement à ses habitudes qu'il aurait fallu à la jeune femme un sursaut de colère et un regain d'énergie pour y arriver. Or les enfants l'épuisaient et elle avait perdu son agressivité. Elle avait fait le tour de toutes les déceptions, et si Flap se comportait comme un lâche, c'était bien dans son tempérament. Elle avait cessé de vouloir l'améliorer ; elle était devenue indifférente.

Elle se mit à fuir toutes les obligations sociales liées à la fonction de son mari. Elle refusa les invitations, évita les femmes des universitaires, et ne se montra plus sur le campus.

Flap lui en fit la remarque.

— Tu n'as qu'à y emmener tes maîtresses, dit Emma. Moi, j'en ai assez du poulet-macaronis.

— Quel rapport ?

— Eh bien, mon chéri, il se trouve que le poulet-macaronis a été la base de notre vie sociale. Tu ne te souviens donc pas ? Vin bon marché, meubles de mauvaise qualité, vêtements miteux, gens déprimés, discours ennuyeux, et poulet-macaronis.

— Mais qu'est-ce que tu racontes ?

— Je veux simplement dire que mon rôle de femme de professeur d'université s'achève aujourd'hui. Débrouille-toi sans moi.

248

Dans cette disposition d'esprit. Emma commit une grave erreur.

Flap avait un collègue qui semblait détester autant qu'elle les universitaires. Il s'appelait Hugh. Il avait la quarantaine, était divorcé depuis peu, et affichait un certain cynisme. Il aimait boire et parler de cinéma. Emma, en sa compagnie, reprenait goût à la vie. Il avait un esprit acerbe et elle ne pouvait s'empêcher de rire aux histoires qu'il racontait sur les professeurs. C'était pour elle un immense soulagement. Il avait le regard bleu et froid, et la lèvre inférieure boudeuse. Il arriva un bel après-midi, à l'improviste, et séduisit Emma dans le lit de Teddy. La jeune femme se doutait bien que cela finirait par arriver, mais elle n'imaginait pas qu'il lui annoncerait de but en blanc, une fois l'acte accompli, qu'elle ne l'avait pas satisfait.

— Pas du tout ? dit-elle, étonnée.

— Non. Je crois que tu as oublié comment on baise, répondit-il froidement, en laçant ses souliers.

Il lui proposa ensuite de prendre une tasse de thé. Emma, au lieu de le mettre à la porte, prit à cœur sa remarque. Après tout, elle avait toujours accordé si peu d'importance au sexe ! Flap ne s'intéressait plus à elle depuis bien des années et Sam Burns était trop amoureux pour exiger des prouesses. Elle s'était donc habituée à réprimer ses désirs et sa sexualité. Toutefois, la critique de Hugh lui semblait excessive. Elle était très troublée.

— Il ne faut pas que tu te tracasses, dit-il avec douceur. Ça viendra !

Emma fut prise au piège. Elle lui rendit visite chez lui.

Ce ne fut pas encore ça, mais c'était déjà mieux. Elle se rendit vite compte que le mépris qu'il manifestait pour ses collègues était feint. En fait, il était comme eux. Sa chambre était une salle de classe et Emma devint son élève. Il se chargea de son éducation sexuelle. Il avait avec elle la sévérité d'un professeur de danse pour une débutante. Pendant un certain temps, cette méthode porta ses fruits. Emma accepta son ignorance et se montra une élève désireuse d'apprendre. Et puis elle commença à avoir honte ; ses orgasmes devinrent douloureux. Le couple était souvent dérangé par des coups de fil. Hugh ne voulait pas qu'elle écoutât ses conversations téléphoniques, et exigeait qu'elle fût partie après une certaine heure. Elle savait qu'il n'avait aucune affection pour elle, et que c'était du pur masochisme que d'entretenir une telle relation ; mais elle continuait à le voir. Elle se mit à le haïr : il avait transformé son plaisir en humiliation. Emma se devait de réagir. Elle essaya d'en parler à sa mère.

— Oh ! Emma ! dit Aurore. Quel dommage que tu aies épousé Thomas ! Il n'a jamais été à la hauteur. Mes amants étaient ce qu'ils étaient, mais au moins, ils faisaient cas de ma personne. Qui est cet homme ?

— C'est un collègue de Flap.

— Tu as tes enfants à élever. Laisse tomber ce type. Les mauvaises choses s'arrangent rarement ; elles ne font qu'empirer. Arrête de le voir immédiatement. Si tu attends encore, il sera trop tard. Pourquoi ne viendrais-tu pas à la maison quelque temps, avec les enfants ?

— Maman, les enfants vont à l'école. Je dois rester ici.

— Tu n'es pas quelqu'un d'équilibré, Emma. Tu as toujours eu une forte tendance au masochisme, et je doute que ça change. Veux-tu que moi, je vienne chez toi ?

— Pour quoi faire ? Pour dire à mon amant qu'il me fiche la paix ?

— Je pourrais très bien faire ça.

Emma savait que sa mère aurait une telle audace.

— Non, ne bouge pas. Je m'en charge.

Emma parvint à résoudre son problème, à peine trois mois après. Elle s'en tira en jouant les mêmes cartes que Hugh. Elle fit en sorte qu'il n'eût plus rien à lui apprendre et devint sexuellement son égale. Emma commençait à y voir plus clair et reprit confiance en elle. Mais ce n'est pas ce que Hugh désirait. Il la préférait soumise. Il adopta une attitude sardonique et méprisante à son égard, lui disant que ses fesses étaient trop grosses, ses seins trop petits, et que ses cuisses manquaient de fermeté. Emma haussa les épaules.

— Je ne suis pas aussi narcissique que toi, répondit-elle.

Elle savait qu'il avait commencé son travail de sape afin de se débarrasser d'elle, et elle en fut soulagée. Elle le laissa faire. Elle restait toutefois sur ses gardes ; il était clair qu'il chercherait à la blesser profondément.

Un jour, tandis qu'ils s'habillaient, elle mentionna ses enfants dans la conversation.

— Ah, oui, tes affreux moutards ! fit Hugh.

Emma, qui était penchée vers le sol, ramassa une des chaussures de son amant, et se retournant, le frappa au visage. Elle frappa si fort qu'elle lui brisa le nez.

— Regarde ce que tu as fait, espèce de salope ! s'écria Hugh, en voyant le sang dégouliner jusque dans sa barbe.

Emma le contempla en silence.

— J'ai le nez cassé ! continua-t-il. Je dois faire cours ce soir. Qu'est-ce que je vais dire ?

— Tu n'auras qu'à dire que ta petite amie t'a frappé avec

une chaussure, pauvre crétin ! Ça t'apprendra à manquer de respect à mes enfants !

Hugh se jeta sur Emma et se mit à la battre ; elle fut couverte de sang, celui de Hugh, principalement. Elle s'enfuit en abandonnant ses chaussures et parvint à se glisser chez elle sans se faire voir des enfants. Elle se précipita dan la salle de bains et plongea dans la baignoire. Elle était satisfaite de l'avoir frappé.

Pendant la semaine qui suivit, Emma se sentit débarrassée d'un grand poids. Elle se mit à analyser les choses clairement. Flap ne pouvait plus lui être d'aucun secours. Il n'avait pas la force de rompre avec Janice, et, d'ailleurs, Emma ne l'y poussait pas. Elle s'était habituée à lui préparer son petit déjeuner, à lui laver son linge, sans qu'il y eût rien d'autre entre eux. Elle était bien contente de laisser à Janice les complications émotionnelles. Tant que celle-ci voudrait bien de Flap, Emma aurait la paix.

Après son empoignade avec la jeune femme, Hugh rongea son frein. Il en voulait terriblement à Emma, pas tant de l'avoir frappé, que d'avoir mis un terme à leurs relations. Il avait bien l'intention de se débarrasser d'elle, mais que ce fût elle qui l'eût laissé tomber la première portait un coup à son orgueil. Il souhaitait qu'elle lui revînt pour mieux pouvoir l'humilier. Il lui téléphona et se présenta chez elle à des heures incongrues ; Emma refusa de le laisser entrer, mais il avait réussi à l'ébranler. Une telle insistance porta sur les nerfs de la jeune femme, et elle décida de partir quelque temps chez son amie Patsy, qui habitait Los Angeles. Patsy s'était remariée avec un brillant architecte et avait l'air heureuse avec lui.

Flap ne s'opposa pas au départ de sa femme et Emma se retrouva chez son amie, qui s'appelait maintenant Patsy Fairchild. Son mari était beau garçon et sympathique ; grand, spirituel les rares fois où il ouvrait la bouche ; c'était un homme qui travaillait dur. Patsy avait trois enfants : un fils de onze ans, qu'elle avait eu de son premier mariage, et, de son second mariage, deux petites filles à l'air éveillé. Elle semblait en pleine forme et habitait une merveilleuse maison à Beverley Hills.

— Je savais bien que le temps jouerait en ta faveur, dit Emma. Maman dirait que ta vie est tout le contraire de la mienne, et elle n'aurait pas tort.

Patsy regarda son amie, qui était chétive et mal habillée, et ne chercha pas à la contredire.

— Oui, j'aime bien ma vie ici. Je dois tout à mon ami Joe Percy, tu sais, le scénariste. C'est lui qui m'a faite. Et puis, j'ai rencontré Tony.

Les deux jeunes femmes bavardèrent une grande partie de la

nuit, dans une magnifique pièce mansardée, d'où l'on apercevait Los Angeles illuminé. Pendant trois jours, tandis que Patsy faisait visiter la ville à son amie, la conversation ne tarit pas.

Patsy emmena Emma partout, et, la veille du départ de celle-ci, elle organisa une soirée en son honneur. La plupart des convives étaient des acteurs de cinéma dont certains avaient fait construire leur maison par Anthony Fairchild. Emma ressentit particulièrement ce soir-là son manque d'élégance. Elle passa son temps à fuir les regards, ce qui fut assez facile, car personne ne la remarqua. Joe Percy, le vieil ami scénariste de Patsy, ne tarda pas à s'écrouler, ivre, sur un coin du grand divan. Lorsque tous les invités furent partis, Patsy alla chercher une couverture et l'étendit sur lui. Puis elle s'assit à ses côtés.

— Je ne l'ai jamais vu avec de telles poches sous les yeux, commenta Emma.

— Ce sont les femmes qui ont ruiné sa santé. Il dispose ici d'une pièce, et même de toutes les chambres d'hôte. Mon mari travaille tard et Joe me tient compagnie. Mais parfois son orgueil le pousse à sortir, pour courir les filles.

Dans l'avion qui la ramenait chez elle, Emma se laissa aller à la rêverie ; elle essaya de s'imaginer vivant dans une grande maison comme celle de Patsy, toujours propre, avec des enfants sentant bon le savon et l'eau de Cologne. Elle se remit à songer à Hugh, mais celui-ci cessa bientôt d'être un problème pour elle. Il s'était trouvé une autre petite amie et avait renoncé à son idée de vengeance à l'égard d'Emma, craignant que celle-ci ne lui donne encore du fil à retordre.

— Comment va Patsy ? demanda ·Flap, qui avait toujours été un grand admirateur de la jeune femme.

— Mieux que nous cinq réunis, répondit Emma, en regardant d'un air mélancolique ses trois enfants.

Seule Mélanie, apparemment, pourrait réussir à la manière de Patsy.


Hugh ayant disparu de sa vie, Emme commença à respirer.

La chance se présenta pour elle sous la forme d'un grand garçon dégingandé qui vint frapper à sa porte ; c'était le jeune assistant de Flap. Il n'avait pas l'esprit très vif, mais semblait d'une extrême douceur. Il s'appelait Richard et était originaire du Wyoming. Il fallut plusieurs mois à Emma pour le rendre amoureux d'elle, tellement il avait de scrupules. Il n'arrivait pas à croire qu'une femme d'âge mûr, et de plus mariée au Dr Horton, désirât coucher avec lui. Emma ne voulait surtout pas blesser le jeune homme ; elle ne le pressa pas et se montra d'une grande patience. Richard ne paraissait guère plus vieux, ni même plus mûr que Tommy et Teddy, et elle n'aurait pas aimé qu'une femme de son âge vînt mettre la main sur ses garçons. Cependant, pour la première fois depuis son histoire avec Sam Burns, elle sentit qu'elle pouvait faire du bien à quelqu'un. Richard envisageait de retourner dans le Wyoming pour y enseigner dans un lycée. Le jeune homme ne semblait pas avoir reçu beaucoup d'affection dans sa vie et il avait appris à ne pas en attendre ; aussi fut-il touché par l'intérêt que lui portait Emma. Elle l'amadoua tant et si bien qu'il finit par perdre sa timidité à son égard. Elle lui insuffla de l'enthousiasme, et il fut bientôt prêt à tout abandonner pour elle. Toutefois, après avoir été son amant pendant un an, il continuait à la traiter avec un respect qui faisait ressentir à celle-ci son âge. Ils ne se querellaient jamais. Emma était charmée par la jeunesse de Richard ; elle aimait son sourire timide, ses yeux pleins de douceur, ses longues jambes minces. Il était fougueux et apportait un dynamisme neuf en toutes choses, il n'avait jamais eu de grosses déceptions et n'avait aucune raison de se mésestimer.

Elle avait de si bons moments avec Richard, qu'elle se mit à prendre en pitié son pauvre mari, dont la vie était de plus en plus misérable. Il aurait pu séduire une jeune fille impressionnable, qui lui aurait donné le sentiment de son importance. Au lieu de cela, il s'était amouraché d'une femme encore plus névrosée que la sienne. Il se doutait qu'Emma avait un amant, mais il se trouvait dans une position difficile pour poser des questions. Les choses allaient tellement mal avec Janice qu'il recommença à parler à Emma, et manifesta à nouveau de l'intérêt pour ses enfants. Il soupçonnait Janice d'avoir un amant, et il n'avait pas le cœur de faire face à deux infidélités à la fois.

Richard était aussi terrorisé par la littérature qu'il l'était par le sexe. Il découvrait chaque jour un nouvel auteur, et, avec l'aide d'Emma, il ne tarda pas à améliorer ses connaissances.

Ce fut encore une fois Aurore qui mit le doigt sur ce qui clochait dans la liaison de sa fille.

— Je suis sûre que c'est un chic type, dit-elle à Emma. Mais, ma chérie, tu manques vraiment de bon sens. C'est la première fois qu'il est amoureux, n'est-ce pas ? Que vas-tu dire, lorsqu'il va te proposer de t'emmener dans une petite ville froide du Wyoming ? Tu n'es déjà pas très heureuse de ta situation de femme de professeur d'université, qu'en sera-t-il avec un professeur de lycée ? Ces choses doivent entrer en compte dans la résolution que tu vas prendre.

— Quelle résolution ? Et toi, as-tu jamais résolu quoi que ce soit dans ta vie ?

— Emma, ne sois pas impertinente ! Il se trouve que le mariage ne m'intéresse pas, c'est tout.

— Il m'intéresse de moins en moins aussi.

— Oui, mais par contre, les hommes ne pensent qu'à ça. Heureusement pour moi, mes soupirants sont trop vieux pour me faire des histoires, et je peux agir à ma guise. Avec les hommes jeunes, toutefois, il vaut mieux prendre des gants.

— N'en parlons plus, dit Emma.

L'illusion que la parole pouvait changer les choses l'avait abandonnée, et elle mettait de plus en plus souvent fin aux conversations d'une manière abrupte.

Emma finit par se faire une amie à Kearney. Etant donné le peu de sympathie qu'elle avait en général pour les relations de son mari, elle vivait dans un certain isolement, avec Richard et ses enfants, et passait beaucoup de temps à lire. Elle avait presque renoncé à faire des rencontres lorsqu'un jour, dans un meeting, elle fit la connaissance de Melba. Melba était une grande bringue née dans le Nebraska qui avait épousé un professeur de gymnastique, et attirait irrésistiblement la sympathie. Les deux femmes ne tardèrent pas à devenir amies. Melba, malgré cinq garçons tous âgés de moins de douze ans, semblait avoir des ressources inépuisables d'énergie. Elle avait plusieurs tics nerveux, dont celui de tourner sans arrêt sa cuillère dans sa tasse de café, tout en bavardant avec Emma. Il y avait en elle une certaine lenteur nordique. Elle se laissa impressionner par la maison à deux étages d'Emma, comme celle-ci l'avait été par la résidence de Patsy à Beverley Hills. Que son amie fût la femme d'un professeur de faculté faisait rêver Melba. Elle était fascinée de voir les enfants d'Emma occuper leurs loisirs à lire, plutôt qu'à jouer au ballon comme ses garçons. Quant à Emma, elle était étonnée de voir quelqu'un dans une situation conjugale pire que la sienne. Dick, le mari de Melba, ne s'intéressait qu'à la boisson, à la chasse et au sport ; il traitait sa femme avec un tel mépris qu'auprès de lui, Flap Horton paraissait un époux attentionné.

Emma ne put s'empêcher de raconter à son amie, aussi dangereux que cela pût être, sa liaison avec Richard.

— Quoi, un jeune homme ? fit Melba, étonnée, en plissant son large front.

Elle essaya de s'imaginer couchant avec un autre homme que son mari, mais elle n'y parvint pas. Elle savait seulement que si une telle chose se produisait, celui-ci pourrait bien la tuer. Cela l'ennuyait un peu qu'Emma eût pour amant un jeune homme, mais elle n'arrivait pas très bien à réaliser, tant sa vie à elle était différente de celle de son amie. Et puis elle décida qu'Emma devait savoir ce qu'elle faisait. Melba avait un cœur d'or. Elle proposait souvent à Emma de garder ses enfants, mais ceux-ci, méprisant les garçons de Melba, se montraient récalcitrants. Quant à Mélanie, elle avait si peu d'estime pour Melba qu'elle ne cherchait même pas à la charmer. La vie de cette femme se passait à surveiller le prix des denrées, et si d'aventure elle achetait un produit trop cher, son mari lui faisait une scène. Quand Melba entrait chez Emma, elle commençait toujours par faire des remarques du genre :

— Figure-toi que le porc a encore augmenté.

La seule chose dont Melba se plaignait était les prix. En dehors de ça, elle était d'une nature optimiste et débordait d'énergie. Emma la vit un jour déblayer un chemin recouvert de neige aussi vite que l'aurait fait un chasse-neige. Melba reprocha à son amie de ne pas savoir en faire autant.


Pour les trois ans de Mélanie, Emma organisa une petite fête. Elle avait fait un gâteau et tout était prêt, mais les enfants avaient ce matin-là un rendez-vous chez le médecin, que leur mère avait oublié d'annuler. On devait les vacciner contre la grippe. Mélanie était furieuse.

— Je veux pas de piqûres ; c'est mon anniversaire ! s'écria-t-elle.

— Je ne tiens pas à ce que tu tombes malade, lui dit Emma.

Mélanie ne put échapper à la seringue du médecin. Lorsque celui-ci en eut fini avec elle, la petite fille s'assit sur un tabouret, une sucette à la bouche, et se mit à donner des coups de pied rageurs, au grand embarras de sa mère, dans le bureau qui se trouvait devant elle. Quand ce fut le tour d'Emma de se faire vacciner, Mélanie pointa sa sucette d'un air vengeur sur sa mère et dit :

— Deux piqûres pour elle ! C'est une grande.

— Quel sens aigu de la justice ! fit Emma.

— Qu'est-ce que c'est, ça ? dit le docteur.

Il s'appelait Budge, était laid mais attirant, et savait y faire avec les femmes et les enfants.

— Quoi ? dit Emma.

— Vous avez une grosseur sous l'aisselle, fit-il. Depuis combien de temps est-elle là ?

— Je n'en sais rien, répondit Emma. Mélanie, cesse de donner des coups de pied ! ajouta-t-elle, en s'adressant à sa fille.

Celle-ci s'arrêta un moment, et puis reprit plus doucement. Lorsque ses pieds heurtaient le bureau, elle regardait sa mère comme si de rien n'était, en agitant ses boucles blondes. Le docteur Budge lui jeta un coup d'œil sévère.

— J'ai trois ans, dit Mélanie, gaiement.

Le docteur soupira et se retourna vers Emma.

Il examina plus attentivement son aisselle et déclara :

— Il y en a même deux ; elles ne sont pas très grosses, mais je ne sais pas quoi en penser.

— Je ne m'en étais jamais rendu compte, fit Emma.

— Elles sont en train de sortir, dit le médecin. Il faudrait suivre ça de près ; malheureusement, je dois partir pour une semaine.

— Mon Dieu, c'est grave ? demanda Emma, l'air inquiet.

— Je préfère vous faire peur. Comme ça, si ce n'est rien, vous serez soulagée.

— Et si c'est quelque chose, quel est votre diagnostic ?

Le docteur palpa l'autre aisselle et entreprit un examen général. Mélanie suivait la scène d'un air indifférent, en léchant sa sucette. Elle faisait un tel bruit qu'on aurait pu l'entendre dans la pièce voisine.

— Eh bien, vous avez de la chance, dit le médecin à Emma, lorsqu'il eut fini de l'ausculter. Vous n'avez pas d'autres grosseurs.

— Je peux lire ? s'écria Mélanie.

Elle avait sauté de son tabouret, et agrippait le docteur par la jambe de son pantalon.

— Tu veux que je lise, dis ? demanda-t-elle au docteur.


Les enfants furent contents de la petite fête, mais Emma, tout en veillant à ce que tout le monde fût satisfait, était ailleurs. Elle faisait des efforts pour paraître gaie, mais tâtait sans arrêt son aisselle. Aurore appela ; Mélanie s'empara du téléphone et raconta à sa grand-mère, à Rosie et au général comment se passait son anniversaire. Elle voulut aussi parler à Vernon, et fut déçue d'apprendre que celui-ci était en Ecosse. Lorsque Emma put enfin prendre l'appareil, elle se sentait épuisée.

— Maman, as-tu déjà eu des grosseurs sous les bras ? dit-elle.

— Non. Pourquoi ? fit Aurore.

— Comme ça. Il se trouve que moi j'en ai.

— Eh bien, je suppose qu'il existe dans cette région de nombreuses glandes, qui chez toi ne doivent pas bien fonctionner. Ça ne serait pas étonnant, vu la manière dont tu manges.

— Mais je mange bien !

— De toute façon, tu as toujours quelque chose qui ne va pas.

— Maman, je te prierai de ne pas généraliser. J'ai tout simplement mes hauts et mes bas.

— Emma, de quoi parlons-nous, depuis des années ?

— J'en sais rien ! répondit Emma, furieuse de voir la conversation prendre cette tournure.

— De ton moral. Et le voilà maintenant qui agit sur tes glandes. Vois-tu toujours ce jeune homme ?

— Je vois que ma santé ne t'intéresse pas.

La nouvelle avait, en fait, bouleversé Aurore et elle cherchait des explications qui auraient minimisé la chose.

— Quel genre d'hôpitaux ont-ils dans le Nebraska ? demanda-t-elle.

— De très bons hôpitaux, répondit Emma.

Elle s'était prise d'affection pour la région où elle habitait et ne manquait pas de la défendre contre les fréquentes attaques de sa mère.

Lorsque Emma parla de ses grosseurs à Flap, celui-ci s'écria :

— Heureusement que nous avons la Sécurité sociale ! Tu te souviens des amygdales de Teddy ?

Emma se souvenait très bien. Ça leur avait coûté de se serrer la ceinture pendant tout un hiver.

Emma se fit enlever ses grosseurs. Ce fut une opération bénigne, et le docteur Budge ne la garda qu'une nuit à l'hôpital.

— J'aurais presque pu faire l'opération dans mon bureau, lui dit-il.

— Qu'est-ce que c'était ? demanda Emma.

— De petites tumeurs. Pas plus grosses que des billes. On va procéder à une biopsie, et vous serez bientôt fixée.

Flap avait une réunion et arriva tard à l'hôpital. Il venait de se disputer avec Janice, qui lui avait soutenu que la maladie d'Emma était feinte. Elle profitait de la moindre attention que pouvait encore avoir Flap à l'égard de sa femme pour lui faire une scène. Celui-ci, épuisé par la réunion et son altercation avec Janice, aurait bien eu besoin, lui aussi, d'une bonne nuit à l'hôpital.

— Ils sont en train d'examiner mes tumeurs.

Il lui avait apporté des roses et elle en fut touchée ; elle l'envoya s'occuper des enfants, et se mit à la lecture d'un Graham Greene. Puis, comme son aisselle la faisait souffrir, elle prit les pilules qu'on lui avait données, et s'assoupit. Elle se réveilla vers quatre heures du matin ; il n'y avait pas un souffle de vent. Elle resta étendue, à penser à ce que serait le résultat de l'analyse ; et elle aurait bien aimé avoir quelqu'un à qui parler.

Lorsque le docteur Budge vint la voir, à la fin de la matinée, elle vit à son air que c'était grave. Jusqu'à présent elle avait repoussé l'idée d'un cancer, et quand Flap avait mentionné cette possibilité, elle avait refusé d'en discuter.

— Ma petite, vous avez une tumeur maligne, lui annonça le docteur, avec beaucoup de douceur.

Il ne l'avait jamais appelée « ma petite » auparavant et Emma se sentit sombrer dans un abîme.


A partir de ce jour-là, elle sentit sa vie lui échapper : elle était entre les mains d'étrangers, médecins ou infirmières. Elle eut une semaine de répit chez elle, avant de se rendre à Omaha pour des examens approfondis. Omaha était la ville où le pauvre Sam Burns voulait l'emmener pour l'épouser. Emma pensa que c'était son destin que d'y mourir. Le docteur Budge avait été franc ; il avait craint qu'elle eût un mélanome, et c'était le cas, mais ses craintes étaient au-dessous de la réalité. Les os commençaient à être si atteints que même une opération semblait inutile.

— C'est comme la rougeole, mais à l'intérieur, dit Emma, en essayant de plaisanter, à son amie Patsy qui était venue la voir.

— Ne dis pas des choses pareilles ! dit Patsy, terrifiée.

Le lendemain, elle se rendait chez son médecin.

Aurore Greenway écouta gravement les dernières nouvelles. Elle n'avait cessé de penser à sa fille depuis que celle-ci lui avait mentionné ses grosseurs. En apprenant qu'Emma se trouvait à l'hôpital, elle décida aussitôt de partir avec Rosie pour Kearney, afin de s'occuper des enfants. C'était exactement ce que désirait Emma. Elle avait toujours détesté les hôpitaux, et elle n'aimait pas non plus y recevoir des visites. Il était question que Flap s'installe pour quelque temps au club de la faculté, mais Emma savait très bien qu'il irait rejoindre Janice.

Lorsque Emma était retournée chez elle, après sa biopsie, elle avait essayé de cacher son désarroi, pour faire face à celui de ses enfants, de son amant et de son mari. Flap affirmait qu'elle n'était pas gravement malade et que les médecins se trompaient. Emma ne cherchait pas à le contredire ; il était préférable pour ses fils de le croire aussi. Mélanie, elle, était à la fête ; elle attendait avec impatience sa grand-mère et Rosie, et réclamait même la venue de Vernon.

C'est avec Richard qu'Emma avait eu le plus de mal. Elle ignorait si elle allait mourir ou pas, et, dans le doute, souhaitait que le jeune homme se détachât d'elle. Il ne fallait pas, si elle venait à disparaître, qu'il soit hanté par sa mémoire. Et pourtant elle n'avait pas le cœur de le bannir. Richard était désespéré. Il voulait la guérir avec son amour et il s'en faisait une véritable gageure. Emma était touchée, mais elle était contente d'avoir peu de temps à lui réserver, tant elle avait à faire et à penser. Cependant, par moments, la ferveur de Richard lui faisait paraître tout le reste dérisoire.

Elle avait commencé à souffrir à Omaha ; le docteur Budge aurait bien voulu s'occuper lui-même des séances de radium, mais il n'avait pas les appareils adéquats. Aurore avait accompagné sa fille à l'hôpital et Rosie était restée avec les enfants Vernon arriverait un peu plus tard.

— Est-ce que le radium va arrêter le mal ? avait demandé Emma.

— Bien sûr, lui avait-on répondu.

Un petit médecin bavard, du nom de Fleming, lui avait fait tout un exposé sur le cancer, mais aucune des formes qu'il mentionnait ne semblait correspondre à son cas. Il avait pour habitude de submerger ses patients de détails savants qui les décontenançaient.

— Ce petit docteur me semble bien prétentieux ! dit Aurore à sa fille. Faut-il vraiment que tu restes ici, ma chérie ?

Elle avait proposé à Emma de venir à Houston, mais celle-ci pensait qu'il était préférable de rester à l'hôpital pour le moment. Elle y était en observation et elle n'avait plus d'espoir qu'en la chimiothérapie. En effet, on lui avait dit que ce nouveau traitement pouvait non seulement stabiliser, mais guérir la maladie. Si cela ne marchait pas, elle envisageait, plutôt que d'aller à Houston chez sa mère, de rentrer chez elle. Elle avait envie de se retrouver dans sa propre chambre à coucher. C'était son rêve avant que la douleur n'empirât.

Après l'échec du radium et de la chimiothérapie, sa volonté se mit à fléchir. Elle n'avait jamais souffert auparavant et ignorait à quel point la souffrance pouvait paralyser un être. Une nuit, elle fit tomber ses médicaments sous le lit et, dans l'obscurité, ne put les atteindre ; elle essaya d'appeler l'infirmière, mais sa sonnette ne fonctionnait plus. Pour la première fois de sa vie, elle se sentit totalement impuissante, livrée à une douleur implacable. Tout l'amour des êtres qui lui étaient chers ne pouvait remplacer les petites pilules qui avaient roulé sous son lit.

Emma se mit à pleurer. Lorsque l'infirmière de nuit vint la voir une heure plus tard, son oreiller était trempé de larmes.

Le lendemain matin, elle demanda au docteur Fleming des pilules supplémentaires, pour le cas où elle les renverserait à nouveau.

— Je ne peux pas supporter une telle douleur ! lui dit-elle.

— Madame Horton, la douleur n'est rien, répondit le docteur en lui prenant le pouls. Elle n'est qu'un baromètre.

Emma n'en crut pas ses oreilles. Elle s'empressa de rapporter le mot du médecin à sa mère, qui, dès lors, mena la vie dure à celui-ci. Mais Aurore, n'ayant jamais vraiment souffert dans sa vie, ne comprenait pas tout à fait de quoi il s'agissait. Après cette nuit de détresse, Emma ne pensa plus à retourner chez elle. Cette idée même la terrifiait. Elle aurait été incapable de faire les gestes de la vie quotidienne, de se conduire normalement vis-à-vis de ses enfants, de son mari et de son amant. Une heure de conversation avec sa mère suffisait à l'épuiser. Un jour, en se brossant les cheveux devant le miroir, elle s'aperçut qu'ils étaient en train de tomber. C'était un des effets du radium.

— Eh bien, comme ça, on ne pourra plus critiquer mes cheveux : grâce au radium, je n'en aurai plus, dit-elle.

Cette remarque laissa Aurore sans voix. Emma, voyant sa mère bouleversée, ajouta :

— Je plaisantais.


Le vieux phantasme enfantin de s'imaginer mourant, regretté de tous, devint réalité pour Emma. Mélanie était la seule personne à ne pas être terrifiée par la progression du mal. Elle ne voyait dans le séjour de sa mère à l'hôpital qu'un simple caprice. Emma préférait cela à la pitié de tous les autres.

Elle s'affaiblissait de jour en jour. Aurore, d'abord saisie d'épouvante, essaya ensuite de secouer la passivité croissante de sa fille. Ses efforts échouèrent. Trouvant la chambre de la malade sinistre, elle téléphona au général et lui demanda d'arriver avec le Renoir. Vernon vint aussi voir Emma. Celle-ci se sentait plus à l'aise avec lui qu'avec sa mère : il semblait accepter sa léthargie, et n'exigeait pas qu'elle vive. Le jour où le général apporta le Renoir, ils se retrouvèrent tous les trois, Aurore, le général et Vernon, dans la chambre d'Emma. Le tableau fut pendu au mur, face au lit.

En le voyant dans un tel endroit, Aurore ne put s'empêcher de pleurer.

— Tiens, je te le donne, dit-elle à Emma. C'est maintenant *ton* Renoir.

260

C'était ce qu'Aurore avait trouvé de mieux à offrir à sa fille pour son dernier cadeau.

Emma trouva qu'elle recevait trop de visites.

Melba arriva un matin, après deux jours de voyage en pleine tempête de neige. Elle avait apporté à son amie un exemplaire de *l'Iliade* en livre de poche, car elle savait qu'Emma aimait ce genre de lecture. En voyant l'état de la malade, elle fronça les sourcils, déposa le livre à son chevet, et reprit la route du retour.

Richard fit, lui aussi, une apparition ; Emma aurait préféré ne pas le voir. Elle ne savait pas quoi lui dire. Il lui tint la main un moment, en lui affirmant que bientôt elle irait mieux. Elle lui demanda des nouvelles de ses études. Après son départ, elle rêva de lui ; elle s'en voulait de l'avoir rendu si amoureux. C'était là une des nombreuses erreurs de sa vie.

Un jour, en s'éveillant, elle trouva dans sa chambre Patsy en train de se disputer avec sa mère. C'était au sujet de Mélanie. Patsy voulait prendre la petite fille chez elle, pour l'élever avec ses propres enfants, mais Aurore s'y opposait farouchement. Flap, qui les avait accompagnées, s'écria :

— Mais c'est *ma* fille !

Patsy et Aurore l'ignorèrent, comme s'il avait dit une bêtise.

— Je ne supporterai pas que mes petits-enfants soient élevés en Californie ! s'exclama Aurore.

— La Californie est un beau pays, et j'ai l'âge et le goût d'élever des enfants ! répliqua Patsy.

— Il s'agit de *mes* enfants ! rétorqua Flap.

La remarque de son mari tira Emma de sa torpeur. Elle avait en effet, ces derniers temps, complètement oublié ses fils et sa fille.

— Je voudrais parler à Flap, dit-elle aux deux femmes. Allez vous promener un instant.

Lorsqu'elles furent parties, Emma regarda son mari. Depuis sa maladie, ils étaient redevenus amis, mais il y avait encore entre eux un lourd silence.

— Ecoute, lui dit-elle, je me fatigue vite. Dis-moi juste une chose : veux-tu vraiment élever les enfants ?

— Je ne me vois pas en père abandonnant sa progéniture ! répondit Flap.

— Il ne s'agit pas de l'idée que tu te fais de toi-même. Il s'agit d'eux. Ne t'illusionne pas ; c'est une lourde responsabilité, et je ne suis pas sûre que tu désires l'assumer. Patsy et maman en sont capables, et je doute que, toi, tu le sois.

— Je ne me fais pas d'illusions.

— Je ne veux pas que nos enfants vivent chez Janice.

— Elle n'est pas si mauvaise que ça !

— Je sais. Mais je ne tiens pas à ce qu'elle les rende aussi névrosés qu'elle.

— De toute façon, elle refusera probablement de m'épouser.

Ils se regardèrent, désemparés, cherchant une solution. Les joues de Flap s'étaient creusées ; il avait perdu de sa vieille arrogance, et semblait encore plus douter de lui-même. Ce mélange bizarre d'insolence et de manque d'assurance avait dans le passé séduit Emma ; elle ne pouvait se rappeler quand, pourquoi ni comment leur amour avait pris fin.

— Je pense qu'il serait préférable qu'ils ne restent pas avec toi, dit-elle, tout en souhaitant être contredite. Je ne crois pas que tu aies l'énergie nécessaire.

— Mélanie me manquera beaucoup.

— Certainement.

Emma repéra une tache sur le pardessus de son mari.

— C'est dommage qu'elle ne s'occupe pas mieux de toi. Moi, au moins, en bonne bourgeoise, j'ai toujours veillé à ce que tes vêtements soient propres !

Flap ne prétendit pas le contraire. Il pensait à ses enfants, à ce que serait sa vie sans eux.

— Peut-être devrions-nous laisser Patsy les prendre, dit-il.

Emma contempla un long moment son mari. Ce fut pour Flap la dernière fois qu'il regardait sa femme dans les yeux. Ce moment resta gravé dans sa mémoire, en lui laissant la désagréable impression qu'il avait fait, il y a très longtemps, quelque chose de très mal.

— Non, dit Emma. Ils doivent aller chez Maman. Il y a là-bas suffisamment d'hommes pour les mater. De toute manière, Patsy veut bien de Mélanie, mais pas des garçons.

Le lendemain, Emma fit part de sa décision à Patsy. Celle-ci soupira, mais finit par tomber d'accord avec les arguments de son amie.

— Oui, mais je n'aime pas voir ta mère s'accaparer cette enfant, dit-elle. J'aimerais tant l'élever, ta petite fille !

— Je te la laisserais bien, mais Teddy ne supporterait pas d'être séparé d'elle.

La pensée de Teddy était à Emma aussi douloureuse que sa maladie. Tommy s'était réfugié dans une attitude de rejet à l'égard de sa mère ; il s'était persuadé qu'il la détestait, et bien que cela fît mal, la mère et le fils trouvaient tous deux leur compte dans cette haine. Elle permettait à Tommy d'aller de l'avant, et à Emma de se sentir rassurée sur le sort de son fils.

Elle ne se faisait aucun souci pour Mélanie : la petite fille avait toutes les chances de réussir dans la vie, et elle ferait son chemin, avec sa mère ou sans.

Mais l'avenir de Teddy inquiétait infiniment Emma. Qui donc pourrait combler son énorme besoin d'amour ? Si elle avait dû vivre pour quelqu'un, ç'aurait été pour Teddy. Emma craignait que sa mort ne le bouleversât, et qu'il ne se mît à culpabiliser. Il s'était en effet toujours senti responsable de tous les maux et il penserait à coup sûr qu'avec plus d'efforts de sa part, sa mère vivrait encore.

Emma parla de son inquiétude à Patsy.

— Il est comme toi, lui dit son amie. Innocent et pourtant plein d'un sentiment de culpabilité.

— Je n'étais pas si innocente ! répondit Emma.

— Voudrais-tu ne pas parler au passé ? Quoi qu'il en soit, j'irai souvent voir tes enfants. Ta mère ne peut pas me refuser ça.

— Je ferai en sorte qu'elle accepte, dit Emma.

Patsy, qui avait trente-sept ans comme elle, lui semblait merveilleuse. Elle lui trouva toutefois l'air triste.

— Qu'est-ce que tu as ? demanda Emma.

— Tu ne peux pas savoir à quel point je me suis attachée à toi ! A toi et à Joe. J'ai parfois l'impression d'être amoureuse de Joe et non de Tony. Mais il boit, et je ne peux rien y faire. Et toi, tu as le cancer, et je ne peux rien y faire non plus.

Il n'y avait rien à répondre à cela, et les deux femmes restèrent silencieuses, comme souvent elles l'étaient, dans leur jeunesse. Puis Patsy laissa Emma pour se rendre à Kearney d'où elle devait ramener les enfants et Rosie.

— Apporte-moi *les Hauts de Hurlevent*. Je demande toujours ce livre, mais personne n'y pense.


— Tu lui laisseras les enfants de temps en temps, dit Emma à sa mère. Patsy est ma meilleure amie, et elle saura très bien s'en occuper. Elle pourra leur faire visiter Disneyland et leur montrer des tas de choses.

— Je pensais les emmener avec moi en Europe, cet été, fit Aurore.

— Emmène plutôt tes amants. Les enfants préféreront sûrement la Californie. Tu n'auras qu'à les envoyer en Europe, après le lycée.

Il était vraiment étonnant de voir à quel point les gens peuvent manquer d'égards envers les malades, dans les hôpitaux. N'est-ce pas faire preuve d'une grande indélicatesse que de parler du futur d'une manière badine à des personnes qui n'en ont pas ? Emma en fit la remarque à sa mère.

— Oui, je sais, répondit Aurore. Je suis vraiment désolée !


Lorsqu'elle se retrouvait seule, Emma ne pensait à rien. Pour calmer sa douleur, on lui donnait des médicaments qui la plongeaient dans un état second. Son énergie se limitait à supporter les examens médicaux et les piqûres. Même dans ses moments de lucidité, elle n'était pas vraiment là. En deux mois d'hôpital, elle avait presque tout oublié de la vie normale Elle se rendait compte qu'elle en avait fini avec la plupart des plaisirs de l'existence, le sexe notamment. Mais cela n'avait pas grande importance. Ce qui lui manquait davantage était l'effervescence de Noël, avec les cadeaux à acheter, les grands magasins et les pères Noël à tous les coins de rue. Une fois, en feuilletant l'exemplaire de l'*Iliade* que lui avait apporté Melba, elle était tombée sur la phrase : « Parmi les morts », et son contenu l'avait réconfortée. Beaucoup de gens étaient morts autour d'elle : son père, bien sûr ; il y avait aussi un copain d'école qui s'était tué en voiture, puis Sam Burns et peut-être même son ami d'enfance, Danny Deck, qu'elle avait perdu de vue.

Elle réalisa que tout le monde à l'hôpital savait qu'elle allait mourir. Les docteurs et les infirmières étaient polis et la laissaient tranquille. Seuls ses proches la harcelaient pour la ramener chez elle, mais Emma ne voulait pas ; elle préférait rester dans un endroit anonyme. Pour elle, l'hôpital était devenu une sorte de grande gare, où elle attendait le train qui la conduirait vers la mort. Elle ne voulait pas rentrer chez elle, car elle savait qu'entourée de bonnes odeurs et d'amour, elle se sentirait vulnérable, et l'échéance de sa mort lui serait alors intolérable. Elle voulait partir sur la pointe des pieds ; de cette façon, espérait-elle, ils s'apercevraient à peine de son départ, et auraient déjà appris à vivre sans elle.

Emma ne tarda pas à se rendre compte que les visites qu'elle recevait étaient les dernières, et il lui fallut tout son courage pour faire comme si de rien n'était. Rosie, qui détestait les hôpitaux, vint la voir et sa venue bouleversa Emma.

— Maman aurait dû te laisser à Houston ! lui dit la malade.

A la vue d'Emma, qu'elle adorait, Rosie eut la gorge serrée. Lorsque Royce était mort de pneumonie et que sa fille aînée avait perdu son bébé, elle avait pris les choses avec philosophie ; mais cette fois, c'était plus qu'elle n'en pouvait supporter. Elle était trop abattue pour pouvoir même pleurer. Elle dit quelques banalités à propos des enfants, serra Emma dans ses bras, et sortit. Elle raconta plus tard à Aurore qu'elle s'en voulait terriblement de n'avoir pu ce jour-là exprimer ses sentiments.

Après le départ de Rosie, Emma vit ses enfants. Mélanie jouait dans le hall avec Vernon. Teddy voulut tout d'abord garder ses distances, mais il s'effondra aussitôt.

— Maman, je ne veux pas que tu meures ! s'écria-t-il, la voix enrouée. Je veux que tu reviennes à la maison !

Quant à Tommy, il restait silencieux.

— Vous avez tous deux besoin d'aller chez le coiffeur. Vous avez de jolis visages et c'est dommage de les cacher avec des cheveux qui vous tombent dans les yeux.

— Ce n'est qu'une question de goût, répondit Tommy. Tu vas bien ?

— Non, ça ne va pas en s'améliorant.

— Si seulement je pouvais faire quelque chose ! dit Teddy.

— Trouve-toi des amis. Moi, c'est terminé, on n'y peut rien. Si on continue à discuter, ça va me rendre malade. D'ailleurs, nous avons souvent parlé ensemble, dans les années passées, et c'est déjà bien. Alors faites-vous des copains, et n'ayez pas peur des filles, surtout !

— On n'a pas peur ! fit Tommy. Pourquoi dis-tu ça ?

— Parce qu'en vieillissant, ça pourrait arriver.

— J'en doute, répondit-il, sur la défensive.

Ils allèrent l'embrasser. Teddy fondit en larmes, mais Tommy resta de marbre.

— Tommy, sois gentil ! dit Emma. Ne fais pas semblant de me détester.

— Je t'aime bien ! dit-il, en haussant les épaules.

— Je le sais, mais depuis un an ou deux, on aurait dit que tu me haïssais. Personnellement, je t'adore et il est trop tard pour que je change d'avis. Tu vas prendre de l'âge, et dans quelque temps, lorsque je ne serai plus là pour t'embêter, tu réviseras alors ton jugement.

La voix de leur mère était si faible que les deux enfants, horrifiés, détournèrent les yeux.

— En d'autres termes, continua Emma, tu te souviendras combien tu m'aimais. Puisqu'il t'est difficile de le dire aujourd'hui, c'est moi qui parle à ta place ; je sais que tu m'aimes et je ne veux pas que tu en doutes plus tard. D'accord ?

— D'accord ! répondit Tommy avec empressement, une note de remerciement dans la voix.

Teddy pleura, mais pas son frère ; il ne pouvait pas.

Toutefois, en sortant de l'hôpital, celui-ci fut pris d'une brusque envie de remonter voir sa mère. Au même moment, Teddy se mit à parler de scoutisme. Tommy s'entendit lui répondre qu'il aurait bien aimé être scout, mais que cela s'était révélé impossible, parce que sa mère, contrairement aux louves qui élèvent leurs petits, n'avait jamais rempli son rôle. Il ne savait pas au juste ce qu'il voulait dire et ne pensait pas à mal, mais ça lui avait échappé. Avec stupéfaction, Mélanie, Teddy, Rosie et Vernon virent Aurore gifler Tommy à toute volée. Il en tomba à la renverse et éclata en larmes. Aurore fut soulagée de voir son visage prendre enfin une expression. Il essaya de s'enfuir, mais elle l'attrapa et le secoua, tandis qu'il pleurait à chaudes larmes.

— Ne dis jamais du mal de ta mère en ma présence ! dit-elle. Voilà bien là l'ingratitude d'un garçon !

A bout de forces, elle regarda l'horrible l'hôpital.

— Ma fille s'est toujours bien comportée, reprit-elle, en regardant Rosie et Vernon avec désespoir.

Mélanie fut la première à reprendre ses esprits. Elle vit Vernon et Rosie qui souriaient et crut à une plaisanterie.

Elle courut vers Teddy et lui donna un coup pour jouer.

— Ha ! Mémé a tapé Tommy, dit-elle. Alors moi, je tape Teddy.

Elle le frappa une nouvelle fois ; Teddy l'empoigna et ils roulèrent sur l'herbe. Le garçon eut vite fait d'immobiliser sa sœur, qui riait aux éclats.

Lorsqu'elle était allée voir sa mère, elle était déjà d'humeur joyeuse. L'hôpital l'intéressait. Elle avait joué avec des balances et un docteur lui avait même prêté un stéthoscope avec lequel elle avait écouté les battements de son cœur ; elle s'était assise au chevet de sa mère qui la regardait, heureuse.

— Et tes poupées ? avait demandé Emma.

— Elles sont pas sages ; alors je leur donne des fessées.

Puis elle avait touché le ventre d'Emma et ajouté :

— J'étais là-dedans.

— Qui t'a dit ça ?

— Teddy.

— J'aurais dû deviner. Teddy est un grand bavard.

— Dis, maman, c'est vrai ?

— Qu'est-ce qui est vrai ?

— Que j'étais dans ton ventre ?

— Eh bien, oui ! Tu as raison. Et alors ?

— Et alors, et alors, chantons des chansons !

Mélanie s'était pelotonnée contre sa mère, et elles s'étaient toutes les deux mises à chanter. Rosie qui était dans le hall, en les entendant, avait éclaté en sanglots.

Lorsque tout le monde fut parti, Emma poussa un soupir de soulagement. Les gens bien portants ne se rendent pas compte de l'effort que doivent faire les malades, lors des visites. Personne n'avait l'air de comprendre à quel point Emma était faible et combien il lui coûtait d'accorder à chacun l'attention qu'il attendait.

Les garçons s'en allèrent faire du ski avec Patsy ; le rhume du général s'aggrava, et il dut rentrer à Houston ; Rosie s'installa à Kearney pour s'occuper de Flap et de Mélanie. Seuls Vernon et Aurore restèrent à Omaha.

— Tu devrais retourner chez toi, dit Emma à sa mère. Tu as maigri.

— C'est l'avantage du Nebraska. Il n'y a rien à manger. Je vais enfin devenir mince.

— L'embonpoint te va bien. Je me sens vraiment coupable de vous savoir, toi et Vernon, à l'hôtel, passant votre temps à jouer aux cartes.

— Oh ! mais nous allons souvent au cinéma ! L'autre jour, nous avons même assisté à un concert de musique classique ; c'était une grande première pour Vernon.

Emma avait beau pousser sa mère à quitter la ville, celle-ci s'obstinait à rester. Elle était à l'hôpital tous les jours. Elle s'habillait de couleurs vives, et Emma, en s'affaiblissant, la voyait se fondre dans le tableau de Renoir et s'ajouter aux deux belles femmes de la peinture. Aux week-ends, Flap passait rapidement. Emma avait perdu le goût de la lecture, mais parcourait encore *les Hauts de Hurlevent*. Il lui arrivait de rêver qu'elle était, elle aussi, dans le tableau, marchant dans Paris, coiffée d'un joli chapeau. Elle avait perdu plus de trente kilos et sa chevelure s'était considérablement clairsemée.

Emma se sentait prête à affronter la mort, mais le cancer décida de la faire encore attendre. Il se stabilisa pendant près de deux semaines, puis revint à la charge. Elle se mit alors à haïr tout ce qui l'entourait, tout ce qui l'obligeait à vivre alors qu'elle avait décidé de capituler. Elle repensa à Danny Deck. Parfois elle ouvrait son livre, juste pour regarder la signature qu'il avait apposée sur la page de garde. C'était une façon de raviver son souvenir. Sa mère remarqua son geste.

— Je croyais que tu aurais trouvé en ce garçon l'homme de ta vie, mais apparemment, tu l'as vite oublié.

Emma ne discuta pas. Danny était à elle, tout comme Teddy. C'étaient les deux seuls êtres à l'avoir aimée sincèrement. Dans ses rêves, elle discutait avec Danny, bien qu'au réveil elle ne se souvînt plus de leurs sujets de conversation... Le cancer évoluait trop lentement. En février, elle eut une vision. Dehors, le vent soufflait du nord. Il neigeait par moments. Dans son esprit, cela ressemblait au chant des sirènes. Le vent semblait être venu pour l'emporter. Elle avait eu envie de ne pas absorber les pilules qu'on lui donnait régulièrement et de les avaler par doses massives afin de se suicider. Mais cela n'avait pas été possible, car les infirmières avaient repéré son manège. De toute façon le vent était une façon d'en finir beaucoup plus attirante. Une nuit, elle arracherait tuyaux et aiguilles ; puis elle briserait la fenêtre à l'aide d'une chaise et se jetterait dans le vide.

— Je ne suis plus un être vivant, je ne suis qu'un poids mort, Maman.

Aurore n'essaya pas de la contredire.

— Ma chérie, tu n'aurais pas la force de soulever une chaise, lui répondit-elle néanmoins.

— J'en serais capable si cela signifiait ma délivrance, conclut Emma.

Elle finit par s'en convaincre. Elle s'imagina en train d'arracher tuyaux et aiguilles. Tout ce matériel faisant semblant de lui injecter la vie, c'était ça le pire. Elle voulait mourir dans la neige, tel un voyageur égaré. Elle regarda vers la fenêtre, s'apprêtant à mettre son projet à exécution ; mais la pensée de Teddy l'arrêta. Il pourrait bien un jour, lui aussi, se jeter dans le vide, si sa mère lui montrait l'exemple. Il l'aimait tellement qu'il désirerait peut-être la suivre dans la mort ; Emma renonça à mettre fin à ses jours. Elle décéda quelques semaines plus tard, dans son lit.


Emma fut enterrée à Houston, par un jour pluvieux de mars. Mrs Greenway et Patsy se tenaient, toutes deux élégamment vêtues, devant la tombe. Melba était présente ; elle avait dû, pour payer son voyage, utiliser les économies du ménage, et risquait les pires ennuis. Joe Percy accompagnait Patsy. ·Flap, assis dans une limousine, séchait ses larmes. A la mort de sa femme, il avait retrouvé ses sentiments originels. C'était un homme fini. Mélanie essayait de jouer avec Rosie, mais cette dernière était trop malheureuse pour prêter attention à la petite fille. Patsy et Aurore, en revanche, ne la quittaient pas des yeux ; elle était très capable de leur fausser compagnie. Melba se tenait à l'écart.

— Qu'allons-nous faire de cette pauvre femme ? dit Aurore.

— Je vais demander à Joe de lui parler ; il sait y faire avec les femmes.

— Je me demande ce que tu fabriques avec lui. Il est assez vieux pour être un de mes soupirants.

— Il s'occupe de moi.

Les deux femmes, ne désirant pas s'accrocher, se turent.

— Ma fille m'a souvent fait me sentir ridicule, dit Aurore. C'est probablement à cause de ce sentiment que je l'ai toujours critiquée. En fait, je le suis.

— Vous êtes quoi ?

— Légèrement ridicule. Emma se serait peut-être sentie plus heureuse, si elle aussi avait été légèrement ridicule.

— C'est difficile à savoir, dit Patsy.


La pluie s'était arrêtée ; les grands arbres du cimetière brillaient dans la lumière blafarde.

— Ne restons pas plantées là, dit Aurore à Patsy.

Et les deux femmes rejoignirent le petit groupe des hommes et des enfants.

Achevé d'imprimer
le 11-5-1984
par Mohndruck Gütersloh
pour France Loisirs
N° d'éditeur 9249
Dépôt légal : Mai 1984
Imprimé en R.F.A.